CW00853967

Schicksal der Fearane

Feder und Metall

Steffi Frei

Bibliografische Information der Deutschen Nationalbibliothek:
Die Deutsche Nationalbibliothek verzeichnet diese Publikation in der
Deutschen Nationalbibliografie; detaillierte bibliografische Daten sind im
Internet über http://dnb.dnb.de abrufbar.

Coverdesign und Illustrationen: Steffi Frei unter Verwendung von Bild-
dateien von pixabay.com

Herstellung und Verlag: BoD – Books on Demand, Norderstedt

ISBN: 978-3-7526-0826-7

Für all jene, die auf dunklen Pfaden wandern.

Wie düster die Orte auch sein mögen, an die das Schicksal Dich führt, verliere nie den Mut und erst recht nicht die Hoffnung!

Selbst aus dem tiefsten Abgrund führt ein Weg in die Freiheit!

Hinweise zu möglichen Triggern in diesem Buch findest du unter: https://geschichtenrausch.de/schicksal-der-fearane:-trigger-hinweise

Musikalische Untermalung gefällig?

Du möchtest diese Geschichte gerne mit einem weiteren Sinn erleben? Dann empfehle ich Dir, die folgende Playlist beim Lesen zu hören. Diese Lieder geben die Stimmung wunderbar wieder und machen das Lesen zu einem rundum zauberhaften Erlebnis.

Feder und Metall – Playlist:

1. *Haseya* – Ajeet
2. *Scarborough Fair* – Peter Hollens
3. *Nachtflug* – Die Irrlichter
4. *Zwielicht* – Waldkauz
5. *Stampede* – Alexander Jean & Lindsey Stirling
6. *Falalan* – Die Irrlichter
7. *Even in the Shadows* – Enya
8. *Fairy Nightsongs* – Gary Stadler & Stephannie
9. *Am Ende* – Dunkelschön
10. *The Last Rose of Summer* – Celtic Woman

Link zur Spotify-Liste: https://link.tospotify.com/8JfBKsQvxab

Oder einfach einscannen:

Prolog

Liebster Riáz,

zehn Tage sind vergangen, seit du und Tahr aus der Stätte der Weisen verbannt wurdet. Mein Herz schmerzt wie am ersten Tag. Ich schreibe dir diesen Brief, als letzten Versuch mit dir in Kontakt zu treten, obwohl ich doch weiß, wie gering die Aussichten sind, dass du ihn je in den Händen halten wirst.

Seit du fort bist, bewacht Goran mich stärker denn je. Er hat Wachen auf mich angesetzt, die mir auf Schritt und Tritt folgen. Ich fürchte, ich werde dieses Gefängnis nie wieder verlassen. Nie wieder durch die freien Lüfte fliegen, nie wieder den Duft des Waldes einatmen, nie wieder deine Hand an meiner Wange spüren oder deine Stimme hören.

Die ersten Tage waren qualvoll. Die Verzweiflung hat mich übermannt und der Schmerz in meiner Brust hat mich nahezu erstickt. Dann kam Xeron von seiner Suche am Glutgebirge zurück. Er hat mir erzählt, dass du und Tahr ihn dort aufgesucht und euch nach seinem Aufbruch auf die Heimkehr nach Dorias gemacht habt.

Ich hoffe, dass es dir gelingt, dort wieder an dein altes Leben anzuknüpfen und dass du frei von all dem Grauen und dem fearanischen Schicksal fortleben kannst. Auch wenn ich mir ebenso wünsche, dass du mich nicht vergisst. Ich für meinen Teil werde dich niemals vergessen und ich werde ohne dich nie wieder vollständig sein. Doch ich möchte, *dass dir dieses Schicksal erspart bleibt. Wenn du, entgegen aller Wahrscheinlichkeit, eines Tages diesen Brief in den Händen hältst, dann komm bitte meinem Wunsch nach und lass mich los. So sehr mich dieser Gedanke ängstigt, möchte ich doch, dass du für uns beide frei sein kannst. Lass mich meine Fesseln tragen, aber löse dich von den deinen.*

Seit Xeron zurück ist, bin ich nicht mehr so einsam. Auch Zara weicht mir nie von der Seite, doch sie kann meinen Schmerz nicht so teilen, wie es Xeron vermag. Er ist hier mein engster Vertrauter, er ist alles, was mir geblieben ist. Die letzte Verbindung zu meiner Heimat, zu Fero und zu dir.

Als er zurückkehrte, kam es zu einer furchtbaren Auseinandersetzung zwischen ihm und Goran. Xeron hat ihn bedroht und angegriffen, weil er so erzürnt war, dass Goran mich hier gefangen hält. Sie haben sich einen gewaltsamen Kampf geliefert und ich habe schon befürchtet, dass ich auch noch den letzten meiner Vertrauten verliere. Doch die beiden haben voneinander abgelassen, ehe es zum Äußersten kam. Goran hat Xeron verwarnt und gedroht, ihn bei der kleinsten weiteren Verfehlung ebenfalls aus der Stätte zu verbannen. Daher hält sich Xeron seither bedeckt und nimmt alles hin – mir zuliebe. Er erträgt den Gedanken nicht, mich hier alleine zu lassen. »Ich bin zu dir zurückgekehrt, an Feros und an Riáz' Stelle«, hat er zu mir gesagt.

Seitdem wird Xeron ebenso scharf bewacht wie ich. Goran traut weder ihm noch mir und behält jeden unserer Schritte im Auge. Doch im Gegensatz zu mir hat Xeron die Erlaubnis, das Refugium zu verlassen. Er ist meine einzige Verbindung zur Außenwelt, auch wenn diese nicht mehr über die Grenzen der Stätte hinausgeht. Denn daraus kommt selbst Xeron nicht heraus. Kurz nach deiner Verbannung hat Elon eine absolute Ausgangssperre verhängt, nur ausgewählte Vertraute der Weisen dürfen die Stätte verlassen. Wer es dennoch wagt, kehrt nicht mehr zurück.

Es ängstigt mich, was in der Welt passiert. Es ist deutlicher als je zuvor: Das Schicksal der Fearane ist besiegelt, unser Ende naht. Was wird bleiben? Der Gedanke, dass wir all die Grauen ertragen, so viele Verluste erleiden mussten und letztlich doch gescheitert sind, ist mir schier unerträglich. Es war alles vergeblich. Lana, Fero, Remo, Krima und Xuno – sie sind umsonst gestorben. Wieso nur nimmt unser aller Schicksal so ein grausames Ende?

Doch umso dankbarer bin ich dafür, dass du das Schicksal meines Volkes nicht teilen musst. Zwar warst du einer von uns, aber du bleibst dennoch unbetroffen von den Folgen unserer schwindenden Lebenskraft. Dieser Gedanke tröstet mich. Ich wünschte nur, ich könnte noch einmal mit dir durch die Mondlichter tanzen, deine Stimme vernehmen und meinen Kopf an deine Schulter anlehnen, die Ruhe und Zuversicht deiner Anwesenheit in mich aufnehmen – ich wünschte, es käme zusammen, was zusammengehört!

All das ist für mich so unerträglich. Die Mutlosigkeit, Verzweiflung und Trauer reichen sich die Hände, bilden einen Kreis um mich und sperren mich in ihrer Mitte ein. Ich bin darin gefangen – ebenso wie ich in diesem elenden Refugium gefangen bin. Was bleibt mir noch, Riáz? Ich habe meinen Seelenverwandten verloren, meinen Gefährten und meine Freiheit. Was bleibt, ist diese unerträgliche Leere in mir, dieser Schmerz in meinem Herzen. Regas hatte doch unrecht mit seiner Vorausschauung. Ich habe alles verloren!

Es tut mir leid, dass ich meine Gefühle so ungeschönt vor dir ausbreite, aber die Aussichten darauf, dass du das hier je liest, sind ohnehin gering. Ich habe keine Möglichkeit, dir diesen Brief zu senden. Wieso sollte ich mich da zurückhalten? Was nutzt es jetzt noch, sich zusammenzureißen, stark zu bleiben und nach vorne zu schauen? Vor mir liegt nichts, nichts, das die Dinge wieder gut machen könnte, nichts, das mir wiedergeben kann, was ich verloren habe. Ich habe mich selbst verloren. Ich bin verloren ...

Riáz, wo immer du gerade bist, ich hoffe, du bist stärker als ich. Aber das bist du sicher, das warst du schon seit jeher. Quäle dich nicht wegen meiner Worte! Ich habe eigentlich kein Recht, mein eigenes Schicksal derart zu betrauern. Ich bin nicht die Einzige, die leidet. Es geht nicht nur um mich. Ein ganzes Volk vergeht und ich bin nur ein unbedeutender Teil davon. Das ist der Lauf des Lebens und die Welt wird auch ohne die Fearane weiterexistieren, so wie du ohne mich weiterleben wirst. Du wirst mit deiner Gutherzigkeit und Wärme die Welt bereichern, wo du nur gehst und stehst und du wirst die Erinnerung an die Fearane im Herzen weitertragen, auch wenn wir längst aus der Welt entschwunden sind. Vielleicht ist es das, was Elons Prophezeiung bedeutete: Du trägst zu unserer Rettung bei, indem du unser Andenken aufrechterhältst. Das ist sicher nicht die Aufgabe, die du dir vorgestellt hast, aber vielleicht tröstet es dich, daran festzuhalten.

Riáz, Wache aus Dorias, Freund der Fearane, mein geliebter Seelengefährte, ich denke jeden Tag an dich. In meinen Träumen liegen wir gemeinsam unter der Hängebirke, um uns herum ein Feld aus Mondlichtern. Träumst du auch davon? Erzähle es mir, wenn unsere Seelen sich eines Tages wiedersehen.

In Liebe,
Sera

Kapitel 1

Mein ganzer Körper kribbelt nervös, während ich versuche, das eben Gehörte zu begreifen. Ruberián – Riáz – und Sera haben eine Tochter? Ich werfe einen Blick auf meinen Lehrmeister und bemerke, dass er ganz blass im Gesicht geworden ist. Er zittert heftig und ich bekomme Angst, dass er einen Herzanfall erleidet. Doch dann setzt er langsam zum Sprechen an: »Was sagst du da?« Seine Worte sind nur ein Flüstern, kaum vernehmlich.

Sera schaut ihn an. Ihr Mund ist leicht geöffnet, doch kein Laut dringt daraus hervor. Tränen rinnen an ihren ebenmäßigen Wangen herab und ihre Augen sind voller Bedauern. Sie sieht so anders aus, als ich sie mir vorgestellt habe. Die Anmut und die unaufdringliche Erhabenheit sind aus ihrem Antlitz verschwunden. Mir wird bewusst, dass dies hier nicht mehr die Sera aus der Geschichte der letzten Tiare ist. Ihre Verluste, die lange Zeit der Gefangenschaft und die damit einhergehende Isolation von allem, was sie einst geliebt hatte, haben ihr die Lebenskraft und den Glanz genommen. Es ist genauso, wie ich es vor einiger Zeit in einem von Ruberiáns Büchern gelesen habe: *Das Schlimmste, was man Tiaren antun kann, wäre sie ihres Seelenverwandten oder ihres freien Willens zu berauben. Beides käme einem Todesurteil gleich.* Sera wurde beidem beraubt und ist trotzdem nicht gestorben. Etwas hat sie am Leben erhalten: Ihre Tochter.

»Ist das wahr?«, will Ruberián wissen. Seine Stimme ist nun kräftiger und drängend, fast schon erzürnt.

Sera nickt zaghaft. Sie wischt sich die Tränen aus dem Gesicht und nimmt wieder etwas mehr Haltung an. »Ja, es ist wahr. Wir haben eine Tochter«, gibt sie mit fester Stimme zurück. Dann spricht sie leiser weiter: »Es tut mir so furchtbar leid, dass du erst jetzt davon erfährst und auf diese Weise. Ich habe versucht, mit dir Kontakt aufzunehmen, aber ich war in all der Zeit bloß eine Gefangene. Es ist kein Tag vergangen, an dem ich mir nicht sehnlichst gewünscht habe, dich wiederzusehen, mit dir zu sprechen und dir unsere Tochter vorzustellen …« Ihre Stimme bricht. Sie beugt sich vor und legt eine Hand auf Ruberiáns, der sie reglos anstarrt und beharrlich schweigt.

Ich kann nur mutmaßen, wie es ihm gerade geht. Nach so vielen Sommern trifft er seine geliebte Gefährtin wieder und dann erfährt er auch noch, dass er eine Tochter hat, die er nie gesehen hat. Er muss überwältigt sein von dieser Nachricht. Vermutlich stellt er sich vor, wie es gewesen wäre, seine Tochter aufwachsen zu sehen und ihr ein Vater sein zu können. Dieser Gedanke versetzt mir einen Stich. Ich bin überzeugt, er hätte einen großartigen Vater abgegeben. Das jedenfalls kann ich nach unserer gemeinsamen Zeit mit Gewissheit sagen.

»Erzähl mir von ihr! Wie heißt sie?«, drängt Ruberián dann. Es ist, als sei das Leben wieder in ihn zurückgekehrt.

Sera lächelt sanft. »Ria. Ihr Name ist Ria«, erwidert sie so liebevoll, dass es mir das Herz erwärmt.

Außerdem löst der besagte Name etwas in mir aus, das ich nicht richtig begreifen kann. Es fühlt sich an, als ob mir damit die Lösung eines lang ungeklärt gebliebenen Rätsels offenbart würde.

Ruberián scheint es ähnlich zu ergehen. Seine Augen füllen sich mit Tränen, während er den Namen seiner Tochter so behutsam und vorsichtig ausspricht, als handele es sich dabei um ein überaus zerbrechliches Wort. »Ria«, flüstert er immer wieder leise vor sich hin. »Sieht sie so aus wie du?«, will er dann wissen.

Sera nickt. »Das sagen jedenfalls die anderen. Ich selbst erkenne mich teilweise auch in ihr wieder, aber sie ist weit klüger und schöner, als ich es bin«, gibt Sera lachend zu.

Ruberián beugt sich vor und legt Sera eine Hand an die Wange. Sie schauen sich tief in die Augen und die Luft knistert beinahe wegen der Vielzahl an Gefühlen, die zwischen ihnen hin- und herschwappen: Liebe, Schuld, Schmerz, Freude, Trauer, Reue, Verzweiflung. Fast greifbar wabert das Gewirr an Empfindungen um die beiden herum wie unsichtbare Nebelschwaden.

Ich selbst fühle mich auf einmal leer und ausgelaugt. Die Flut an neuen Informationen und unglaublichen Offenbarungen hat mein geistiges Fassungsvermögen weit überschritten. Zudem kommt mir das alles so unwirklich vor, fast wie ein Traum … nein, eher so, als wäre ich unversehens inmitten einer Geschichte erwacht, die ich vor Kurzem selbst niedergeschrieben habe. Die Übergänge von der Geschichte zur Wirklichkeit sind verwischt worden und ich bin mir nicht gänzlich sicher, wo ich mich gerade befinde.

»Du sagtest, sie ist in Gefahr?«, durchbricht Ruberián auf einmal die Stille. Die Sorge, die in seiner Stimme mitschwingt, bringt auch meine Aufmerksamkeit wieder ins Hier und Jetzt zurück.

»Ja, sie ist vor über einem Mond aus der Stätte der Weisen entflohen. Sie … sie hat sich auf die Suche nach dir begeben«, offenbart Sera ihm leise und überreicht ihm einen Brief.

Ruberián überfliegt das Schreiben immer wieder. Es ist nur kurz, viel kann also nicht darin stehen. Dennoch gelingt es ihm nicht, den Blick davon loszureißen. Ich würde die Zeilen ebenfalls gerne lesen, doch es kommt mir vermessen vor, darum zu bitten. Es geht mich nichts an, was Seras und Ruberiáns Tochter ihnen mitzuteilen hat.

Sera unterbricht Ruberiáns stumme Lektüre schließlich, indem sie weiterspricht. Ihre Stimme ist nun fester und von einer wilden

Entschlossenheit durchdrungen: »Ich würde dir gerne alles in Ruhe erklären, aber die Zeit drängt. Ich habe so gehofft, dass unsere Tochter tatsächlich bei dir eingetroffen ist, doch da dies nicht der Fall ist, müssen wir aufbrechen und nach ihr suchen.« Sie bedenkt ihn mit einem ernsten Blick, ehe sie fortfährt: »Da sie weiß, dass du aus Dorias stammst, sind wir davon ausgegangen, dass sie sich auf den Weg dorthin gemacht hat. Wir sind dem Weg gefolgt, den sie hätte nehmen müssen, haben den Bergwald durchquert, den Mibellenfluss überflogen und sind schließlich im Dämmerwald angekommen. Sie hatte einen Vorsprung, also hätten wir eine Spur von ihr entdecken müssen, aber wir haben nicht den kleinsten Hinweis auf ihren Verbleib gefunden. Im Dämmerwald sind wir schließlich auf Tahr gestoßen. Er hatte seit langem keine anderen Fearane mehr gesehen und war sich sicher, dass er Rias Anwesenheit im Dämmerwald bemerkt hätte, wenn sie da gewesen wäre. Er berichtete uns auch von deinem Fortgang aus Dorias und dass du dich hier in Erosia niedergelassen hast. Alles sprach dafür, dass Ria sich überhaupt nicht auf den Weg nach Dorias gemacht hatte oder nicht weit gekommen war. Ich hatte die Hoffnung, dass sie vielleicht irgendwie von deinem neuen Aufenthaltsort Wind bekommen und sich direkt auf den Weg nach Erosia gemacht hat. Eine törichte Hoffnung, wie mir nun klar wird, denn sie ist nicht hier.« Sie hält inne, den Blick gedankenverloren in die Ferne gerichtet.

Ruberián nickt hektisch. »Dann hast du Recht, wir müssen uns unverzüglich auf die Suche nach ihr begeben. Fearane sind nicht mehr sicher in dieser Welt«, verkündet er aufgebracht. Er erhebt sich mit einem solchen Eifer, dass auch ich unversehens in die Höhe springe.

Sera steht ebenfalls auf, doch sie hebt beschwichtigend die Hände. »Wir werden uns morgen mit Xeron treffen. Tahr, Maran, Kira und Zara sind bei ihm. Sie erwarten uns im Lichtwald, in meiner alten Heimat. Wir sollten uns bei Einbruch der Dunkelheit auf den Weg dorthin begeben, damit ich nicht zu viel Aufmerksamkeit errege. Bis dahin könnt ihr die Zeit noch nutzen, um euch auszuruhen und zu packen«, sagt sie müde.

Ruberián steht unschlüssig mitten im Raum. Er sieht aus, als würde er jeden Moment losstürmen, um seine Tochter zu suchen. Seine gekrümmten Finger zucken ungehalten. Dann seufzt er und nickt ergeben.

Ich werfe Ruberián einen fragenden Blick zu. Sera sprach ganz selbstverständlich von *ihr* und *euch*. So als sei bereits geklärt, dass ich mitkomme. Wenn es nach mir ginge, würde ich das auch tun. Nichts erscheint mir wichtiger, als Ria zu suchen, und jede einzelne Faser meines Körpers drängt darauf – doch wird Ruberián das zulassen? Eigentlich ist dies nicht *meine* Geschichte, obwohl ich durch Ruberián irgendwie ein Teil davon geworden bin.

Ruberián scheint ebenfalls darüber nachzudenken, denn er mustert mich mit ernster Miene. Ich setze rasch ein flehendes Gesicht auf, wobei ich vermutlich aussehe wie Rubi, wenn er um Futter bettelt. Scheinbar bin ich damit auch ebenso erfolgreich wie er, denn Ruberián nickt mir schließlich einverständlich zu. »Fürs Erste kannst du uns in den Lichtwald begleiten. Wir können Rubi, deinen alten Esel Ari und meine Stute Vani mitnehmen. Ehe wir uns auf die Suche begeben, bringe ich dich mit ihnen zu deinen Eltern. Sie wohnen ja nicht weit vom Lichtwald entfernt«, beschließt Ruberián.

Rubi, der sich neben meinem Sessel zusammengerollt hat, jault nach diesen Worten einmal leise auf. Ihm behagt es nicht, zurückgelassen zu werden. Auch in mir macht sich Unmut breit. Der Gedanke daran, zu meiner Familie abgeschoben zu werden, gefällt mir überhaupt nicht. Während Ruberián und Sera sich mit Xeron und den anderen auf die Suche nach Ria begeben, werde ich meine Zeit mit Getreidedreschen und Putzen verschwenden. Je länger ich darüber nachdenke, desto mehr wehrt sich mein Inneres dagegen. »Ich kann auch mit auf die Suche gehen. Ich habe Rubi ein wenig beigebracht, Spuren zu lesen. Ich könnte –«, beginne ich, doch Ruberián schneidet mir mit einer harschen Handbewegung das Wort ab.

»Genug, Finéra. Ich habe gesagt, du bleibst bei deinen Eltern«, widerspricht er mit erhobener Stimme. Nie zuvor hat er in einem solch scharfen Ton mit mir gesprochen. Ich verziehe missmutig das Gesicht. Doch als ich den Mund öffne, um zu einem erneuten Einspruch anzusetzen, verändert sich sein Gesichtsausdruck. Die Härte darin löst sich auf und hinterlässt eine fürsorgliche, liebevolle Miene. In seinem Blick liegt eine stumme Bitte. Mein lautstarker Protest bleibt mir im Halse stecken und nach einem tiefen Seufzer nicke ich ergeben. Zwar bin ich noch nicht gänzlich bereit, aufzugeben, aber ich will Ruberián fürs Erste nicht weiter zusetzen.

Während Ruberián seine Sachen zusammenpackt, lasse ich mich schweren Herzens wieder in meinen Sessel zurücksinken. Um mich abzulenken, beobachte ich Sera, die gedankenverloren durch Ruberiáns Wohnzimmer streift und sich aufmerksam umschaut. Vorsichtig fährt sie mit ihren Fingern über die unzähligen Bücher in den vollgestopften Regalen und bleibt schließlich an seinem Schreibtisch stehen. Ihr Blick fällt auf den schweren Wälzer, der mittig auf der Tischplatte liegt. Es ist jener Band, der den Titel ›Die letzte Tiare‹ trägt.

Sera mustert den Einband verzückt und greift vorsichtig danach. Behutsam schlägt sie den Buchdeckel auf und überfliegt die erste Seite. Sie blättert ein wenig in dem Buch herum, hält hier und da inne und liest einige Textstellen genauer durch. Einmal schmunzelt sie, ein anderes Mal verzieht sie schmerzhaft das Gesicht, bei der nächsten Stelle runzelt sie die Stirn und bei einer entfährt ihr ein erschreckter Laut.

Ich beobachte ihre Reaktionen genau und versuche, bei jeder Regung zu erahnen, welche Textstelle sie gerade lesen mag. Es muss ein merkwürdiges Gefühl sein, in der eigenen Geschichte herumzublättern. Ein Empfinden, das ich mir nicht vorzustellen vermag.

Als hätte sie meine Gedanken gelesen, sagt sie plötzlich: »Es ist befremdlich, all das hier geschrieben zu sehen. Es ist etwas ganz anderes, wenn man es selbst erlebt hat.« Sie wirft mir einen Blick zu, betrachtet mich fast prüfend.

Ich nicke verständnisvoll. »Das glaube ich dir. Ich selbst kann mir kein Bild davon machen, wie es sich anfühlen mag. Es ... es tut mir unheimlich leid, wie eure Geschichte geendet hat. Ich habe erst kürzlich das Ende niedergeschrieben und ich war zutiefst bestürzt über den Ausgang«, gestehe ich ihr.

Sera runzelt die Stirn. »Oh nein, Finéra. Das war noch nicht das Ende. Wir sind hier, wie du siehst. Unsere Geschichte ist noch nicht vorbei. Das, was du hier niedergeschrieben hast, war lediglich ein Abschnitt, ein Teil des großen Ganzen. Genau in diesem Moment stehen wir an einem neuen Wendepunkt der Geschichte und du bist nun auch ein Teil davon«, erwidert Sera.

Ihre Worte überraschen mich und verursachen ein aufgeregtes Kribbeln in meiner Bauchgegend. *Ich bin ein Teil der Geschichte.* Dieser Gedanke ist so aufregend, dass ich mich kaum auf meinem Sessel halten kann. Doch meine Hochstimmung wird gedämpft, als ich an Ruberiáns Worte denke. Mag sein, dass ich ein Teil davon bin, aber es wird wohl kein allzu bedeutsamer sein. Schon bald werde ich alleine zurückbleiben und von dem Fortgang erst dann erfahren, wenn auch dieser Abschnitt beendet ist. Mir bleibt nichts weiter, als die Rolle derjenigen, die niederschreiben wird, was anderen widerfahren ist. Es ist mir nicht vergönnt, mehr zu sein als eine Beobachterin, eine Zuhörerin und eine Träumerin.

Ein dumpfer Laut reißt mich aus meinen Gedanken. Sera hat das Buch geräuschvoll zugeschlagen. Sie kommt zu mir herüber und bleibt dicht vor mir stehen. Sie betrachtet mich lächelnd. »Du erinnerst mich an Ria«, stellt sie schmunzelnd fest. »Du verbirgst es gut, aber ich sehe dir deinen Unmut an. Ich sehe den Trotz und den Widerwillen in dir«, sagt sie ganz offen.

Ich setzte dazu an, ihr zu widersprechen, doch dann erscheint es mir falsch, ihr etwas vorzumachen. Also zucke ich bloß mit den Schultern und nicke seufzend. »Ich möchte unbedingt mitkommen, aber ich kann mich Ruberián nicht widersetzen. Ich habe ihm so viel zu verdanken. Vielleicht hat er ja Recht. Es wäre waghalsig und töricht von mir, mich auf eine solche Reise zu begeben. Ich kann weder kämpfen, noch mich in der Wildnis zurechtfinden. Ich wäre für euch alle mehr ein Hindernis als eine Hilfe«, gebe ich niedergeschlagen zurück.

Sera nickt nachdenklich. »Ja, vielleicht hat er recht, aber manchmal müssen wir uns Aufgaben stellen, denen wir eigentlich nicht gewachsen sind und während wir das tun, wachsen wir über uns hinaus und schließlich ... bestehen wir sie doch«, meint sie geheimnisvoll und zwinkert mir zu.

Ich betrachte sie erstaunt, während ich über ihre Worte und deren Bedeutung nachdenke. Versucht sie, mich davon zu überzeugen, mich an der Reise zu beteiligen oder möchte sie lediglich, dass ich mir mehr zutraue?

Ich grüble noch darüber nach, als ich bereits in meiner Schlafstatt liege und in die Dunkelheit über mir starre. Rubi schläft wie immer zusammengerollt am Fußende meines Bettes und schnarcht leise vor sich hin. Eingehüllt von seinen rhythmischen Schnarchlauten werde ich hinübergetragen ins Land der Träume – dorthin, wo mich nichts und niemand davon abhalten kann, zu einer gefährlichen Reise aufzubrechen.

Kapitel 2

Als ich weit vor Tagesanbruch erwache, habe ich ein klares Bild vor Augen. Ich sehe Ria, oder zumindest jenes Abbild von ihr, das mein Unterbewusstsein im Traum erschaffen hat. Eilig springe ich aus dem Bett, was mir einen vorwurfsvollen Blick von dem verschlafenen Rubi einbringt. Ich ignoriere ihn und klaube ein Blatt Pergament sowie ein paar Stifte aus meiner Nachttischschublade. Unverzüglich mache ich mich daran, die Illusion aus meinem Kopf zu Papier zu bringen. Es ist fast so, als würde sich die Geschichte wiederholen. Nur wenige Monde zuvor habe ich ebenso hier gesessen, skeptisch beäugt von Rubi, und habe eine Zeichnung von Sera und ihren Gefährten angefertigt.

Als es fertig ist, betrachte ich zufrieden mein Werk. Ria sieht fast genauso aus wie ihre Mutter, aber ihre Flügel sind kleiner, ihr smaragdenes Haar ist lockig und ihre hellen, blaugrünen Augen blitzen abenteuerlustig. Sie ist weniger schlank und anmutig, als vielmehr kräftig und muskulös. Die Siranis auf ihrer Haut sind schattenartig, als ob sie bereits verblassten. Während ich die Zeichnung betrachte, ertönt Seras Stimme von unten. Eilig ziehe ich mich um, stecke das Bild von Ria in meinen Hosenbund und begebe mich ins Erdgeschoss.

Sera erwartet mich am Fuße der Treppe mit einem gutmütigen Lächeln auf den Lippen und geleitet mich ins Esszimmer. Ruberián sitzt bereits am gedeckten Tisch und beschert uns einen freudigen

Empfang. Zu dritt nehmen wir ein ausgiebiges Frühstück nach fearanischer Art ein. Es gibt unterschiedliche Nüsse, bunten Fruchtbrei und einen süßen, dickflüssigen Saft. Nach dem Essen begibt sich Ruberián in sein Wohnzimmer, um ein paar letzte Vorkehrungen für die Abreise zu treffen, während ich mich daranmache, den Tisch abzuräumen.

Als ich mich vorbeuge, um das benutzte Geschirr einzusammeln, rutscht das Bild von Ria aus meinem Hosenbund, gleitet zu Boden und landet direkt vor Seras Füßen. Ehe ich danach greifen kann, hält die Fearane es bereits in ihren feingliedrigen Fingern. Mit unverhohlener Neugier betrachtet sie die Zeichnung und erstarrt jäh. Zunächst sieht sie nur überrascht aus, doch dann blitzt etwas anderes in ihrem Blick auf. Beunruhigung? Argwohn? Angst? Was es auch ist, es verschwindet so schnell, wie es gekommen ist und als sie mir das Pergament überreicht, lächelt sie mir besonnen zu.

Ich will es entgegennehmen, doch Sera gibt es nicht frei. Stattdessen fixiert sie mich mit einem prüfenden Blick. Sie schaut mir dermaßen intensiv in die Augen, als versuche sie, durch sie hindurch direkt in meinen Kopf zu schauen. Ich blinzele reflexartig und erst da lässt Sera das Bild unvermittelt los. »Du kannst gut zeichnen. Woher wusstest du, wie Ria aussieht?«, fragt sie leichthin.

Ich lächle kurz. »Ich weiß es nicht, aber ich habe von ihr geträumt. So sah sie in meinen Träumen eben aus. Ist es nah an der Wirklichkeit?«, entgegne ich.

Sera runzelt die Stirn, erneut wirkt sie verunsichert. »Ja, du hast sie wirklich erstaunlich gut getroffen«, gibt sie dann zu.

Ich lächele abermals und versuche, das Unbehagen abzuschütteln, das mich wegen ihrer Reaktion auf mein Bild erfasst hat – mit nur mäßigem Erfolg. Langsam schiebe ich die Zeichnung zurück unter meinen Hosenbund und fahre damit fort, den Tisch abzuräumen.

Als ich später das Wohnzimmer betrete, in dem Sera und Ruberián es sich in seinen Sesseln bequem gemacht haben, berichtet Sera gerade davon, wie sich das Leben der Fearane seit ihrer gemeinsamen Reise verändert hat. »Mir wurde vieles zugetragen, was seither außerhalb geschehen ist, aber auch innerhalb des Refugiums habe ich genug mitbekommen, um zu wissen, dass die Zeit meines Volkes endet. Die Fearane wurden von Verzweiflung übermannt, nachdem klar geworden ist, dass wir die Kristalle nicht zurückbekommen. Bereits einige Monde nach eurem vergeblichen Versuch sind die ersten Anzeichen unserer schwindenden Lebenskraft deutlich geworden. Die Alten unter uns sind erkrankt. Elon ist nur wenige Sommer nach deiner Verbannung gestorben. In der Stätte ist eine regelrechte Panik ausgebrochen, von der selbst das Refugium nicht verschont blieb. Von überallher sind Fearane in die Stätte geflüchtet und haben sich durch die Weisen Hilfe erhofft. Doch Goran und Lafie konnten nichts weiter tun, als sie zu beschwichtigen. Es wurden keine Fearanenjunge mehr geboren, daher war es ein besonderes Wunder, als ich bemerkt habe, dass … ich einen Sprössling von dir unter dem Herzen trage«, berichtet Sera geistesabwesend und spielt dabei an dem kleinen hölzernen Federanhänger herum, der an ihrem Hals baumelt.

»Ich habe mitbekommen, wie die Fearane sich immer weiter zurückzogen. Ich habe auch die Veränderungen an Tahr und den wenigen verbliebenen Fearanen in Dorias bemerkt. Sie konnten kaum noch mit den Tieren in Kontakt treten, bis diese Fähigkeit gänzlich erlosch. Einige der Älteren wurden krank, sie verließen die Stadt und kehrten nicht mehr zurück. Irgendwann musste auch Tahr fliehen, er sagte, er bräuchte die Natur nun näher bei sich, um nicht jede Verbindung zu ihr zu verlieren«, berichtet Ruberián, um Seras Schweigen zu überdecken.

Sera nickt traurig. »Ja, die Verbindung zur Natur, die sonst immer all unser Denken durchsetzt hat, schwindet immer mehr. Im Refugium habe ich das besonders schlimm erlebt, aber ich habe geglaubt, es liegt an meiner Trennung von dem Naturreich. Erst als ich aus der Zuflucht entkommen und endlich wieder im Wald war, ist mir klar geworden, dass ich die Natur tatsächlich nicht mehr spüren kann. Es ist mir, als hätte ich ein wichtiges Körperteil verloren oder als wäre ich plötzlich blind oder taub geworden«, bestätigt Sera wehmütig.

Ruberián streicht ihr sanft über die Wange, woraufhin sie sich ein Lächeln abringt. »Was geschah, als du merktest, dass du Nachwuchs erwartest?«, will er dann von ihr wissen.

»Ich war zunächst überglücklich, als hätte ich einen Teil von dir zurückerlangt. Doch später bekam ich schreckliche Angst, dass ich das Junge verlieren könnte oder es krank sein würde. Überall um mich herum verging die Lebenskraft der Fearane und in mir wuchs etwas Lebendiges heran, das ließ mir keine Ruhe. Doch das Leben in mir gedieh, vielleicht weil es nur zum Teil fearanischen Ursprunges war, vielleicht hat deine Menschlichkeit zu ihrem Überleben beigetragen«, überlegt Sera laut. »Jedenfalls erblickte Ria das Licht der Welt und zeigte keine Spur einer schwindenden Lebenskraft. Ria wurde so etwas wie eine Hoffnungsbringerin im Refugium, doch es machten sich auch Zweifel breit. Einige fragten sich, wie dieses Junge leben konnte, wo doch alle anderen vergingen. Fragen wurden laut, wer der Vater sei. Die Fearane misstrauten den Menschen zusehends und so konnte ich nicht zugeben, wer der wahre Vater von Ria ist. Xeron gab sie schließlich als seine Tochter aus und konnte somit die lautesten Stimmen zum Verstummen bringen. Es war schrecklich, dich so verleugnen zu müssen. Bitte verzeih mir«, gesteht Sera und wirft Ruberián einen flehenden Blick zu.

Doch der schüttelt nur sanft den Kopf und legt ihr eine Hand auf den Arm. »Ich mache dir keinen Vorwurf. Ich wünschte nur, es wäre anders gekommen. Ich wünschte, ich hätte da sein können – bei euch«, erwidert er beklommen.

»Also dachte auch Ria, dass Xeron ihr Vater wäre?«, platzt es aus mir heraus, ehe ich die Frage zurückhalten kann.

Sera verzieht schuldbewusst das Gesicht. »Zunächst ja. Ich wollte sie schützen und später wurde es immer schwerer, ihr die Wahrheit zu sagen. Ich wollte ihr den Schmerz ersparen, dass sie ihren wahren Vater vielleicht niemals sehen würde. Aber je älter Ria wurde, desto deutlicher wurde auch, dass sie anders war. Ihre Flügel waren nicht so ausgeprägt und sie war kleiner, als es für eine Fearane in ihrem Alter üblich gewesen wäre. Ich schob es auf die Lebensbedingungen im Refugium, fern von der Natur. Ich vertuschte ihre Besonderheiten so gut ich konnte, doch ihr selbst blieb all dies natürlich nicht verborgen. Sie merkte, dass etwas an ihr anders war und sie wurde nicht müde, mich deswegen auszuhorchen. Als ich ihr schließlich die Wahrheit offenbarte, war sie außer sich … es war schlimm. Es dauerte lange, bis sie wieder mit mir sprach, doch verziehen hat sie mir nie, wie ich fürchte. Nach ihrer Stammeseinführung verließ sie das Refugium und ich bekam sie kaum noch zu Gesicht. Schlussendlich hat sie ihren Willen durchgesetzt und ist aus der Stätte geflohen«, erzählt sie betrübt.

Danach ist es lange still im Wohnzimmer.

»Wie konnte sie aus der Stätte entkommen?«, frage ich, um das Schweigen zu durchbrechen.

Sera fährt sich mit einer Hand durch ihr Gesicht und seufzt tief. »Rias Sturheit und Überredungskunst sind unerbittlich. Entweder treibt sie die anderen um sich herum damit in den Wahnsinn oder sie verdreht ihnen den Kopf«, erwidert sie seufzend, woraufhin Ruberián ein belustigtes Lachen ausstößt.

Sera wirft ihm einen fragenden Blick zu.

»Das kommt mir nur allzu bekannt vor«, bemerkt er immer noch schmunzelnd.

Sera winkt ab. »Du kannst mir glauben, Rias Künste übertreffen alles, was ich je vollbracht habe«, beteuert Sera, was bei Ruberián ein ungläubiges Kopfschütteln hervorruft. »Jedenfalls muss Ria mit ihren zweifelhaften Fähigkeiten eine der Wachen umgarnt haben. Ich weiß nicht, wie sie es angestellt hat, aber sie hat ihn dazu überredet, ihr bei der Flucht zu helfen. Das ist zumindest, was Xeron herausgefunden hat. Du kannst dir vorstellen, wie er der Wache zugesetzt hat«, berichtet Sera weiter, was ihr ein wissendes Nicken von Ruberián einbringt. »Sie ist ein kluges Mädchen und hat abgewartet, bis Goran die Stätte verlassen hat, sonst wäre diese Flucht niemals möglich gewesen«, fährt Sera fort.

»Goran hat die Stätte verlassen?«, fragt Ruberián.

Sera nickt. »Er ist ins Tropische Waldlandreich aufgebrochen. Milea, die die verbliebenen Fearane dort leitet, hat um Hilfe ersucht. Sie möchte mit den Übrigen in den Wald der Weisen umsiedeln und hat Goran um Unterstützung gebeten. Daher ist er dorthin geflogen, um sich ein Bild von der Lage zu machen. Er dürfte aber mittlerweile über unser Verschwinden Bescheid wissen. Sicher wurde ein Bote entsandt«, berichtet sie zerknirscht.

Ruberián nickt geistesabwesend.

Als der Abend anbricht, machen wir uns bereit für den Aufbruch in den Lichtwald. Ich packe mir einen kleinen Rucksack mit Proviant und meinen wenigen Habseligkeiten. Ein letztes Mal streife ich durch Ruberiáns Haus. Es schmerzt mich, diesen Ort nun zu verlassen. Er war mir mehr ein Zuhause, als es mein eigentliches Heim je war. Auch wenn ich es kaum erwarten kann, Mutter und meine Schwestern wiederzusehen, bedrückt mich der bevorstehende Abschied von Ruberián.

Rubi folgt mir unentwegt wie ein Schatten, auch ihm widerstrebt es, fortzugehen. Meine eigene Unruhe schlägt auf ihn über und er hechelt die ganze Zeit und winselt leise vor sich hin. Um ihn abzulenken, gehe ich mit ihm nach draußen, sattle Vani und lege ihr und Ari das Zaumzeug um.

Als ich wieder das Haus betrete, mit einem winselnden Rubi im Schlepptau, kommt Ruberián gerade die Treppe herab. Bei seinem Anblick stoße ich überrascht die Luft aus meinen Lungen aus. So habe ich meinen Lehrmeister nie zuvor gesehen. Statt seiner üblichen Robe trägt er die alte Ausrüstung der Wachen von Dorias. Das dunkelblaue Gambeson erkenne ich sofort aus seiner Erzählung. Den Waffengurt ziert ein Langschwert, das hier und da Rostflecken angesetzt hat. Es bedarf dringender Pflege, doch es wird seinen Zweck sicher erfüllen.

Ich staune darüber, wie jung Ruberián in dieser ungewohnten Aufmachung aussieht. Es ist nur ein verblasstes Abbild von dem Riáz, wie ich ihn mir ausgemalt habe, aber dies hier ist auch eindeutig nicht mehr der krankheitsgebeutelte Gelehrte, den ich vor vielen Monden kennengelernt habe.

Ruberián schaut mich und Sera, die gerade neben mir aufgetaucht ist, verunsichert an, doch da wir ihm beide gleichermaßen bewundernd entgegenstrahlen, verliert er seine Unsicherheit rasch. Er strafft die Schultern und richtet sich zu voller Größe auf. Und siehe da, Ruberián verwandelt sich vor unseren Augen wahrhaftig in den stolzen, aufrechten Riáz.

Ich bin überwältigt von dieser Verwandlung. Es ist ein Anblick, der jegliche Zweifel ausmerzt. Dieser Mann ist kein gewöhnlicher Gelehrter. Es ist Riáz, Wachmann aus Dorias, Freund der Fearane, Gefährte von Sera und Vater der verschwundenen Ria!

Kapitel 3

Im Schutze der Dunkelheit begeben wir uns auf den Weg in den Lichtwald. Ruberián reitet auf Vani, da es ihm die Gelenkschmerzen unmöglich machen, solch eine lange Strecke zu Fuß zurückzulegen. Neben ihm schreitet Sera leichtfüßig daher. Mit Ari im Schlepptau bleibe ich etwas zurück, doch Rubi achtet darauf, dass wir nicht zu weit zurückfallen. Er läuft beständig zwischen dem wieder vereinten Paar und mir hin und her und schlägt an, sobald der Abstand zu groß wird. Er gibt erst Ruhe, wenn Sera und Ruberián warten, bis Ari und ich zu ihnen aufgeschlossen haben. *Er hält das Rudel zusammen,* denke ich und muss schmunzeln.

So wandern wir durch die Nacht. Der Mond und die Sterne spenden uns hinreichend Licht, sodass wir den Pfad vor uns erkennen können, doch ansonsten umhüllt uns Dunkelheit und bietet Schutz vor unerwünschten Beobachtern. Nicht, dass zu dieser Zeit viele unterwegs wären, die uns hätten erblicken können.

Wir sind die halbe Nacht durchgelaufen und haben bereits die Hälfte der Strecke zum Lichtwald zurückgelegt, als wir für eine kurze Rast halten. Ruberián entzündet ein kleines Feuer, Sera versorgt die Tiere und ich ziehe mir mit schmerzverzerrtem Gesicht die Schuhe von den wunden Füßen. Ich verfluche mich innerlich dafür, dass ich seit langem keine anderen Anstrengungen unternommen habe, als zu schreiben und hin und wieder kleine Spaziergänge mit Rubi zu unternehmen. Meine letzte nennenswerte Wanderung liegt einige Monde zurück – jener Marsch, der mein ganzes Leben verändert hat: die Reise nach Erosia. Damals sind Vater, meine Schwester Jéla und ich aufgebrochen, um Getreide in der Stadt zu verkaufen. Doch dann trafen wir auf Ruberián und ich habe Erosia nicht wieder verlassen. Während Vater und Jéla in unser kleines Dorf Schilfstätt zurückkehrten, blieb ich bei Ruberián, um seine Schülerin zu werden.

Nun wird sich mein Leben abermals verändern. Ich werde heimkehren und mein Dasein als Novizin der Fearanenkunde hinter mir lassen. Eine Rückkehr in mein altes Leben. Ich werde Federkiel und Bücher wieder gegen Dreschflegel und Rechen eintauschen und statt neues Wissen zu erlangen und Abenteuer zu erleben, werde ich mich mit dem eintönigen Dorfleben abfinden. Es sind nicht die reizvollsten Aussichten, doch so hätte meine Zukunft ohnehin ausgesehen. Und wem sollte ich deswegen schon einen Vorwurf machen? Ruberiáns Tochter schwebt in Gefahr, er muss sie suchen und ich wäre dabei vermutlich nur im Weg. Mir entfährt ein schwerfälliger Seufzer, woraufhin Sera mir einen überraschten Blick zuwirft. Auch Ruberián schaut fragend zu mir herüber, doch ich winke ab. Es hat keinen Sinn, ihm deshalb ein schlechtes Gewissen zu machen.

Sera bereitet uns ein leichtes Mahl zu und wir sitzen zusammen um das Feuer und speisen schweigend. Rubi hat sich neben mir zusammengerollt und seinen Kopf auf mein Knie abgelegt. Hin und wieder hebt er ihn an und spitzt die Ohren, wenn er ein Tierchen durch die Dunkelheit schleichen hört.

»Wie bist du eigentlich aus dem Refugium entkommen?«, frage ich nach einer Weile an Sera gewandt. Dies ist ein Umstand, der mir schon seit längerem Kopfzerbrechen bereitet. Ich erinnere mich daran, dass sie bereits am Ende der Geschichte erfolglos versucht hatte, zu entfliehen, und sie hatte selbst gesagt, dass Goran die Sicherheitsvorkehrungen danach weiter verschärft hatte. Ihre Flucht muss demnach ein schwieriges Unterfangen gewesen sein.

Selbst wenn Goran nicht vor Ort war.

Sera verzieht schuldbewusst das Gesicht. »Wir haben uns wohl etwas von Fero inspirieren lassen ...«, gibt sie zu und wirft Ruberián einen vielsagenden Blick zu.

»Ihr habt Schlafkraut verwendet? Habt ihr etwa das Refugium ausgeräuchert?«, entfährt es mir.

Sera schüttelt rasch den Kopf. »Oh nein, wir wollten niemanden nachhaltig schädigen. Wir haben dem Wasser im Refugium Schlafkraut-Extrakt zugesetzt. Das hat die meisten in einen ziemlich tiefen Schlaf versetzt, so konnten Xeron, Zara und ich uns unbemerkt bis zum Ausgang vorarbeiten. Dort haben uns Maran und Kira erwartet, die den wachhabenden Xarenaren ebenfalls mit Schlafkraut außer Gefecht gesetzt hatten. Sie haben direkt vor dem Zugang ein kleines Feuerchen aus getrockneten Schlafkraut angezündet, sodass die Dämpfe durch die Türritzen in das Innere des Baumes eingedrungen sind und die Wache allmählich eingeschläfert haben. Wir brauchten nur noch über die bewusstlose Gestalt zu steigen und konnten ungehindert ins Freie gelangen. Schwieriger war es dann jedoch aus der Stätte herauszukommen. Jedes Hochtor wurde von mehreren Wachen streng bewacht und oberhalb der Schutzhecke, die die ganze Stätte umschloss, kreisten weitere Wachen am Himmel«, berichtet Sera.

Ich lausche ihren Worten gebannt. »Wie seid ihr dann herausgekommen?«, bohre ich ungeduldig nach.

»Xeron löste einen Alarm aus. Er stieß einen bestimmten Pfiff aus, der die Wachen darüber informierte, dass das Refugium angegriffen würde. Ein Großteil der Wachen stürmte daher unversehens in Richtung des Refugiums. Ab diesem Zeitpunkt mussten wir uns beeilen und die Stätte schleunigst verlassen. Das Hochtor, das wir angesteuert haben, wurde nur noch von einer einzigen Wache verteidigt.« Sera hält inne.

»Wie habt ihr die Wache überlistet?«, dränge ich sie ungehalten zum Fortfahren.

Sera verzieht abermals das Gesicht und sieht schuldbewusst drein. Sie greift sich in einen ihrer vielen Hüftbeutel und zieht ein kleines hölzernes Stäbchen heraus. Zuerst denke ich, es ist eine Flöte, doch dann erinnere ich mich, dass Sera in der Geschichte ein Blasrohr besaß, mit dem sie früher bei ihrer Arbeit als Tierretterin verletzte und tobende Tiere betäubte. Ich reiße ungläubig die Augen auf. »*Du* hast sie abgeschossen?«, entfährt es mir fassungslos.

Sera nickt betroffen und zuckt leicht mit den Schultern. »Ich habe keine andere Wahl gesehen. Ich musste da raus. Ich musste zu meiner Tochter – muss es immer noch. Also habe ich der Wache eine gehörige Dosis Schlafkraut-Extrakt verpasst«, gesteht Sera und wirft Ruberián einen scheuen Blick zu.

Ruberián betrachtet sie kritisch. »Du hast damals sehr unter den Nachwirkungen des Schlafkrauts gelitten. Du hast Fero seine Tat schwer verübelt und nun habt ihr eine ganze Reihe an Unschuldigen damit ausgeschaltet, ohne zu wissen, welche Auswirkungen das Schlafkraut auf sie haben würde«, fasst er ihr Handeln ungeschönt zusammen.

Sera nickt abermals und blickt betroffen zu Boden.

»Die Sera, die ich kannte, die Sera von damals, hätte so ein Vorgehen niemals gutgeheißen oder ich müsste mich schwer irren. Scheinbar hast du dich wirklich sehr verändert, seit sich unsere Wege trennten«, schließt Ruberián aus dem Gehörten und wirft Sera einen ernsten Blick zu.

Seine Worte klingen nicht nach einem Vorwurf, aber ich merke, dass Seras rücksichtslose Vorgehensweise ihn sehr bestürzt. Nicht, weil er ihr Handeln nicht nachvollziehen könnte, sondern weil es nicht ihrem Wesen entspricht – dem Wesen, wie er es kannte.

Sera erwidert Ruberiáns Blick und nickt nach einer Weile müde. »Ja, Riáz, ich habe mich verändert. Man nahm mir viel und ließ mir fast nichts. Ich würde alles tun, um meine Ria zu retten, was es auch kostet. Wenn du geglaubt hast, deine Sera von früher wäre zu dir zurückgekehrt, dann hast du dich geirrt. Ich bin ebenso wenig die Sera von früher, wie du der Riáz von damals bist. Nur konnte ich nicht so einfach meinen Namen abstreifen und alles hinter mir lassen«, gibt sie mit einem bitteren Ton zurück, erhebt sich und verschwindet in der Dunkelheit.

Ruberián starrt ihr fassungslos hinterher.

Es schmerzt mich, zu sehen, was der Lauf der Geschichte den beiden angetan hat. Sie haben einander verloren – unwiderruflich, wie es scheint.

Nach einer Ewigkeit des bedrückten Schweigens rücke ich etwas näher an Ruberián heran und lege ihm eine Hand auf den Arm. Er schreckt leicht zusammen, dann schaut er betrübt zu mir herüber. »Die Zeit verändert uns alle, Finéra. Wer dir heute vertraut ist, kann dir in einigen Sommern vollkommen fremd sein«, gibt er achselzuckend eine seiner Weisheiten von sich.

Ich ziehe skeptisch eine Augenbraue hoch. »Das mag schon stimmen, aber das trifft doch sicher nicht auf dich und Sera zu. Ihr seid doch verbunden und auch wenn dir ihr Verhalten nun fremd erscheinen mag, sind eure Seelen sich gewiss immer noch vertraut«, gebe ich voller Zuversicht zurück.

Ruberián wirft mir einen überraschten Blick zu. »Na, ist das denn möglich? Nun gibt mir meine eigene Schülerin schon weise Ratschläge?«, will er fassungslos wissen.

Seine Worte bringen mich zum Lachen. »Ich habe vom Besten gelernt«, gebe ich kühn zurück und knuffe meinem geliebten Lehrmeister sanft in die Seite.

Ruberián lacht ebenfalls und legt väterlich einen Arm um mich. »Ach, Finéra, wo habe ich dich da bloß hineingezogen?«, fragt er mit leichtem Bedauern in der Stimme.

»Ich bin froh, ein Teil davon zu sein – noch«, gebe ich zurück.

Ruberián wirft mir einen Blick von der Seite zu. »Sei mal nicht so voreilig. Wenn man einmal Teil einer Geschichte ist, kommt man nicht so leicht wieder heraus«, mahnt er mich und ich wünsche inständig, er behält recht.

Als Sera kurz darauf zu unserer Lagerstelle zurückkehrt, setzen wir die Reise zum Lichtwald fort. Sera ist zunächst schweigsam und in sich gekehrt, doch je länger wir unterwegs sind, desto zugänglicher wird sie. Sie sucht Ruberiáns Nähe und das Gespräch mit ihm, weshalb ich mich mit Ari erneut zurückfallen lasse, um den beiden etwas Privatsphäre zu geben. Trotzdem kann ich mitanhören, wie Sera sich bei Ruberián entschuldigt. Dann kommt mir doch tatsächlich zu Ohren, wie Ruberián hochtrabend gelobt, dass ihre Seelen einander immer noch vertraut seien. Ein leises Schnauben kann ich mir dabei nicht verkneifen, doch als Sera einen kurzen Blick nach hinten wirft, schaue ich schnell auf meine Füße. Ist das denn zu fassen? Da bedient sich der ach so gescheite Gelehrte ganz ungeniert an den Weisheiten seiner jungen Schülerin.

Ein wenig stolz macht es mich schon und bringt mich unweigerlich zum Schmunzeln. Doch da schlägt Rubi mit lautem Gebell an und reißt mich aus der Schwelgerei. Wir sind zu weit zurückgefallen, der alte Ari und ich, weshalb ich ihn zur Eile dränge. Denn mein werter Herr Lehrmeister bemerkt davon rein gar nichts. Der ist zu sehr darin vertieft, sich mit der gewandelten Sera vertraut zu machen.

Kapitel 4

Als sich der Himmel bereits dunkelblau färbt und die ersten Vögel ihre Morgenlieder anstimmen, kommen die Baumwipfel des Lichtwaldes in der Ferne in Sicht. Aus dem kleinen Dorf, das ein Stück weiter westlich davon liegt, steigen vereinzelte Rauchschwaden auf. Es ist recht frisch in der Nacht und so brennen in den meisten Häusern Feuer in den Kaminen. Unterschiedliche Gefühle wallen in mir auf, von Wiedersehensfreude bis Widerwillen.

Wir müssen uns sputen, um den Wald vor Anbruch des Morgens zu erreichen. Bald werden die ersten Bewohner Schilfstätts auf den Beinen sein und sollte uns jemand von ihnen sehen, mit einer lebendigen Fearane unter uns, bricht vermutlich das ganze Dorf in eine ausgewachsene Panik aus. Daher legen wir etwas an Tempo zu, sehr zu Aris Verdruss. Doch Sera hat sich seiner angenommen und flüstert ihm ermunternde Worte ins gespitzte Ohr. Auch ohne ihre Gabe, mit Tieren zu kommunizieren, hat ihre Stimme eine stärkende Wirkung auf ihn. Daher trabt er beschwingt hinten drein, während ich mit Rubi ein Wettrennen bis zum Fluss veranstalte, das mich meiner letzten Kraftreserven beraubt.

Dementsprechend prustend und keuchend erreiche ich endlich das Ufer des Schilflaufs. Ich stütze mich auf meine Knie ab und atme mehrmals tief durch, während ich auf die anderen warte. Rubis Ausdauer ist hingegen lange nicht erschöpft und so springt er mit einem beherzten Satz in den Fluss. Kopfschüttelnd beobachte ich den aufgeweckten Vierbeiner dabei, wie er durch das Wasser watet und Stöckchen und sonstiges Treibgut einsammelt. Mit stolzgeschwellter Brust und hochgereckter Rute kommt er mit seiner Beute an das Ufer zurück, nur um gleich wieder in das kühle Nass einzutauchen.

Ari scharrt hingegen unbehaglich mit den Vorderhufen und beobachtet mit weit aufgerissenen Augen und hochgestellten Ohren Rubis Treiben. Ich tätschele dem wasserscheuen Maultier die Flanke und lasse meinen Blick zum Dorf hinüberschweifen. In einiger Entfernung kann ich den Hügel erkennen, auf dem ich damals gestanden habe, als ich die Kaliare am Flussufer erblickte. Fast glaube ich, die beiden Wasserkübel dort im Gras liegen zu sehen, wo sie meiner Mutter und mir vor Schreck aus den Händen geglitten sind … Seither hat sich so vieles verändert.

Ari reißt mich aus den Gedanken, indem er mir mit seinem haarigen Maul über den Handrücken streicht. Ich drehe mich um und blicke in die erwartungsvollen Gesichter von Sera und Ruberián.

»Bist du bereit nun auch Xeron, Maran, Kira, Tahr und Zara kennenzulernen?«, fragt Sera mich lächelnd. »Und meine alte Heimat zu sehen?«, fügt sie wehmütig hinzu.

Ich nicke eifrig.

Wir finden die Überreste einer morschen Brücke, die uns eine halbwegs trockene Überquerung des Flusses erlaubt, obschon es mich einiges an Überredungskunst kostet, Ari zur Überschreitung dieser zu bekommen. Endlich stehen wir alle am anderen Flussufer und blicken auf die dichte Baumreihe vor uns. Rubi ist der Erste, der die Waldgrenze passiert. Ich atme einmal tief durch, dann folge ich ihm.

Der Wald ist entgegen seinem Namen düster und dicht bewachsen. Kaum ein Mensch kommt noch hierher und die Fearane sind schon lange fort, daher sind die Pfade und Wege darin überwuchert und nur schwer begehbar. Sera hätte es leichter, wenn sie den Wald etwas weiter oben durchfliegen würde, doch sie bleibt bei uns und hilft dabei, Ari und Vani durch das Gestrüpp zu führen. Rubi springt gekonnt durch das Unterholz und findet immer einen Spalt, durch den er sich zwängen kann. So ist er schon ein ganzes Stück weiter vorn und sein aufgeregtes Kläffen dringt auffordernd zu uns heran und weist uns den Weg.

Irgendwann geben wir es auf, die behäbigen Huftiere durch das unwegsame Gelände mitzuschleifen. An einer behaglichen Lichtung lassen wir Ari und Vani zurück. Ein nahegelegener Bachlauf bietet den beiden eine kühlende Erfrischung und das saftige, dichte Gras, das hier wächst, lädt sie zu einer schmackhaften Verköstigung ein.

»Ich hol dich später wieder hier ab, Ari, keine Sorge«, flüstere ich meinem alten Freund zu, doch der scheint überhaupt nicht besorgt zu sein, stattdessen untersucht er mit Eifer und wild kreisendem Schwanz den neuen, lauschigen Ruheplatz.

Ohne Ari und Vani kommen wir wesentlich schneller voran. Wir bahnen uns unseren Weg durch das unwegsame Gelände, als in einiger Entfernung ein Knacken im Unterholz ertönt. Suchend schaue ich mich um und entdecke ein dürres Reh, das uns mit scheuem Blick betrachtet. Wir bleiben stehen, um es nicht zu erschrecken. Das kleine Hirschtier beobachtet uns dennoch misstrauisch, es sieht abgemagert und kränklich aus. Sera streckt sehnsüchtig eine Hand nach dem einst so vertrauten Geschöpf aus und macht behutsam einen Schritt in seine Richtung. Das Tier stellt achtsam die Ohren auf und prescht dann eilig davon.

Sera seufzt enttäuscht. »Wir haben jene, die wir schützen sollten, im Stich gelassen. Nun haben sie kein Vertrauen mehr in uns«, murmelt sie bedrückt.

Rubis Kläffen in der Ferne drängt uns zum Weitermarsch. Doch bereits kurze Zeit später verklingt das Bellen, was darauf hindeutet, dass Rubi das Ziel erreicht hat. Dieser Gedanke spornt mich an und ich presche vorwärts, während Sera und Ruberián mir in gemächlicherem Tempo folgen und schließlich zurückfallen. Als mich ein widerspenstiges Dornengebüsch am Weitergehen hindert, entdecke ich in einiger Entfernung die erste Plattform. Hoch über mir, zwischen den Baumkronen, erstreckt sich das hölzerne, an vielen Stellen vermoderte Plateau. Angetrieben durch meine Neugierde kämpfe ich mich weiter durch das störrische Gebüsch. Mit zahlreichen Kratzern und Schrammen und einigen Haaren weniger erreiche ich endlich die Plattform. Sie befindet sich genau über mir und ich starre beeindruckt zu ihr hinauf.

Plötzlich wirft sich ein Schatten auf den Boden neben mir und das laute Schlagen riesiger Flügelschwingen kündigt das Auftauchen eines Fearanen an. Erschrocken drehe ich mich herum und trete eilig mehrere Schritte zurück, als ich den schwarzen Schemen erblicke, der mit einer ungeheuren Geschwindigkeit auf mich zuhält.

»Was machst du hier?«, will der Schwarzgefiederte von mir wissen, der sich bedrohlich vor mir aufbaut und argwöhnisch auf mich herabblickt.

Voller Ehrfurcht schaue ich zu dem ernsten Gesicht empor, das ich sofort erkenne, obwohl ich es nie zuvor erblickt habe. »Xeron«, flüstere ich fasziniert.

Der wachsame Xarenare runzelt die Stirn, doch im selben Moment treten Sera und Ruberián hinter mir aus dem Geäst hervor und lenken ihn von mir ab.

»Wie ich sehe, hast du Finéra bereits kennengelernt«, bemerkt Sera erheitert.

Doch Xeron hat jegliches Interesse an mir verloren, denn er erblickt Ruberián – Riáz – und eilt auf ihn zu. In Windeseile ist er bei ihm und legt seinem Menschenfreund die Arme um den Oberkörper. »Riáz«, ruft er freudig aus. »Es tut gut, dich zu sehen.«

Auch Ruberián lacht laut auf und erwidert die Umarmung herzlich. Die Freude über das Wiedersehen mit seinem lang vermissten Freund und Getreuen ist ihm deutlich anzusehen.

Xeron schiebt Ruberián etwas von sich und mustert ihn kritisch. »Du bist alt geworden«, stellt er wenig rücksichtsvoll fest.

Mir entfährt ein leises Kichern, was Xerons Aufmerksamkeit wieder auf mich lenkt. »Und wer ist das?«, fragt er mit einer hochgezogenen Augenbraue.

»Ich bin Finéra, Ruberiáns – äh, Riáz' – Schülerin«, sage ich schnell, ehe jemand für mich das Wort ergreifen kann, und trete einen Schritt auf Xeron zu.

Er betrachtet mich prüfend, dann wirft er Sera einen fragenden Blick zu.

Sera nickt. »Ich weiß, was in dir vorgeht. Ich empfinde es auch so«, erwidert sie leise auf seinen Blick.

»Was soll das heißen? Was empfindet ihr?«, will ich ungehalten wissen. Mit verschränkten Armen werfe ich den beiden Fearanen auffordernde Blicke zu. Ich kann es nicht ausstehen, wenn in meiner Anwesenheit über mich geredet wird, als ob ich nicht da wäre. Doch mein Aufbegehren bringt die Zwei lediglich dazu, erneut vielsagende Blicke auszutauschen, als habe mein Verhalten sie in ihrer *Empfindung* auch noch bestätigt.

Bevor ich mich weiter über diese Heimlichtuerei auslassen kann, winkt Sera ab. »Du ähnelst Ria. Das habe ich dir doch bereits gesagt«, erklärt sie beschwichtigend und zwinkert mir zu.

Ich bin zu überrascht, um etwas zu erwidern, und so bleibt mein Mund geöffnet, ohne seiner zweckmäßigen Aufgabe gerecht zu werden. Die Ähnlichkeit mit Ria müsste gravierend sein, wenn selbst Xeron diese nach einem kurzen Blick auf mich bestätigt. Aber wie sollte das überhaupt möglich sein, dass ich, ein Menschenmädchen, Ria, einer Fearane, ähnele? Ich habe weder Flügel noch grünes Haar und besitze weder die Schönheit noch die Anmut einer

Fearane.

Xeron reißt mich aus meinen Gedanken, indem er strammen Schrittes an mir vorbeischreitet und uns mit sich winkt. »Kommt mit, die anderen warten schon.«

Also folgen wir ihm in sein einstiges Heimatdorf. Ich schaue mich gespannt um, doch abgesehen von den vermodernden Plattformen erinnert nichts daran, dass hier einmal ein Dorf gewesen sein soll. Der Wald ist hier ebenso umwuchert und dicht bewachsen wie überall sonst und ich kann mir kaum vorstellen, wie es hier damals ausgesehen haben mag. Doch Seras Blick durchstreift die Umgebung sehnsüchtig und viele Erinnerungen scheinen ihr durch den Kopf zu gehen.

Irgendwann bleibt sie stehen und greift nach Xerons Arm. »Wartet bitte kurz«, sagt sie und schwingt sich in die Höhe. Hoch oben in dem Geäst eines uralten Laubbaumes hängen die trostlosen und morschen Überreste einer Plattform. Einzelne Fetzen, die in den Ästen darüber baumeln, deuten darauf hin, dass dort einst ein Zelt errichtet war. Sera landet bedächtig zwischen den verkommenen Überbleibseln einer ehemaligen Behausung. Von unten kann ich nicht erkennen, was sie macht, aber sie verweilt lange da oben.

»Dies war ihre damalige Schlafstätte und ihr Rückzugsort«, flüstert Xeron Ruberián und mir zu. Wir nicken beide mitfühlend und werfen uns einen kurzen Blick zu.

In meinen Gedanken reise ich an einen Zeitpunkt ziemlich zu Beginn jener Geschichte, die Ruberián mir diktiert hat. Ich erinnere mich an die Stelle, in der Sera ihren kleinen Rückzugsort ein letztes Mal aufgesucht hat, bevor sie das Dorf, ihr Zuhause, endgültig verließ. Erst nach all dieser Zeit ist sie endlich zurückgekehrt und findet ihren so vertrauten Hort nun verfallen und leblos vor. Ich muss unweigerlich an mein eigenes Dorf denken und bei der Vorstellung, ich könnte es verlassen vorfinden, erschaudere ich.

Dann schwingt Sera sich wieder von oben herab. Ihr Gesicht ist von Tränenspuren durchzogen, doch sie müht sich um Fassung. »Nichts ist mehr, wie es einst war. Das ganze Dorf ist fort«, stellt sie bekümmert fest. »*Er* ist fort« fügt sie fast tonlos hinzu. Nun wirkt sie gar nicht mehr gefasst und frische Tränen rinnen an ihren Wangen herab. Sie wirft Xeron einen scheuen Blick zu, dessen Gesichtszüge sich merklich verhärten. Auch er ringt um Fassung. Ein schwerer Kloß wächst in meinem Hals heran. Sie kann nur von Fero sprechen. Gerade streckt Ruberián eine Hand nach Sera aus, als sie sich bereits wortlos abwendet, um ihren Weg fortzusetzen. Schweigend folgen wir ihr.

Schließlich erreichen wir eine weniger wild bewachsene Lichtung, in deren Mitte eine kleine Schar Fearane im Kreis herumsitzt. Rubi, der schon eine ganze Weile vor uns eingetroffen ist, hat es sich auf dem Schoß einer rotgefiederten Fearane bequem gemacht, die ihm hingebungsvoll die Ohren krault. Ich bin mir sicher, dass es sich um die Finere Zara handelt. Als wir näher an die Gruppe herantreten, kommt Bewegung in die gemütliche Runde und sie alle springen aufgeregt auf und eilen uns entgegen.

Der buntgefiederte Sirane, den ich als Tahr identifiziere, erreicht Ruberián als Erster und zieht ihn in eine feste Umarmung. Die beiden einstigen Verbannten liegen sich in den Armen und erfreuen sich an ihrem Wiedersehen. Auch die Xarenare – vermutlich Kira – und Zara umringen Ruberián und verschaffen ihrer Wiedersehensfreude tränen- und wortreich Ausdruck. Nur der orangegefiederte Mahare tritt zuerst an Sera heran. Wenn mich nicht alles täuscht, heißt er Maran und war der ehemalige Seelengefährte von Seras Mutter. Laut der Geschichte hat er Riáz nur flüchtig im Wald der Weisen kennengelernt, aber er war es, der die Zeremonie zur Vereinigung der beiden durchgeführt hat. Erst als sich die anderen etwas beruhigt haben, reicht er Ruberián die Hand.

Es ist merkwürdig meinen Lehrmeister hier inmitten all dieser Fearane zu sehen und zu erleben, wie sehr sie ihn schätzen und als einen der ihren ansehen. Mit einem Mal fühle ich mich völlig fehl am Platz. Ich gehöre hier nicht her. Ich bin ihnen allen fremd und vermutlich auch unerwünscht.

Leise trete ich einige Schritte zurück und halte mich möglichst im Hintergrund, um bloß nicht aufzufallen. Doch meine Bemühungen sind zwecklos, denn als die Begrüßungsrunde ihr Ende findet, wenden sich die gefiederten Wesen alle mir zu. Voller Neugier wollen sie wissen, wer ich bin und warum ich hier bin. Der plötzliche Trubel und die Aufmerksamkeit überfordern mich und ich merke, wie mir leicht schwindelig wird. Ich habe mich verzweifelt danach gesehnt, Fearane zu treffen, doch jetzt wo ich hier bin, raubt mir die Aufregung die letzten Kräfte.

Sera bemerkt meine Bedrängnis und eilt an meine Seite. »Dies hier ist Finéra, Riáz' Schülerin. Er nennt sich nun Ruberián und ist Gelehrter. Finéra kennt unsere ganze Geschichte und ist somit auch ein Teil davon. Sie wird fürs Erste bei uns bleiben«, erklärt sie den anderen.

Xeron wirft ihr einen scharfen Blick zu und sie schüttelt leicht den Kopf. »Fürs Erste«, wispert sie ihm leise zu, doch er wendet sich kopfschüttelnd ab.

Ich kann es ihm nicht verdenken. Es wäre nicht das einzige Mal, dass Sera von ihm etwas verlangt, was gegen jede Vernunft geht. Es würde ihn sicher nicht wundern, wenn Sera ihn zu überreden versuchte, mich auf diese gefährliche Unternehmung mitzunehmen. Aber diese Idee ist wahrlich irrsinnig, wie mir nun vollends klar wird.

Abgesehen von Xeron zeigen die Fearane großes Interesse an mir und stellen mir jede Menge Fragen, als wir nach einem gemeinsamen Mahl in einer gemütlichen Runde beisammensitzen. Ich komme kaum hinterher alles zu beantworten und kann nicht aufhören, mich über ihre Wissbegierde zu wundern. Nie hätte ich es für möglich gehalten, dass die Fearane mich ebenso faszinierend finden könnten wie ich sie. Zum Ausgleich liefern Maran, Zara, Kira und Tahr bereitwillig alle Antworten, nach denen es mir verlangt und so schreitet der Morgen immer weiter voran und der Mittag bricht an.

Meine vorherigen Bedenken verblassen und je länger ich mich in dieser lebhaften Gruppe aufhalte, desto wohler fühle ich mich. Wie konnte ich bloß daran zweifeln, dass ich hierhergehöre – zu ihnen gehöre? Allmählich wächst auch eine Vorstellung in mir heran, wie es hier vor etlichen Sommern ausgesehen haben muss, als das Dorf noch belebt und voll buntem Treiben war. Ich kann förmlich die zahlreichen vielfarbigen und umherschwirrenden Fearane sehen, ihr Gelächter und Stimmengewirr hören, kann das Leben und die Kraft spüren, die hier geherrscht haben müssen. Ein ganzer Stamm voller lebensfroher Fearane, so nah an meiner Heimat, ohne dass ich etwas davon mitbekommen hätte. So viel musste geschehen, so viel Zeit vergehen, bis sich mein Wunsch endlich erfüllt. Wäre nur der Anlass ein erfreulicherer.

Kapitel 5

Mitten in den Gesprächen mit den Fearanen, die mich so bedingungslos unter sich aufgenommen haben, muss ich eingeschlafen sein. Als ich etwas abseits von der Gruppe, gebettet auf einer reich mit Moos bewachsenen Stelle, erwache, ist es noch hell. Ich kann demnach nicht lange geschlafen haben und obwohl mir unsere nächtliche Wanderung noch nachhängt, bin ich ganz versessen darauf, mich wieder zu meinen neuen Freunden zu gesellen. Neben mir liegt Ruberián, der tief und fest schläft und leise vor sich hin schnarcht. Vorsichtig, um ihn nicht zu wecken, stehe ich auf und werde sofort freudig von Rubi begrüßt, als habe er mich seit einer Ewigkeit nicht mehr gesehen. Lachend beuge ich mich zu ihm herab und lasse mir von seiner feuchten Nase das Gesicht abküssen.

Ich schließe mich Kira, Tahr und Zara an, die zusammen im Gras sitzen und nehme dankend die Nüsse entgegen, die Zara mir hinhält. Ich schaue mich um, während ich mit halbem Ohr den Gesprächen der Dreien lausche. Xeron ist nirgends zu sehen, vermutlich hält er etwas abseits Wache. Sera hingegen streift unstet umher. Ihr ist anzusehen, dass sie sich am liebsten sofort an die Vorkehrungen für Rias Suche machen würde, es jedoch allem Anschein nach nicht über sich bringt, Ruberián zu wecken. Unentwegt wirft sie ihm Blicke zu, zumeist sehr liebevolle, jedoch auch etliche gequälte.

Nachdem ich die Nüsse verspeist habe und wieder zu Kräften gekommen bin, streife auch ich etwas umher und schaue mich in dem verlassenen Dorf um. Ich betrachte die riesigen Plattformen, die sich über mir durch das Blätterwerk ziehen. Sie müssen mindestens zwanzig Schritt über dem Erdboden angebracht sein. Während ich die Höhe bestaune, tritt jemand an mich heran. Ich reiße meinen Blick von der Plattform los und entdecke Zara, die mich zaghaft anlächelt.

»Möchtest du einmal dort hoch?«, fragt sie mich und nickt in Richtung Plattform.

Ich öffne unvermittelt den Mund, um dankend abzulehnen, denn diese Höhe ist mir nicht geheuer. Doch dann zögere ich und in einem plötzlichen Anflug von Wagemut nicke ich Zara zu.

Zara tritt an mich heran und legt mir von hinten ihre schlanken Arme um den Oberkörper. Ehe ich mich dafür wappnen kann, erheben sich unsere beiden Körper gemächlich in die Lüfte. Ich keuche auf, als ich herabblicke und meine Füße über dem Erdboden baumeln sehe. Wir steigen stetig höher und nähern uns den Baumkronen. Ein aufgeregtes Kribbeln breitet sich in mir aus, das sich gleichermaßen aus Angst und freudiger Erregung speist.

Lachend blicke ich auf die Lichtung herab, wo Rubi weit unter mir überdreht auf der Stelle springt und so versucht, zu mir hinauf zu gelangen. Bis in die Baumwipfel steigen wir auf und können nun auf die Plattformen herabsehen. Überreste von Zelten, Holzhütten und Feuerstellen zeugen von lang vergangenen Zeiten, in denen dies hier ein bewohnter Platz war. An einer etwas stabiler wirkenden Stelle, an der das Holz noch nicht allzu morsch geworden ist, landet Zara.

Sprachlos schaue ich mich auf der Plattform um und werfe auch einen Blick darüber hinaus. Es ist unwirklich, den Wald aus dieser Perspektive zu betrachten. Ich trete etwas weiter an den Rand der Ebene heran, doch das Holz knarzt wenig vertrauenswürdig und so ziehe ich mich eilig wieder zurück. Zara beobachtet mich lächelnd. »Weißt du, an wen du mich erinnerst?«, fragt sie mich aufgeregt.

»An Ria?«, rate ich, ohne zu zögern.

Zara stutzt erst, doch dann lacht sie auf. »Ja, genau«, bestätigt sie nickend.

Ich zucke kurz mit den Schultern, denn ich habe nach wie vor berechtigte Zweifel an dieser angeblichen Ähnlichkeit. »Aber wie kann das denn sein? Ich meine, sie ist eine Fearane und ich bin ein Mensch. Ich habe ganz sicher kaum Gemeinsamkeiten mit ihr«, entgegne ich skeptisch und zeige mit meinem Finger zuerst in mein Gesicht und dann auf meinen wenig anmutigen Körper herab. Ich verzichte darauf, sie außerdem auf die nicht vorhandenen Flügel aufmerksam zu machen, denn deren Nicht-Existenz ist wohl mehr als offensichtlich.

Zara folgt der Richtung meines Fingers und betrachtet mich nachdenklich, als wolle sie mich studieren. Schließlich nickt sie. »Ich verstehe deine Verwirrung und natürlich seht ihr nicht gleich aus. Wenn ich sage, dass ihr euch ähnelt, meine ich weniger euer äußerliches Erscheinungsbild, als mehr die Art, wie ihr euch bewegt, wie ihr redet und wie ihr in die Welt schaut – darin seid ihr euch ähnlich«, erklärt sie. Sie zuckt mit den Schultern. »Ich kann es nicht genau benennen, vielleicht ist es auch der Glanz in deinen Augen oder etwas an deiner Seele, das ihr so gleicht«, sagt sie leichthin und lässt den Blick in die Ferne gleiten.

Aus irgendeinem Grund jagen mir diese Worte einen Schauer über den Rücken. Kann es wahrlich möglich sein, dass wir uns auf eine seltsame Art gleichen? Mehr denn je verlangt es mich danach, Ria zu sehen. Nicht nur weil ich mich von dieser angeblichen Ähnlichkeit überzeugen will, sondern auch weil ich das Gefühl habe, ich *muss*. Etwas in mir schreit förmlich danach, als würde mein ganzes Leben davon abhängen. Diesen drängenden Impuls verspüre ich schon, seit ich ihren Namen zum ersten Mal vernommen habe, doch in keinem Augenblick war er derart übermächtig. Die Intensität des Gefühls überwältigt mich auf einmal vollkommen und ich gerate in der schwindelerregenden Höhe bedrohlich ins Wanken.

Zara ist sofort an meiner Seite, ergreift meinen Arm und hält mich, ehe ich in die Tiefe stürzen kann. »Ist alles in Ordnung?«, fragt sie besorgt.

Ich zwinge meine Lippen zu einem gequälten Lächeln und winke mit einer Hand ab. »Schon gut, ich bin diese Höhe nicht gewohnt«, gebe ich gespielt gelassen zurück.

Zara nickt verständnisvoll. »Ja, natürlich. Ich bringe dich sofort runter und du erholst dich etwas. Du bist sicher noch erschöpft von der Reise hierher«, sagt sie mitfühlend und ergreift mich, um mich hinunterzufliegen.

Unten angekommen, geht es mir gleich besser und das merkwürdige Gefühl, das mich dort oben dermaßen überwältigt hat, lässt nach. Daher lächele ich Zara beruhigend zu, die mich immer noch sorgenvoll mustert. Als sie sich zurück zu Tahr und Kira begeben will, halte ich sie am Arm zurück.

»Glaubst du, es geht ihr gut?«, frage ich sie leise.

Auf Zaras Gesicht legt sich ein Schatten und sie wirft einen schnellen Blick in Seras Richtung, ehe sie mit gedämpfter Stimme antwortet: »Ich hoffe es sehr, aber ich mache mir fürchterliche Sorgen um sie. Sie ist bereits so lange fort und wir haben nicht den kleinsten Anhaltspunkt dafür, wo sie sich befindet. Wir haben so gehofft, dass sie es tatsächlich bis zu Riáz geschafft hat. Doch nun fürchte ich ...« Sie bricht ab, dann schüttelt sie den Kopf. »Wir werden sie finden«, sagt sie mit solcher Heftigkeit in der Stimme, dass ich zusammenzucke.

Ich nicke etwas verhalten, denn ich bin wahrlich nicht überzeugt von dieser Annahme. Doch Zara lächelt mir zuversichtlich zu und so gehe ich nicht weiter auf das Thema ein.

Etwas später ist Ruberián wach und wir versammeln uns alle in der Mitte der Lichtung, um über das weitere Vorgehen zu sprechen. Ich bin nur anwesend, um der Besprechung zu lauschen, denn einzubringen habe ich selbstverständlich nichts. So sitze ich schweigend neben Ruberián, kraule Rubi gedankenverloren den Bauch und verfolge den angeregten Austausch.

»Ria ist vor über vierzig Tagen aus dem Wald der Weisen geflohen. Wir haben vermutet, dass sie sich auf direktem Wege nach Dorias begeben würde, um Riáz' alte Heimat aufzusuchen. Allerdings konnten wir keine Spur entdecken, die diese Vermutung bestätigt hätte. Unsere zweite Hoffnung war, dass Ria sich nach Erosia begeben hat, obwohl mir schleierhaft ist, wie sie von Riáz' neuer Heimat hätte wissen können. Jedenfalls ist nun auch diese Hoffnung vernichtet, denn Ria ist nicht hier. Es verbleiben nun noch zwei Möglichkeiten, was mit ihr geschehen sein mag: Entweder sie wurde bereits kurz nach ihrem Aufbruch aufgehalten oder sie hat sich bewusst vor uns versteckt. Keine der beiden Varianten gefällt mir und dennoch hoffe ich auf die zweite«, fasst Xeron die Lage noch einmal zusammen.

Unbehagliches Schweigen breitet sich unter den anderen aus. Zara nickt vorsichtig. »Ja, das sähe ihr ähnlich. Sie ist raffiniert und hat sicherlich damit gerechnet, dass ihr jemand folgen würde«, pflichtet sie ihm leise bei.

»Das heißt, sie ist vielleicht doch auf dem Weg nach Dorias«, murmelt Ruberián.

»Sie könnte sogar in diesem Augenblick ganz in der Nähe der Stadt sein«, wirft Tahr ein.

»Ja, ich halte dies auch für möglich. Wenn Ria sich vor uns versteckt hat, wird sie sich danach auf den Weg nach Dorias begeben haben. Vielleicht haben wir Glück und kommen rechtzeitig dort an, um sie abzufangen. Und wenn nicht, müssten wir dort zumindest eine Spur von ihr entdecken«, pflichtet Xeron den beiden bei.

Nach und nach verfestigt sich der Plan und alle sind sich einig, dass Dorias das nächste Ziel der Suche sein soll. Neue Zuversicht und Hoffnung macht sich unter den Anwesenden breit, was zu einem regelrechten Stimmungsumbruch führt. Doch dann nimmt das Gespräch unverhofft eine unangenehme Wendung, als Xeron entschieden verkündet: »Etwas möchte ich noch klarstellen: Sera und Riáz, ihr werdet uns aus ersichtlichen Gründen nicht begleiten, sondern in Erosia auf uns warten.«

Sowohl Sera als auch Riáz brechen daraufhin in vehementen Widerspruch aus. »Es geht hier um meine Tochter, natürlich werde ich mit auf die Suche gehen«, zischt Sera ihm entgegen. »Glaubst du, du kannst mich davon abhalten meine eigene Tochter zu suchen?«, schreit Ruberián aufgebracht.

Xeron hebt die Hand, um den aufbrausenden Gemütern Einhalt zu gebieten, was nur mit Mühe gelingt. »Hört mich an, ihr beiden!«, verlangt er in seiner herrischen Art. »Riáz, als ich sagte, du seist alt geworden, habe ich das nicht scherzhaft gemeint. Sieh dich doch an! Du bist ein Mensch und als solcher bist du von Alter und Krankheit gezeichnet. Du hast es nur mit größter Anstrengung hierhergeschafft – auf einem Pferd. Wie willst du es bis Dorias oder vielleicht sogar noch weiter durchhalten?«, wirft er Ruberián barsch vor den Kopf, der daraufhin betroffen schweigt.

Dann zeigt Xeron mit seinem Finger auf Sera und kneift die Augen fest zusammen. »Und du, du weißt genau, wieso du nicht mitkommen darfst. Wir hatten eine Abmachung! Ich habe dir gesagt, sobald es brenzlig wird, werde ich dich in einem sicheren Versteck unterbringen. Nur unter dieser Bedingung, habe ich dir aus der Stätte herausgeholfen und bin damit schon ein viel zu großes Risiko eingegangen. Du bist immer noch die letzte Tiare und wir wissen nicht, wohin uns diese Reise noch verschlägt. Wir können nicht riskieren, dass dir etwas zustößt«, sagt er mit einer unnachgiebigen Entschlossenheit in der Stimme zu ihr.

Sera schnaubt, steht auf und verlässt die Runde. Xeron seufzt erst, doch dann erhebt er sich und geht ihr nach. Er packt sie am Arm, um sie zu sich herumzudrehen. »Du weißt, wie viel sie mir bedeutet. Ich werde alles dafür tun, um sie zu finden. Ich will mich nicht dadurch ablenken lassen, dass ich auch noch auf dich aufpassen muss – und komm mir jetzt nicht wieder damit, dass du selbst auf dich aufpassen kannst! Ich setze all meine Kraft ein, um sie zu finden«, flüstert er ihr eindringlich zu.

Obwohl er leise spricht, verstehe ich jedes Wort. Gespannt beobachte ich ihre Reaktion und bin verblüfft, als sie einlenkend nickt und ihm zurück zur Gruppe folgt.

Meine Überraschung wird jedoch noch übertroffen, als Sera unvermittelt verkündet: »Wie du meinst. Dann kommen Ruberián und ich eben nicht mit, doch dafür wird Finéra euch begleiten.«

Ungläubig reiße ich den Kopf zu ihr herum, während alle anderen in einen hitzigen Protest ausbrechen. Xeron scheint vor lauter Erzürnung fast zu explodieren und auch Ruberián widerspricht in ungeahnter Vehemenz. Ich hingegen sitze weiterhin stumm auf meinem Platz und wage es nicht einmal, mich zu rühren. Die Angst, die die Vorstellung einer solch gefährlichen Reise in mir auslöst, lähmt mich und doch rührt sich heimlich wieder dieser Wagemut tief in mir.

»Hört mir zu«, unterbricht Sera die anderen. »Wenn weder ich noch Riáz euch begleiten, wird Ria keinen Grund haben, euch zu folgen, außer sie befindet sich in großer Not. Doch wenn nicht, wird sie vielleicht nicht auf euch hören. Xeron, du weißt genau, wie stur sie ist und auch du, Zara, hast schon mehrere Kostproben ihrer Eigenwilligkeit bekommen. Ich bin mir nicht sicher, ob sie euch so leicht glauben wird, wenn ihr behauptet, dass ihr sie zu ihrem Vater bringen wollt. Vielleicht wird sie vor euch fliehen, weil sie denkt, ihr wollt sie zurück in die Stätte schaffen. Wenn sie ein Ziel vor Augen hat, vermag sie bisweilen nicht mehr falsch von richtig zu unterscheiden, das wisst ihr. Schließlich ist sie alleine aus der Stätte geflohen.

Finéra ist die Einzige, die eine direkte Verbindung zu dem heutigen Riáz darstellt. Sie kennt ihn und kann Ria alles über ihn sagen, was sie wissen will. Außerdem ist sie im selben Alter wie sie und ihr habt doch alle die Ähnlichkeit festgestellt. Ich bin mir sicher, Ria wird Vertrauen zu ihr fassen«, legt sie den anderen in überzeugender Weise dar.

Diesmal fallen die Proteste viel verhaltener aus, doch der Widerspruch bleibt dennoch bestehen.

Nach einer ganzen Weile sagt Sera schließlich: »Wieso fragt ihr sie nicht einfach? Sollte Finéra nicht selbst entscheiden, ob sie mit auf die Suche gehen will oder nicht?«

Mit dieser kleinen Frage verschiebt sich die Aufmerksamkeit aller Anwesenden auf mich und ich starre in sieben gebannte Gesichter. Mein Hals ist mit einem Mal wie ausgedörrt und ich schlucke schwer, ehe ich den Mund öffne. Als mir klar wird, dass ich keine Ahnung habe, was ich erwidern soll, schließe ich ihn unverrichteter Dinge wieder. Mein Kopf ist vollkommen leer und mein Körper wie gelähmt. Einige Augenblicke vergehen, in denen sich keiner rührt, selbst der Wald um uns herum scheint gespannt den Atem anzuhalten. Dann ist es mir, als ob eine fremde Kraft von mir Besitz ergreift, und ich höre mich mit fester Stimme sagen: »Ich komme mit auf die Suche.« Entschieden recke ich das Kinn empor und nicke noch einmal zur Bekräftigung.

Kapitel 6

Kaum sind die Worte hinaus, schießt mir nur ein Gedanke durch den Kopf: Habe ich das tatsächlich gerade gesagt? Doch die Reaktionen der anderen lassen keinen Zweifel daran: Ich habe es gesagt und muss demnach die Folgen dieser Entscheidung tragen, wie auch immer diese aussehen werden.

Als Teil des Suchtrupps werde ich mich gemeinsam mit Xeron, Kira, Tahr, Zara und Maran aufmachen und mich auf eine Reise mit unbekanntem Ausgang begeben. Obwohl Xeron vehement widersprochen hat und auch Ruberián vielfältige Einwände erhoben hat, haben die beiden sich letztendlich dem Entschluss der Mehrheit gebeugt. Denn für die anderen hat meine Entscheidung ausreichend Gewicht und sie sind entschlossen, sie mit all ihren Konsequenzen zu respektieren.

»Ich kann nicht für ihre Sicherheit garantieren«, lauten Xerons letzte Worte in dieser Angelegenheit.

Diese Warnung ist es, die mir seither durch den Kopf geistert. Doch Sera hat auf diese Mahnung hin nur wissend gelächelt. Sie hat mir einen Blick zugeworfen, der in etwa besagte: »Sei beruhigt, denn er wird alles dafür tun, um sie zu gewährleisten.«

So, wie ich Xeron einschätze, wird er das tatsächlich und obwohl der verdrießliche Xarenare mich immer wieder abschätzig musterte, habe ich Vertrauen in ihn.

Jetzt, wo sich die Vorbereitungen in den letzten Zügen befinden, fange ich allmählich an, meine vorschnelle Antwort zu bereuen. Doch etwas in mir ist davon überzeugt, dass es die richtige Entscheidung ist. Ich kann es deutlich spüren, während ich im weichen Gras sitze, ein Blatt Pergament in der einen und eine tintengetränkte Feder in der anderen Hand. Ich bemühe mich angestrengt das geschäftige Treiben der Fearane um mich herum, auszublenden, denn anstatt mich an den Vorbereitungen für die Reise zu beteiligen, versuche ich die richtigen Worte für meine Schwester Jéla zu finden.

Ruberián und ich werden am späten Nachmittag meine Familie aufsuchen, ehe ich mich an den Aufbruch ins Ungewisse mache. Wir werden Ari in Jélas fürsorgliche Hände übergeben, um ihm die mühsame Rückreise nach Erosia zu ersparen. Und ich werde die Möglichkeit haben, mich von meinen Familienmitgliedern zu verabschieden. Selbstverständlich kann ich ihnen nicht sagen, mit wem oder wohin ich wirklich gehe. Vielmehr werden wir vorgeben, dass Ruberián und ich eine wichtige Forschungsreise unternehmen. Doch für den Fall, dass ich … nicht wie geplant zurückkehre, möchte ich Jéla einen Brief hinterlassen, in dem ich ihr die Wahrheit mitteile. Keinesfalls will ich sie im Ungewissen über mein Schicksal lassen, wenn es sich am Ende gegen mich wenden sollte.

Doch je länger ich hier sitze, desto bewusster wird mir, wie schwierig es ist, die richtigen Worte zu finden. Wie soll ich ihr eine Angelegenheit dieses Ausmaßes in wenigen Sätzen begreiflich machen? Wie soll ich ihr erklären, wieso ihre Schwester an einer solch gefährlichen Mission teilnimmt und dabei womöglich ihr Leben riskiert?
Unentschlossen streife ich das Pergament glatt und tunke die Feder erneut in das kleine Tintengläschen.

Liebste Jéla, …

Ich halte inne und überlege. Dann fließen die Worte wie von selbst auf das Pergament.

Für den unwahrscheinlichen Fall, dass ich nicht wie geplant von meiner Reise zurückkehre, möchte ich, dass du die folgenden Dinge erfährst. Ich will, dass du verstehst, was es mit dieser Unternehmung wirklich auf sich hat und wieso ich mich trotz der bevorstehenden Gefahren daran beteilige. Ich bitte dich aber inständig darum, weder unseren Eltern noch Sóla davon zu erzählen. Sóla ist zu jung, um die Zusammenhänge zu begreifen, und Mutter und Vater – na, du weißt selbst, wie sie sind. Sie werden es niemals verstehen.

Ich enthülle dir nun das große Geheimnis: In Wahrheit begebe ich mich nicht auf eine Forschungsreise, sondern auf eine wichtige Rettungsmission. Außerdem wird mich Ruberián nicht begleiten. Stattdessen werden fünf Fearane an meiner Seite sein. Ja, du hast richtig gelesen: Ich reise mit Fearanen. Du musst wissen, dass die Gefiederten weder gefährlich noch heimtückisch sind, wie Vater immer sagte. Vielmehr sind sie ein überaus gutmütiges und liebenswertes Volk. Aber ihr Schicksal ist bedroht und ihre Lebenskraft sinkt, seit die niederträchtigen Zentâris, die Metallmenschen, ihr Oberhaupt töteten und die Urkristalle in ihren Besitz brachten. Dies geschah noch vor meiner Geburt und zwang die Fearane zu einem Leben im Verborgenen.

Jetzt fragst du dich sicher, wie ich an dieses geheime Wissen gekommen bin. Auch das möchte ich dir erklären: Ruberián, mein Lehrmeister, hat mir all das erzählt. Er ist ein Fearanenkundiger, doch nicht nur das. Er hat das meiste davon sogar selbst miterlebt. Sicher schüttelst du nun ungläubig den Kopf, aber es ist wahr! Er hat damals an der Seite der Fearane gekämpft. Ich habe die Geschichte von ihm und einigen der Gefiederten niedergeschrieben und kenne die Geschehnisse fast so gut, wie Ruberián selbst. Ich würde dir gern mehr darüber berichten, doch die Geschichte ist lang und ich habe weder genügend Zeit noch ausreichend Pergament.

Wenigstens weißt du nun, was es mit meinem Aufenthalt bei Ruberián wirklich auf sich hat. Doch soll ich dir verraten, was das Unglaublichste an der ganzen Sache ist? Vor wenigen Tagen klopfte es an Ruberiáns Tür und du ahnst nicht, wer dort vor der Türschwelle stand. Es war Sera, eine der Fearane aus Ruberiáns Geschichte. Sie ist übrigens nicht irgendeine Fearane, sondern die letzte Tiare und außerdem die Seelengefährtin von Ruberián. Jedenfalls hat sie uns ein unfassbares Geheimnis offenbart: Sie und Ruberián haben eine gemeinsame Tochter. Sie ist weit entfernt in einem geheimen Refugium im Wald der Weisen aufgewachsen. Sera wurde dort eingesperrt, nachdem der letzte Versuch zur Rückeroberung der Kristalle scheiterte und Ruberián – vielmehr Riáz – aus dem Wald der Weisen verbannt wurde. Kannst du dir das vorstellen? Das liebende Paar wurde entzweigerissen und all die Zeit lang voneinander getrennt. Ruberián hat nicht einmal von seiner eigenen Tochter gewusst! Sie heißt übrigens Ria und ist vor kurzem aus dem Wald der Weisen entflohen, um ihren Vater – Ruberián – aufzusuchen. Doch sie ist nicht bei ihm angekommen, stattdessen ist sie seither verschwunden.

Falls du die Zusammenhänge nicht begriffen hast, bringe ich es noch einmal auf den Punkt: Ich werde gemeinsam mit den fünf Fearanen aufbrechen, um die vermisste Ria zu suchen. Du verstehst sicher, wieso das überaus wichtig ist. Ria wollte lediglich ihren Vater kennenlernen und ist jetzt vermutlich in Gefahr und braucht unsere Hilfe!

Wieso ausgerechnet ich mit auf diese Reise gehe, kann ich dir nicht genau erklären. Sera meint, ich wäre die einzige, die eine Verbindung zwischen Ruberián und seiner Tochter herstellen könnte, weil ich ihn kenne und im gleichen Alter wie Ria bin. Da Ruberián selbst nicht mitkommen kann, gelingt es mir vielleicht, Ria davon zu überzeugen, dass wir sie zu ihm bringen können.

Doch das ist nicht der einzige Grund, weshalb ich mich der Suche anschließe. Es mag dir merkwürdig vorkommen, aber ich habe das Gefühl, dass ich Ria unbedingt sehen muss. Es ist, als ob etwas in mir steckt, was mich zu ihr hintreibt. So wirr das alles klingen mag, ich werde Ria suchen!

Diese Reise könnte gefährlich werden und es ist vermutlich töricht von mir, mich ihr anzuschließen, aber Xeron, der Anführer des Suchtrupps, ist ein mutiger und erfahrener Krieger. Ich bin sicher, dass mir nichts zustoßen wird, solange ich in seiner Nähe bin.

Wenn ich zurückkehre, das verspreche ich dir, wirst du die ganze Wahrheit erfahren. Diesen Brief wirst du dann gar nicht brauchen. Dennoch wollte ich ihn dir schreiben, denn falls alles anders kommen sollte, hoffe ich, dass die der Brief helfen wird, es zu verstehen. Und du sollst wissen, wie wichtig du mir bist und dass ich dich in all der Zeit der Trennung schrecklich vermisse. Außerdem habe ich eine Bitte an dich: Werde Ruberiáns neue Schülerin! Du musst die Geschichte fortführen und all das niederschreiben, was seit damals geschehen ist. All das darf nicht in Vergessenheit geraten, verstehst du?

Meine liebste Jéla, wenn du diesen Brief gelesen hast, bedeutet das, dass ich nach drei Monden immer noch nicht zurückgekehrt bin. Ich vertraue darauf, dass du dich an meine Bitte gehalten und du ihn nicht vorzeitig geöffnet hast! Sollte ich mich irren und du liest ihn aus reiner Neugierde schon früher, dann höre nun auf zu lesen! Verstanden? Lies nicht weiter!

Wenn ich bis jetzt nicht zurückgekehrt bin, ist mir vermutlich etwas zugestoßen und ich werde vielleicht nie wieder heimkehren. Du sollst in diesem Fall wissen, dass ich dich unendlich liebhabe. Weißt du, was die

Fearane glauben? Sie sind davon überzeugt, dass die Seele nach dem Tod in viele kleine Einzelteile zerspringt, die auf ewig in dieser Welt umher schweben. Wenn du mich je vermisst, brauchst du dich nur umschauen, und du wirst mich sehen. Ich werde immer da sein, in deiner Nähe, in der Luft die du atmest und in dem Wind, der dir durchs Haar fährt. Ich bin auf ewig an deiner Seite! Großes Schwesternehrenwort!

Vergiss das niemals!

In Liebe

Deine Schwester Finéra

Eine Träne entflieht meinem Augenwinkel und ich kann nur eben so verhindern, dass sie auf das Pergament klatscht und die Tinte verschmiert. Ich wische mir verstohlen über die Lider, um etwaige weitere unerwünschte Tränen loszuwerden, ehe sie sich in die Tiefe stürzen können. Ich straffe die Schultern und recke das Kinn empor. Es gibt keinen Grund zum Heulen. Dieser Brief ist nur für den allerschlimmsten Ernstfall, für den absolut unwahrscheinlichen Fall, dass ich nicht zurückkehre. Mir gefällt schlicht der Gedanke nicht, dass zwischen meiner Schwester und mir Geheimnisse bestehen bleiben, wenn mir etwas zustoßen sollte.

Ich drehe das Pergament sorgfältig zu einer Rolle zusammen und umwickele sie mit einem Stück Schnur, das ich inmitten meiner Reisekleidung gefunden habe. Dann verstaue ich die Briefrolle mit dem Tintengläschen und der Feder wieder in meinem Rucksack. Ich atme ein letztes Mal tief durch und verbanne entschlossen alle verzweifelten und schwarzseherischen Gedanken über die anstehende Reise aus meinem Kopf.

Ich stehe auf, klopfe mir die Spuren des Waldbodens von der Kleidung und mache mich daran, Ruberián aufzusuchen, um ihm mitzuteilen, dass ich bereit bin für unseren Aufbruch.

Kapitel 7

Ich werde immer nervöser, je näher Ruberián und ich dem Dorf kommen. Obwohl Schilfstätt meine Heimat ist, fühle ich mich hier merkwürdig fremd, als gehörte ich nicht hier her. Wir überqueren den Fluss an einer Stelle, an der er sich bis auf wenige Schritt verengt. Ari ist nicht sonderlich erpicht darauf, da er sich seit jeher vor fließenden Gewässern fürchtet. Erst als Rubi unerschrocken in das Wasser eintaucht und unbeschadet am anderen Ufer wieder herausspringt, traut Ari sich behutsam vorwärts. Ich meistere die Überquerung mit einem einzigen großen Satz, während Ruberián ähnlich unbeholfen wie Ari durch den kühlen Fluss watet.

Schließlich erreichen wir den Hügel, der zwischen dem Schilflauf und meinem alten Zuhause liegt. Rechts von uns erstreckt sich das Kornfeld. Der wilde Emmer steht schon fast mannshoch und ist reif für die Ernte. Wir passieren das Feld und schreiten auf das Haus zu, als mein Vater laut pfeifend aus dem Schuppen tritt, in dem er Pflug, Sense und Dreschflegel lagert. Abrupt hält er inne und starrt uns mit großen Augen an. Erst als Ruberián grüßend die Hand hebt, lockert Vater seine Haltung und erwidert den Gruß.

Kopfschüttelnd kommt er auf uns zu. »Was verschafft uns denn die Ehre, dass sich zwei solch gewichtige Gelehrte auf den weiten Weg zu uns machen?«, brummt er hämisch dazu.

Ich sehe über seine spöttische Art hinweg und laufe los, um ihm beschwingt meine Arme um den Hals zu werfen. Mein Vater mäkelt verdrossen vor sich hin, doch ich kann am Glanz seiner Augen erkennen, dass er sich auch freut, mich zu sehen. Als ich von ihm ablasse, streckt er Ruberián förmlich seine Hand entgegen.

»Also«, setzt Vater zu einem erneuten Versuch an. »Was treibt euch hierher? Ich habe geglaubt wir sehen dich erst nach Neumond wieder?«

Ich komme nicht dazu, ihm zu antworten, denn plötzlich dringt ein ungeheuer hoher Schrei vom Haus her zu uns, der alle vor Schreck zusammenzucken lässt. Rubi winselt verschreckt auf und verschwindet eilig hinter Ari.

»Ich habe schon geglaubt, ich träume, aber du bist es wirklich«, brüllt meine Schwester Jéla mir entgegen, während sie auf mich zustürmt. Hintendrein kommt die kleine Sóla gelaufen, die bei jedem Schritt fast über ihre eigenen Füße stolpert. Im Türrahmen steht meine Mutter, freudig strahlend, und winkt mir zu. Ich winke zurück, doch dann gerate ich heftig ins Wanken, als Jéla mich erreicht und mir stürmisch um den Hals fällt.

Kurz darauf sitzen wir gemeinsam in unserer Küche, um den alten, mit Macken übersäten Holztisch herum und essen Käse, Brot und Früchte. Mein Vater stellt mit umständlichem Aufheben drei klobige Tonbecher auf den Tisch. »Der beste Kornbrand im Umkreis«, verkündet er mit stolzgeschwellter Brust. Schon immer träumte er davon, aus einem Teil der Getreideernte Schnaps zu brennen. Zum einen ist er selbst dem klaren Brand nicht abgeneigt, zum anderen lassen sich mit dem flüssigen Korn weit mehr Münzen eintreiben, als mit Säcken voll Getreide. Doch konnte sich mein Vater bisher keine Destille leisten. Dank Ruberiáns großzügiger Zahlungen ist dieses Problem nun scheinbar aus der Welt geschafft worden. Vaters Zufriedenheit darüber geht sogar so weit, dass er mir – unter dem abfälligen Blick meiner Mutter – auffordernd nickend den dritten Becher zuschiebt, ehe er heftig mit seinem dagegen stößt und sich einen großen Schluck genehmigt. Laut aufstoßend verkündet er erneut, wie vortrefflich dieser Brand schmecke.

Ruberián tut ihm den Gefallen und kostet das klare Getränk, mit weit weniger derben Lautäußerungen begleitet. Mit einem anerkennenden Nicken zollt er meinem Vater seinen Respekt für den Trunk. Dies bringt ihm ein zufriedenes Grinsen von Vater ein, der sich daraufhin erwartungsvoll an mich wendet. Da ich ihn noch nie so ausgelassen erlebt habe und ihm keinesfalls die unbeschwerte Laune verderben will, nippe ich notgedrungen ebenfalls an dem Becher. Doch sobald die klare Flüssigkeit meinen Mund benetzt, bereue ich es sofort. Mit entgleitenden Gesichtszügen würge ich das scharfe Gesöff meine Kehle hinunter, wo es ein brennendes Gefühl hinterlässt. Ich schlucke mehrmals hintereinander hektisch und hoffe inständig, dass der abscheuliche Brand nicht wieder seinen Weg nach oben findet. Trotzdem nicke ich Vater, der mich gespannt beobachtet, mit einem gequälten Lächeln zu.

Jéla, die neben mir sitzt, muss ihren Kopf unter dem Tisch verstecken, weil sie sich das Lachen nicht verkneifen kann. Erst mit einem festen Ellbogenstoß in ihre Rippen gelingt es mir, sie zum Verstummen zu bringen.

Als die Becher geleert und erneut gefüllt worden sind, setzt Vater ein drittes Mal dazu an, nach dem Anlass unseres Besuches zu fragen.

»Ich wollte euch gerne noch einmal sehen, ehe Ruberián und ich zu einer längeren Reise aufbrechen«, erwidere ich leichthin.

»So?«, fragt Mutter. In ihrer Stimme schwingt eine Schärfe mit, die mir sagt, dass ihr missfällt, was sie gehört hat.

Ich nicke langsam. »Ja, zu einer wichtigen Forschungsreise«, setze ich nach.

Mutter schaut mich mit gerunzelter Stirn an. Jéla neben mir verzieht das Gesicht. »Wie lange wirst du weg sein?«, fragt sie maulend.

Ich neige den Kopf von einer zur anderen Seite, als müsse ich etwas abschätzen. »Ungefähr drei Monde lang. Nicht wahr, Ruberián?«, bitte ich meinen Lehrmeister um Unterstützung.

Der nickt nachdenklich. »Ja, ich denke, in drei Monden sind wir wieder zurück«, sagt er derart gleichmütig, dass sogar ich kurzzeitig von der Harmlosigkeit der bevorstehenden Reise überzeugt bin.

Selbst Mutter scheint sich durch Ruberiáns beruhigende Art zu entspannen und schaut ihn erwartungsvoll an. »Darf ich fragen, um was für Forschungsangelegenheiten es sich handelt?«, fragt sie höflich lächelnd.

Mich durchfährt eine Hitzewelle, die in meinen Wangen ihren Bestimmungsort findet. Mit Schrecken wird mir bewusst, dass wir uns für derlei Fragen keine passenden Ausflüchte überlegt haben. Bisher haben meine Eltern kaum Interesse an unseren Forschungsaktivitäten gezeigt und das kam mir nur gelegen. Doch diese einzelne, belanglose Nachfrage lässt meine Wangen wie heiße Kohlen erglühen. Eilig trinke ich einen großen Schluck von dem scheußlichen Brand, in der Hoffnung meine Eltern nehmen diesen als Ursache für mein erhitztes Gesicht.

Für einen kurzen Augenblick flackern Ruberiáns Augen zu mir herüber und er fährt sich fahrig durchs Haar. Doch er hat sich so schnell wieder im Griff, dass keiner der anderen etwas davon mitbekommt. Sein Lächeln ist locker und beiläufig, als er bekanntgibt: »Nun, es heißt, dass eine bisher unentdeckte Vogelart im Dämmerwald aufgetaucht sei. Mir sind Gerüchte zu Ohren gekommen von dieser scheuen und bislang unerforschten Spezies, denen wir gerne nachgehen möchten.«

Ich staune wahrlich und starre Ruberián verblüfft an, ehe ich mich zusammenreißen kann und bestätigend lächele.

Mutter schaut erst Ruberián und dann mich prüfend an, ehe sich ihre ernste Miene etwas lockert.

»Nun lass doch mal gut sein mit der Fragerei. Wir sind schließlich nicht zusammengekommen, um über diese belanglosen – ähm ich meine – belangvollen Gelehrten-Angelegenheiten zu sprechen«, dröhnt Vater etwas lauter als nötig und knallt seinen abermals gefüllten Becher vor sich auf den Tisch. Nun ist er es, der mit rotglühenden Wangen und glasigen Augen in die Runde blickt. »Na, Finéra, wie ist es dir denn so ergangen? Groß bist du geworden, hmm«, raunt er mir lallend zu und klopft mir so heftig auf den Rücken, dass ich mit dem Kinn auf der Tischplatte aufschlage.

Stumm grummelnd reibe ich mir die schmerzende Stelle. Zwar ist mir die gutgelaunte Ausgabe meines Vaters durchaus lieber, als die grimmige von früher, aber durch den übermäßigen Konsum von Kornbrand wird auch diese allmählich unerträglich.

Nach dem dritten Becher erhebt sich Vater wankend und begibt sich wortlos zu Bett. Jéla und ich gehen derweil mit Rubi nach draußen, um Ari in die Scheune zu bringen. Dort wird er laut wiehernd von Rukaz und Luria, Ruberiáns ehemaligen Pferden, begrüßt. Ari bringt ein müdes *Iah* als Antwort zustande.

»Nun wirst du also auch noch in die Welt hinausziehen, was?«, stellt Jéla verdrießlich fest.

»So würde ich das nun nicht gerade bezeichnen«, wiegele ich ab, doch ich bekomme sofort ein schlechtes Gewissen. »Jéla, hör mir mal zu. Du musst mir ein Versprechen geben«, flüstere ich ihr eindringlich zu.

Jélas Augen werden mit einem Mal so groß wie zwei Monde. »Was für ein Versprechen?«, wispert sie.

Ich krame die Pergamentrolle aus meinem Rucksack. Jéla beobachtet mich dabei ungehalten und begutachtet das Pergament genau. »Dies hier ist ein Brief für dich«, erkläre ich ihr.

Sie greift eilig danach, doch ich ziehe die Rolle rechtzeitig zurück.

»Es ist sehr wichtig, dass du mir versprichst, diesen Brief nur zu öffnen, wenn ich nach drei Monden nicht zurückgekehrt bin von … von der Forschungsreise. Sagen wir besser nach vier Monden, man weiß ja nie.«

»Warum darf ich ihn nicht früher öffnen?«, will meine Schwester misstrauisch wissen.

Ich beiße mir auf die Unterlippe, doch dann kommt mir eine Idee. »Na, weil es eine Überraschung ist. Es ist wirklich sehr wichtig, dass du den Brief nicht zu früh liest. Hast du verstanden? Versprichst du mir das?«, dränge ich sie.

Jéla nickt aufgeregt. »Ich verspreche es, großes Schwesternehrenwort«, beteuert sie und legt sich eine Hand auf die Stirn, die Handfläche nach vorne zeigend.

Die Art, wie sie vor mir steht und mit ernstem Gesicht unseren geheimen Schwesternschwur leistet, verursacht mir einen Kloß im Hals. Eilig schlucke ich dagegen an, schlage mit meiner Hand gegen Jélas dargebotene Handfläche und strecke ihr den Brief entgegen.

Jéla ergreift ihn so ehrfürchtig, als handele es sich um eine edle Kostbarkeit. Ich drücke ihr einen Kuss auf die Wange und ziehe sie mit mir zurück ins Haus, den wild umher schnüffelnden Rubi im Schlepptau.

Das erste Mal seit langem und das letzte Mal für eine unbestimmte Zeit liege ich in meinem alten Bett, neben Jéla, die meine Hand ergreift und so fest umklammert, dass sich der Griff selbst im Schlaf nicht lockert. So schlafen wir Hand in Hand aneinandergeschmiegt, bis der Morgen anbricht.

Nach dem Frühstück machen Ruberián und ich uns wieder abreisefertig. Jéla beginnt zu weinen, als ich mich von ihr verabschieden will und kurz darauf bricht auch die kleine Sóla in Tränen aus. Gerührt drücke ich meine Schwestern an mich und küsse ihre Wangen. Danach schließe ich Mutter in eine ebenso feste Umarmung.

»Pass gut auf dich auf«, flüstert sie mir durch mein Haar hindurch ins Ohr, wobei ich mich für einen kurzen Moment in ihren Armen verkrampfe. Ich bemühe mich um Lockerheit und zwinge mir ein unbeschwertes Lachen ab.

Mein Vater steht mit zerzaustem Haar neben der Tür und sieht aus, als sei er eben aus dem Bett gefallen. Er reibt sich mit der Hand durch das müde Gesicht und streckt sie mir dann unbeholfen entgegen. Ich starre darauf, ohne sie zu ergreifen, schüttele den Kopf und nehme ihn beherzt in den Arm. Seufzend klopft er mir mit der verschmähten Hand auf die Schulter. Zum Glück nicht so heftig wie gestern Abend bei Tisch.

Nachdem ich von meiner Familie Abschied genommen habe, laufe ich zum Stall rüber, dicht gefolgt von Rubi, um Ari einen Kuss auf die Nüstern zu drücken. »Mach's gut, Ari«, flüstere ich ihm zu und eile wieder hinaus zu Ruberián. Noch einmal drehe ich mich zum Haus um, wo meine Schwestern und Mutter in der Tür stehen und mir zum Abschied winken. Schweren Herzens winke ich zurück.

Dann begeben Ruberián und ich uns auf den Rückweg in den Lichtwald. Oben auf dem Hügel angekommen, bleibe ich ein letztes Mal stehen und schaue zurück auf mein altes Zuhause. Ich nehme diesen Anblick in mich auf, nur für den Fall, dass ich es nie wieder zu Gesicht bekomme.

Ruberián legt mir eine Hand auf die Schulter und ich blicke zu ihm auf. »Es ist schwer, seine Heimat zu verlassen und ins Ungewisse aufzubrechen. Aber umso mehr wirst du sie zu schätzen wissen, wenn du wieder zurückkehrst«, verspricht er mir und lächelt mir aufmunternd zu.

Wenn, hallt es in meinem Inneren nach, wie ein Echo. Dennoch lächele ich tapfer zurück und drehe meiner Heimat den Rücken zu. »Lass uns weitergehen, es wird Zeit, dass du deine Tochter kennenlernst«, sage ich mit fester Stimme.

Ruberián schenkt mir noch einen liebevollen, väterlichen Blick, dann folgen wir Rubi, der schon das Flussufer erreicht hat.

Kapitel 8

Es muss schwer für dich sein, dass du nicht mitkommen kannst, um deine Tochter zu suchen«, sage ich irgendwann behutsam zu Ruberián, nachdem wir den Schilflauf hinter uns gelassen haben.

Eine ganze Weile erwidert Ruberián nichts darauf und ich traue mich nicht, noch einmal nachzuhaken. Doch dann räuspert er sich. »Es ist merkwürdig, welche starken Gefühle ich für sie entwickelt habe, obwohl ich sie überhaupt nicht kenne. Immerzu stelle ich mir vor, was aus ihr geworden ist und wie es gewesen wäre, sie aufwachsen zu sehen. Hätte ich gewusst, ...«, er bricht ab und seufzt tief.

Mein Herz zieht sich zusammen und ich schweige betrübt. Ich möchte Ruberián gerne Trost schenken, doch ich weiß nicht, wie. Kein Wort und keine Geste, vermag es, ihm die verlorene Zeit mit seiner Tochter zurückzubringen.

»Am liebsten würde ich sofort aufbrechen und nach ihr suchen. Alles in mir drängt danach. Doch Xeron hat ja recht, sieh mich an, meine Gelenke schmerzen immer noch von dem Ritt von Erosia hierher. Ich werde es gerade so wieder zurückschaffen und danach wahrscheinlich alle meine Schmerzsalben auf einmal verbrauchen. Es wäre sinnlos, wenn ich mitkäme. Ich muss auf Xeron und auf dich zählen. Ich bin ein gebrochener Mann. Ich habe in meinem Leben alles verloren, was mir wichtig war und nun bin ich zu schwach, um das einzige zu retten, was mir noch von Bedeutung ist«, murmelt er vor sich hin.

Die Bitterkeit in seiner Stimme erschrickt mich. Nie zuvor, habe ich ihn dermaßen verzweifelt erlebt. »Was ist mit Sera? Sie hast du endlich zurückbekommen«, sage ich, um ihn etwas aufzuheitern. Doch der Versuch misslingt, sein Lächeln ist traurig und trostlos.

»Sera, meine geliebte Sera. Ja, sie ist zurückgekehrt. Nach all der Zeit. Wenn ich sie ansehe, ist es wie früher und ich fühle mich fast wieder wie der junge Riáz. Doch es ist nur ihr Äußeres, das zu mir zurückgekehrt ist. Von ihrer Art, ihrem Wesen her, erkenne ich sie kaum wieder. Es ist, als sei sie eine andere Person, gefangen im Körper meiner Sera. Das Band das einst zwischen uns bestand – es ist fort. Es ist schlimmer, als wenn ich sie nie wiedergesehen hätte, denn nun weiß ich, dass ich sie auf ewig verloren habe«, vertraut er mir voller Bedauern an.

Diese Worte bedrücken mich zutiefst. Ich war so sicher, ein Band, wie jenes zwischen Sera und Ruberián, wäre unzerstörbar. »Wie ist das möglich? Eure Seelen sind Eins, sie gehören zusammen. Das kann doch nicht so einfach vergehen«, wende ich bestürzt ein.

»Das habe ich auch geglaubt. Ich glaubte, wenn Sera und ich jemals wieder aufeinandertreffen, würde alles sein wie zuvor, wir würden verwachsen und uns nie wieder voneinander trennen. Aber nach all der Zeit – irgendetwas muss mit Sera geschehen sein. Ich fürchte, ihre Seele hat erheblichen Schaden genommen. Es scheint, als habe sie sich selbst verloren. Sie hat mir gesagt, sie habe sich in der Zeit ihrer Gefangenschaft ein Refugium in sich selbst erschaffen, einen Ort an den sie sich immer tiefer zurückzog und sich vor allem anderen verbarg. Es kommt mir vor, als habe sie ihre Seele darin eingeschlossen. Ihre Seele lebt ebenso in Gefangenschaft, wie sie es selbst all die Zeit über getan hat«, mutmaßt Ruberián tiefsinnig.

Ich schaue überrascht auf. »Aber Ruberián, das würde doch bedeuten, dass sie nicht gänzlich verloren ist. Wenn ihre Seele eingesperrt ist, kann auch sie befreit werden. Sera kann sich selbst wiederfinden«, ermutige ich ihn. Ich bin vollkommen überzeugt, von dem, was ich sage und vor lauter Aufregung gerate ich ins Stolpern.

Ruberián greift nach meinem Arm, um mich vor einem Sturz zu bewahren, ohne mich dabei anzusehen. Er zuckt kurz mit einer Schulter, meine Worte scheinen ihn nicht recht überzeugt zu haben. »Mag sein … aber vielleicht ist diese ganze Vorstellung von den getrennten Seelen auch einfach nur eine Illusion der Fearane, vielleicht waren unsere Seelen nie eins und werden es auch nie sein«, sagt er hoffnungslos und wirft mir einen Blick aus traurigen Augen zu.

Ich schlucke schwer und gehe den Rest des Weges schweigend neben meinem Lehrmeister her. Ria zu finden und zu Ruberián zu bringen erscheint mir nun wichtiger als je zuvor, denn was könnte sein geschundenes Herz besser heilen, als das Zusammentreffen mit seiner Tochter?

Ehe wir unser Lager im Wald erreicht haben, gleitet Xeron aus dem Geäst oberhalb herab und landet wenige Schritt entfernt. Er wirft uns beiden einen prüfenden Blick zu. »Alles in Ordnung?«, fragt er ungewohnt einfühlsam.

Ruberián und ich nicken bloß und Xeron nimmt unsere stumme Erwiderung ebenso wortlos hin. Gemeinsam treten wir auf die kleine Lichtung, wo Sera, Kira, Zara, Maran und Tahr zusammensitzen und sich mit gedämpften Stimmen unterhalten. Als Sera uns erblickt, springt sie auf und kommt auf Ruberián zugeeilt. Ich rechne damit, dass sie ihm in die Arme fällt, doch sie hält einige Schritt vor ihm abrupt inne, als ob sie auf eine unsichtbare Barriere gestoßen wäre. Erst jetzt begreife ich, wovon Ruberián zuvor gesprochen hat. Aus den Augenwinkeln bemerke ich, dass auch Xeron diese gehemmte Begrüßung beobachtet und daraufhin den Blick düster abwendet. Kennt er die Ursache für Seras merkwürdiges Verhalten? Weiß er, weshalb Sera ihre Seele so sorgsam verschlossen hält?

Unbemerkt von den anderen folge ich Xeron, als der sich in den Wald aufmacht, um zu seinem Wachposten zurückzukehren. Er bemerkt mich hingegen nach wenigen Schritten. »Warum folgst du mir?«, will er wissen, ohne sich umzublicken.

»Du weißt, warum sie so ist«, sage ich schnaufend, weil ich halb rennen muss, um mit dem flinken Xarenaren Schritt zu halten.

Nun wirft er mir doch einen kurzen Blick zu. »Ich weiß nicht, wovon du sprichst, Menschenkind«, erwidert er reserviert.

»Nenn mich nicht so! Wäre ich eine Fearane hätte ich schon längst das Initiationsritual hinter mir. Ich bin genauso alt wie Ria. Nennst du sie auch noch Kind? Dann wundert es mich nicht, dass sie auch vor dir geflohen ist«, werfe ich ihm giftig vor.

Xeron bleibt so abrupt stehen, dass ich nur mit Mühe verhindern kann, in ihn hineinzulaufen. Der Blick, den er mir zuwirft, lässt mich einige Schritt zurückstolpern und ich schlucke schwer, während ich vor seiner Reaktion bange.

»Du weißt nicht, wovon du sprichst. Du kennst weder Ria noch mich. Sie ist wie eine Tochter für mich«, zischt er mit zusammengepressten Zähnen. Ich bemerke beunruhigt, wie seine Kiefer mahlen und die Adern an seinen Schläfen drohend hervortreten.

Ich hebe beschwichtigend die Hände. »Es tut mir leid«, flüstere ich beschämt. Das tut es wirklich. Nicht nur weil ich mich vor ihm fürchte, sondern weil mir klar geworden ist, wie sehr er sich um Ria sorgt. Ich trete einen kleinen Schritt auf ihn zu und strecke vorsichtig eine Hand nach ihm aus, um ihn versöhnlich am Arm zu berühren. Er verfolgt die Bewegung meiner Hand misstrauisch und es kommt mir vor, als versuche ich, ein wildes Tier zu besänftigen.

Die behutsame Berührung meiner Finger auf seinem Arm scheint ihn tatsächlich zu beschwichtigen, denn seine Gesichtszüge werden weicher. »Es wäre mir lieber, wenn du nicht mitkommen würdest. Ich kann mich nicht um dich kümmern«, sagt er nun friedlicher.

»Ich weiß und das musst du auch nicht. Du bist nicht für mich verantwortlich. Es ist meine Entscheidung und meine Verantwortung. Ich weiß, dass es gefährlich werden kann und dass ich nicht hinreichend auf Gefahren vorbereitet bin, aber ich gehe dieses Risiko ein«, beteuere ich ihm ernst und schaue ihm dabei eindringlich in die Augen.

Er nickt und schmunzelt unerwartet. »Du könntest auch eine Tochter von Riáz und Sera sein«, meint er amüsiert.

Ich ziehe eine Augenbraue hoch und verschränke die Arme vor der Brust. Ich hätte diese Aussage als Kompliment aufnehmen können, wenn da nicht Xerons spöttisches Grinsen wäre. Daher übergehe ich diese Feststellung ungerührt und frage stattdessen: »Was ist denn nun, habe ich recht? Weißt du, wieso sie so ist?« Ich werfe ihm aus zusammengekniffenen Augen einen prüfenden Blick zu.

Xeron seufzt und verzieht das Gesicht. Er dreht mir den Rücken zu und scheint zu überlegen. »Ich weiß es, aber ich kann dazu nichts sagen«, erwidert er leise.

»Du brauchst mir gar nichts zu sagen, aber sag es *ihm*! Ihr wart doch Freunde. Ich habe deine Feder gesehen, er bewahrt sie in einer Schublade in seinem Schreibtisch auf. Ich habe ihn oft dabei beobachtet, wie er sie herausgeholt hat, sie einmal in der Hand gedreht hat, um sie dann wieder sicher zu verschließen. Ich bin vielleicht nicht mit Fearanen aufgewachsen, aber ich weiß sehr wohl, was es euch bedeutet, einem anderen eine Feder zu überreichen«, rede ich eindringlich auf ihn ein.

Xeron atmet tief ein und aus. Er reibt sich den Nacken und wirbelt dann ruckartig zu mir herum, sodass ich vor Schreck einige Schritte zurück stolpere. Er greift nach meinem Arm, um mir Halt zu geben, und neigt seinen Kopf vor, um mir in die Augen zu sehen. »Du hast recht, junge Finéra, ich sollte es ihm sagen – doch ich kann nicht –

und das quält mich. Sie muss es ihm selbst sagen«, raunt er mir eindringlich zu, ehe er meinen Arm freigibt und sich abwendet. Ohne ein weiteres Wort nimmt er seinen Weg zum Wachposten wieder auf und lässt mich allein im Wald stehen.

Als ich das Lager erreiche, eilt Zara auf mich zu. »Wo warst du denn? Ich habe schon nach dir gesucht«, keucht sie aufgeregt.

»Ich habe nur kurz mit Xeron gesprochen«, antworte ich leichthin. Fast komme ich mir vor wie Sera in der Geschichte, die ständig behütet und bewacht wurde. Einerseits nervt mich diese Bemutterung, aber andererseits rührt mich Zaras Sorge. Denn schließlich könnte es ihr auch egal sein, was mit mir geschieht.

»Am besten ruhst du dich jetzt aus. Sobald es dunkel wird, brechen wir auf und wir werden die ganze Nacht unterwegs sein«, schlägt sie etwas besänftigt vor.

Ich nicke und begebe mich zu der moosbedeckten Stelle, auf der ich zuvor schon geschlafen habe. Ich lege mich hin und versuche zur Ruhe zu kommen, doch meine Gedanken kreisen. Welches Geheimnis trägt Sera mit sich herum? Was ist mit ihr geschehen, dass sie sich dermaßen verschließt? Und wird sie Ruberián je davon erzählen?

Kapitel 9

Jemand rüttelt heftig an meiner Schulter und ich fahre benommen aus dem Schlaf hoch. Es dauert eine Weile, bis ich mir darüber klar werde, wo ich mich befinde. Zara beugt sich über mich und starrt mich besorgt an. Die Bilder meines Traumes hängen über mir wie dunkle Gewitterwolken. Es war ein schrecklicher Traum von Ria. Aber ich habe sie nicht gesehen, sondern ich war *sie*. Etwas hat nach ihr oder mir gegriffen und ich hatte furchtbare Angst. Ich habe verzweifelt um Hilfe geschrien, doch niemand hat mich gehört. Ein letzter Schrei nach Riáz ist über meine Lippen gekommen, dann bin ich aufgewacht.

»Ist alles in Ordnung?«, fragt Zara atemlos.

Ich nicke zögerlich, doch schon taucht Seras Gesicht neben Zaras auf. »Was ist passiert?«, will sie ungehalten wissen.

»Nur ein Traum,«, hauche ich abwehrend, doch Sera packt mich an den Schultern.

»Was hast du gesehen?«, fragt sie aufgebracht und schüttelt mich heftig.

Zara greift nach ihren Händen. »Sera, was ist denn in dich gefahren? Lass von ihr ab!«, fordert sie bestürzt. Schließlich gelingt es ihr, Seras Griff um meine Schultern zu lösen und sie von mir zu stoßen.

Sera landet unsanft auf dem Waldboden und starrt mich erschrocken an. »Verzeih mir«, flüstert sie beschämt.

Ich nicke nur verwirrt, während ich mich mühsam aufsetze. »Ich habe von Ria geträumt. Etwas hat nach ihr gegriffen, sie hat um Hilfe geschrien«, berichte ich stockend.

Sera keucht erschrocken auf und schlägt sich eine Hand vor den Mund. Zara streift sanft ihre Schulter. »Es war nur ein Traum«, betont sie beschwichtigend. Sera nickt zwar geistesabwesend, doch ich sehe ihrem Gesicht an, dass sie diese Annahme nicht teilt.

»Es wird langsam dunkel, wir brechen bald auf«, sagt Zara.

Also mache ich mich daran, mich umzuziehen und all meine Habe in meinem Rucksack zu verstauen. Die Erinnerung an den Traum und Seras Reaktion darauf, begleiten mich dabei wie ein unsichtbarer Schatten.

Kurze Zeit später stehen wir alle aufbruchsbereit in dem dunklen Wald beisammen. Nun ist der Moment gekommen, in dem sich unsere Wege trennen. Ruberián wird gemeinsam mit Sera nach Erosia zurückkehren, während wir uns nach Nordosten in Richtung Dorias aufmachen. Ich stehe meinem Lehrmeister gegenüber und schaue in sein von Alter und Verlust gezeichnetes Gesicht.

Er räuspert sich mehrfach, ehe er mit belegter Stimme flüstert: »Bitte pass gut auf dich auf, Finéra. Tu nichts, was dich gefährden könnte. Ich möchte dich wohlbehalten wiedersehen, ob mit oder ohne Ria. Du bist mir das, was einer Tochter am nächsten kommt, das kam mir gleich als erstes in den Sinn, als ich von Ria erfuhr.«

Dieses Geständnis lässt mir die Tränen in die Augen schießen und ich schlinge meine Arme fest um Ruberiáns Nacken, drücke meinen Kopf an seine Brust und lasse dem Tränenfluss freien Lauf.

Er erwidert meine Umarmung und es dauert lange, bis wir uns langsam wieder voneinander lösen. Zeitgleich wischen wir uns die Tränen aus den Augen.

»Ich danke dir für alles«, sage ich aus tiefstem Herzen und küsse ihn schnell auf die Wange.

Dann trete ich von ihm zurück und mache den anderen Platz, um sich von ihrem Riáz zu verabschieden.

Ich lasse mich neben Rubi nieder, der unentwegt winselnd um meine Beine herumschlängelt. »Mein lieber Bursche, nun ist es Zeit, Abschied zu nehmen«, flüstere ich ihm zu. Er wirft mir den traurigsten Hundeblick zu, den er je aufgesetzt hat, und jault herzzerreißend. Ich drücke seinen Kopf fest an mich und küsse ihn auf die Schnauze. »Ich würde dich liebend gern mitnehmen, glaub mir. Aber fliegen ist bestimmt nichts für dich, verstehst du das?«, erkläre ich ihm. Rubi legt den Kopf schief, was ich als *Nein* deute. Ich tätschele ihm ein letztes Mal das flauschige Haupt. »Wir sehen uns bald wieder«, verspreche ich ihm mit einem Kloß im Hals.

Ich trete an Sera heran, die mit Maran in ein Gespräch vertieft ist. Als ich mich nähere, wendet sie sich mir zu. »Meine liebe Finéra, ich danke dir von Herzen, dass du an meiner statt mit auf diese Reise gehst. Ich glaube fest daran, dass deine Anwesenheit dabei eine wichtige Rolle spielt. Du bist Teil dieser Geschichte und das nicht nur als Schreiberling«, flüstert sie mir zu und schließt mich in eine innige Umarmung. »Du wirst es verstehen, wenn du sie siehst«, fügt sie noch hinzu und zwinkert mir zu. Dann wendet sie sich wieder Maran zu, der ihr einen wissenden Blick zuwirft.

Ein wenig verwirrt mich diese Verabschiedung. Was werde ich verstehen? Doch ehe ich weiter darüber nachdenken kann, ruft Xeron: »Wir brechen auf!«

Er geht zu Sera hinüber, gibt ihr einen schnellen Kuss auf die Wange und flüstert ihr etwas ins Ohr, was sie mit einem Nicken erwidert. Dann legt er Ruberián ein letztes Mal die Hand auf die Schulter, ehe er sich vom Boden abstößt und in den Himmel aufsteigt.

Zara tritt von hinten an mich heran und schwingt ein Seil um unsere beiden Körper. Während sie es fest verknotet, winke ich Ruberián zu. Dann erheben wir uns in die Lüfte. Rubi bellt verunsichert und springt aufgeregt auf und ab, doch wir steigen immer höher und er kommt nicht mehr an uns heran. Schließlich verschwinden er, Sera und Ruberián unter dem Blätterdach, über das wir uns erheben.

Die aufkommende Wehmut in mir wird durch das Hochgefühl des Fliegens etwas abgemildert. Es ist herrlich, wie der Wind durch mein Haar braust und wie mein Bauch vor Aufregung kribbelt. Ein unbändiges Gefühl der Freiheit durchströmt meinen Körper und lässt mich jauchzen. Als wir den Wald überqueren, kann ich Schilfstätt von oben sehen. Die Häuser scheinen so winzig, als könnte ich sie mit zwei Fingern hochheben und als seien ihre Bewohner klein wie Ameisen. Ich winke meinem Heimatdorf zum Abschied zu, wie einem treuen, alten Freund. »Mach's gut«, murmele ich leise. Dann sehe ich Rubi aus dem Wald hervorpreschen. Wild kläffend stürmt er hinter uns her. Er ist nicht so geschwind wie die Fearane, doch er nimmt von unten die Verfolgung auf. Ein heftiges Schluchzen schüttelt meinen Körper. Obwohl wir zusehends schneller werden und Rubi immer weiter zurückfällt, gibt er nicht auf. In einem ungebremsten Sprint jagt er uns hinterher. Der Klang seines verblassenden Gebells tut mir im Herzen weh.

Rubi ist nur noch ein kleiner Punkt, der uns wie eine Fliege verfolgt. Zara wirft einen kurzen Blick zu ihm zurück, dann stößt sie einen einzelnen, hohen Pfiff aus. Tahr schaut zu ihr rüber und Zara deutet mit dem Kopf in Rubis Richtung. Tahr nickt verstehend und wendet abrupt. Pfeilschnell jagt er dem Erdboden entgegen.

Ungläubig beobachte ich, wie der buntgefiederte Sirane in einem steilen Sturzflug gen Boden rast, Rubi im Flug ergreift und in einem weiten Bogen hinter uns herjagt. Zara bremst etwas ab, damit er uns einholen kann, und er nähert sich mit einem zufrieden hechelnden Rubi im Arm. Ich jubele ihnen freudig entgegen, als ich das breite Grinsen meines vierbeinigen Freundes sehe und danke Zara und Tahr von Herzen. Erst ein wütender Ruf von Xeron bringt uns dazu, unseren Flug schleunigst fortzusetzen. Zara und Tahr fliegen dicht beieinander, sodass ich immer wieder einen Blick auf Rubi werfen kann. Ich hoffe bloß, Ruberián hat diese spontane Mitnahme beobachtet, damit er sich keine unnötigen Sorgen um seinen Hund macht – und dass er nichts gegen Rubis Teilnahme an dieser kleinen Unternehmung hat.

Ich für meinen Teil bin heilfroh, dass Rubi uns begleitet. In Xerons Augen mag er unnützer Ballast sein, aber mir gibt seine Anwesenheit ein beruhigendes Gefühl. Mit Rubi an meiner Seite kann nichts schief gehen. Mit einem zufriedenen Lächeln auf den Lippen genieße ich den weiteren Flug über die Welt, die sich unter uns ausbreitet wie ein Flickenteppich. Aus einer Laune heraus breite ich meine Arme aus, schließe die Augen und stelle mir vor, *ich* hätte Flügel, die mich durch die Lüfte tragen. Erst als sich die Nacht zurückzieht, um dem Tag Platz zu machen, und Zara zu einem sanften Sinkflug ansetzt, öffne ich die Augen wieder. Behutsam nähern wir uns dem Erdboden. Der erste Flug ist geschafft.

Kapitel 10

Liebster Riáz,

dreiundsechzig Tage sind seit deiner Verbannung vergangen und mehr denn je wünschte ich, du wärst hier bei mir. Es gibt Neuigkeiten, die ich dir unbedingt mitteilen muss. Es ist unerträglich für mich, dass du nicht der Erste bist, dem ich es berichten kann. Was ich dir zu erzählen habe, ändert alles! Wir werden uns endlich wiedersehen können, denn sobald Elon davon erfährt, wird er dir gewiss gestatten zurückzukehren.

Riáz, es fällt mir schwer, die richtigen Worte zu finden und am liebsten würde ich es dir persönlich berichten. Doch du solltest so schnell wie möglich davon erfahren. Daher werde ich nicht länger zögern und sage es in schlichten Worten: Riáz, ich trage unseren gemeinsamen Sprössling in mir!

Ja, es wächst Leben in mir heran. Wir erwarten ein Junges! Ich kann es selbst nicht fassen, habe kaum vermutet, dass dies zwischen Mensch und Fearane überhaupt möglich wäre. Aber es ist wahr und es ist das Wunderbarste, was mir seit unserer Vereinigung widerfahren ist. Zunächst habe ich daran gezweifelt, aber nun ist es ganz sicher. Ich habe bisher niemandem davon erzählt. Zara und Xeron werden die Ersten sein, die es erfahren. Doch ich wünschte, du könntest der Erste sein. Leider bleibt mir zunächst nichts anderes, als dieser Brief, aber ich bin mir sicher, Xeron wird sich sofort um die Zustellung kümmern, sobald er die Neuigkeiten erfährt. Ebenso wie um die Aufhebung deiner Verbannung und dann werden wir uns endlich wiedersehen und gemeinsam unser Junges aufziehen.

Ich kann dir kaum beschreiben, wie glücklich ich bin. Zum ersten Mal seit langer Zeit habe ich Hoffnung im Herzen, endlich verziehen sich die dunklen Wolken über mir und ich sehe Licht am Horizont. Selbstverständlich nur im übertragenen Sinne, denn das Refugium darf ich nach wie vor nicht verlassen. Seit mehr als sechzig Tagen bin ich hier drin, fern von allem.

Ich habe zwischenzeitlich gefürchtet, den Verstand zu verlieren. Ich war soweit, Goran anzuflehen, mir einen Dolch in die Brust zu rammen! Mir ist bewusst, wie ungeheuerlich diese Bitte ist und wie verachtenswert gegenüber dem Leben. Doch ich habe keinen anderen Ausweg gesehen, um dem Wahnsinn endlich zu entkommen. Nun schäme ich mich umso mehr für diesen niederen Wunsch, denn damit habe ich – wenn auch unwissend – zugleich den Tod zweier Seelen herbeigesehnt. Doch diese Zeit liegt nun hinter mir. Es gibt nichts Bedeutsameres mehr, als das Leben zu schützen, das in mir heranwächst. Ich werde all meine Kraft darauf verwenden, für seinen Schutz zu sorgen.

Doch neben Freude und Zuversicht, schleicht sich auch Angst in mein Herz, denn das Schwinden unserer Lebensenergie macht sich bereits bemerkbar. Elon ist erkrankt, ebenso wie einige andere der Ältesten in der Stätte. Zudem hat Xeron mir berichtet, dass es ihm zusehends schwerer fällt, mit den Krähen in Kontakt zu treten. Er befürchtet, dass diese Fähigkeit vollkommen vergehen wird, wenn sich nicht bald etwas ändert. Keiner vermag abzusehen, welche Ausmaße dies alles annehmen wird. Deshalb hat Goran beschlossen, erneut einen Trupp zum Glutgebirge zu schicken. Ein weiterer verzweifelter Versuch, die Urkristalle zurückzuerlangen. Xeron hatte vor, diesen Trupp zu begleiten, aber ich glaube nicht, dass er mich in der momentanen Situation alleine lassen *wird. Nicht, wenn ich ihm erzähle, welch ein Wunder mir widerfahren ist. Ich bin sicher, er wird mir nicht mehr von der Seite weichen. Außer um dich zu mir zurückzubringen.*

Was glaubst du, wie unser Junges aussehen wird? Wird es eher nach dir kommen oder nach mir? Ob es Flügel tragen wird? Unzählige Fragen kreisen mir durch den Kopf. Aber das Einzige, was wirklich zählt, ist, dass unser Junges gesund zur Welt kommt und dass wir dann zusammen sind.

Oh, Riáz, ich hatte mich bereits damit abgefunden, alles verloren zu haben, doch nun hat sich das Blatt wieder gewendet. Ich bekomme sogar mehr hinzu, als ich mir je zu erhoffen gewagt habe. Letztlich hat Regas mit seiner Prophezeiung tatsächlich richtig gelegen: Ich habe viel verloren, aber gewinne etwas ebenso Wertvolles hinzu. Nichts kann meine Verluste aufheben, doch dieses unverhoffte Glück vermag den Schmerz zu lindern.

Seit Feros Tod ist kein einziger Tag vergangen, an dem mein Herz nicht schmerzt. Es ist wie ein Nadelstich, der mich tagtäglich daran erinnert, was ich verloren habe. Nach deiner Verbannung wurde der Schmerz noch deutlicher, fast unerträglich. Manchmal habe ich kaum Luft bekommen. Nachts, wenn ich aus dem Schlaf hochgeschreckt bin und mir mit blanker Furcht bewusst wurde, dass ich alleine hier im Refugium gefangen bin, hat mir die Angst die Kehle zugeschnürt und mein Herz drohte zu zerschellen. Mehr als einmal ist Zara an mein Bett geeilt, weil ich verzweifelt geschrien und nach Luft gerungen habe.

Doch seit ich um unseren Sprössling weiß, vergeht der Schmerz allmählich. Er ist nicht fort, aber er lässt mich freier atmen. Denn nun habe ich wieder einen Grund zu leben, sehe den Lichtschimmer in der Dunkelheit. Wenn ich jetzt nachts aufschrecke, voller Angst, dann lege ich die Hände auf meinen Bauch und denke an das Wesen darin. Ich lausche auf meine Atemzüge und spüre, wie sich meine Lungen füllen, und ich merke, dass ich lebe. Die Furcht weicht der Hoffnung. Die Lücken, die Feros Tod und dein Fortgang in mir hinterlassen haben, kann nichts füllen, doch das Leben in mir, unser Kind, vermag mich mit so viel Liebe zu erfüllen, dass ich sie ertragen kann.

In freudiger Erwartung unseres baldigen Wiedersehens,
  Deine Sera

Kapitel 11

Wir fliegen jede Nacht durch und suchen tagsüber Unterschlupf in kleineren Wäldern oder abgeschiedenen und nicht einsehbaren Plätzen. Obschon uns keine Zentâris auf der Fährte sind, müssen wir uns trotzdem bedeckt halten. Die Menschen sind den Anblick der seltenen Flugwesen nicht mehr gewohnt und im besten Fall brechen sie nur in Panik aus, wenn sie uns erblicken. Im schlimmsten Fall aber gelangen Informationen über die Sichtung von Fearanen an die Zentâris. Und eine Hetzjagd wie damals wollen wir unter allen Umständen verhindern.

Wir lassen das Adlergebirge unbeachtet hinter uns, obwohl ich es gerne von Nahem gesehen hätte. Xeron meint jedoch, es hingen zu viele Erinnerungen daran. Ich bin nicht sicher, ob er damit die Erlebnisse der damaligen Reise meint oder ob er von etwas anderem spricht. Seine Mutter stammte einst aus dem Stamm im Kiefernwald des Schummertals. Vor langer Zeit war sie dort zu Besuch und kehrte nie wieder zurück. Ein Verlust, den Xeron wohl nie überwunden hat.

Tahr hat aus Stoffen ein Tragetuch angefertigt, mit dem er sich Rubi vor die Brust wickelt, sodass er ihn sicher transportieren kann und trotzdem die Hände frei hat. Rubi stellt damit keine Belastung dar und hat sich zudem hervorragend an das Fliegen gewöhnt. Ich bin wirklich froh über seine Anwesenheit. Tagsüber streife ich mit ihm durch die Gegend, bevor wir uns, wie die anderen, schlafen legen.

Wenn wir zusammensitzen, erzählt Tahr einiges über seine letzte Zeit in Dorias. Er ist der Einzige unter den Anwesenden, der bis zum Schluss in einer Stadt gelebt hat. »Es fing an, nachdem sich die ersten Scharen an Fearanen zurückgezogen haben. Die Menschen wurden misstrauisch. Sie verstanden nicht, woher die Angst rührte, die von unserem Volk Besitz ergriffen hatte. Diese Angst hat auch die Menschen vorsichtig und zurückhaltend werden lassen. In Dorias kam es immer wieder zu Streitigkeiten zwischen den Menschen und den wenigen verbliebenen Fearanen. Immer mehr von uns gingen fort, vor allem nachdem unsere Verbindung zur Natur immer schwächer wurde. Sie fürchteten sich davor, die Verbindung vollkommen zu verlieren, wenn sie nicht die Nähe der Natur suchten. Also zogen sie sich immer mehr in die Wälder zurück. Riáz und ich traten zu Beginn als Schlichter auf, doch die Zwistigkeiten nahmen immer mehr zu. Die Menschen, unsere einstigen Freunde, mieden uns. Als ich als einer der letzten von uns beschloss, die Stadt zu verlassen, haben sie mich zwar nicht gerade hinausgejagt, aber aufgehalten haben sie mich auch nicht. Außer natürlich Riáz, der es gerngehabt hätte, wenn ich geblieben wäre. Doch ich ging, ließ meine Heimatstadt hinter mir und zog mich mit einigen anderen in den Dämmerwald zurück«, berichtet er gedankenversunken, während wir Übrigen uns um ihn herum versammeln und bedächtig lauschen.

Zara schüttelt betrübt den Kopf. Dorias war auch ihre Heimatstadt, doch hat sie von all diesen Veränderungen nichts mitbekommen. Wie Sera hat sie nur jene wenigen Informationen erhalten, die bis in das Refugium vorgedrungen sind. Der Gedanke, nicht mehr in ihre Heimat zurückkehren zu können, macht ihr sichtlich zu schaffen.

Ich versuche, mir vorzustellen, nach langer Abwesenheit heimzukehren und festzustellen, dass ich in Schilfstätt nicht mehr willkommen bin. Doch allein die Vorstellung betrübt mich so arg, dass ich sie schnell aus meinem Kopf verbanne. Stattdessen lege ich Zara tröstend eine Hand auf den Arm, woraufhin sie mir ein dankbares Lächeln schenkt.

»Angenommen Ria ist es gelungen, die Stadt zu erreichen, was hätten die Menschen dort mit ihr gemacht?«, will Xeron von Tahr wissen.

Tahr zieht die Schultern nach oben. »Ich kann es nicht sagen. Ich weiß nicht, wie die Menschen heute auf unsereins reagieren. Vermutlich hätten sie sie als Bedrohung angesehen«, mutmaßt er.

»Und sie angegriffen?«, spinnt Xeron den Gedanken weiter.

Tahr wirft ihm einen Blick zu. Abermals zieht er die Schultern hoch. »Ich weiß es nicht, … ja, vielleicht hätten sie sie angegriffen«, gibt er seufzend zurück.

Schweigen breitet sich unter der Gruppe aus. Wenn Ria das Dorf unerlaubt betreten hat und die Menschen dort sie als Gefahr angesehen haben, könnten sie ihr etwas angetan haben. Doch irgendetwas in mir weigert sich hartnäckig, daran zu glauben. Ich bin mir sicher, dass Ria am Leben ist, aber sie steckt in Schwierigkeiten, das kann ich deutlich spüren.

»Was wollt ihr also tun, wenn wir Dorias erreichen? Es scheint mir keine gute Idee zu sein, einfach ans Stadttor zu klopfen und freundlich zu fragen, ob vor kurzem zufällig ein junges Fearanenmädchen dort aufgetaucht ist«, fragt Kira herausfordernd in die Runde. Die Xarenare hat ihr schwarzes Haar zu einem engen Zopf am Hinterkopf gebunden. Ihr ernster Blick streift jeden von den anderen kurz und bleibt schließlich an Xeron hängen.

Zara verdreht die Augen. »Wie vorausschauend von dir, diese Möglichkeit als wenig erfolgversprechend einzuschätzen. Da du doch so gescheit bist, willst du uns nicht verraten, was wir deiner Meinung nach tun sollten?«, will sie geringschätzig von Kira wissen.

Kira zieht erst ungläubig die Augenbrauen hoch, dann sieht sie

Zara aus zusammengekniffenen Augen biestig an. Sie öffnet den Mund, um der Finere eine Erwiderung zukommen zu lassen, hält jedoch inne, als Xeron ihr vorsichtig eine Hand auf die Schulter legt.

Maran räuspert sich leise und ergreift mit seiner sanften Stimme das Wort: »Ganz so verkehrt erscheint mir Kiras Frage nicht, auch wenn ich sie etwas anders formuliert hätte. Aber nun gut, ich versuche es mal: Was wollen wir tun, wenn wir Dorias erreichen?«

»Wir müssen herausfinden, ob Ria die Stadt betreten hat oder ob die Menschen vielleicht in der Nähe der Stadt eine Fearane gesichtet haben«, antwortet Xeron bestimmt.

Maran nickt verständnisvoll.

»Das klärt nur noch nicht, *wie* wir das machen wollen. Wir dürfen schließlich kein Aufsehen erregen, damit niemand unsere Anwesenheit bemerkt«, bemerkt Kira mit vor der Brust verschränkten Armen.

Zara öffnet den Mund, um etwas zu entgegnen, doch Tahr kommt ihr zuvor. »Einige der Menschen dort waren sehr enge Freunde von mir und auch von Riáz. Ich bin mir ziemlich sicher, dass auf mindestens einen von ihnen noch immer Verlass ist: Bórn, der ältere Bruder von Dión«, überlegt er laut. »Vielleicht finde ich einen Weg, um mit ihm Kontakt aufzunehmen«, fügt er recht zuversichtlich hinzu.

Xeron betrachtet ihn nachdenklich. »Das klingt nach einem ersten Ansatz. Und du bist sicher, dass wir diesem Bórn trauen können?«, hakt er nach.

Tahr nickt nachdrücklich. »Absolut«, beteuert er.

»Dann ist das fürs Erste entschieden«, entschließt Xeron und die anderen pflichten ihm bei.

Als Zara, Tahr und ich später an einigen Sträuchern Beeren sammeln, erliege ich meiner Neugierde und frage Zara: »Wieso bist du so schlecht auf Kira zu sprechen?« Kiras forsche und herablassende Art, macht sie zwar nicht gerade zu der angenehmsten Begleiterin, aber ich habe das Gefühl, das hinter Zaras Abneigung mehr steckt. Kaum habe ich den Namen ausgesprochen, verdreht Zara abschätzig die Augen.

»Sie war von Anfang an dagegen, Ria suchen zu gehen. Ich meine, wir alle haben Sera zunächst versucht davon abzuhalten, das Refugium zu verlassen, aber wir waren uns dennoch einig, dass wir Ria suchen müssen. Kira hingegen hat Xeron angebettelt nicht zu gehen. Erst als ihr klar geworden ist, dass sich Xeron nicht davon abbringen lassen wird, hat sie entschieden mitzukommen. Sie ist nur wegen ihm hier, Ria ist ihr herzlich egal. Immer wieder muss sie darauf hinweisen, wie falsch sie diese ganze Unternehmung findet«, meckert Zara wütend vor sich hin.

Ich nicke nachdenklich. »Vielleicht hat sie einfach Angst?«

Zara und Tahr halten beim Beerenpflücken inne und starren mich verständnislos an.

»Naja, wegen der ganzen Sache mit den Kristallen und eurem drohenden Untergang … das betrifft euch alle. Aber ihr konzentriert euch gerade auf Ria und darauf sie zu finden. Kira hingegen hat keinen wirklichen Bezug zu Ria und kann alles andere nicht so leicht vergessen. Ich glaube jedenfalls nicht, dass ihr Rias Schicksal wirklich egal ist. Sie hadert bloß zu sehr mit ihrem eigenen Schicksal«, führe ich meine Gedanken weiter aus.

Die beiden starren mich immer noch an. Nach einer Weile fängt Tahr an zu lachen. »Vielleicht hat sie damit Recht, Zara«, stellt er amüsiert fest und knufft sie mit dem Ellenbogen in die Flanke.

Zara schubst ihn verärgert in den Beerenstrauch und reibt sich kritisch dreinblickend die Seite. »Mag sein, dass du Recht hast, aber sie hätte trotzdem nicht mitkommen brauchen, wenn sie nicht bereit ist, alles für Rias Rettung zu tun. Abgesehen davon, *du* kennst Ria nicht einmal und bist dennoch hier«, meint sie achselzuckend und wendet sich wieder den Beeren zu.

Ihre Worte stimmen mich nachdenklich. Sie hat Recht, ich habe mich der Suche angeschlossen, ohne Ria überhaupt zu kennen. Ich begebe mich blindlings in Gefahr, um ein Mädchen zu retten, das ich nie zuvor gesehen habe. Ich bin mir nicht mal sicher, wieso ich das alles auf mich nehme, nur um einer Fremden zu helfen. Nicht, dass mich das Schicksal anderer kalt lässt, im Gegenteil. Lebewesen in Not müssen gerettet werden. Aber meine Teilnahme an dieser Mission wäre nicht zwingend erforderlich. Die Gruppe könnte Ria gewiss auch ohne meine Mithilfe finden. Trotzdem habe ich mich entschieden mitzugehen. Das nagende Gefühl steigt wieder in mir auf. Dieser überwältigende Drang danach, Ria zu finden, als hinge mein eigenes Leben davon ab. Ehe mich der Impuls vollends übermannen kann, schüttele ich mich heftig, wie Rubi nach einem Regenguss. Um mich von all den Gedanken abzulenken, frage ich Zara, ob sie mir mal eine ihrer berühmten Tanzeinlagen zeigt.

Etwas später, als wir alle zusammen in der schützenden Mitte eines kleinen Hains sitzen, kommt Zara meinem Wunsch nach. Während Maran und Tahr mit hölzernen Flöten und Stöcken eine ausgelassene Melodie spielen, fegt Zara über den Boden vor uns. Mal breitet sie die Flügel aus, mal zieht sie sie eng an den Körper, während sie sich dreht, in die Lüfte aufsteigt und die Hüfte in irrsinnig schnellen Bewegungen hin- und herschwingt. Vollkommen begeistert jubele ich der beschwingten Finere zu und werde mehr als einmal von Xeron ermahnt, nicht so einen Lärm zu machen. Er und Kira sitzen mit ernsten Gesichtern etwas abseits von der tänzerischen Darbietung. Doch alle anderen amüsieren sich köstlich, wenn auch nur für diesen einen Moment.

Ich erinnere mich an die Geschichte der letzten Tiare, an die Feste im Dorf im Kiefernwald und in Dorias und nicht zuletzt an Seras und Riáz' Vereinigung. Ich hoffe inständig, dass es für die Fearane bald wieder mehr Anlass geben wird, um richtige Feste zu feiern. Und ich freue mich schon darauf, ein Teil davon zu sein.

Kapitel 12

Nach zwölf Nächten nähern wir uns einem heruntergekommenen Anwesen. Der Morgen bricht fast an und meine fearanischen Begleiter begeben sich in einen gemächlichen Sinkflug und schweben dem Gut entgegen. Zara und Tahr fliegen wie immer dicht nebeneinander her und so kann ich sehen, wie Rubi neugierig seinen Kopf aus dem Tragetuch streckt, die heraushängende Zunge im Flugwind hin und her flatternd. Bei der Aussicht, gleich wieder auf dem Boden herumtollen zu können, bellt er vergnügt vor sich hin. Seine Ausgelassenheit treibt mir ein breites Lächeln ins Gesicht und vor lauter Dankbarkeit über seine Gegenwart wird mir ganz warm im Bauch.

Kurz darauf landen wir neben der überwucherten Umzäunung des Guts. Der Efeubewuchs ist so übermäßig, dass die Staketen des Zauns kaum zu sehen sind. Xeron geht zielstrebig auf eine Stelle zu, reißt die Efeuranken behände zur Seite und gibt so ein zuvor verborgenes Tor frei. Wir Übrigen folgen ihm, außer Rubi, der aufgeregt umherrennt und die Umgebung erkundet. Ich schaue mich ebenfalls aufmerksam um. In der Morgendämmerung kann ich durch die Toröffnung hindurch einige halbverrottete Holzhäuser ausmachen, die größtenteils von wildem Gestrüpp bedeckt sind. Ich trete an das Tor heran und entdecke neben der Öffnung eine kelchförmige, morsche Holzglocke. Vorsichtig schlage ich mit dem Finger gegen den kleinen Klöppel, der darin hängt, doch das morsche Holz gibt nach und fällt klanglos zu Boden. Enttäuscht folge ich den anderen durch das Tor, rufe Rubi herein und verschließe die klapprige Pforte hinter uns. Drinnen angekommen fällt mein Blick als Erstes auf Xeron. Er steht inmitten einiger Trauerweiden und starrt auf die verkommenen Häuser, während die anderen sich in dem verwilderten Garten umschauen. Vorsichtig trete ich näher an ihn heran.

»Was ist das für ein Ort?«, frage ich ihn, obwohl mich schon eine traurige Vorahnung beschleicht.

»Dies hier war einst das Hause Regas'«, entgegnet Xeron leise und bestätigt somit meine Vermutung. Unverwandt starrt er auf die kümmerlichen Überreste des ehemals behüteten Ortes.

»Was ist mit Regas und den anderen geschehen?«, erkundige ich mich leise.

Xeron zuckt die Schultern und schüttelt traurig den Kopf. »Ich weiß es nicht«, murmelt er.

Tahr tritt an uns heran. »Ich habe einige Anhänger Regas' im Dämmerwald getroffen. Sie stießen zu uns, nachdem sie diesen Ort hier verließen, kurz zuvor haben sie … Regas' Körper dem Wind übergeben«, berichtet Tahr bedächtig.

Mir schießen unmittelbar die Tränen in die Augen und ich muss eilig blinzeln, um sie zurückzuhalten. Der ältliche, weise Emorie ist mir gut im Gedächtnis geblieben. Anders als Elon aus dem Wald der Weisen, ist Regas mir überaus liebenswert erschienen. Ein wenig hat er mich an Ruberián erinnert, was die Nachricht über sein Ableben nicht gerade leichter verdaulich für mich macht.

Xeron scheint die Kunde ebenfalls nicht unbekümmert aufzunehmen, denn er versteift sich merklich und seine Miene verfinstert sich, doch ansonsten bleibt er regungslos. Dann wendet er sich wortlos ab und marschiert gezielt auf das größte der morschen Holzhäuser zu.

Tahr seufzt und legt mir eine Hand auf die Schulter. »Das alles macht ihm schwer zu schaffen. Er wirkt immer so unnahbar und empfindungslos, doch innerlich zerfrisst es ihn«, bemerkt er, als sei es ihm ein Anliegen mir Xerons Verhalten zu erklären.

Ich nicke. »Ich weiß, ich …« Mitten im Satz breche ich ab, denn ich wollte sagen: »Ich kenne ihn«, was natürlich Unsinn ist. »Ich verstehe ihn«, sage ich stattdessen zu Tahr.

Später streife ich durch die Gärten hinter den Häusern und betrachte die verwahrloste Apfelplantage. Die Apfelbäume stehen dicht beieinander und ihre Äste sind miteinander verwachsen, als wollten sie sich gegenseitig festhalten. Der Boden ist übersät von verfaulten Apfelresten. Ich trete an einen der Bäume heran und ziehe einen dicken, roten Apfel von einem der tieferhängenden Äste. Als ich genüsslich hineinbeißen will, tönen laute Stimmen durch das Geäst. Es hört sich nach einem Streit an. Ich lasse den Apfel sinken und schleiche stattdessen durch die Schneise zwischen den Apfelbaumreihen, den Stimmen entgegen. Dann entdecke ich Xeron und Kira, die etwas abseits am Zaun stehen und hitzig miteinander diskutieren. Mein Schuldbewusstsein meldet sich und mahnt mich, nicht zu lauschen, doch die Neugierde hält mich an Ort und Stelle. Vielleicht kann ich nun erfahren, warum Kira tatsächlich gegen diese Unternehmung ist.

»Das alles hier ist Wahnsinn und das weißt du genauso gut wie ich. Wir sollten eigentlich am Glutgebirge sein und einen Zugang suchen. Unser ganzes Volk wird sterben, aber statt etwas dagegen zu unternehmen, sind wir hier auf dieser irrwitzigen Suchmission. Glaubst du denn wirklich, dass wir das Mädchen finden?«, spricht Kira ungehalten auf Xeron ein.

Der wirft ihr einen finsteren Blick zu. »Wir werden sie finden«, sagt er mit fester Stimme.

Kira reißt verzweifelt die Hände in die Höhe. »Xeron, das ist das, was du dir wünscht, nicht das, was am wahrscheinlichsten ist. Sieh es doch endlich ein, das hier ist ein erfolgloses Unterfangen«, fleht sie ihn regelrecht an.

»Du hättest nicht mitkommen sollen, du warst von Anfang an dagegen«, zischt er zornig zurück.

»Ich bin wegen dir hier«, erwidert sie sanft und streckt eine Hand nach ihm aus.

Doch Xeron weicht ihrer Hand widerwillig aus. »Du bist hier, um mich dazu zu überreden, umzukehren, du willst es mir ausreden. Das ist der einzige Grund, weshalb du hier bist«, wirft er ihr wutschnaubend vor.

»Nein«, ruft Kira laut aus und greift abermals nach Xeron, doch der wendet sich aufgebracht von ihr ab. »Du solltest besser verschwinden«, rät er ihr abweisend und schreitet mit festen Schritten davon.

Kira bleibt fassungslos stehen und starrt ihm hinterher. Verzweifelt schlägt sie die Hände über dem Kopf zusammen und flucht erbost vor sich hin.

Ich beschließe gerade, dass nun der rechte Moment gekommen ist, an dem ich mich leise davonstehlen sollte, als mir der Apfel entgleitet. Ich hatte seine Existenz vollkommen vergessen, doch nun schlägt er mit einem dumpfen Geräusch auf der Wiese auf und kullert zwischen den Apfelbäumen hindurch genau vor Kiras Füße. Die reißt aufgeschreckt die Hände von ihrem Gesicht, starrt für einen kurzen Moment irritiert auf das Fallobst und dreht sich dann ruckartig zu mir herum. Ehe ich mich auch nur rühren oder etwas sagen kann, schnellt Kira vor und packt mich am Handgelenk. Mit ihrem unnachgiebigen Griff zerrt sie mich unsanft durch das dichte Geäst der Apfelbäume hindurch ins Freie.

Als ich keuchend vor ihr stehe, blickt sie zornesfunkelnd auf mich herab. »Du kleiner Menschenspitzel, was schleichst du hier herum und belauscht unsere Gespräche?«, will sie zornig zischend wissen.

Ich schüttele erschrocken den Kopf. »Ich ... nein. Ich wollte nicht lauschen. Ich habe mich nur im Garten umgeschaut und dann habe

ich eure Stimmen gehört. Ich dachte, es wäre etwas passiert oder ...
es ... es tut mir leid«, stammele ich schamerfüllt.

Doch Kira verengt ihre Augen zu schmalen Schlitzen und verstärkt ihren Griff um mein Handgelenk.

Ein schmerzhafter Reiz fährt durch meinen Arm und lässt mich aufkeuchen. »Bitte, du tust mir weh«, japse ich verzweifelt.

Kira lockert ihren Griff gemächlich und stößt mich dann von sich. »Ich frage mich sowieso, was du hier zu suchen hast. Was kannst du schon ausrichten? Du kannst weder kämpfen, noch bist du zu sonst etwas zu gebrauchen«, speit sie mir schnaubend entgegen.

Ich reibe mir mein schmerzendes Handgelenk und werfe ihr einen trotzigen Blick zu. »Ich weiß selbst, dass ich keine große Hilfe bin. Aber wenigstens ist mir daran gelegen, Ria zu finden. Ich will sie retten«, gebe ich beherzt zurück.

Kira schnaubt verächtlich, doch allmählich werden ihre Gesichtszüge weicher und ihre Haltung weniger angriffslustig. »Dann bist du genauso verblendet wie die anderen. Blind jagt ihr einem Ziel nach, dass es vielleicht längst nicht mehr gibt«, murmelt sie kopfschüttelnd.

»Wieso bist du derart wütend wegen der Suche? Es könnte dir doch gleich sein. Entweder wir finden Ria und alle sind glücklich oder wir finden sie nicht, dann behältst du eben Recht«, wundere ich mich.

»Ich bin wütend, weil es Wichtigeres zu tun gäbe. Unser Volk stirbt und wir sollten alles daransetzen, das zu verhindern. Das ist alles Seras Schuld! Sie ist so fordernd und einnehmend und Xeron bemerkt nicht einmal, wie sie ihn manipuliert«, schimpft Kira vor sich hin und ballt die Hände zu Fäusten.

»Seras Schuld? Wie meinst du das?«, frage ich verwirrt.

Kira starrt mich an, als wäre ihr eben erst aufgefallen, dass ich vor ihr stehe. Sie mustert mich abschätzig. Ich erwarte, dass sie sich jeden Moment von mir abwendet und mich ohne Antwort stehenlässt, doch dann lässt sie sich seufzend neben mir im Gras nieder.

Ich tue es ihr gleich, wobei ich einen sorgsamen Sicherheitsabstand zu ihr einhalte. Ganz geheuer ist mir die aufbrausende Xarenare nicht.

»Ich erlebe das nun schon seit langer Zeit, seit wir damals zum Glutgebirge aufgebrochen sind. Nachdem bereits der Großteil des Kristalltrupps wieder in die Stätte der Weisen zurückgekehrt ist, blieben Xeron und ich zurück, um einen Eingang zu suchen. Wir haben es uns zum Ziel gesetzt, das Gebirge erst zu verlassen, wenn wir einen gefunden hätten. Wir waren fest entschlossen und ließen uns durch nichts davon abbringen.

Doch dann tauchten Tahr und Riáz auf. Sie berichteten uns von ihrer Verbannung und von Seras einsamen Dasein im Refugium. Schlagartig wollte Xeron unser ganzes Vorhaben abbrechen. Er sagte, er muss dringend zu Sera zurück. Ich habe auf ihn eingeredet, ihn versucht von der Wichtigkeit unseres Vorhabens zu überzeugen, doch ich drang nicht mehr zu ihm durch. Er hat nur noch an Sera gedacht und das, obwohl sie nicht einmal in Gefahr schwebte. Im Gegenteil, sie befand sich im Schutz des Refugiums, aber er redete nur davon, dass sie dort eingehen würde, dass sie alleine sei und dass er zu ihr zurückkehren müsse. Also kehrten wir in die Stätte zurück«, erzählt Kira verdrossen.

Eine Weile schweigt sie, ehe sie fortfährt: »Dies war nur der Anfang einer sich immer wiederholenden Geschichte. Xeron verliert das Wesentliche aus dem Blick, weil die notleidende Sera seine Hilfe braucht. Statt mit mir nach den Kristallen zu suchen, blieb er im Refugium. All die Zeit über verhielt es sich so. Am Schlimmsten wurde es nach der Geburt von Ria. Xeron hat sich ihretwegen so dermaßen heftig mit den Weisen angelegt, dass er beinahe selbst verbannt wurde. Seit er Ria als sein Junges ausgab, hat er alles für ihren Schutz getan. Unser Volk wird vergehen, weil Xeron Seras und Rias Wohl immer höher gewichtet, als das von allen anderen. Er sollte unser Oberhaupt sein, er sollte sich um uns alle sorgen –

nicht nur um *sie*.« Kira starrt finster auf ihre Hände herab, die immer noch zu Fäusten geballt sind.

Ich schüttele nachdenklich den Kopf. So falsch lag ich mit meiner Vermutung also nicht. Aber Kira ist in erster Linie enttäuscht. »Ich kann deine Wut zwar verstehen, aber glaubst du deshalb wirklich, dass Sera am Untergang der Fearane schuld ist?«, frage ich behutsam.

Kira seufzt. »Vermutlich ist das etwas übertrieben, aber sie trägt zumindest eine Mitschuld daran, dass Xeron und ich nicht alles dafür tun konnten, um etwas dagegen zu unternehmen. Wir hätten all unsere Kraft darauf konzentrieren müssen, stattdessen hat Xeron den großen Beschützer für die verweichlichte Sera gespielt«, erwidert sie erbost.

Ich ziehe die Augenbrauen nach oben. »Du bist *wirklich* schlecht auf Sera zu sprechen«, stelle ich erstaunt fest.

Kira lacht verbittert auf. »Ja, das kann man wohl sagen und das, obwohl alle Welt sie so anhimmelt. Ich habe nie verstanden, was die anderen an ihr finden. Für mich ist sie eine ziemlich einfältige Person. Klar tut es mir leid, was ihr widerfahren ist, aber sie könnte ihr Schicksal auch mit etwas mehr Würde ertragen – und ohne alle anderen nach ihrer Pfeife tanzen zu lassen. Sie wickelt *alle* um ihren Finger«, enthüllt sie mir aufgebracht. »Ich weiß schon, wie das klingt. Als wäre ich eifersüchtig, aber so ist es nicht«, fügt sie dann beteuernd hinzu.

Ich nicke verständnisvoll. »Das glaube ich dir. Trotzdem hilft dir diese Wut nicht weiter. Vielleicht solltest du Seras Einfluss auf Xeron einfach akzeptieren? Du kannst ihn schließlich nicht zwingen, zu tun, was du für richtig hältst, aber du könntest ihm deine Gefühle offenbaren. Denn auch wenn ich Xeron nicht wirklich kenne, so weiß ich doch zumindest eines über ihn: Er ist ein mitfühlender Xarenare. Das ist doch auch der Grund, weshalb er sich so um Sera kümmert. Sicher wird er auch Rücksicht auf *deine* Sorgen nehmen, wenn er sie erstmal versteht«, rate ich Kira.

Kira starrt mich eine Weile an, dann beginnt sie zu lachen. Als ich sie verunsichert anschaue, erklärt sie: »Du bist wirklich ein verblüffendes Mädchen. Du wirkst so jung und einfältig, aber deine Worte klingen wie die einer weisen Emorie. Es tut mir leid, dass ich so grob zu dir war und dass ich dich unterschätzt habe. Du gibst zwar keine anständige Kämpferin ab, aber du bist klüger, als ich es dir zugetraut hätte.«

Ihr Lob ehrt mich und ihr losgelöstes Lachen wirkt ansteckend auf mich also stimme ich mit ein und zucke wegen ihrer Worte verblüfft mit den Achseln. Als unser Gelächter schließlich versiegt, fummelt Kira an einem ihrer vielen Beingurte herum. Sie löst einen der schwarzen Gurte, an dem ein Dolch in einer lederartigen Scheide hängt. Sie wirft mir den Gürtel samt Dolch zu und erhebt sich. »Hier, du solltest trotzdem eine Waffe bei dir tragen. Nur für den Fall«, rät sie mir, zwinkert freundschaftlich und geht selbstbewusst in Richtung der Holzhütten davon.

Ich starre unentschlossen auf den Gurt vor mir. Vorsichtig nehme ich ihn auf und binde ihn mir um einen Oberschenkel. Probeweise versuche ich, den Dolch herauszuziehen, bleibe jedoch mit der Klinge hängen und schneide mir fast ein Loch in die Hose. Verärgert stecke ich die Stichwaffe zurück in die Scheide.

Ein erneutes Lachen lässt mich zusammenfahren. Ich schaue zu den Holzhäusern rüber, vor denen Kira steht und sich scheinbar ein letztes Mal zu mir umgeblickt hat. So konnte sie meinen lahmen Versuch, die neue Waffe zu händeln, ungeniert beobachten. »Das üben wir besser noch«, stellt sie nach wie vor lachend fest, bevor sie in einem der Häuser verschwindet.

Beschämt schaue ich auf mein neues Hilfsmittel herab. Mein mangelndes Vermögen, mit einer solchen Waffe umzugehen, macht mir noch deutlicher, dass ich nicht bereit für ihren Einsatz bin. Ich hoffe inständig, dass dies auch niemals notwendig sein wird.

Kapitel 13

Wir verbringen den Tag in dem ehemaligen Hause Regas'. Xeron ist die ganze Zeit über sehr schweigsam, doch ich habe mitbekommen, dass er und Kira sich ausgesprochen haben. Die Stimmung ist daher wieder etwas harmonischer. Selbst Zara und Kira gehen umsichtig miteinander um.

Gegen Nachmittag sitzen wir zusammen in Regas' altem Haus um den Tisch herum und essen Apfelmus.

»Hier habt ihr euch damals um Regas versammelt, als er euch die Vorausschauung verkündet hat, nicht wahr?«, frage ich an Xeron gewandt.

Er nickt nur, sagt aber nichts weiter.

»Wie lautete diese Vorausschauung?«, fragt Maran mit seiner gewohnt sanften Stimme.

Ich bin froh, dass er die Frage gestellt hat. Ich selbst hätte mich nicht getraut, aber Marans besonnene Art wirkt derart beruhigend auf Xeron, dass er sie ihm nicht übelnehmen kann.

»Er sagte, wir würden auf einige Hürden stoßen und dürften die Hoffnung nicht verlieren. Zudem warnte er uns, dass das Geschick unserer Gruppe von den Entscheidungen eines jeden einzelnen abhinge«, fasst Xeron die damaligen Worte des weisen Emorien knapp zusammen.

Schweigen breitet sich in dem düsteren Zimmer aus.

»Nicht gerade die hilfreichste Voraussage«, murmelt Kira in die

Stille hinein und erntet dadurch ein paar mahnende Blicke von den anderen. Sie hält abwehrend die Hände vor sich. »Was denn? Diese Worte treffen wohl auf jedes gefährliche Unterfangen zu, ebenso gut könnten sie auf unsere Suche bezogen sein«, rechtfertigt sie sich.

»Ich muss Kira in diesem Fall zustimmen. Mir haben diese Worte wenig geholfen und so sehr ich mir bis heute auch den Kopf zerbreche, ich begreife nicht, was wir hätten anders machen müssen«, bestätigt Xeron.

»Ich glaube, ihr hättet nichts anders machen müssen. Ihr habt es schließlich geschafft, Sera in den Wald der Weisen zu bringen. Das war doch eure Mission und ihr wart erfolgreich. Was darüber hinaus geschah, lag vielleicht nicht in euren Händen«, mutmaße ich leise.

Alle schauen mich an und ich bereue es fast, dass ich den Mund aufgemacht habe.

Doch zu meinem Erstaunen nickt Xeron mir zu. »Ja, vielleicht hast du Recht. Trotzdem werde ich das Gefühl nicht los, wir hätten noch mehr tun müssen«, meint er seufzend. »Es gibt einiges, was wir hätten verhindern müssen«, fügt er leise hinzu. In seiner Stimme liegt eine Bitterkeit, die uns alle bedrückt schweigen lässt.

In der Abenddämmerung brechen wir zum Weiterflug auf. Der Mond erstrahlt in voller Größe und so kann ich weit mehr von der Welt unter mir erkennen, als die Nächte zuvor. Ich sichte vereinzelte kleine Dörfer, Felder und Wiesen, Wälder, Flüsse und Seen. Ich frage mich, ob es einer diese Seen war, an denen Sera und Fero gesessen haben, als sie den Fuchs hörten, der in einer Falle gefangen war und den sie gemeinsam befreiten. Ob Fero zu diesem Zeitpunkt entschied, Seras Freiheit für ihren Schutz zu opfern und damit zugleich ihre Verbindung zu kappen?

In der zehnten Nacht nach unserem Aufbruch vom Hause Regas' verwandelt sich die Ebene unter uns in eine flache, trockene Steppenlandschaft. In der Ferne werden einzelne Waldinseln sichtbar und dahinter ist das riesige Blätterdach des Dämmerwaldes zu sehen.

Ein frostiger Schauer überkommt mich, als ich mir vorstelle, wie die kahle Ebene unter mir über und über mit Vogelkadavern übersät war. Plötzlich bilde ich mir ein, bewaffnete Zentâris aus den Sträuchern und Büschen hervorstieben zu sehen. Ich reibe mir die müden Augen und bin erleichtert, dass ich keinerlei Bewegungen am Boden ausmachen kann. Wir nähern uns in rascher Geschwindigkeit dem Dämmerwald, der sich immer größer vor uns ausbreitet. Wir lassen die ausgedörrte Steppengegend hinter uns und brechen schließlich mit lautem Krachen nacheinander durch das Blätterdach des Waldes, dessen Dunkelheit uns unmittelbar verschlingt.

Wir haben insgesamt zweiundzwanzig Tage vom Lichtwald bis zum Dämmerwald gebraucht, eine Reise, die Sera und ihre Gefährten damals an die fünfzig gekostet hat. Ich bin überrascht, was die Fortbewegung durch die Lüfte für eine Zeitersparnis bedeutet. Aber es ist ja nicht nur die Fortbewegungsmethode, die unsere aktuelle Reise von der damaligen Mission unterscheidet, denn wir müssen uns überdies keinen Kämpfen mit den Zentâris stellen. Mir graut es bei der Vorstellung, von diesen grauenhaften Metallmonstern verfolgt und gejagt zu werden und ich bin unendlich froh, dass uns das erspart bleibt.

Zara und die anderen durchqueren das Geäst des Waldes, bis wir auf eine Plattform stoßen, auf der wir uns niederlassen. Das Holzplateau ist nicht so morsch und zerfallen, wie es die im Lichtwald gewesen waren, und so können wir darauf sicher unser Lager errichten.

»Leben noch Fearane hier?«, frage ich an Tahr gewandt, der am Rand der Plattform sitzt und seine Beine über dem Abgrund baumeln lässt.

Er schaut zu mir hoch und schüttelt bedauernd den Kopf. »Nein, die letzten sind schließlich entweder in den Wald der Weisen geflüchtet oder in das tropische Waldlandreich im Süden. In den Wald der Weisen durfte ich nicht und die Tropenwälder im Süden waren mir zu weit entfernt von meiner Heimat, also bin ich einfach hiergeblieben«, erklärt er achselzuckend.

Eine Woge des Mitgefühls durchspült mich für den einsamen Tahr, der seiner Heimat beraubt und aus dem Wald der Weisen verbannt wurde. Aus einem Impuls heraus, lasse ich mich neben ihm nieder und lege eine Hand auf die seine. Er schaut überrascht zu mir herüber und ich lächele ihm tröstend zu. Tahr erwidert mein Lächeln und rutscht ein Stück näher an mich heran. Dabei streift mich sein Flügel und das bunte Gefieder kitzelt meine Schulter. Ich betrachte es fasziniert und fahre gedankenverloren mit der Hand über die verschiedenfarbigen Federn. Sie fühlen sich weich und zart an.

Als ich Tahrs Blick auffange, der mich erstaunt beobachtet, ziehe ich eilig die Hand zurück. Mir wird klar, dass es ihm nicht recht sein könnte, wenn ich in aller Selbstverständlichkeit sein Gefieder anfasse. Wir stehen uns nicht sonderlich nahe und es gibt keinen Grund für mich ihn zu berühren. Ich habe mich gedankenlos von meiner Faszination hinreißen lassen und ihn befingert, als sei er ein unerforschter Gegenstand. Auf einmal schäme ich mich fürchterlich und ich erröte wegen meiner Unbedachtheit. »Entschuldige, bitte«, murmele ich beschämt.

Tahr lacht leise und schüttelt den Kopf. »Du hast nichts falsch gemacht. Ich verstehe schon, dass mein Gefieder für dich etwas Ungewohntes ist. Du bist schließlich nicht mit Fearanen aufgewachsen. Fass es ruhig an«, ermutigt er mich und dreht mir seine ausgebreiteten Flügel zu.

Zaghaft strecke ich die Hand aus und fahre mit meinen Fingern vorsichtig über die Schulterfedern bis hinab zu den Schwingen. Die Federn erstrahlen in allen möglichen Farbtönen von Grün und Orange bis Blau, Rot, Gelb, Schwarz und Weiß. Die Farben aller anderen Gattungen versammeln sich in Tahrs Gefieder, wie üblich bei den Siranen. Während ich mit meinen Fingern behutsam durch das Federkleid streiche, löst sich eine gelbe Feder, schwingt langsam herab und landet sanft in meinem Schoß. Erschrocken starre ich auf die Feder hinab und stoße einen keuchenden Laut aus. Ich kann nicht fassen, was ich da getan habe. Wie konnte ich nur so achtlos sein? Gewiss wird Tahr annehmen, ich hätte sie absichtlich aus seinem Gefieder gelöst.

Während ich betreten auf die Feder starre, dreht sich Tahr zu mir herum und folgt meinem Blick. Er lacht wieder leise, als er den Grund meiner Bestürzung erblickt. »Behalt sie«, flüstert er und zwinkert mir zu.

»Das kann ich nicht«, protestiere ich sogleich und schüttele den Kopf. Ich kenne die tiefe Bedeutung einer überreichten Feder und kann dies keinesfalls auf diese Art annehmen. Ich bin bestürzt darüber, dass sich die Feder derart leicht lösen konnte, denn Fearane erneuern ihr Federkleid nicht so, wie die Vögel es tun.

Tahr dreht sich zu mir herum. »Das passiert ständig«, winkt er gelassen ab. »Seit unsere Lebenskraft versiegt, verliere ich andauernd Federn. Früher ist das nur sehr selten passiert, aber nun scheinen meine Federn nach und nach auszufallen. Das ist nicht deine Schuld«, erklärt er mir.

Ich schaue ihn bestürzt an, dann starre ich wieder auf die Feder in meinem Schoß. »Aber ich kann sie nicht einfach behalten. Das ist doch nicht richtig, wenn du sie mir nicht überreicht hast«, stammele ich verunsichert vor mich hin.

Tahr beugt sich zu mir vor und schaut mich aus seinen bunt gesprenkelten Augen ernst an. »Ich möchte gerne, dass du sie behältst. Nimm sie einfach als Andenken an mich, nur für den Fall, dass sich unsere Wege eines Tages wieder trennen«, schlägt er mir lächelnd vor.

Ich umschließe die Feder vorsichtig mit einer Hand. Dann krame

ich mit der anderen in meinem Rucksack herum und ziehe schließlich eine Bronzemünze hervor. Sie ist nicht viel wert und Tahr kann
gewiss nichts damit anfangen, dennoch strecke ich ihm die Münze
hin. »Hiermit hast du auch ein Andenken an mich«, sage ich
auffordernd.

Tahr nimmt meine Gabe lachend entgegen. »Als bräuchte ich
etwas, um mich an dich zu erinnern. Du hinterlässt sowieso einen
bleibenden Eindruck bei mir«, meint er zwinkernd und steht auf.

Voller Überraschung schaue ich ihm hinterher.

Nachdem wir uns eine Weile ausgeruht haben, durchqueren wir
weiter den Wald. Es kostet uns fast drei Tage, bis wir endlich den
Waldrand erreichen, der an Dorias grenzt. Als die Dunkelheit her-
einbricht, macht Tahr sich bereit, um sich in die Stadt zu schleichen.
Es beunruhigt mich, dass er sich allein nach Dorias aufmacht, denn
falls sie ihn erwischen, werden die Menschen sicher keine Gnade
walten lassen.

»Pass auf dich auf!«, flüstere ich ihm zu, während ich ihn zum
Abschied umarme. Auch die anderen verabschieden sich von ihm
und kurz darauf erhebt er sich in die Dunkelheit und verschwindet
allmählich aus meinem Blickfeld.

Wir Übrigen versammeln uns auf einer nahegelegenen Plattform
und errichten darauf unser Nachtlager. Xeron hält wie üblich oben
in den Baumwipfeln Wache, um auf Tahrs Rückkehr zu achten.

Zara, die neben mir am Feuer sitzt, sieht ebenso nervös aus, wie
ich mich fühle. Maran schaut ebenfalls nachdenklich in die Flammen. Nur Kira wirkt fast gelangweilt, während sie eines ihrer
Schwerter mit einem Schleifstein bearbeitet. Ich öffne vorsichtig
eine kleine Tasche, die an meiner Hose festgenäht ist, und schaue
hinein. Der gelbe Glanz von Tahrs Feder blitzt mir im Schein des
Feuers daraus entgegen. Ich verschließe die Hosentasche wieder
sorgfältig und lege mich zum Schlafen hin. Ich schließe die Augen

und sehe Tahrs buntes Gefieder vor mir. All meine Hoffnungen sind darauf gerichtet, dass er unbeschadet von seinem Ausflug in die Stadt zurückkehrt.

Kapitel 14

Ich habe eben erst in den Schlaf gefunden, als ich von geräuschvollen Bewegungen und Stimmengewirr geweckt werde. Zara, die neben mir geschlafen hat, läuft an den Rand der Plattform. Ich reibe mir die verschlafenen Augen und sehe im Schein des Feuers einen bunten Schatten herannahen.

»Tahr«, rufe ich aus und eile zu Zara an den Rand der Hochebene.

Tahr landet auf der Plattform, dicht gefolgt von Xeron. Kira und Maran stoßen ebenfalls dazu und gemeinsam scharen wir uns um den soeben Eingetroffenen. Ich nehme ihn schnell in Augenschein und stelle erleichtert fest, dass er unverletzt ist.

»Was ist? Was hast du erfahren?«, will Xeron drängend von ihm wissen.

Tahr, der völlig außer Atem ist, hebt kurz die Hand, um ihn um etwas Geduld zu bitten, doch Xeron fragt unerbittlich weiter.

»Gar nichts«, keucht Tahr schließlich und schüttelt den Kopf.

Xeron packt ihn an der Schulter und rüttelt unwirsch daran. »Was soll das heißen?«, will er ungehalten wissen.

Zara zieht ihn von Tahr fort. »Lass ihm doch einen Augenblick, du siehst doch, dass er erschöpft ist«, zischt sie ihm entrüstet zu, aber Tahr winkt ab.

»Schon gut … Ich bin nur … etwas außer Atem. Ich habe den Rückflug … wohl etwas überstürzt. Meine Ausdauer … ist nicht mehr dieselbe wie früher«, prustet er leichthin und lacht hustend. Er versucht, es herunterzuspielen, doch seine Beunruhigung deswegen ist unverkennbar.

»Es tut mir leid … aber ich konnte nicht in die Stadt gelangen. Es ist noch schlimmer, als ich gedacht habe. Ich konnte weder über die Luft noch zu Fuß ungehindert eindringen. Sie haben die Stadtmauer erhöht und obenauf Stacheln befestigt und überall waren Wachen, die die Mauer bewacht haben oder in der Stadt Patrouille gelaufen sind. Ich habe versucht, einen günstigen Moment abzupassen, aber ich habe keine Gelegenheit bekommen. Unbemerkt kann dort niemand eindringen«, schnauft er unzufrieden, als er wieder bei Atem ist.

Xeron starrt ihn ungläubig an, als warte er noch auf weitere Informationen. Als er begreift, dass keine kommen, rauft er sich fluchend die Haare. Das sonst so streng nach hinten gebundene, schwarze Haarkleid steht ihm wild vom Kopf ab und sein Gesicht ist von Verzweiflung verzerrt. Nie zuvor habe ich ihn in einer derartigen Verfassung gesehen. Er tritt an den Rand der Plattform und stößt ohne Vorwarnung einen gellenden Schrei aus, der durch den gesamten Wald schallt. Vögel preschen gen Himmel davon und wir Übrigen sind wie erstarrt. Xeron steht keuchend da, stiert in die Dunkelheit und kehrt uns den Rücken zu. Dann erhebt er sich und fliegt ohne ein weiteres Wort durch das Blätterwerk fort in die späte Nacht.

Kira löst sich als Erste aus der Erstarrung und will ihm nacheilen, doch Zara hält sie am Arm zurück.

»Lass ihn«, rät sie ihr sanft und zu meiner Verwunderung nickt Kira und lässt sich aufgelöst auf der Plattform nieder.

Tahr schaut verzweifelt in die Runde und zuckt mit den Achseln. »Ich wünschte, ich hätte mehr tun können«, gibt er niedergeschlagen zu.

Zara streift ihm tröstend über den Arm und schüttelt den Kopf. Ein ratloses Schweigen macht sich unter der kleinen Gruppe breit.

»*Sie* kann rein«, ruft Kira auf einmal laut aus, als hätte sie eine plötzliche Eingebung. Alle schauen zu ihr herüber und zu meinem Schreck zeigt sie mit dem Finger auf mich.

»Was?«, fragen Tahr und Zara wie aus einem Mund.

»Na, wenn wir nicht unbemerkt in die Stadt können, bleibt nur der offizielle Weg. Und sie ist schließlich ein Mensch. Sie kann einfach in die Stadt spazieren und diesen Bórn – oder wen auch immer – aufsuchen und um Hilfe bitten«, stellt sie trocken fest.

Die anderen starren sie nachdenklich an. Jetzt, wo Kira es ausgesprochen hat, erscheint es vollkommen einleuchtend und naheliegend, dass ich in die Stadt gehe. Dennoch bin ich nicht gänzlich überzeugt von der Idee. Ich kenne diesen Bórn nicht. Wieso sollte er mir überhaupt Gehör schenken, geschweige denn Glauben?

»Das können wir nicht von ihr verlangen«, murmelt Zara, doch sie klingt selbst nicht sonderlich bestimmt dabei. Langsam wandert ihr Blick zu mir.

Die anderen schauen ebenfalls zu mir herüber und sehen mich fragend an. Mir wird klar, dass sie irgendeine Reaktion erwarten. Keiner von ihnen will mich zu einer Entscheidung drängen, es liegt nun also ganz bei mir. Aber ich weiß nicht recht, was ich von der Sache halten soll. Ich kenne weder die Stadt noch die Menschen darin. Was soll *ich* denn schon ausrichten – wenn sie mich überhaupt einlassen? Wieso sollte dieser Bórn mir zuhören und was, wenn ich es vermassele und die Wachen mich gar gefangen nehmen? Eine kribbelnde Panik steigt in mir auf, als ich in die erwartungsvollen Gesichter um mich herum schaue.

»Du musst das nicht tun«, sagt Tahr mit fester Stimme, als er bemerkt, wie unbehaglich ich mich fühle. Er legt mir behütend eine Hand auf die Schulter. Ich bin ihm dankbar, sowohl für die beschützende Geste als auch für seine Worte.

Doch dann muss ich an Ruberián denken, der einst aus dieser Stadt kam. Ich erinnere mich daran, wie bestürzt er darüber war, nicht mit auf die Suche nach seiner Tochter gehen zu können. Ich denke außerdem an Sera. Mir kommen ihre Worte in den Sinn, die sie zum Abschied an mich gerichtet hat: »*Ich glaube fest daran, dass deine Anwesenheit dabei eine wichtige Rolle spielt. Du bist Teil dieser Geschichte und das nicht nur als Schreiberling.*« Dann klingt Xerons Schrei in mir nach, die Verzweiflung und Wut, die darin zum Ausdruck kam. Zuletzt schwirren mir die Bilder meines Traumes durch den Kopf, jenes Traumes, in dem ich Ria war und verzweifelt um Hilfe geschrien habe.

In demselben Augenblick, in dem Xeron hart auf der Plattform aufkommt, springe ich auf und sage entschlossen: »Ich mache es! Ich gehe in die Stadt.«

Abermals habe ich eine Entscheidung getroffen, die ich im Vorfeld nicht hinreichend durchdacht habe. Ein weiteres Mal nehme ich eine Aufgabe auf mich, von der ich nicht weiß, ob ich ihr gewachsen bin. Und auch diesmal bereue ich meine vorschnelle Antwort. Doch es ist zu spät, ich kann keinen Rückzieher mehr machen, denn die andere verlassen sich auf mich. Trotzdem bin ich nervös am Zittern, als Tahr, Rubi und ich uns am frühen Morgen Dorias nähern.

Tahr kann zwar nicht nah an die Stadt heran, doch er wollte mich zumindest so weit wie möglich begleiten. Als er schließlich stehenbleibt, mustert er mich prüfend. »Bist du dir sicher, dass du das tun willst?«, fragt er einfühlsam.

Ich nicke zaghaft.

»Dir wird nichts passieren. Die Menschen da haben keinen Grund dir etwas zu tun. Keiner weiß, dass du mit uns unterwegs bist oder dass du mit Fearanen in Kontakt stehst. Du sagst einfach, was wir besprochen haben. Du brauchst keine Angst zu haben«, flüstert er mir beruhigend zu.

Ich nicke abermals. »Ich weiß, dass die Menschen mir nichts tun werden. Ich bin ja nur eine einfache Bauerntochter, keine Bedrohung. Aber was, wenn ich versage? Dies ist vielleicht unsere letzte Möglichkeit, um eine Spur von Ria zu finden. Was, wenn sie mir nicht glauben oder wenn ich etwas Falsches sage?«, stoße ich verunsichert aus. Tahr legt seine Arme um meinen Oberkörper und ich klammere mich einen Augenblick hilflos an ihm fest.

»Ich bin sicher, du wirst erfolgreicher sein, als ich es war«, flüstert er nah an meinem Ohr. Dann löst er sich von mir.

Sein warmes Lächeln, erweckt ein angenehmes Gefühl in mir und verdrängt einen Teil der Furcht.

Ich lächele verhalten zurück und winke kurz, dann drehe ich mich in Richtung Stadt und gehe festen Schrittes darauf zu. Rubi trottet artig neben mir her und ich danke Tahr im Stillen dafür, dass er damals umgekehrt ist, um ihn zu holen. Mit meinem Hundefreund an der Seite werde ich das schon schaffen.

Das offene Stadttor kommt näher und ich kann zwei Wachen ausmachen, die links und rechts davon stehen und sich angeregt miteinander unterhalten. Ich erkenne das dunkelblaue Gambeson wieder, das die beiden tragen. Es sieht aus wie Ruberiáns. Als ich mich nähere, nickt der eine in meine Richtung und sie drehen sich zu mir herum.

Ich laufe leichtfüßig auf die Wachen zu und bemühe mich um einen unverfänglichen Gesichtsausdruck. Als ich in Hörweite bin, grüße ich freundlich und marschiere unbeirrt weiter auf das Tor zu. Kurz bevor ich den Durchgang erreiche, tritt einer der beiden Wachen vor und verstellt mir den Weg.

»Jeder, der die Stadt betreten will, muss Auskunft über seine Person und sein Anliegen geben. Das ist ein offizieller Beschluss von Gárdo, Bürgermeister von Dorias«, verkündet die Wache von oben herab, ohne mich auch nur eines Blickes zu würdigen.

»Das wusste ich nicht, entschuldigt bitte. Ich bin Finéra, ich stamme aus einem kleinen Dorf nahe Erosia. Ich möchte gerne meinen Onkel Bórn besuchen. Ich bin die Tochter seines verstorbenen Bruders Dión«, sage ich mit bemüht fester Stimme. Mein Herz schlägt wie wild und ich hoffe, dass keiner der beiden diese Lüge durchschaut.

Für einen unangenehm langen Moment geschieht gar nichts und der Wachmann, der gesprochen hat, blickt ausdruckslos über mich hinweg. Doch dann rührt sich die andere Wache. »Dión – das war ein guter Mann. Ich habe davon gehört, dass seine Frau mit den Kindern fortgegangen ist. Tritt ruhig ein. Du findest Bórn in der Bibliothek«, sagt er freundlich und beschreibt mir anschließend sogar den Weg dorthin.

Ich atme innerlich erleichtert auf. Nach außen hin bleibe ich gelassen, danke den Wachen höflich und durchschreite bedächtig das Tor. Rubi hält sich dicht hinter mir. Nachdem ich aus dem Sichtfeld der Wachmänner verschwunden bin, lehne ich mich an eine Hauswand und atme mehrmals tief durch. Geschafft, ich bin in der Stadt. Nun muss ich nur noch die Bibliothek finden.

Eilig folge ich dem beschriebenen Weg, vorbei an dicht aneinandergereihten Steinhäusern, über den Marktplatz, der vor lauter Ständen überquellt und durch eine kleine Gasse hindurch. Es sind viele Leute unterwegs, doch niemand beachtet mich. Durch eine Lücke zwischen zwei Häusern kann ich in einiger Entfernung den Park ausmachen, in dem Sera und Riáz einst miteinander sprachen. Zu meiner Bestürzung sehe ich darin nur umgestürzte Bäume und vertrocknete Sträucher. Ich reiße mich von dem verwahrlosten Anblick los und eile weiter.

Zum Glück finde ich die Bibliothek ohne Schwierigkeiten. Mit andauerndem Herzrasen, aber ebenso stolzerfüllt, erreiche ich das große Steingebäude. Über der breiten Doppeltür baumelt ein schiefes Schild, auf dem ein Buch abgebildet ist und mir bestätigt, dass ich mein Ziel erreicht habe. Die erste Hürde habe ich geschafft. Als Nächstes muss ich nur noch Bórn finden und ihn überreden, mir Auskunft zu geben. Ich hoffe bloß, dass er wirklich vertrauenswürdig ist und nicht die Wachen auf mich und die anderen hetzt. Da sein Bruder damals bei dem Versuch starb, den Fearanen zu helfen, könnte ich es ihm nicht verdenken, wenn er nicht gewillt wäre, sie zu unterstützen.

Eilig betrete ich das Gebäude, Rubi drängelt sich an meinen Beinen vorbei ins Innere. Der vertraute Geruch von Pergament und Tinte steigt mir in die Nase. Für einen kurzen Moment schließe ich die Augen und stelle mir vor, in Ruberiáns Arbeitszimmer zu sein.

Dann höre ich, wie sich jemand räuspert.

»Hunde sind in der Bibliothek nicht erwünscht«, verkündet eine nasale Stimme tadelnd. Neben mir erscheint ein älterer, gebeugter Mann mit einem Monokel vor dem Auge und einem zerfledderten Buch in der Hand. Die große Nase ist gerümpft, während er Rubi beobachtet, der angeregt an den Bücherregalen entlang schnüffelt.

»Entschuldigt bitte, ich muss dringend mit Euch sprechen und ich konnte ihn nicht einfach draußen lassen«, erkläre ich mich höflich.

Der ältere Mann – hoffentlich Bórn – zieht überrascht die Augenbrauen hoch, wobei ihm das Monokel vom Auge herabrutscht, an einer langen Kette um seinen Hals hin und her pendelt und schließlich auf seiner Brust zum Ruhen kommt.

»Das wäre ja mal etwas ganz Neues, dass jemand *dringend* mit dem alten Bibliothekar sprechen müsste und dann auch noch so ein junges Ding wie Ihr«, gibt er zweifelnd zurück und lacht leise.

»Aber es stimmt. Ich habe nach Euch gesucht«, sage ich eilig, als der Mann sich von mir abwenden will. »Ihr seid doch der Bruder von Dión?«, schiebe ich schnell hinterher.

Da dreht sich der Mann abrupt zu mir herum. »Dión ist tot. Schon lange«, brummt er finster. »Woher wisst Ihr von meinem Bruder und was geht es Euch überhaupt an?«, will er aufgebracht von mir wissen.

Ich schlucke trocken. Mich beschleicht das Gefühl, dass dieses Gespräch nicht allzu erfolgreich verläuft. Ich wische mir meine feuchten Hände an der Hose ab. »Ich kenne Ru – Riáz, er war einst Wachmann hier«, sage ich vorsichtig, um die Reaktion meines Gegenübers abschätzen zu können.

Der schaut mich lange an, ohne eine Regung zu zeigen. Dann nickt er. »Dión und er kamen gut miteinander aus. Ist ein anständiger Kerl gewesen. Aber diese ganze Sache mit den Fearanen hat ihn verändert. Lebt er noch?«, will er gespannt wissen.

Ich nicke. »Aber er benötigt Hilfe«, wage ich mich weiter vor.

»Hilfe? Wobei kann er denn Hilfe brauchen? Und was habe ich damit zu tun?«, will Bórn argwöhnisch von mir wissen.

»Können wir irgendwo ungestört miteinander reden?«, frage ich und nach einer ganzen Weile nickt Bórn entschieden.

Er führt mich in den hinteren Teil der Bibliothek, wo sich seine privaten Räume befinden. Er setzt einen Tee für uns beide auf und so beginne ich ihm, mit einigen Auslassungen, zu berichten, weshalb ich hier bin. Ich erzähle von Ria, ihrem Verschwinden und unserer Suche nach ihr, von Ruberián, dessen gesundheitlichen Problemen und der Sehnsucht nach seiner nie gekannten Tochter. Ich lasse wie nebenbei Tahrs Namen einfließen, ebenso wie Zaras. Ich erkenne an seiner Reaktion, dass er sich an Tahr erinnert und dass es erfreuliche Erinnerungen sind, die er mit ihm verbindet.

Als ich am Ende meiner Erzählung ankomme, schweigt Bórn eine ganze Weile. Schließlich nickt er mehrmals und verspricht mir, sich in der Stadt umzuhören. Er selbst habe lange nichts mehr von Fearanen gehört, aber er versichert mir, dass er in Erfahrung bringen kann, ob eine in der Nähe von Dorias gesehen wurde. Ich danke Bórn vielmals und wir vereinbaren, uns nach Einbruch der Nacht am Rande des Dämmerwaldes zu treffen.

Zufrieden mit meinem Erfolg verlasse ich die Bibliothek und eile mit Rubi auf das Stadttor zu. Diesmal nehme ich ein anderes Tor, um argwöhnischen Fragen der Wachen zu entgehen. Erst als ich das Tor durchquert und die Stadt hinter mir gelassen habe, erlaube ich mir ein erleichtertes Aufatmen. Ich jubele leise vor mich hin und fordere Rubi dann zu einem Wettrennen auf. Wir laufen den ganzen Weg bis zum Wald – Rubi wie üblich weit schneller als ich –, wo ich keuchend und schnaufend Tahr in die Arme renne.

Kapitel 15

Hast du es geschafft? Hast du ihn gefunden? Hast du mit Bórn gesprochen?«, will Tahr aufgeregt von mir wissen.

Ich stehe keuchend vor ihm und presse mir beide Hände in die Seiten, wo mich ein stechender Schmerz daran erinnert, wie miserabel ich in Form bin. Nach Luft ringend nicke ich.

Tahr jubelt begeistert und rubbelt dem hechelnden Rubi freudig über den Kopf. Dann legt er einen Arm um mich. »Komm, ich trage dich, damit wir schnell den anderen von deinem Erfolg berichten können«, schlägt er vor und hebt mich hoch, ohne auf eine Erwiderung von mir zu warten.

Immer noch schwer atmend liege ich in Tahrs Armen, der geschwind durch das Geäst des Waldes fliegt. Geschickt weicht er Ästen und Vögeln aus, die unseren Weg kreuzen. Rubi läuft uns am Boden hinterher und beweist damit wieder einmal eindrucksvoll, dass seine Ausdauer um Weiten besser ist als meine.

Xeron, der wie gewohnt oben in den Bäumen Wache gehalten hat, schießt aus dem Blätterdach hervor und rast neben uns durch den Wald.

»Sie hat es geschafft. Sie hat Bórn gefunden«, ruft Tahr ihm zu, ehe er zu einer Frage ansetzen kann.

»Was hat sie herausgefunden?«, will er wissen, doch Tahr vertröstet ihn für den Moment.

Dann landen wir auf der Plattform, an dessen Rande uns Maran,

Kira und Zara in Empfang nehmen.

Ich habe endlich wieder genügend Atem, um zu reden, obwohl meine Lunge noch immer brennt, also beende ich die ungeduldige Warterei der anderen schnellstmöglich:»Also, ich bin problemlos in die Stadt gekommen und habe Bórn in der Bibliothek angetroffen. Erst wollte er nicht wirklich mit mir sprechen, doch ich habe ihm von Ruberián – ich meine Riáz – erzählt. Ich habe ihm außerdem gesagt, dass ich mit Tahr und euch anderen hier bin und dass wir nach Ria suchen. Er selbst hat nichts von einer Fearane in der Umgebung gehört, aber er hat mir versprochen sich umzuhören und uns bei Anbruch der Nacht am Rand des Waldes zu treffen.« Zufrieden lächele ich in die Runde.

Tahr klopft mir beglückwünschend auf die Schulter und auch die anderen sind von meinen Neuigkeiten begeistert.

Nur Xeron verzieht wenig überzeugt das Gesicht.»Das könnte eine Falle sein«, mutmaßt er argwöhnisch.

Tahr starrt ihn an.»Was meinst du damit? Wieso sollte Bórn uns eine Falle stellen?«, will er ungläubig von ihm wissen.

»Er ist ein Mensch, damit hat er sich ebenso von uns abgewandt wie alle anderen. Wieso sollte er uns jetzt helfen?«, ruft Xeron ungehalten aus.

»Er hat sich nicht von uns abgewandt. *Wir* haben die Stadt verlassen. *Wir* waren es, die sich ohne Erklärung von unseren einstigen Freunden abgewandt haben. Er war stets ein Freund und ich sehe keinen Grund, weshalb sich das geändert haben sollte«, widerspricht Tahr heftig.

»Hast du uns nicht selbst erzählt, dass dich keiner aufgehalten hat, als du die Stadt verlassen hast? War dieser Bórn nicht ebenso froh wie die übrigen Menschen, als du fortgingst? Du und alle anderen Fearane? Hat sich einer von diesen sogenannten Freunden vielleicht darum geschert, was aus uns wird? Haben sie etwas unternommen, um uns in unserer misslichen Lage zu unterstützen?«, will

Xeron zornentbrannt von ihm wissen.

Betroffen beobachte ich die beiden Fearane, die sich wutschnaubend gegenüberstehen. Auch Maran und Zara tauschen bestürzte Blicke aus. Einzig Kira stellt sich demonstrativ hinter Xeron und nickt bekräftigend bei jedem seiner Worte.

»Es ist nicht die Schuld der Menschen, dass uns keiner geholfen hat. Die Weisen allein haben entschieden, dass wir die Menschen nicht in unsere Geheimnisse einweihen sollen. Hätten sie sich nicht für diese Heimlichtuerei und Verschwiegenheit entschieden, hätten die Menschen uns sicher beigestanden. Doch statt unsere Freunde um Hilfe zu bitten, haben wir uns von ihnen zurückgezogen und versteckt. Auf Befehl der Weisen. Du weißt genauso gut wie ich, dass das ein Fehler war«, erwidert Tahr leise. In seiner Stimme schwingt Verzweiflung mit und auch eine Spur Enttäuschung.

Tahrs Worte überraschen mich. Endlich verstehe ich, wieso die Menschen die Fearane nicht unterstützt haben, wo doch so viele Seite an Seite mit ihnen gelebt haben. Mir war zuvor nicht bekannt, dass die Fearane auf Geheiß der Weisen zur Geheimhaltung verpflichtet waren.

Xeron schweigt eine ganze Weile. Nur seine lauten Atemzüge durchdringen die Stille auf der Plattform. Die Übrigen stehen mit angehaltenem Atem da und warten auf seine Reaktion. Sein Ausdruck und das Ausbleiben irgendeiner Entgegnung machen deutlich, dass er Tahr in den besagten Punkten zustimmt. »Trotzdem können wir ihm nicht trauen«, zischt er schließlich und das ist alles, was er dazu noch zu sagen hat.

»Ich glaube nicht, dass Bórn uns hereinlegen will. Er hat auf mich einen ganz anständigen Eindruck gemacht«, entgegne ich zuversichtlich.

Xeron dreht sich so schnell zu mir herum, dass ich erschrocken zusammenfahre. Er bringt sein wutverzerrtes Gesicht nah an meines heran. Seine Worte donnern auf mich herab, wie ein heftiges

Unwetter: »Was weißt du denn schon? Du hast nicht mal genügend Erfahrung, um einen Verräter zu erkennen, wenn er dich direkt vor deiner Nase hintergeht. Überhaupt hast du keinerlei Ahnung, weder von diesen Menschen da noch von uns. Du bist nichts als ein ahnungsloses Mädchen, das eine Geschichte gehört hat und nun bist du hier und denkst, du kannst ein bisschen mitspielen. Ich verrate dir was: Das hier ist kein verdammtes Spiel.«

In diesem Augenblick wundere ich mich zum ersten Mal nicht darüber, dass einige Menschen die Fearane für gefährliche Kreaturen halten. Wie erstarrt blicke ich in diese dunklen Augen, die voller Verachtung und Zorn auf mich herabschauen. Jeglicher Protest, der sich in meinem Inneren auftut, bleibt mir in der Kehle stecken, denn ich wage es nicht, auch nur ein einziges Wort herauszubringen. Xeron sieht aus, als würde er mich bei dem kleinsten Mucks mit seinem Speer aufspießen.

Dann stößt Tahr ihn derart heftig von mir fort, dass er zu Boden geht und schmerzhaft aufstöhnt. Zara eilt an meine Seite und legt schützend einen Arm um mich. Erst da fällt mir auf, dass ich am ganzen Körper zittere wie Espenlaub.

Tahr tritt zwischen mich und den am Boden liegenden Xarenaren. Er macht einen Schritt auf ihn zu und stellt ihm einen Fuß auf die Brust. »Ist das etwa deine Art des Dankes? Wundert es dich tatsächlich, dass sich deine Freunde von dir abwenden, wenn du sie derart behandelst? Ich sage dir eines: Wage es nie wieder Finéra auf diese Weise anzugehen, denn dann sind wir die längste Zeit Freunde gewesen. Halt dich gefälligst von ihr fern und krieg dich endlich in den Griff. Der Einzige, der keine Ahnung mehr von den Tatsachen hat, bist du. Denn all deine Wut und dein Zorn blenden dich. Und es ist mir völlig egal, was du von der ganzen Angelegenheit hältst, aber ich werde mich mit Bórn treffen und ich werde ihm vertrauen. Denn ich weiß sehr wohl, wer meine Freunde sind. Entweder du vertraust uns und ihm oder du haust ab und suchst auf deine Weise nach Ria

– allein«, brüllt er von oben auf Xeron herab. Er zittert vor Wut und Schock und wirkt vollkommen außer sich.

Maran, der sich bisher zurückgehalten hat, tritt an ihn heran und zieht ihn langsam von Xeron fort. Kira eilt an Xerons Seite, doch der schlägt ihre helfende Hand von sich. »Lass mich! Du solltest überhaupt nicht mehr hier sein. Ich brauche deine Hilfe nicht«, blafft er sie an. Dann erhebt er sich geschwind und stürzt sich von der Plattform. Einem schwarzen Schatten gleich rauscht er davon und verschwindet im Geäst.

»Er – er ist nicht er selbst. Er steht völlig neben sich«, raunt Zara mir entschuldigend zu.

»Hör auf, ihn in Schutz zu nehmen! Er verhält sich wie ein Wilder. Sein Benehmen ist selbst für seine Verhältnisse entsetzlich. Mir ist egal, was er durchmacht, ich dulde nicht, dass er Finéra – oder irgendjemand anderen – derartig behandelt«, wirft Tahr heftig ein.

Niemand widerspricht ihm, nicht einmal Kira, die stumm vor sich hinstarrt. Schließlich ergreift Maran das Wort. Wie immer ist seine Stimme ruhig und besonnen: »Ich denke, wir sollten nun gemeinsam entscheiden, ob wir das Treffen mit Bórn wahrnehmen. Xeron wird sich unserer Entscheidung beugen, da bin ich mir sicher. Er weiß selbst, dass uns nicht viele Möglichkeiten bleiben.«

Die anderen nicken zustimmend, nur ich enthalte mich, da mir die Furcht vor Xeron im Nacken hängt. Alle sind sich letztlich einig, dass wir bei Einbruch der Nacht zu dem Treffpunkt aufbrechen. Selbst Kira zeigt sich einverstanden, was sie mit einem stummen Nicken signalisiert.

Etwas später bitte ich Tahr darum, mich von der Plattform zu fliegen. Ich brauche dringend Zeit für mich und möchte mit Rubi einen kleinen Waldspaziergang unternehmen.

»Ist alles in Ordnung?«, will er besorgt wissen, als wir am Boden unter der Plattform landen. Sein Blick ist mitfühlend und er fährt mir behutsam mit einer Hand über den Arm.

»Ja, ich habe mich nur ziemlich erschrocken. Ich habe nie verstanden, wie die Menschen die Fearane als gefährlich ansehen können, doch nun kann ich das durchaus. Xeron ist beängstigend«, erwidere ich leise.

»Ich hoffe, du beziehst das nicht auf jeden von uns. Ich würde dir nie etwas tun«, sagt er eindringlich.

»Ich weiß«, murmele ich und nicke bekräftigend.

»Xeron ebenso wenig. Er hätte nicht so grob zu dir sein sollen, aber er würde dir nie etwas antun, das musst du mir glauben«, beschwört er mich inständig.

Ich nicke abermals und wende mich dann zum Gehen.

»Pass auf dich auf und ruf nach mir, wenn etwas ist. Ich komme sofort«, versichert Tahr mir, woraufhin ich ihm dankbar zulächele.

Dann rufe ich Rubi zu mir und entferne mich mit ihm von der Plattform. Gemeinsam streifen wir durch das dichte Dickicht des Dämmerwaldes. Die Düsterheit umschlingt uns und schützt uns wie ein Vorhang. Rubi springt gekonnt über Äste und Wurzeln, buddelt im weichen Waldboden nach versteckten Tierchen und schnüffelt aufmerksam hier und da. Ich beobachte ihn lächelnd. Ihm dabei zuzusehen, wie er sein unbeschwertes Hundedasein auslebt, beruhigt mich zusehends.

An einem Bachlauf bleibe ich stehen und lasse mich auf einem Stein nieder. Ich werfe Stöckchen und Blätter in das Gewässer und verfolge, wie sie kleinen Schiffchen gleich auf dem Wasser treiben und von der Strömung fortgetrieben werden. Rubi entdeckt einen Grasfrosch, der am Ufer herumhüpft. Von Neugierde getrieben folgt er ihm mit der Nase, aber jedes Mal, wenn der Frosch aufspringt, schreckt Rubi ängstlich zurück. Der Anblick bringt mich zum Lachen, doch als ich hinter mir ein krachendes Geräusch höre, fahre ich erschrocken herum.

Xeron schießt aus den Baumwipfeln einer alten Buche hervor und lässt sich einige Schritt entfernt auf den Boden sinken. Für einen kurzen Moment denke ich an Flucht, doch dann werde ich mir der Lächerlichkeit dieser Idee bewusst. Zum einen wäre es ein Leichtes für Xeron mich einholen und zum anderen bezweifele ich, dass er mir etwas antun will. Ich beäuge ihn trotzdem misstrauisch, als er beschwichtigend die Hände hebt.

»Finéra, ich muss mich bei dir entschuldigen. Bitte verzeih mir mein Verhalten«, murmelt er leise und kommt vorsichtig auf mich zu. Als ich nichts erwidere, fährt er fort: »Ich habe das Gefühl allmählich durchzudrehen. Die Sorge um Ria bringt mich um den Verstand. Ich habe versagt, bei allem. Ich habe Fero im Stich gelassen, ebenso wie Lana, Xuno, Krima und Remo. Ich konnte sie nicht retten. Ich habe die Kristalle nicht zurückerlangt und ich habe es auch nicht geschafft, Sera vor einem einsamen Schicksal in Gefangenschaft zu bewahren. Ich habe zugelassen, dass Goran –«, er bricht unvermittelt ab und reibt sich über das Gesicht.

Schweigend betrachte ich ihn. Er sieht so verloren aus, keine Spur von Wut oder Aggression ist in seinem Antlitz zu erkennen. Nur Trauer, Verzweiflung und Furcht.

»Ria ist wie eine Tochter für mich. Ich hätte sie beschützen müssen. Ich hätte nicht zulassen dürfen, dass sie die Stätte verlässt. Ich habe versagt«, fährt er unglücklich fort. Dann hebt er den Blick und schaut mich an. »Doch das ist keine Entschuldigung dafür, was ich zu dir gesagt habe. Es war mutig und selbstlos von dir in die Stadt zu gehen. Du hilfst uns, obwohl du es nicht müsstest. Du bist, wie Riáz einst war und ich danke dir für deine Hilfe«, sagt er voller Reue zu mir. »Verzeihst du mir?«, bittet er leise.

Ich nicke, zuerst zaghaft, dann mit Nachdruck. »Du hast mir wirklich Angst gemacht und ich werde den kalten Ausdruck in deinen Augen wohl eine ganze Weile nicht vergessen. Aber ich kann deine Sorge verstehen und deswegen verzeihe ich dir«, gebe ich entschlossen zurück. »Unter einer Bedingung«, schiebe ich dann rasch hinterher.

Xeron mustert mich fragend.

»Du behandelst mich ab sofort wie eine von euch. Ich möchte weder als kleines Mädchen behandelt werden, noch als *Mensch* – zumindest nicht in der Form, wie du es bisher getan hast«, fordere ich entschieden.

Xeron wirkt zunächst überrascht, dann nickt er eilig. Ein kaum merkliches Lächeln huscht über seine Mundwinkel. »Du wirst dich wahrlich gut mit Ria verstehen, wenn wir sie erst einmal gefunden haben. Ich verspreche dir, dich fortan gleichberechtigt zu behandeln«, sagt er feierlich und schmunzelt dabei. »Komm mit, du solltest dich noch etwas ausruhen, bevor wir aufbrechen, um diesen Bórn zu treffen«, meint er dann und winkt mir auffordernd zu.

Ich rufe Rubi heran, stehe auf und folge Xeron zurück zur Plattform.

Tahr blickt überrascht von oben herab, als er uns so einträchtig darauf zukommen sieht. Ebenso ungläubig schaut er dabei zu, wie Xeron mich wie selbstverständlich hochhebt und herauf fliegt.

»Wir haben die Zwistigkeiten beigelegt«, erklärt Xeron knapp und legt ihm eine Hand auf die Schulter.

Tahr zögert, doch dann klopft er dem Xarenaren freundschaftlich auf die Brust. Schon sind die Mauern des Unfriedens zwischen ihnen gesprengt. Xeron steuert daraufhin direkt auf Kira zu, bei der es vermutlich etwas mehr bedarf, als eines bloßen Hand-auf-die-Schulter-Legens. So sehr sie ihn auch schätzt und seine Grobheiten duldet, hat sein jüngstes Verhalten sie doch merklich verletzt.

Ich lächele Tahr ein letztes Mal zu, dann mache ich es mir neben Zara bequem, die bereits tief und fest schläft. Ich nutze den restlichen Abend, um mich zu erholen, ehe wir zu dem Treffen mit Bórn aufbrechen.

Kapitel 16

Die Nacht breitet sich über dem Dämmerwald aus und wir schwingen uns von der Plattform herab und gleiten dem Waldrand entgegen. Kaum kommt die freie Wiesenfläche durch die Bäume hindurch in Sicht, landen die Fearane und wir legen die letzte Strecke zu Fuß zurück. In der Dunkelheit außerhalb des Waldes steht eine einzelne schemenhafte Gestalt.

Tahr und ich treten zuvorderst aus dem Schutz der Bäume und gehen langsam auf den Schemen zu. Gemächlich kommt er uns entgegen, bis sich die gebeugte Statur Bórns aus dem Schatten heraus abzeichnet.

»Tahr, bist du das?«, fragt er mit seiner nasalen Stimme, als er bis auf Hörweite an uns herangetreten ist.

Tahr tritt auf ihn zu. »Ja, Bórn, mein alter Freund, schön dich zu sehen«, antwortet er und hält dem betagten Menschen zur Begrüßung die Hand hin.

Als die beiden einander gegenüberstehen, kann ich kaum glauben, dass sie nur wenige Sommer trennen. Tahr ist im selben Alter wie Ruberián, obwohl sein Aussehen das keineswegs vermuten lässt. Ebenso wie die anderen Fearane unserer kleinen Reisegruppe sieht er aus, als habe er vielleicht an die zwanzig Sommer erlebt. Bórn hingegen sind die zusätzlichen Sommer auf dem Buckel deutlich anzusehen.

Bórn ignoriert die dargebotene Hand von Tahr und umarmt ihn stattdessen freundschaftlich. Als ich nähertrete, nickt mir der Bibliothekar freundlich zu. Ich erwidere die Geste und grüße ihn höflich.

Dann stößt Tahr einen leisen Pfiff aus und Xeron, Kira, Maran und Zara kommen aus dem Schatten der Bäume hervor. Bórn tritt etwas beunruhigt von einem Fuß auf den anderen, weshalb sich Tahr eilig daran macht, ihm die Anwesenden vorzustellen. Aber als der alte Mann Zara erblickt, breitet sich ein erleichtertes Lächeln auf seinem Gesicht aus und er zwinkert ihr freundlich zu. Nachdem alle miteinander bekannt gemacht sind und Bórn sich etwas an die fremden Fearane gewöhnt hat, lassen wir uns zusammen auf dem Boden nieder.

»Hast du etwas herausfinden können?«, fragt Tahr an Bórn gewandt.

Dieser nickt. »Ja, tatsächlich konnte ich etwas in Erfahrung bringen. Vielleicht ist es nur ein Gerücht, aber vielleicht ist auch etwas Wahres dran. Jedenfalls soll eine Gruppe von Männern eine Fearane in der Nähe von Dorias gefangen genommen haben. Ich kenne diese Männer und es sind schmierige Typen. Ich habe mit einem gesprochen, der angeblich dabei gewesen sein soll und er hat mir beteuert, dass es stimmt«, berichtet Bórn angespannt.

»Was haben sie mit ihr angestellt?«, will Xeron ungehalten wissen.

»Nach einigem Hin und Her sollen sie sich entschlossen haben, die Fearane an die Zentâris auszuliefern. Einige dieser Männer haben schon häufiger Geschäfte mit den Metallhäuten gemacht und verkehren mit ihnen«, erzählt Bórn weiter und verzieht verächtlich das Gesicht. »Jedenfalls hat dies der Sohn des Waffenschmieds verlauten lassen, der angeblich dabei gewesen sein soll. Er hält nichts von den Zentâris, deswegen wollte er damit nichts zu tun haben und ist abgehauen, als die Männer beschlossen haben, die Fearane zum Glutgebirge zu bringen«, fügt er hinzu.

Xeron funkelt wütend vor sich hin. »Aber aufgehalten hat er diese Barbaren auch nicht«, speit er missbilligend aus.

»Der Sohn des Schmiedes ist ein feiger Hund. Natürlich hat er nichts weiter unternommen«, entgegnet Bórn frei heraus.

»Und wie glaubhaft ist er?«, fragt Tahr daraufhin.

Bórn schaut ihn ernst an. »Ich für meinen Teil, glaube ihm. Ich habe die Angst in seinen Augen gesehen und er hat voller Ehrfurcht von der Fearane gesprochen. So spricht nur einer, der tatsächlich schon einmal eine gesehen hat«, gibt er entschieden zurück.

»Wie lange ist das her?«, will Xeron wissen.

»An die zwanzig Tage, meinte er«, brummt Bórn.

Xeron reibt sich den Nacken. »Dann können sie noch nicht allzu weit gekommen sein. Zu Fuß brauchen sie bald zwei Monde bis zum Glutgebirge. Sie haben also nicht einmal die Hälfte der Strecke hinter sich. Wenn wir rasch aufbrechen, können wir sie in wenigen Tagen einholen«, murmelt er erregt vor sich hin.

Tahr nickt und bedankt sich bei Bórn.

Der räuspert sich. »Ich bin leider zu alt, um euch zu begleiten, aber wenn ihr einverstanden seid, weihe ich meinen Sohn ein. Dión kommt ganz nach seinem gleichnamigen Onkel und ist ein guter Junge. Er kennt die Männer, die die junge Fearane entführt haben, ebenfalls. Er weiß vielleicht etwas über sie, das euch helfen könnte«, bietet er zögerlich an.

»Wir dürfen keine Zeit vergeuden und müssen umgehend aufbrechen«, wirft Xeron geschwind ein.

»Das dürfte kein Problem sein ...«, entgegnet Bórn und zieht entschuldigend die Schultern hoch.

Die Art, wie er sich verstohlen umblickt, lässt die Fearane und mich verunsichert herumfahren, in Erwartung eines heimtückischen Angriffes. Bórn hebt einen Arm und wir weichen in Richtung des Waldes zurück, als sich in einiger Entfernung eine einzelne Gestalt aus dem Schatten löst. Sie nähert sich mit erhobenen

Händen, um anzuzeigen, dass sich keine Waffen darin befinden. Behutsam kommt die Person auf uns zu. Es ist ein junger Mann, der kaum mehr Sommer als ich gesehen haben mag.

»Es tut mir sehr leid, mein Sohn wollte mich keinesfalls alleine gehen lassen. Ich wollte euch nicht hintergehen, aber ich konnte mir ja eurer Absichten nicht gänzlich sicher sein. Schließlich musste ich mich auf die Worte dieser jungen Dame hier verlassen, die ich noch nie zuvor gesehen habe«, räumt Bórn beschämt ein und verzieht entschuldigend das Gesicht.

Ich seufze erleichtert, als mir klar wird, dass von dem Jüngling keine Gefahr ausgeht. Er kommt sicheren Schrittes auf uns zu und hebt die Hand zum Gruße. »Ich bin Dión, verzeiht mir das Versteckspiel, ich wollte bloß meinen Vater schützen«, erklärt er sich selbstbewusst.

Xeron tritt auf ihn zu und baut sich vor ihm auf. Ich befürchte schon, dass er dem Fremden etwas antut, doch da streckt er die Hand aus und sagt: »Ich grüße Euch, Dión. Wenn nur ein bisschen von Eurem Onkel in Euch steckt, dann seid Ihr ein ehrenhafter Mann. Ich freue mich Euch kennen zu lernen.«

»Ihr kanntet meinen Onkel?«, fragt der junge Dión erwartungsvoll.

Xeron nickt. »Ich habe die Mission damals angeführt, an der Euer Onkel beteiligt war. Er starb im Kampf, durch die Hand einiger Zentâri-Anhänger. Ich wünschte, ich hätte es verhindern können«, gibt er zerknirscht zurück.

Dións Gesicht verdüstert sich, als er von den Zentâris hört. »Lasst mich Euch anschließen. Ich verabscheue die Metallhäute und ich werde Euch helfen, die Eure vor diesen Monstern zu retten«, beteuert er inbrünstig.

»Ich danke Euch. Gerne nehmen wir Eure Hilfe entgegen. Aber Ihr werdet mit mir fliegen müssen, denn wir müssen schnellstmöglich vorwärtskommen«, erwidert Xeron.

Einen Moment zögert der junge Dión und starrt sein Gegenüber verunsichert an, dann besinnt er sich jedoch und nickt entschieden.

Nachdem Vater und Sohn sich ausgiebig voneinander verabschiedet haben, nehmen auch wir übrigen von dem alten Bórn Abschied. Kurz darauf erheben wir uns in die Lüfte. Diesmal fliege ich mit Kira und Maran trägt Rubi, damit Zara und Tahr sich von unserem Transport der letzten Zeit erholen können. Xeron nimmt wie vereinbart Dión mit sich.

So begeben wir uns auf die Weiterreise in den Norden, in Richtung des Glutgebirges. Zum einen erfüllt es mich mit Hoffnung, dass wir endlich eine Spur haben, der wir folgen können. Zum anderen ängstigt mich das, was uns erwarten mag. Ich sorge mich um Ria, die sich in den Händen solcher böswilligen Menschen befindet, und ich habe Angst, dass wir es nicht schaffen, sie rechtzeitig zu retten. Zudem hoffe ich inständig, dass wir uns keinen Zentâris stellen müssen. Letztlich übersteigt jedoch mein unbändiger Wunsch, Ria unversehrt zu finden, jedes übrige Gefühl.

Ria, wir kommen, verspreche ich ihr in Gedanken.

Für Dión ist es eine vollkommen neue Erfahrung, mit Fearanen zusammen zu sein, und so ist er, ebenso wie ich zu Beginn dieser Reise, überaus wissenshungrig und neugierig. Er gibt sich viel Mühe, nicht aufdringlich oder taktlos zu erscheinen, weshalb er unsere gefiederten Reisegefährten stets heimlich beobachtet und die meisten Fragen, die ihm dabei in den Sinn kommen, an mich richtet. Obwohl Bórn ihm scheinbar einiges über das geflügelte Volk berichtet hat, weiß er darüber bei Weitem nicht so viel wie ich. So muss ich ihm erklären, was es mit den Siranis auf ihrer Haut auf sich hat und dass sie selbstverständlich nicht aus Eiern schlüpfen – was für eine verrückte Idee.

»Du kennst also auch Riáz?«, fragt er mich einmal.

Ich nicke. »Allerdings habe ich ihn als Ruberián kennengelernt.

Er lebt jetzt als Gelehrter in Erosia und ich bin seine Schülerin. Er hat mich alles gelehrt, was er über die Fearane weiß und mir die Geschichte der letzten Tiare erzählt«, berichte ich ihm.

»Du meinst diese Sera?«, hakt er eifrig nach.

Ich nicke.

»Hast du sie auch kennengelernt?«, will er weiter wissen.

»Ja, Sera habe ich auch getroffen. Sie ist nun bei Ruberián, also Riáz, in Erosia«, bestätige ich.

»Und wie kommt es, dass du die anderen bei der Suche nach ihrer Tochter begleitest?«, wundert er sich.

Ich zucke mit den Achseln. »Ich helfe gern«, erwidere ich schlicht, woraufhin mich Dión mit großen Augen anschaut.

Eine wirkliche Antwort auf diese Frage, werde ich mir wohl selbst niemals geben können. Doch kommt es überhaupt darauf an, wieso ich es tue? Genügt es nicht, dass ich spüre, dass es das Richtige ist? Für mich genügt das allemal.

Kapitel 17

Fünf Tage nach unserem Aufbruch aus dem Dämmerwald haben wir immer noch keine Spur von den Menschen oder von Ria entdeckt. Eine weitere Nacht liegt vor uns, in der wir ziellos umherfliegen und die dunklen Gegenden unter uns absuchen. In der Ferne kann ich den Mibellenfluss ausmachen, doch zu meiner Enttäuschung habe ich keine *Mondlichter* gesehen. Die wundersamen weißen Blüten, die Riáz damals Sera zeigte, und die das Mondlicht reflektieren, wenn sie bewegt werden, um dann selbst wie hunderte kleine Monde zu erstrahlen. Doch scheinbar ist dort unten nichts, was die Pflänzchen in Bewegung bringt.

Als wir bei Anbruch des Tages Rast machen und im Schutz einiger Sträucher ein Lager einrichten, berichtet Dión uns von dem Leben in Dorias, nach dem Fortgang der Fearane. Er selbst war zu der Zeit zu jung, um etwas von den damaligen Geschehnissen mitzubekommen, doch sein Vater hat ihm seither vieles darüber erzählt.

»Einige Menschen in Dorias haben nach eurem Verschwinden weiterhin an der lang gehegten Freundschaft festgehalten. Sie waren davon überzeugt, dass es einen triftigen Grund für euren Rückzug gab. Andere nutzten hingegen die allgemeine Unsicherheit, um Ängste zu schüren. Gerüchte wurden laut, dass euer Volk von einer tückischen Krankheit befallen worden sei, die euch in gefährliche und wilde Kreaturen verwandelte. Mein Vater ist sich sicher, dass die Zentâris diese Gerüchte gestreut haben. Zunächst glaubten nur wenige daran, vereinzelte Spinner, die vor lauter Angst alles geglaubt hätten. Doch später, als ihr fortbliebt, glaubten immer mehr daran. Die Menschen in Quentum waren noch viel eher bereit, zu glauben, ihr wärt zu euren vermeintlich *wilden Ursprüngen* zurückgekehrt und schließlich setzte sich dieser Glaube auch in unserer Stadt durch. Die Menschen begannen sich vor den *geflügelten Kreaturen* zu fürchten. Die wenigen, die nach wie vor an eure Gutartigkeit glaubten, begannen zu Schweigen. Riáz war einer derjenigen, der nicht müde wurde, für euch das Wort zu ergreifen, doch niemand schenkte ihm mehr Gehör. Letztendlich blieb eure Existenz in unseren Reihen nicht mehr als eine schwache Erinnerung aus einer lang vergangenen Zeit. Dasselbe trifft übrigens auch auf Riáz' Existenz zu«, berichtet Dión betrübt.

Die anderen schweigen betroffen. Tahr schüttelt fassungslos den Kopf. Vermutlich rügt er innerlich wieder einmal die Weisen für ihre Fehlentscheidung, die Menschen nicht eingeweiht zu haben.

»Das erklärt auch, wieso ich von klein auf vor euch gewarnt wurde. Die Menschen in meinem bescheidenen Dorf lebten stets in Angst vor den geflügelten Kreaturen. Ich selbst habe nie an eure Bösartigkeit geglaubt, aber bei vielen saß der Glaube daran sehr tief. Mein Vater ist das beste Beispiel dafür«, merke ich leise an.

Die anderen schauen mich überrascht an.

»Wieso hast du nicht daran geglaubt?«, fragt Tahr verwundert.

Ich zucke mit den Schultern. »Ich weiß es nicht, es war einfach ein Gefühl. Ich habe ungefähr acht oder neun Sommer gezählt, als ich eine Kaliare in der Nähe des Lichtwaldes gesehen habe. Es war die erste Fearane, die ich in meinem Leben erblickt habe. Meine Mutter war außer sich vor Angst, aber für mich war es der schönste Tag meines Lebens. Seither habe ich davon geträumt mehr von euch zu erfahren«, berichte ich kleinlaut.

Ein wenig schäme ich mich für meine kindliche Begeisterung, doch Tahr und die anderen Fearane sehen gerührt aus. »Wie ihr seht, ist mein Traum in Erfüllung gegangen«, sage ich scherzhaft und bringe sie damit zum Lachen.

»Es mag dir nicht bewusst sein, aber es zeichnet dich als besonders aus, dass du dich von den allgemeinen Urteilen über die Fearane nicht beeinflussen lassen hast«, teilt mir Dión später mit, während wir uns gemeinsam zu einem kleinen Bachlauf begeben, um unsere Wasservorräte aufzustocken.

Ich zucke abwiegelnd mit einer Schulter. »Du hast dich doch auch nicht beeinflussen lassen«, gebe ich gelassen zurück.

»Ich kannte ja auch andere Ansichten, die meines Vaters vor allem. Er hat mir stets von den guten Seiten der Fearane erzählt. Ich kannte all die Gerüchte und die Lügengeschichten und wusste, dass sie nichts anderes waren. Ich habe auf das Wort meines Vaters vertraut. Es war also nicht schwer für mich, die falschen von den richtigen Wahrheiten zu unterscheiden. Du hingegen hast zwischen all den falschen, die richtigen selbst entdeckt«, widerspricht er mir und schaut mich eindringlich an. In seiner Stimme und seinem Blick schwingt eine Art von Respekt und Anerkennung mit, die ich nicht gewohnt bin. Ich wende hastig mein Gesicht ab, da ich spüre, wie sich eine verräterische Röte darin breitmacht.

»Du brauchst deshalb nicht verlegen sein. Ich bewundere dich dafür«, betont er noch einmal und treibt damit meine Scham auf einen nie erreichten Höhepunkt.

»Danke«, murmele ich leise.

»Du solltest an deinem Auftreten arbeiten. Du hast keinen Grund dich zu schämen. Du bist mutig und klug, du solltest mit erhobenem Haupt durch die Welt gehen«, stellt er beharrlich fest und legt mir seine Hand unters Kinn. Behutsam schiebt er meinen Kopf nach oben, bis ich ihm Auge in Auge gegenüberstehe. »Schon besser«, bemerkt er zufrieden und zwinkert mir ermutigend zu.

Ich lächele zaghaft zurück, doch beim Weitergehen achte ich

darauf, meinen Kopf oben zu behalten und die Schultern zu straffen. Obwohl ich Dións Art etwas forsch und direkt finde, dafür, dass wir uns kaum kennen, haben mich seine Worte beflügelt. Er hat Recht, ich sollte aufhören, mich wie ein kleines Mädchen zu benehmen, wenn ich nicht wie eines behandelt werden will. Ich bin zwar keine große Kriegerin, aber dafür habe ich bei dieser Mission schon eine Aufgabe erfüllt, die nur ich erledigen konnte. Nur meinetwegen haben wir einen Anhaltspunkt, wo wir Ria finden können. Ich bin kein Klotz am Bein für die anderen, sondern eine Bereicherung. Mit wachsendem Selbstbewusstsein beschreite ich den Weg zum Bach und wieder zurück. Seite an Seite mit Dión und Rubi.

Kurz bevor wir das Lager erreicht haben, sinkt mein jüngst erworbenes Selbstbewusstsein jedoch auf einen neuen Tiefpunkt, denn Dión packt unvermittelt meinen Arm und reißt mich zu Boden.

»Still«, zischt er warnend und bedeutet mir, unten zu bleiben.

Mit hämmerndem Herzen presse ich meinen Körper fest auf die Erde und versuche, mich so klein wie möglich zu machen, ohne zu wissen, wovor wir uns überhaupt verstecken. Erhobenes Haupt und gestraffte Schultern sind endgültig vergessen, als ich die Stimmen vernehme. Das Herz schlägt mir so laut in der Brust, dass ich nicht verstehen kann, was gesprochen wird. Zudem befürchte ich, die Fremden könnten meinen Herzschlag hören und uns so entdecken. Doch sie kommen nicht näher, sondern verweilen in einiger Entfernung von uns. Es sind zwei Männerstimmen, wie ich nun heraushören kann, und sie scheinen sich über irgendetwas zu streiten.

Ich liege mit dem Bauch auf dem Boden, den Kopf zu Seite gedreht, die eine Gesichtshälfte auf der feuchten Erde ruhend. Dión liegt halb auf mir, weil er mich mit seinem Körpergewicht umgestoßen hat. Sein Gesicht ist nah vor meinem. Er schaut mir eindringlich in die Augen, um mich zur Ruhe zu ermahnen. Doch ich ringe heftig um Atem, getrieben von dem Gefühl, nicht genügend Luft zu bekommen. Vorsichtig, um keine Geräusche zu machen, hebt Dión eine Hand an mein Kinn und drückt es leicht nach oben. »*Kopf hoch*«, formt er stumm mit den Lippen.

Seine Berührung und seine tonlosen Worte beruhigen mich etwas. Ich nicke ihm zu und schließe für einen Moment die Augen. Ich versuche mich darauf zu konzentrieren, tief ein und aus zu atmen und spüre, wie sich mein Herzschlag allmählich beruhigt. Ich öffne die Lider und lächele Dión dankbar zu.

Die Stimmen verklingen mit einem Mal und ich will schon erleichtert ausatmen, als sie unvermittelt wieder lauter werden und in unsere Richtung kommen. Eine neue Welle der Panik durchdringt mich, meine Finger krallen sich in die weiche Erde unter mir. Dións Hand wandert langsam zu seinem Schwertheft. Ich halte den Atem an und bereite mich innerlich darauf vor, aufzuspringen und mich irgendwie zur Wehr zu setzen. Doch während ich noch überlege, ob ich mich auf die Unbekannten stürzen oder lieber schreiend davonrennen soll, fällt mir Kiras Dolch ein. Mit zitternden Fingern taste ich nach dem Gurt an meinem Oberschenkel. Vorsichtig umschließe ich den Griff und ziehe ihn langsam nach oben. Kaum halte ich das Heft fest in der Hand, ertönt ein dröhnendes, hustendes Lachen wenige Schritt neben mir. Der plötzliche Laut lässt mich ungewollt erbeben. Mein gesamter Körper krampft sich zusammen und ich möchte am liebsten in der feuchten Erde unter mir versinken, doch dann entfernen sich die Stimmen langsam und meine Glieder entspannen sich allmählich wieder.

Dión und ich bleiben noch eine ganze Weile liegen. Erst jetzt fällt mir Rubi ein. Ich drehe meinen Kopf zur anderen Seite und entdecke ihn dicht neben mir in Lauerstellung, bereit sich auf die Fremden zu stürzen. Ich bin dankbar dafür, dass er den Ernst der Lage begriffen und sich still verhalten hat. Während ich noch darüber nachdenke, setzt sich Dión neben mir auf und fängt an zu lachen.

Entgeistert schaue ich ihn an. Bei allem Sinn für Humor kann ich mir nicht vorstellen, wie man ausgerechnet *jetzt* zum Spaßen aufgelegt sein kann. Doch Dión zeigt belustigt auf den Dolch, den ich mit meiner zitternden Hand umklammert halte, und dann auf meine Hose. Ich folge seinem Fingerzeig und bemerke, dass in dem Hosenstoff neben dem Beingurt ein zerfranstes Loch klafft. Ich verdrehe genervt die Augen. Verdammt, ich muss wahrlich üben, mit diesem Ding umzugehen, ohne mir Haut oder Kleidung zu zerschneiden.

»Gut, dass du den Dolch nicht benutzen musstest, ich bin mir nicht so sicher, ob das gut ausgegangen wäre«, sagt Dión lachend.

Ich bemerke, wie mir die Röte ins Gesicht steigt, und ärgere mich über mich selbst. »Jetzt findest du mich wahrscheinlich nicht mehr so mutig, was?«, sage ich elend und setze mich mühsam auf. Aufstehen versuche ich lieber erst gar nicht, denn meine Beine zittern unkontrolliert.

Dión hört auf zu lachen und schaut mich ernst an. »Das hier ändert gar nichts an dem, was ich vorhin zu dir gesagt habe. Im Gegenteil, du warst klug und mutig. Du hast dich ruhig verhalten, keinen Mucks von dir gegeben und warst sogar bereit, dich notfalls zu wehren. Du kannst ja nichts dafür, dass du nicht geübt bist im Umgang mit Waffen. Ich wollte dich wirklich nicht auslachen, aber wenn ich in gefährlichen Situationen stecke, neige ich dazu, Witze zu machen«, sagt er entschuldigend.

Nun bin ich es, die anfängt zu lachen und während ich das tue, fällt mir auf, wie befreiend das ist. Es ist wahnsinnig erleichternd, den Schrecken fortzulachen und ich kann eine ganze Weile nicht damit aufhören. Ich schüttele mich förmlich vor Lachen, bis ich keine Luft mehr bekomme. Erst als ich völlig außer Atem bin, bemerke ich, dass Dión mich amüsiert beobachtet. Da ich zu ausgelaugt bin, um mich erneut zu schämen, zucke ich bloß mit den Achseln und schnaufe erschöpft. Dión schaut mich noch eine ganze Weile unentwegt an, ehe er sich vorbeugt und mir behutsam den Schmutz von der Wange wischt. Als seine Finger meine Haut berühren, halte ich unwillkürlich den Atem an und für einen kurzen Moment verliere ich mich in seinen hellgrauen Augen. Dann rückt er von mir ab und der Moment verfliegt.

»Komm, wir müssen den anderen davon erzählen«, sagt er entschlossen, doch ich meine, einen Hauch von Bedauern in seiner Stimme zu vernehmen. Er steht geschwind auf, streckt mir seine Hand entgegen und zieht mich mühelos auf die Beine. Sie zittern immer noch, aber sie halten mich zumindest aufrecht. Dión zwinkert mir ein letztes Mal zu, ehe er sich abwendet, um zum Lager zurückzukehren.

Rubi folgt ihm einige Schritt, um dann stehen zu bleiben und mich auffordernd anzuschauen. Ein leises Bellen entfährt ihm, das sich anhört wie »Komm!« Langsam setze ich mich in Bewegung. Mit wackeligen Beinen folge ich Rubi und Dión zurück ins Lager und beginne damit, die Überreste meines jüngst aufpolierten Selbstbewusstseins wieder zusammen zu klauben. Es wird noch eine ganz Weile dauern, bis ich es wiederaufgebaut habe, doch ich werde daran arbeiten.

Als wir das Lager erreichen, stürmt Xeron uns entgegen. »Wo wart ihr so lange?«, will er aufgebracht wissen. Seine schwarzen Flügel schwingen hektisch auf und ab.

»Wir haben sie gefunden«, verkündet Dión selbstsicher, ohne sich von Xerons herrischem Auftreten einschüchtern zu lassen.

Ich werfe ihm einen verwunderten Seitenblick zu.

Tahr kommt auf mich zugeeilt. »Was ist passiert? Geht es dir gut?«, will er beunruhigt wissen.

Bei der bloßen Erinnerung verziehe ich das Gesicht und reibe mir über die mit Gänsehaut übersäten Arme. Ein wenig Erde und kleine Steinchen rieseln daran herab und mir wird bewusst, dass ich von oben bis unten mit Schmutz bestückt bin.

Ehe ich Tahr antworten kann, ergreift Xeron das Wort. »Wen habt ihr gefunden?«, will er ungeduldig wissen.

»Zwei der Männer, die laut meinem Vater zu denen gehören, die ihr sucht. Ich habe ihre Stimmen wiedererkannt. Sie haben uns nicht bemerkt. Sie kamen unseres Weges, aber wir konnten uns rechtzeitig verstecken. Sie müssen ganz in der Nähe ihr Lager haben. Ich konnte sehen, in welche Richtung sie verschwunden sind«, berichtet Dión aufgeregt.

Vor lauter Schreck bin ich überhaupt nicht auf die Idee gekommen, dass diese Männer zu denen gehören könnten, die wir suchen. Ich habe nur an eines gedacht: bloß nicht von ihnen entdeckt zu werden.

Xeron, der jedes einzelne Wort von Dión hochkonzentriert verfolgt hat, wird mit einem Mal von Entschlossenheit gepackt. »Wir brechen auf, sobald es dunkel wird. Wir dürfen sie nicht entkommen lassen. Wenn Ria bei ihnen ist …«, ruft er aus. Der Rest seiner Worte ist nur ein unverständliches Raunen. Ungehalten schreitet er auf und ab, während er hin und wieder etwas wie: »Heute Nacht« oder »Wir kriegen sie«, vor sich hin murmelt.

Tahr berührt meinen Arm. »Geht es dir wirklich gut? Du siehst blass aus«, hakt er erneut nach und betrachtet mich eindringlich.

»Das kommt nur vom Schock. Es war so knapp und ich dachte wirklich, sie erwischen uns. Ich muss mich nur noch ein wenig beruhigen, sonst geht es mir gut«, versichere ich ihm.

Tahr nickt, betrachtet mich jedoch weiterhin prüfend. Dann begleitet er mich zu meinem Schlafplatz und lässt sich behütend daneben nieder. Kaum liege ich, fallen mir auch schon die Augen zu.

Kapitel 18

Später weckt mich Zara aus einem wenig erholsamen Schlaf. »Wir brechen auf«, flüstert sie mit belegter Stimme.

Ich nicke bloß und stehe auf. Eilig krame ich meinen Rucksack und meine verstreuten Sachen zusammen und trete an Kira heran, damit sie uns mit dem Seil zusammenbinden kann. Schweigend machen sich die anderen für den Abflug bereit.

Kurz darauf erheben sich die fünf Fearane mit Dión, Rubi und mir als Anhang in die Lüfte. Mit möglichst leisen Flügelschlägen gleiten wir durch den nächtlichen Himmel. Wir umfliegen das umliegende Gebiet in großen Kreisen und suchen aufmerksam den Boden unter uns ab. Irgendwann gibt Kira ein leises Pfeifgeräusch von sich und deutet auf eine Stelle in der Tiefe. Ich folge ihrem Fingerzeig, doch ich kann in der Dunkelheit nichts Ungewöhnliches ausmachen. Die Fearane, mit ihren scharfen Augen, scheinen da mehr Erfolg zu haben, denn sie lassen sich in einem langsamen Sinkflug geräuschlos hinabgleiten. Als wir die halbe Höhe erreicht haben, kann auch ich ein kleines Feuer erkennen, neben dem ein Zelt errichtet ist.

In sicherer Entfernung zu dem Lager setzen die Fearane zur Landung an. Während Dión, Rubi und ich uns von unseren Trägern freimachen, erklärt Xeron das Vorgehen: »Wir schleichen uns behutsam voran und beobachten zunächst die Lage. Achtet darauf, ob ihr Ria sehen könnt. Wir dürfen keinesfalls, das Risiko eingehen, dass sie verletzt wird. Finéra, du bleibst in einem sicheren Versteck zurück, während wir übrigen uns verteilen und die Menschen einkesseln. Zara, du konzentrierst dich auf Ria, sobald du sie entdeckt hast, schnappst du sie dir und verschwindest. Kehre am besten zu unserem letzten Rastplatz zurück. Wir übrigen greifen zugleich die Menschen an und setzen sie außer Gefecht. Wenn es sich nicht vermeiden lässt, tötet sie!«

Kira schüttelt, entgegen ihrer üblichen Loyalität gegenüber Xeron, heftig den Kopf. »Wir brauchen sie! Sie kennen einen Weg ins Glutgebirge oder zumindest eine Möglichkeit mit den Zentâris in Kontakt zu treten. Wir können das nicht ungenutzt lassen«, beharrt sie entschlossen.

Xerons Miene verfinstert sich. »Rias Leben ist wichtiger! Ich gehe kein Risiko ein für eine weitere unsichere Hoffnung. Wir retten Ria, alles andere spielt keine Rolle, verstanden?«, blafft Xeron sie an und wirft dann einen eindringlichen Blick in die Runde.

Alle nicken einvernehmlich, nur Kira schnaubt erbost.

Mir gefällt der Gedanke nicht, in einem sicheren Versteck zurückzubleiben, während die anderen kämpfen. Doch dann gleitet mein Blick hinab zu meinem zerfetzten Hosenbein und wird mir bewusst, dass die Alternative reinster Selbstmord wäre. Folglich halte ich den Mund und folge ihnen in Richtung des feindlichen Lagers.

Als wir in Sichtweite des Zeltes kommen, suchen wir Schutz hinter einigen Sträuchern. In etwa zwanzig Schritt Entfernung ragt das schlichte Leinenzelt vor uns auf. Die Flammen in der Feuerstelle daneben sind nur noch dürftig am Züngeln. Ein Mann liegt so dicht daneben, dass seine Haare fast Feuer fangen. Scheinbar ist er während der Wache eingeschlafen und umgekippt. Ein scharfer Geruch steigt mir in die Nase, der mich arg an Vaters Kornbrand erinnert. Abgesehen von dem schlafenden Wachmann ist niemand auszumachen, die übrigen Männer und hoffentlich auch Ria befinden sich vermutlich in dem Zelt und schlafen.

»Du bleibst hier und wartest«, befiehlt Xeron mir und ich nicke widerspruchslos. Dann setzt er sich in Bewegung.

»Halt deinen Dolch bereit. Nur für den Fall«, flüstert Dión mir zu und streift kurz meinen Arm, ehe er sich Xeron anschließt.

Mit zittrigen Händen fingere ich an dem Gurt herum und ziehe den Dolch aus der Halterung, ohne mir meine Hose weiter zu zerschneiden. Ich halte das Heft so fest umklammert, dass meine Fingerknöchel weiß hervorstechen. Angespannt beobachte ich, wie die anderen sich schattengleich in der Dunkelheit verteilen und das Lager von mehreren Seiten umstellen.

Mein Herz schlägt wieder so heftig, dass es mir jeden Moment aus der Brust zu springen droht. Ohne zu Blinzeln starre ich auf die schemenhaften Gestalten, die sich katzengleich an das Lager heranschleichen. Xeron ist bereits bis auf wenige Schritt an den Mann am Feuer herangetreten, als dieser plötzlich den Kopf hebt.

»Was ...?«, lallt er erschrocken, doch da hat Xeron ihn schon mit einem gezielten Hieb gegen die Schläfe bewusstlos geschlagen.

Zu spät, denn auf einmal kommt Bewegung in das Zelt. Stimmen werden laut und ein Kopf erscheint am Zelteingang und verschwindet ebenso schnell wieder.

»Was wollt ihr?«, schreit eine tiefe Stimme aus dem Zeltinneren.

»Wir sind gekommen, um die Unsrige zu holen. Gebt uns die Fearane und wir lassen euch am Leben«, ruft Xeron drohend zurück.

Für einen Moment herrscht Stille, gefolgt von leisem Getuschel.

»In Ordnung. Legt eure Waffen vor dem Zelteingang ab und tretet dann zehn Schritte von dem Zelt weg, so dass wir euch gut sehen können. Dann lassen wir das Mädchen zu euch heraus und ihr verschwindet«, schlägt der Fremde vor.

Xeron und die anderen werfen sich unentschlossene Blicke zu. Während sie überlegen, ob sie dem unbekannten Kerl trauen können, durchspült mich mit einem Mal ein ganzer Strudel an Gefühlen, er strömt derart heftig durch meinen Körper, dass ich ins Wanken gerate. Schwer atmend versuche ich der wogenden Gewalt in mir standzuhalten. Ich begreife nicht, was mit mir geschieht, doch dann kann ich eines ganz deutlich spüren: »Das ist eine Lüge!«, schreie ich laut aus, ohne zu wissen, woher die Gewissheit stammt, mit der ich die Worte hervorbringe. Dennoch zweifele ich nicht im Geringsten an ihrer Wahrhaftigkeit.

Xeron wirft einen kurzen Blick in meine Richtung, dann tritt er auf das Leinenzelt zu. »Lasst sie frei oder wir stürmen euer Zelt und lassen keinen von euch am Leben«, warnt Xeron die unbekannten Männer.

Der Sprecher lacht röchelnd. »Weg von dem Zelt oder ich schneide der Kleinen die Kehle durch. Ich will, dass ihr euch mindestens zehn Schritte entfernt gut sichtbar aufstellt – ohne Waffen! Ich komme jetzt raus und wenn ihr nur eine falsche Bewegung macht, dann sprenkle ich euch mit ihrem Blut«, zischt er laut heraus.

Xeron tritt eilig von dem Zelt weg und stellt sich in ausreichender Entfernung davor auf. Tahr und Kira, die der Mann bei seinem kurzen Blick ins Freie ebenfalls erhascht hat, stellen sich neben ihn. Zara, Dión und Maran verharren weiterhin unbemerkt hinter dem Zelt.

Gebannt verfolge ich, wie ein Arm aus dem Zelteingang hervorschießt, dicht gefolgt von zwei Körpern. Der eine gehört einem stämmigen Mann, der andere – Ria. Ein Keuchen kommt über meine Lippen, als ich sie erblicke, schutzlos im Griff des Fremden gefangen. Sie sieht fast genauso aus, wie in meinem Traum, aber ihr Haar ist verfilzt und ihr Gesicht ist ausgemergelt. Ihr Blick geht ins Leere und wirkt wie benebelt.

Xeron keucht ebenfalls auf und tritt einen Schritt vor, doch er hält inne als er die Machete erblickt, deren metallene Klinge an Rias Hals ruht. Drei weitere Männer treten nacheinander aus dem Zelt heraus. Der eine ist in etwa in Dións Alter, die anderen beiden sind älter, ebenso wie ihr Wortführer.

»Keine Mätzchen jetzt. Ich will eure Waffen auf dem Boden

sehen«, herrscht der Mann Xeron, Kira und Tahr an.

Widerwillig gehorchen die drei, werfen ihre Waffen fort und verharren dann reglos. Xerons Gesicht ist wie versteinert und sein Blick ist unverwandt auf Ria gerichtet.

»Eine falsche Bewegung und die Kleine hier ist tot. Meine Freunde und ich, wir gehen jetzt«, sagt er laut und zieht Ria mit sich in meine Richtung. »Wenn ihr hier stehen bleibt und keinen Unsinn macht, lasse ich die Kleine frei, sobald wir einen ausreichend großen Vorsprung haben. Wenn ihr es jedoch darauf anlegen wollte, werde ich dem kleinen Vögelchen die Flügel stutzen«, droht er mit fester Stimme, während er sich langsam rückwärts bewegt und die wehrlose Ria mit sich zerrt.

Die anderen Männer folgen ihm, ohne Xeron, Kira und Tahr aus den Augen zu lassen. Sie machen einen großen Bogen um die drei Fearane und kommen dann genau auf die Sträucher zu, hinter denen ich mich verstecke. Ich ducke mich so tief in den Schatten hinein, wie ich nur kann. Ein leises Rascheln verrät mir, dass Rubi sich ebenfalls zwischen dem Gesträuch versteckt hält. Ich versuche, ihn auszumachen, doch da werde ich erneut von einer Vielzahl an Gefühlen überwältigt, allen voran Angst und Verzweiflung. Im selben Moment sehe ich, wie sich Rias Blick klärt, sie bäumt sich kurz in den Armen des Mannes auf, der sie erbarmungslos mit sich zerrt. Ihr Widerstand ist zwecklos, denn der Kerl packt sie nur umso fester und führt die Klinge näher an ihre Kehle. Ein leiser Schrei entflieht ihren Lippen, ehe sie kraftlos zusammensackt. Ihr Blick sinkt mutlos zu Boden und sie schweift wieder ab. Die Gefühlswallung in mir kommt zum Erliegen.

Kurz bevor die vier Männer mit der apathischen Ria mein Versteck erreichen, passieren mehrere Dinge gleichzeitig. Der brutale Anführer krächzt leise: »Jetzt«, und seine drei Begleiter ziehen zugleich ihre geladenen Armbrüste nach oben und feuern ihre Bolzen auf Xeron, Tahr und Kira ab. Die wiederum versuchen, zeitgleich nach ihren Waffen am Boden zu greifen, und entgehen so dem Beschuss. Zur selben Zeit preschen Dión, Maran und Zara hinter dem Zelt hervor und stürmen auf die Männer zu. Maran wird dabei von einem der Bolzen getroffen, die ihr eigentliches Ziel verfehlt haben und geht keuchend zu Boden. Zara eilt ihm zu Hilfe. Dión stürzt sich derweil auf einen der Männer. Xeron hat seinen Speer erreicht und holt aus, er zielt genau auf den Kopf des Anführers, der Ria weiter von dem Geschehen fortzerrt. Xeron atmet noch einmal tief durch, bereit den Speer auf seinen Gegner zu werfen, als er von Kira zur Seite gestoßen wird. Der Speer fliegt ziellos in die falsche Richtung.

Ein wütendes Grollen entfährt Xerons Kehle, doch ehe er etwas unternehmen kann, schießen die zwei übrigen Männer erneut ihre Armbrüste ab. Xeron, Tahr und Kira weichen aus und stürzen sich sodann auf die zwei Schergen.

Während sie sich ein unerbittliches Gefecht liefern, zerrt der Anführer Ria unaufhaltsam weiter und versucht, mit ihr zu entkommen. Keuchend krabbele ich aus meinem Versteck hervor. Ohne zu wissen, was ich da tue, krieche ich, einem wahnsinnigen Impuls folgend, auf den nur mühsam vorankommenden Anführer zu. Aus dem Augenwinkel fange ich Dións Blick auf, der eine stumme Warnung enthält. Ungeachtet dessen robbe ich weiter und sehe, wie Dión den Mund öffnet, um etwas zu rufen. Doch ehe er einen Ton herausbekommt, wird er von seinem Gegner heftig attackiert.

Ich wende mich ab und krieche weiter, dem Anführer hinterher, der soeben fluchend stehenbleibt, um die bewegungsunfähige Ria hochzuheben. Das ist meine Gelegenheit! Ich überwinde die letzte Distanz zwischen uns und erreiche ihn, als er Ria auf die Arme hebt. Er dreht sich um, entdeckt mich und reißt die Augen auf. Doch schon hebe ich meinen Oberkörper an, umklammere den Griff des Dolches fester und hole aus. Mit einem kraftvollen Hieb ramme ich die Klinge in den Oberschenkel des Übeltäters. Sein Schrei ist markerschütternd und lässt mich erschrocken zurückweichen. Der Mann hat Ria vor lauter Schreck losgelassen, die nur wenige Schritt entfernt von mir auf dem Boden aufschlägt. Er greift panisch an sein Bein, in dem mein Dolch steckt. Blut tränkt die helle Hose und färbt sie dunkel. Ich starre gebannt auf die rasch größer werdende Verfärbung.

Dann richtet der Anführer seine Aufmerksamkeit auf mich. »Du kleines Biest«, spuckt er wutentbrannt aus. Mit schmerzverzerrtem Gesicht stapft er auf mich zu, während ich kriechend die Flucht ergreife.

Ich habe fast die Sträucher erreicht, da packt er meine Schulter und reißt mich brutal herum. Schreiend komme ich auf dem Rücken auf und versuche verzweifelt, rückwärts von ihm fort zu rutschen, doch er hält mich am Arm fest. Er holt mit seiner zur Faust geballten Hand aus und ich schließe in Erwartung eines heftigen Schlages, die Augen – aber nichts geschieht.

Stattdessen ertönt hinter mir ein tiefes, kehliges Knurren. Der Griff an meinem Arm lockert sich leicht. Etwas streift mein Gesicht und dann stößt der Mann über mir einen erneuten Schmerzensschrei aus. Ich öffne die Augen zaghaft und sehe meinen Peiniger auf Knien vor mir. An seinem Arm hängt Rubi. Er hat sich daran festgebissen und lässt trotz heftiger Gegenwehr nicht von ihm ab. Ich keuche erleichtert auf.

Meine Erleichterung vergeht jedoch schlagartig, als ich sehe, wie der skrupellose Anführer nach dem Dolch in seinem Bein greift. Mit einem wütenden Schrei zieht er die Waffe heraus. Blut quillt aus der Wunde hervor, wie aus einem Springbrunnen. Voller Panik wird mir klar, was der Kerl mit dem Dolch vorhat.

»Rubi, nein!«, brülle ich verzweifelt, als der Mann ausholt.

Ich habe einiges an Zeit und Mühe darin investiert, Rubi beizubringen, was »Nein« bedeutet, aber all meine Versuche blieben vergebens. In diesem Moment jedoch beweist Rubi mir eindrücklich, dass er bestens versteht, was es heißt, denn er lässt unmittelbar von seinem Opfer ab. Doch trotz seiner zügigen Reaktion, ist er zu langsam, um der Klinge zu entgehen, und sie trifft ihn an der Seite. Mit einem hohen Jaulen und eingekniffenem Schwanz läuft er in die Dunkelheit davon.

»Rubi«, kreische ich.

Der niederträchtige Entführer wendet sich nun wieder mir zu und kommt wankend näher. Das Blut schießt ungehindert aus seinem Bein hervor und hat bereits fast das gesamte Hosenbein dunkelrot gefärbt. »Du dreckige, kleine –« speit er mir entgegen, doch weiter kommt er nicht mehr – denn in dem Moment springt Dión von hinten an ihn heran und versenkt sein Schwert in dem Rücken meines Angreifers. Der geht ächzend zu Boden und bleibt reglos in einer Lache seines eigenen Blutes liegen. Ich werde nie erfahren, was ich außer dreckig und klein noch bin. Und ich bin froh darüber.

Dión springt über ihn hinweg und kommt auf mich zugestürmt. Er lässt sich neben mir zu Boden gleiten. »Geht es dir gut?«, will er wissen und fasst mir behutsam an die Schulter.

Ich bin wie betäubt. Ein gehauchtes »Rubi« ist alles, was ich hervorbringe.

Dión nickt kurz und rennt los, um meinen treusten, besten Hundefreund zu suchen. Angestrengt drehe ich mich auf die andere Seite und entdecke Ria, die wenige Schritt von mir entfernt reglos auf dem Boden liegt. Ich krabbele eilig zu ihr herüber und erreiche sie im selben Moment wie Xeron.

»Ria«, murmelt er immer wieder und streicht ihr behutsam das smaragdene Haar aus dem Gesicht.

Angespannt blicken wir beide auf sie herab, als sie endlich die Augen aufschlägt. Sie schaut zu Xeron auf und lächelt ihn schwerfällig an. »Ich wusste, du würdest mich finden«, haucht sie leise und streckt ihre Hand nach ihm aus.

Xeron ergreift die Hand und drückt sie fest. Er streichelt Ria sanft über das verfilzte Haar, während ihm ungehindert die Tränen an den Wangen herabrinnen.

Dann wandert Rias Blick zu mir herüber.

Ich lächele scheu zu ihr herab.

Da bekommt sie auf einmal ganz große Augen. »Du bist hier. Ich habe von dir geträumt«, murmelt sie lächelnd, ehe ihr Kopf zur Seite rollt und sie wieder in der Bewusstlosigkeit versinkt.

Xeron nimmt ihren Körper auf und drückt ihn fest an sich. Weiterhin schluchzend, wiegt er sie vor und zurück.

Ich schaue mich nach den anderen um. Zara und Tahr hocken neben Maran und versorgen seine Armwunde. Der zieht zwar eine gequälte Miene, kann aber aufrecht sitzen und scheint nicht lebensgefährlich verletzt zu sein. Kira fesselt zufrieden einen der fremden Männer, den Jüngeren. Er ist bewusstlos, aber am Leben. Die anderen beiden liegen leblos auf dem Boden herum.

Der Kampf ist vorbei! Wir haben Ria gerettet!

Dión ist noch nicht zurückgekehrt. Schwerfällig rappele ich mich auf die Beine und lasse den Blick ungeduldig durch die Dunkelheit schweifen. Mein Herz zieht sich bang zusammen, während ich abwechselnd nach Rubi und Dión rufe. Dann endlich entdecke ich eine Gestalt, die langsam auf das Lager zukommt. Es ist Dión! Ich stürme ihm entgegen, ehe ich vor Schock erstarre. Er trägt etwas Felliges in seinen Armen, doch es rührt sich nicht.

»Nein«, keuche ich und renne auf die beiden zu. Tränen verwischen meine Sicht und ich stolpere mehr vorwärts, als das ich laufe. »Bitte nicht«, flehe ich, als ich Dión erreiche.

Sein Hemd ist blutbeschmiert. Er lässt sich auf den Boden sinken und bettet Rubi im Gras. Schluchzend lasse ich mich neben ihm nieder. Dión legt mir von hinten eine Hand auf die Schulter und sagt etwas, doch ich verstehe ihn nicht. Das Blut rauscht in meinen Ohren. Vor lauter Tränen kann ich auch nichts sehen, außer den schemenhaften Umriss meines geliebten Hundes. Ein blutiger Fetzen Stoff ist um seinen Körper gewickelt. Die Augen sind geschlossen.

Ich wische die Tränen fort und erst da erkenne ich, was Dión mir die ganze Zeit versucht zu sagen: Rubis Brustkorb hebt und senkt sich schwach, aber stetig.

»Er lebt«, dringen endlich Dións Worte in mein Bewusstsein.

Ich lache weinend auf und beuge mich über Rubi. Küsse seine feuchte Schnauze und lausche für eine Weile glücklich berauscht seiner leisen, schnaufenden Atmung. Dann springe ich auf und falle Dión um den Hals. »Danke«, schluchze ich und bedecke auch seine Wange mit tränenfeuchten Küssen.

Kapitel 19

Da sich der Morgen bereits nähert, haben wir beschlossen, das Lager der Männer in Beschlag zu nehmen. Wir werden noch eine Weile hierbleiben, ehe wir nach Erosia zurückkehren, um Ria endlich zu Ruberián und Sera zu bringen.

Die Ereignisse haben mich vollkommen überwältigt und es dauert lange, bis ich wirklich begreife, dass wir es geschafft haben. Wir haben Ria gefunden! Sie ist noch bewusstlos und Xeron vermutet, dass die Männer sie betäubt haben, um sie ruhigzustellen. Er weicht keinen Augenblick von ihrer Seite und ich kann es ihm nicht verdenken.

Immer wieder spuken mir ihre Worte durch den Kopf, die sie in dem kurzen Moment bei Bewusstsein an mich gerichtet hat: *Du bist hier. Ich habe von dir geträumt.* Kann es wirklich sein, dass sie von mir geträumt hat, ebenso wie ich von ihr? Dass sie sich in meine Träume geschlichen hat, ist nicht weiter verwunderlich, schließlich habe ich viel über sie gehört. Aber sie kann von mir unmöglich gewusst haben. Vielleicht war sie nicht bei Sinnen und hat bloß irgendetwas Bedeutungsloses vor sich hingemurmelt. Doch da war etwas in ihrem Blick, ein winziges Anzeichen des Erkennens, als ob sie mich schon einmal gesehen hätte. Und das ist es, was mich entgegen jeglicher Logik an ihre Worte glauben lässt.

Rubis Schnittwunde ist zum Glück nur oberflächlich und Tahr hat mir mehrfach versichert, dass er sich wieder vollkommen erholen wird. Er hat sich hingebungsvoll um Rubis Verletzung gekümmert, obwohl ich ihm dabei wenig hilfreich auf die Pelle gerückt bin, bis Dión mich fast gewaltsam fortgezogen hat. Auch Marans Wunde ist nicht allzu tief und wird vollständig verheilen. Obwohl seine gequälten Schreie bei der Entfernung des Bolzens etwas anderes vermuten ließen.

Unsere Kontrahenten sind hingegen nicht so glimpflich davongekommen, was meinen fearanischen Freunden spürbar zu schaffen macht. Ich tue mich ebenfalls schwer damit, den Anblick der drei Leichname zu ertragen, die hinter dem Zelt in einer Reihe aufgebahrt sind. Es waren grausame Menschen, das steht außer Frage, doch wer das Leben wie die Fearane ehrt, der kennt keinen gerechten Tod. Vor allem Kira quält das Ableben der Männer – allerdings aus einem ganz anderen Grund.

Als der Morgen anbricht, heben wir daher als Erstes ein Grab für die Männer aus. Nachdem wir sie darin beerdigt haben, spricht Maran ein paar bedächtige Worte und bittet um Erlösung für ihre verdorbenen Seelen. Auch den jüngsten der Männer, der mittlerweile wieder bei Bewusstsein ist, lassen wir an dieser kleinen Zeremonie teilhaben. Maran bietet ihm sogar die Möglichkeit, ein paar Gedenkworte für seine Freunde zu sprechen. Doch als er ihm den Knebel aus dem Mund nimmt, spuckt dieser verächtlich auf das frische Grab.

»Das waren nicht meine Freunde. Das waren miese Dreckskerle. Ich bedaure ihren Tod keinen Augenblick. Ihr habt mir einen Gefallen getan, ihr habt der ganzen Menschheit einen Gefallen getan. Niemand wird diese Männer vermissen. Sie haben mich gezwungen bei dieser Sache mitzumachen«, ruft er wütend aus.

Xeron betrachtet den jungen Mann prüfend, um seine Aufrichtigkeit zu ergründen. »Wie konnten sie Euch zu so etwas zwingen? In welchem Verhältnis standet Ihr zu diesen Männern?«, will er von ihm wissen.

»Rogott, dieser Dreckskerl, der selbsternannte Anführer dieser verdammten Gruppe, war mein Stiefvater. Der schmierige Hundesohn hat die aussichtslose Lage meiner Mutter schamlos ausgenutzt. Mein Vater ist schon lange tot und meine jüngere Schwester ist schwer krank. Sie benötigt teure Medikamente, die meine Mutter und ich uns damals einfach nicht leisten konnten. Rogott ist schon immer in zwielichtige Geschäfte verwickelt gewesen und war daher sehr vermögend. Irgendwann hat meine Mutter seinem heuchlerischen Werben aus Verzweiflung nachgegeben, aber das war der Anfang vom Ende. Seither musste ich ihm bei seinen dreckigen Geschäften helfen, sonst hätte er meiner Schwester die Medikamente verwehrt«, spuckt er zornig aus. »Große Leistung, wie du dem Dreckssack den Dolch ins Bein gerammt hast. Wenn man bedenkt, was er sonst mit jungen Frauen wie dir macht, ist es eine reine Wohltat, dass du ihm ein Ende bereitet hast«, wirft er mir beglückwünschend entgegen.

Bei diesen Worten verziehe ich angewidert das Gesicht. Dabei bin ich mir nicht mal sicher, was mich mehr anekelt, die Vorstellung dessen, was dieser Rogott den armen Frauen angetan haben mag oder die Art, wie dieser junge Kerl meinen verzweifelten Gewaltakt verherrlicht. Trotz meiner unverhohlenen Abneigung ihm gegenüber lächelt er mich breit an und zwinkert mir schelmisch zu, woraufhin Dión sich schützend zwischen uns aufbaut.

Als der Fremde ihm gewahr wird, ruft er: »Du, Dión, du kennst mich doch. Du kannst deinen Flügelfreunden bestätigen, wer ich bin und dass ich bei so einer Sache nie freiwillig mitgemacht hätte. Mädchen entführen – egal ob mit oder ohne Flügel –, das ist nicht mein Ding.«

»Stimmt das? Kennst du ihn?«, fragt Xeron an Dión gewandt.

»Kennen ist zu viel gesagt. Er heißt Flin und dass seine Schwester schwer krank ist, ist in Dorias bekannt. Ob er freiwillig mit diesen Männern hier verkehrt hat oder unter Zwang, vermag ich nicht zu beurteilen«, gibt Dión zweifelnd zurück.

Xeron nickt und lässt das Thema erstmal dabei bewenden. Kira hingegen ist noch lange nicht fertig mit dem jungen Mann. Sie prescht auf ihn zu und packt ihn an der Kehle. »Wie wolltet ihr sie ins Glutgebirge schaffen? Kennst du den Zugang?«, fragt sie drängend und rüttelt den erschrockenen Mann heftig.

Der schüttelt hektisch den Kopf. »Nein, nur Rogott kannte den Zugang«, bringt er keuchend hervor.

Kira drückt fester zu und knurrt bedrohlich. Xeron stürmt herbei und packt ihren Arm. Erbost reißt er sie von dem Jungen fort. »Du hast doch gehört, was er gesagt hat!«, brüllt er sie an. Einen Augenblick funkelt er sie zornig an. All seine Enttäuschung und Wut spiegeln sich in seinem Blick wider. Er hat ihr nicht verziehen, dass sie ihn daran gehindert hat, den Anführer auszuschalten. Und doch sagt er kein weiteres Wort, sondern lässt kopfschüttelnd von ihr ab und kehrt ihr den Rücken zu.

Kaum hat Flin sich von Kiras Attacke erholt, hört er nicht auf zu reden und gibt dabei nicht wenige anzügliche Bemerkungen von sich. Daher schiebt Xeron ihm kurzerhand den Knebel wieder in den Mund.

Gegen Nachmittag übt Dión mit mir abseits des Zeltes den Umgang mit meinem Dolch. Selbst wenn uns vermutlich keine weiteren Kämpfe mehr bevorstehen, möchte ich mich künftig in Notfällen zur Wehr setzen können. Daher zeigt Dión mir zunächst, wie ich die Klinge geschwind aus der Scheide ziehe, ohne mir dabei Haut oder Kleidung zu zerschneiden, und wie ich Angriffe abwehren kann. Obschon ich mich anfänglich recht ungeschickt anstelle, kann ich nach einer Weile bereits erste Erfolge verzeichnen.

Dión ist gerade dabei, mir zu zeigen, wie ich mich aus dem Griff eines Angreifers lösen kann, als mich unvermittelt eine Welle an Gefühlen durchflutet. Der Dolch gleitet mir jäh aus den Händen und verfehlt Dións Arm nur haarscharf. Eilig weicht er aus und wirft mir einen anklagenden Blick zu.

»Sie ist wach«, rufe ich ohne weitere Erklärungen und renne in Richtung des Zeltes davon, in dem Ria seit ihrer Rettung bewusstlos vor sich hindämmert.

Xeron, der vor dem Zelteingang Wache hält, stürmt durch mein hektisches Auftreten aufgeschreckt direkt hinter mir her.

»Ria«, keuche ich begeistert, als ich sie erblicke. »Du bist wach.«

Erst jetzt, da ich sie bei Bewusstsein und Tageslicht sehe, fällt mir auf, dass sie tatsächlich der Ria meines Traumes entspricht. Obwohl sie recht mitgenommen aussieht, ist die Ähnlichkeit unbestreitbar. Wie ist es möglich, dass ich mir ein so genaues Bild von ihrem Aussehen machen konnte? Während ich sie ehrfurchtsvoll mustere, bemerke ich, dass sie mich ebenfalls mit ihren blaugrünen Augen unverhohlen anstarrt.

»Du bist ja wirklich hier. Und ich dachte schon, ich hätte wieder geträumt«, erwidert sie dann lächelnd. »Leider kenne ich deinen Namen nicht«, fügt sie entschuldigend hinzu.

»Ich bin Finéra«, entgegne ich, trete nah an ihr Bett heran und knie mich neben sie.

»Finéra, natürlich«, murmelt sie leise und nickt, als sei ihr mein Name bloß kurzzeitig entfallen. Sie setzt sich mühsam auf und dann schließt sie mich unerwartet in eine feste Umarmung.

Eine Woge des Glücks erfüllt mich, als ich ihre Umarmung erwidere. Es fühlt sich an, als hätte ich etwas lang Verlorenes wiedergefunden. Ein Loch, das in meinem Herz geklafft hat, ohne dass ich mir dessen bewusst war, schließt sich und ich werde ganz, vollkommen. Fest drücke ich die unbekannte Fearane an mich und dabei ist sie mir vertrauter denn jeder andere.

Tausende Fragen brennen in mir auf, doch ich komme nicht dazu, sie zu stellen, denn Xeron drängt sich an mir vorbei und lässt sich neben Ria nieder. Ich löse mich widerwillig von ihr und mache ihm

Platz.

Ria strahlt ihren Ziehvater liebevoll an, doch dann verzieht sie schuldbewusst das Gesicht. »Es tut mir leid, Xeron. Es war dumm von mir einfach fortzulaufen, aber du hast mir kaum eine andere Wahl gelassen«, murmelt sie halb anklagend, halb entschuldigend.

Xeron nickt. »Ich weiß, es war auch dumm von mir. Ich hätte wissen müssen, was du vorhast. Du bist eben die Tochter deiner Mutter«, erwidert er schmunzelnd.

Ria verdreht die Augen und schnaubt verächtlich. »Meine Mutter gibt sich damit ab, eine Gefangene zu sein. Sie versucht ja nicht einmal, aus dem Refugium zu entkommen. Nicht mal für Riáz«, zischt sie wütend.

»Du irrst dich. Was glaubst du, wo deine Mutter gerade ist?«, entgegnet Xeron.

Ria sieht ihn fragend an. Die Verblüffung steht ihr ins Gesicht geschrieben. Auch mich durchspült eine Welle der Verwunderung, obwohl ich doch genau weiß, wo Sera ist.

»Sie ist bei deinem Vater«, antworte ich, ehe sie die Frage überhaupt gestellt hat.

Ria starrt mich unverständlich an, doch dann treten Tränen in ihre Augen. »Sie hat ihn gefunden?«, fragt sie so leise, dass sie kaum zu verstehen ist.

Xeron und ich nicken gleichzeitig.

Nun brechen sich die Tränen ihre Bahnen, doch es sind reine Freudentränen. Rias Freude ist so überwältigend, dass sie auch mich erfasst, und ich fange unversehens mit an zu weinen. Sie greift nach meinen Händen und drückt sie fest. »Danke«, haucht sie und wirft erst mir und dann Xeron dankbare Blicke zu.

Eine ganze Weile sitzen Xeron und ich bei Ria, bis Zara in das Zelt geeilt kommt, einen beglückten Schrei ausstößt und Ria mit stürmischen Umarmungen in Beschlag nimmt.

Während Xeron und ich uns aus dem Zelt zurückziehen, bemerke ich, dass er mich kritisch mustert. »Woher wusstest du, dass sie wach ist?«, fragt er verwundert.

Ahnungslos zucke ich mit den Schultern. »Ich weiß nicht, ich hatte es im Gefühl«, gebe ich wahrheitsgetreu zurück.

Xeron nickt und schaut mich eine Weile nachdenklich an. »Sera hatte recht, es ist gut, dass du mitgekommen bist. Sie sieht manchmal Dinge, die mir erst viel später klar werden – wenn überhaupt«, gibt er lächelnd zu.

Ich erwidere sein Lächeln und winke ab. »Jeder, der bei Verstand ist, hätte wohl davon abgeraten mich mitzunehmen«, räume ich selbstkritisch ein.

»Willst du damit etwa sagen, dass Sera nicht bei Verstand ist?«, fragt er amüsiert.

Ich beiße mir auf die Unterlippe. »Nein, ganz so wollte ich das nicht sagen. Nur lässt sie sich eher von ihren Gefühlen leiten, während du nach dem Verstand handelst«, wiegele ich meine Worte ab.

Xeron nickt zustimmend. »Ja, so lässt sich das vermutlich sagen. In der Hinsicht habe ich mir stets gewünscht, etwas mehr von ihr zu haben, mehr Vertrauen in meine Gefühle«, gesteht er mir nachdenklich.

Ich nicke verständnisvoll. Vor lauter Überraschung über seine Offenheit, vergesse ich meine übliche Zurückhaltung ihm gegenüber. »Und was hast du dir sonst noch von ihr gewünscht?«, platzt es aus mir heraus. Kaum haben diese Worte meine Lippen verlassen, würde ich mir am liebsten die Zunge abbeißen. Weiter entfernt von zurückhaltend könnte ich mit dieser Frage gar nicht sein.

Xeron runzelt die Stirn. Zu meiner Verwunderung reagiert er nicht wütend. »Wie meinst du das?«, will er stattdessen ernst von mir wissen.

Ich knete nervös meine Hände. »Nun ja, ... du hattest doch ein großes Interesse an Sera, damals. Jedenfalls hat es in Ruberiáns Erzählung den Anschein gemacht«, stammele ich und schaue vorsichtig zu Xeron auf, in Erwartung einer wütenden Erwiderung.

Doch er mustert mich nur grüblerisch und fährt sich mit einer Hand über den Nacken. »Ach ja? Hat es das?«, will er zweifelnd wissen.

Ich nicke langsam.

Dann verändert sich Xerons Miene. Es scheint, als sei ihm gerade etwas aufgegangen. Sein Mund verzieht sich zu einem angedeuteten Lächeln. »Du kennst nur *Riáz'* Sichtweise«, gibt er knapp zurück, als sei damit alles erklärt.

Ich runzele die Stirn. »Willst du damit sagen, er hat die Ereignisse falsch dargestellt?«, will ich skeptisch wissen.

Xeron schüttelt den Kopf. »Nein, das will ich damit nicht sagen, bloß, dass er womöglich etwas hineingedeutet hat. Einiges hat er nicht einmal selbst miterlebt … Und hat nicht ohnehin jede Geschichte verschiedene Sichtweisen? Die Sichtweise derer, die sie erleben und derer, die sie erzählen. Und dann gibt es noch die Sichtweise derer, die sie hören oder gar niederschreiben«, entgegnet er und wirft mir beim letzten Teil einen vielsagenden Blick zu.

Langsam werden es mir zu viele Sichtweisen und ich bin mir nicht sicher, ob ich mit Xeron übereinstimme. Dann fällt mir auf, dass er vom eigentlichen Thema abgelenkt hat. »Du meinst also, es entspricht nur meiner und Riáz' *Sichtweise*, dass du in besonderem Maße an Sera interessiert warst?«, hake ich wagemutig nach.

Xeron lacht leise auf. »Du gibst nicht schnell auf, das muss man dir lassen. Ich hege seit jeher ein Interesse an Sera, aber nicht auf die Art, wie du und scheinbar auch Riáz vermutet. Ich bin mir nicht mal sicher, ob das, was mich zu ihr hinzieht, überhaupt etwas mit ihr zu tun hat … Jedenfalls wollte ich damals einfach ihr Vertrauen gewinnen und sie mit allen Mitteln schützen, das ist alles«, offenbart er mir.

Ich schweige eine Weile, um das Gehörte zu überdenken, doch gänzlich überzeugt bin ich von Xerons Erklärung nicht. Was meint er bloß damit, dass es nichts mit ihr zu tun haben soll? Mit wem denn sonst? »Aber du warst immer für sie da. Auch all die Zeit im Refugium. Du warst ihrer Tochter ein Vater«, wende ich zweifelnd ein.

Xeron nickt. »Ja, ich war da, als … kein anderer mehr für sie da sein konnte. Ich werde immer für sie da sein, mit wessen Seele auch immer sie vereint oder verwandt ist. Das habe ich versprochen! Für sie und ebenso für Ria«, murmelt er leise.

Xerons Worte wärmen mir das Herz und ich kann nicht umhin, diesen so mürrisch erscheinenden Xarenaren gern zu haben. Doch dann kommt mir etwas anderes in den Sinn, das mich erneut an seinen benannten Motiven zweifeln lässt. »Was ist mit dem Sternschnuppenschauer?«, will ich aufgeregt wissen.

»Mh?« Xeron wirft mir einen verwirrten Blick zu.

»Dieser Sternschnuppenschauer, den du ihr in der Nacht am Adlergebirge gezeigt hast. Ich habe gedacht … nun … das wäre ein Zeichen deiner tiefen Zuneigung ihr gegenüber gewesen«, stammele ich unbeholfen. So gern ich Xeron auch habe, ist es nicht unbedingt ein Leichtes mit ihm über derlei persönliche Themen zu sprechen und ich spüre, wie sich eine zarte Röte in mein Gesicht stielt.

Xeron starrt mich eine Weile an. Für einen kurzen Moment zuckt einer seiner Mundwinkel nach oben, wie ein scheuer Versuch zu lächeln, doch dann rutscht er rasch wieder nach unten. »Ich hatte nicht vor … Sera ist aufgewacht, als ich … im Zelt nach dem Rechten sehen wollte. Da sie schon einmal wach war, wollte ich ihr etwas Gutes tun, bei all den Strapazen«, sagt er so leise, dass ich ihn kaum verstehen kann. Er zuckt mit einer Schulter, als sei dies eine belanglose Erinnerung.

Doch ich merke, dass da noch mehr hinter steckt, und es drängt mich danach, dem auf den Grund zu gehen. Aber ich wage es nicht, weiter in Xerons Gefühlswelt einzudringen. Es ist ein Wunder, dass er mir überhaupt so viel von sich offenbart. Zudem hält mich die

Traurigkeit zurück, die nun in seinen Augen liegt. Er wirkt mit einem Mal völlig verloren. Es schmerzt, ihn so zu sehen, und ich lege ihm zaghaft eine Hand auf den Arm.

Er verharrt noch einige Atemzüge in seiner nachdenklichen Reglosigkeit, dann wendet er sich ab und kehrt zu Ria zurück.

Kurz darauf sitzen wir alle beisammen und verzehren die Reste unserer Vorräte. Ria kommt allmählich wieder zu Kräften und so stellt Xeron ihr zunächst behutsam einige Fragen zu ihrer Entführung. Rias Erinnerungsvermögen ist durch die Betäubungsmittel beeinträchtigt und so kann sie nur Bruchstückhaftes von den vergangenen Tagen berichten. Sie erzählt, wie sie Dorias erreichte und tagelang nach einem heimlichen Zugang suchte. Als sie keinen fand, entschied sie, eine Gruppe Menschen anzusprechen und sie zu bitten, sie in die Stadt zu schleusen. Dabei geriet sie ausgerechnet an solche zwielichtigen Kerle wie Rogott und Kumpane.

»Sie haben mir versprochen, mir zu helfen und sie waren wirklich sehr nett zu mir. Ich konnte ja nicht ahnen, dass die Menschen so *falsch* sein können. Der eine Typ, dieser Rogott, hat mir versichert, dass er Riáz kennt. Er sagte sie seien gute Freunde und er versprach mir, mich zu ihm zu bringen«, berichtet sie beschämt. »Sie gaben mir zu trinken und zu essen und kurz darauf wurde ich sehr müde und dann ... ist alles irgendwie verschwommen. Ich kann mich kaum an die letzten Tage erinnern. Ich habe nur nebenbei mitbekommen, dass wir unterwegs waren, da sich die Umgebung immer wieder verändert hat. Hin und wieder habe ich auch etwas von ihren Gesprächen mitbekommen, aber sobald sie gemerkt haben, dass ich zu Bewusstsein komme, haben sie mich gezwungen etwas zu trinken und schon war ich wieder ohnmächtig. Wenn ich mich nur an ihre Gespräche erinnern könnte, irgendetwas daran hat mich furchtbar aufgewühlt, aber ich weiß nicht mehr, was es war«, fügt sie durcheinander hinzu. Sie reibt sich seufzend den Kopf, als könne sie so ihre Erinnerungen wieder aufwecken.

Zara streichelt ihr mitfühlend über den Arm.

»Was ist nach deiner Flucht aus der Stätte der Weisen geschehen? Kannst du dich daran erinnern?«, fragt Xeron.

Ria nickt. »Ja, an alles, was vorher geschehen ist, kann ich mich hervorragend erinnern. Nachdem ich unbemerkt aus dem Wald der Weisen entkommen bin, habe ich mich nach Süden gewandt. Eigentlich hatte ich vor, zuerst in den Bergwald zu fliehen und mich von dort in den Dämmerwald zu begeben. Doch mir war schnell klar, dass ich möglichen Verfolgern so nicht entkommen würde – und dass mir jemand folgen würde, daran hatte ich keine Zweifel«, berichtet sie und wirft Xeron einen vielsagenden Blick zu.

Xeron erwidert ihren Blick ebenso bedeutungsvoll und fordert sie dann auf, ihre Geschichte fortzuführen.

»Ich habe mich weit in den Süden vorgewagt. Tagsüber habe ich mich verborgen und nachts bin ich geflogen oder habe mich zu Fuß fortbewegt. In der Ferne konnte ich irgendwann die Umrisse Quentums ausmachen, die ich weit hinter mir ließ. Erst als ich sicher war, dass ich weit genug von der Stadt entfernt war, habe ich mich nach Westen gewandt und den Mibellenfluss weit unterhalb von Quentum und Dorias überquert. Nach etwa einem Mond habe ich Unterschlupf in einem kleinen Hain gesucht, der unweit vom Mibellenfluss lag. Von dort aus, habe ich mich Dorias aus dem Süden genähert, habe die Stadt jedoch zunächst in sicherem Abstand umrundet, um zum Dämmerwald zu gelangen. Ich habe den Wald tagelang nach Fearanen durchsucht, habe gehofft, auf irgendeine Hilfe zu stoßen, doch vergebens«, erzählt Ria in mattem Ton.

»Wir waren bereits lange vor dir im Dämmerwald und trafen dort auf Tahr, der letzte Fearane dort. Er folgte uns in den Lichtwald, den wir etwa zur selben Zeit erreichten, als du den Dämmerwald betratst«, stöhnt Zara und reibt sich durch das Gesicht. »Hätten wir doch nur dort gewartet oder Tahr zurückgelassen«, schilt sie sich selbst.

»Ihr hättet ja nicht wissen können, dass ich so einen Umweg beschreite. Und ich wollte ja auch gar nicht von euch gefunden werden, aber nun bin ich wirklich froh darüber«, räumt Ria reumütig ein.

Zara legt ihr einen Arm um die Schultern und drückt sie liebevoll an sich. »Du glaubst gar nicht, wie froh wir darüber sind«, erwidert sie und gibt Ria einen Kuss auf die Stirn.

Ein Grinsen huscht über Rias Gesicht und sie zwinkert mir verstohlen zu, doch kurz darauf versinkt sie in eine tiefe Grübelei. »Wenn ich nur wüsste, worüber die Männer gesprochen haben«, murmelt sie immer wieder vor sich hin.

Während Xeron und die anderen bereits die Rückreise nach Erosia besprechen, grübelt Ria weiter. Ich kraule indessen gedankenverloren Rubis Kopf, der sich zwischen Dión und mir eingekuschelt hat, als mich plötzlich eine Woge an Gefühlen durchfährt. Mein Herz rast, obwohl ich nicht verstehe, woher diese heftige Regung rührt.

Dión fasst mich an der Schulter, doch ehe er fragen kann, was los ist, ruft Ria jäh aus: »Ich erinnere mich! Wir können keinesfalls nach Erosia!« In ihren weit aufgerissenen Augen erkenne ich dieselbe Aufregung, die meinen Magen turbulente Luftsprünge vollführen lässt.

Kapitel 20

Liebster Riáz,

wie töricht ich war, zu glauben, die bevorstehende Geburt unseres Sprösslings würde irgendetwas ändern. Ich war so voller Zuversicht, doch nun hat mich die kalte Ernüchterung gepackt. Als ich Xeron einweihte, war er zunächst vor Überraschung und Freude vollkommen überwältigt, aber als ich ihm meine Hoffnung offenbarte, dass Elon deine Rückkehr bewilligen würde, hat er sie sofort zunichtegemacht. Er warnte mich ausdrücklich davor, irgendjemandem zu erzählen, wer der Vater des Ungeborenen ist. Ich war außer mir vor Wut, weil er nicht begreifen wollte, was für ein Wunder dieses Ergebnis unserer Vereinigung darstellt. Er beharrte darauf, dass ich es unbedingt geheim halten müsse.

Doch ich ließ mich nicht beirren und hielt daran fest, dass Elon umsichtig genug sein würde, um dieses Wunder in mir anzuerkennen. Aber er ist schwer erkrankt und Goran war mit den Vorbereitungen eines erneuten Angriffes auf das Glutgebirge beschäftigt, daher war Lafie die Einzige, mit der ich sprechen konnte. Ich war mir sicher, sie würde zu mir halten und die Bedeutung meiner Kunde begreifen. Doch als ich ihr den Namen des werdenden Vaters nennen wollte, ist sie regelrecht hysterisch geworden. Ein solches Verhalten sieht ihr überhaupt nicht ähnlich, ist sie doch sonst so besonnen und scheu. Außerdem bin ich mir sicher, dass sie ohnehin wusste, dass du es bist. Auch wenn sie stets sehr abwe-

send erscheint, bekommt sie doch weit mehr mit, als die meisten anderen. Jedenfalls konnte ich nicht verstehen, weshalb es sie derart erregte, und ich wurde allmählich zornig. Ich wollte mich auch von ihr nicht davon abbringen lassen, Elon und Goran von unserem Jungen zu erzählen, doch als ich einen weiteren Versuch unternahm, sie zu erreichen, ist Lafie regelrecht gewalttätig geworden. Sie hat mich beschworen, nicht den wahren Vater zu nennen.

Zunächst war ich vollkommen überrumpelt und habe Lafie für verrückt gehalten, doch dann überkam mich die Verzweiflung. All meine jüngst erwachten Hoffnungen fielen in sich zusammen. Ich verstand nicht, weshalb niemand begriff, dass an unserem gemeinsamen Nachwuchs nichts Verwerfliches ist – im Gegenteil. Dennoch behielt ich es für mich und erzählte weder Goran noch Elon davon.

Später, als meine Schwangerschaft sichtbar wurde, begann sich um mich herum Unmut breitzumachen. Fragen danach wurden laut, wer der Vater sei und wie es überhaupt dazu kommen konnte, wo doch die Lebenskraft unseres Volkes merklich schwindet. Ich begriff langsam, weshalb Xeron und Lafie mich gewarnt haben. Als das Gemunkel stetig zunahm, fasste Xeron einen Entschluss. Ich weigerte mich zunächst heftig, doch es wurde immer klarer, dass wir irgendetwas unternehmen müssten. Die Gerüchte – die Wahrheit –, dass mein Junges ein halbes Menschenkind sei, rief unter den anderen Fearanen Unsicherheit und Abneigung hervor. Sie hatten den Glauben an die Menschen verloren und sie fürchteten sich vor den Konsequenzen einer Vereinigung mit einem von ihnen. Also tat Xeron das einzige, was ihm in dieser aussichtslosen Situation einfiel, und es schmerzt mich, dir davon berichten zu müssen: Er gab das heranwachsende Leben in mir, als das seine aus.

Die Weisen und alle anderen halten ihn für den Vater meines Ungeborenen. Es tut mir schrecklich leid, dass ich dich und unsere Vereinigung auf diese abscheuliche Art verleugnen muss, statt mich auf deine

Rückkehr vorzubereiten. Noch unerträglicher ist, dass du nicht mal etwas von alldem weißt und auch nicht allzu bald davon erfahren wirst. Beim Wind, wie kann ich das je wiedergutmachen?

Doch was hätte ich sonst tun sollen? Zu groß ist meine Angst davor, was geschieht, wenn die anderen dahinterkommen, wer wirklich der werdende Vater ist. Was, wenn Elon verlangt, dass ich das Junge fortgebe, sobald es auf die Welt kommt? Wenn er es mir entreißt? Ich kann dieses Risiko nicht eingehen. Also werde ich mit dieser Lüge leben, auch wenn sie mich zerfrisst. Ich hoffe, du wirst mich verstehen, solltest du eines Tages davon erfahren.

Neben der Angst vor den Reaktionen der anderen, fürchte ich außerdem um das gesundheitliche Wohl unseres Nachwuchses. Das Schwinden der Lebenskraft meines Volkes wird immer deutlicher. Xeron enthält mir die meisten Geschehnisse außerhalb des Refugiums, um mich nicht zu verängstigen, aber ich habe Gerüchte gehört. Neugeborene sterben, Riáz! Sie kommen kränklich und geschwächt zur Welt und überleben kaum die ersten Tage. Es ist so grauenhaft.

Die Angst lässt mich nicht schlafen. Jede Nacht bange ich alleine in meinem Bett um das Leben unseres Sprösslings. Was, wenn ich abermals verliere, was mir das Wichtigste ist? Die Ungewissheit und Sorge frisst mich innerlich auf. Wie soll ich das bloß ohne dich durchstehen? Mehr denn je brauche ich dich an meiner Seite.

Zu allem Übel setzt mich Goran unter Druck. Ich wollte dir nicht davon berichten, aber da du diesen Brief vermutlich ohnehin nicht zu Gesicht bekommst, wozu etwas unterschlagen? Obwohl Xeron sich redlich bemüht hat, allen glaubhaft darzubringen, dass er der werdende Vater ist, ist Goran darauf nicht hereingefallen. Er ist nicht einfältig und hat mich genau beobachtet, seit ich hier bin. Er weiß um unsere Vereinigung und auch um meine andauernden Gefühle für dich. Nun nutzt er meine missliche Lage und droht mir damit, die anderen über die

Wahrheit in Kenntnis zu setzen, wenn ich mich nicht seinem Willen beuge. Was er von mir für sein Schweigen verlangt, ist zu schrecklich, als dass ich es dir schreiben könnte. Nicht einmal Xeron habe ich davon erzählt. Ich fürchte mich zu sehr vor seiner Reaktion. Er würde sich sicher abermals mit Goran anlegen und dann werde ich ihn auch noch verlieren. Ich muss darauf vertrauen, dass Goran zur Besinnung kommt und begreift, dass er Unmögliches von mir verlangt.

Riáz, ich bereue es zutiefst, dass ich je hierhergekommen bin und dass ich so töricht war, mich von Goran in dieses abscheuliche Gefängnis sperren zu lassen. Wie konnte ich so blind sein und nicht sehen, was er im Schilde geführt hat? Ich hätte mit dir fliehen sollen, als ich noch die Gelegenheit dazu hatte. Stattdessen habe ich mein Leben in die Hände der Weisen gelegt und naiv darauf vertraut, dass sie das Beste für mich und unser Volk im Sinn haben. Alles war umsonst. Unsere Lebenskraft schwindet und wir werden vergehen. Wozu bin ich also hier?

Es tut mir schrecklich leid, dass ich dir nichts Erfreulicheres zu berichten habe, doch die Freude ist in diesen Zeiten nicht meine Begleiterin. Wenn wir uns je wiedersehen, Liebster, wird all das vergessen sein, meine Wunden werden heilen und die Welt wird wieder unversehrt sein. Bis dahin werde ich warten, mich an die Erinnerungen klammern, die mir keiner nehmen kann. Tief in mir drin habe ich einen geheimen Vorrat an diesen Erinnerungen. Ich warte dort auf dich.

In ewiger Liebe,

Sera

Kapitel 21

J egliche Gespräche verstummen nach Rias Ausruf augenblicklich und alle starren sie bestürzt an. Unterschiedliche Fragen werden aufgeworfen: »Wieso willst du nicht nach Erosia?«, »Willst du denn deinen Vater nicht sehen?«, »Was ist denn mit Erosia?«

Doch Ria schüttelt heftig den Kopf. »Ihr versteht nicht. Es geht nicht um Erosia«, keucht sie. »Es geht um die Zentâris und um *ihn*!« Ria richtet ihren Finger auf Flin, der gefesselt und geknebelt neben dem Zelt hockt und erschrocken den Kopf schüttelt. Rias Gesicht ist bleich geworden und auf ihrer Stirn hat sich ein leichter Schweißfilm gebildet. »Ich erinnere mich wieder an alles! *Er* weiß, wo der Zugang ist! Ganz sicher, dieser Rogott hat mit ihm darüber gesprochen«, verkündet sie eindringlich und zeigt abermals auf Flin.

Der schüttelt noch heftiger mit dem Kopf und presst abstreitende Laute durch den Knebel hervor.

»Sie sprachen über die Zentâris und über gefangene Fearane«, spricht Ria hektisch weiter. Ihre Stimme wird immer schneller, sodass sie sich beinahe überschlägt. »Sie haben die Ratsmitglieder noch in ihrer Gewalt, sie halten sie gefangen. Sie haben irgendetwas mit ihnen vor – ich weiß nicht, was«, stammelt sie und reibt sich nervös über die schweißnasse Stirn.

Zara legt schützend einen Arm um sie. »Ria, es ist alles gut. Du bist nun in Sicherheit«, redet sie beruhigend auf sie ein.

Doch Ria schlägt ihren Arm von sich. »Nein, es ist nichts gut. Versteht ihr nicht? Sie halten sie immer noch gefangen. Wir können nicht nach Erosia, weil wir ins Glutgebirge müssen. Wir müssen sie retten!«, fordert sie aufgebracht.

Xeron fährt sich aufgebracht mit der Hand durchs Gesicht, während Flin weiterhin undeutliche Worte hervorbringt. Kira springt auf und stürzt auf ihn zu. Rasch beugt sie sich zu ihm herab und reißt ihm den dreckigen Stofflappen aus dem Mund.

Flin ist sichtlich froh, den alten Lappen los zu sein, und fährt sich mit der Zunge über die trockenen Lippen. Er zwinkert Kira anerkennend zu. »Danke meine Süße, ich wusste direkt, zwischen uns besteht eine besondere Verbindung«, gurrt er einschmeichelnd.

Kira verzieht angeekelt das Gesicht. »Verrat mir lieber, was du über den Zugang ins Glutgebirge weißt oder ich stopfe dir mit was ganz anderem das Maul«, zischt sie drohend.

»Schon gut, schon gut«, beschwichtigt Flin sie unterwürfig.

»Raus damit!«, zischt Kira und geht drohend auf ihn zu. »Bedenke dabei, dass du für uns keinerlei Wert besitzt, wenn du den Zugang nicht kennst«, fügt sie drohend hinzu.

Flin wird blass. »Ja, es stimmt«, ruft er nach einigem Zögern eilig aus, ehe Kira ihm einen Tritt verpassen kann. »Ich weiß von dem versteckten Zugang.«

Flins Worte lösen einen Tumult aus. Xeron stürmt auf ihn zu und packt ihn bei den Schultern. Er schüttelt ihn heftig, um weitere Einzelheiten aus ihm herauszubekommen. Doch Flin ist vor lauter Schreck verstummt und kämpft verzweifelt darum, sich aus Xerons Griff zu befreien. Kira hält ihn fest und hindert ihn an seiner Flucht. Ria bemüht sich derweil, Xeron von ihm fortzureißen, um nicht ihren einzigen möglichen Anhaltspunkt für den geheimen Zugang ins Glutgebirge zu verlieren. Maran redet unaufhörlich auf Xeron ein, um sein erhitztes Gemüt zu beruhigen, wohingegen Zara Ria zu besänftigen versucht und sie ermahnt, sich nicht zu verausgaben.

Tahr und Dión verkünden währenddessen lautstark ihre Zweifel an Flins Behauptung.

»Hört auf!«, brülle ich lauthals, weil ich das kopflose Treiben um mich herum nicht mehr aushalten kann. Mein Ausruf fällt so heftig aus, dass die anderen unmittelbar verstummen und innehalten.

Xeron lässt von Flin ab und tritt ein paar Schritte zurück. Auch die Übrigen kommen wieder zur Besinnung und lassen sich nach und nach zu Boden gleiten.

Xeron ist merklich darum bemüht, einen kühlen Kopf zu bewahren. »Was weißt du über den Zugang ins Glutgebirge?«, fragt er Flin bedächtig.

»Ein ganzes Stück westlich vom Gebirge entfernt, befindet sich ein versteckter Tunneleingang. Er führt tief ins Gebirgsinnere, in die geheime Festung der Zentâris«, erklärt er seufzend.

»Woher weißt du davon?«, will Xeron skeptisch von ihm wissen.

»Rogott hat mich einmal dahin mitgenommen. Ich weiß nicht genau, was er mit den Zentâris für Geschäfte betrieben hat, aber er hat wie gesagt mit ihnen verkehrt«, gibt er schulterzuckend zurück.

»Du weißt also, *wo* sich der Eingang befindet?«, hakt Xeron noch einmal drängend nach.

»Nicht ganz genau, ich musste in einiger Entfernung warten, aber ich kann das Gebiet eingrenzen. Es dürfte nicht schwer sein, den Zugang zu finden«, räumt er selbstsicher ein.

Xeron nickt und geht unstet auf und ab, um das Gehörte zu überdenken.

»Wir können ihm nicht trauen«, ruft Tahr ungehalten aus. »Der Kerl gibt so viel Mist von sich, dabei ist er vermutlich genauso ein widerlicher Schuft wie dieser Rogott. Und dank Kiras Drohung bleibt ihm ja gar nichts anderes übrig, als zu behaupten er kenne den Zugang«, fügt er mit einem verächtlichen Blick auf Flin hinzu.

»Das sehe ich genauso«, pflichtet Dión ihm mit vor der Brust verschränkten Armen bei.

»Glaubt doch, was ihr wollt. Ich habe sicher kein Interesse daran in die Nähe dieses verdammten Gebirges zu kommen«, zischt Flin zurück.

»Ich verstehe euch nicht. Das ist seit langer Zeit der erste Hinweis auf einen Weg ins Gebirge – auf einen Weg, um unseren bevorstehenden Untergang zu verhindern und die Unschuldigen aus den Fängen dieser metallenen Monster zu befreien. Anstatt diesen Wink des Schicksals dankbar anzunehmen, klammert ihr euch lieber an den Glauben, einer Täuschung zu erliegen. Wollt ihr denn gar nichts unternehmen? Habt ihr etwa so wenig Hoffnung?«, ruft Ria voller Verzweiflung aus. Tränen schimmern in ihren blaugrünen Augen und sie wirkt mit einem Mal schrecklich verloren.

Ihr Anblick versetzt meinem Herzen einen Stich und ich strecke tröstend die Hände nach ihr aus. Dankbar greift sie danach und hält sie zitternd fest. Die anderen hüllen sich in ein betretenes Schweigen. Keiner wagt es, sich zu rühren oder zu sprechen. Rias verzweifelte Worte haben sie nachdenklich gestimmt.

Maran ist es schließlich, der die Stille durchbricht. Seine sanfte Stimme hat eine beruhigende Wirkung und lässt die dunklen Schatten auf den Gesichtern der Anwesenden verblassen. »Ria hat Recht! Wir können diesem Jungen zwar nicht vorbehaltlos trauen, aber wenn auch nur die geringste Aussicht darauf besteht, dass er den geheimen Zugang tatsächlich kennt, dürfen wir dieses Wissen nicht ungenutzt lassen«, rät er eindringlich.

Xeron nickt daraufhin entschlossen. »Ich werde mit Flin zum Glutgebirge aufbrechen und nach dem Zugang suchen. Kira kann uns begleiten. Zara, Maran und Tahr, ihr begleitet Finéra und Ria nach Erosia und du, Dión, kannst nach Dorias zurückkehren«, beschließt er entschieden und setzt seine unbeirrbare Anführermiene auf.

Doch Ria schüttelt widerstrebend den Kopf. »Auf gar keinen Fall werde ich mich verstecken. Ich werde euch zum Gebirge begleiten«, gibt sie trotzig zurück.

»Das wirst du ganz gewiss nicht tun, Ria. Ich habe alles getan, um dich wiederzufinden und werde keinesfalls zulassen, dass du dich direkt in die nächste Gefahr begibst«, ruft Xeron zornentbrannt.

»Oh ja, kaum hast du mich gefunden, behandelst du mich wieder wie eine kleine, schwache Jungfearane. Genau aus diesem Grund habe ich mich beim ersten Mal in Gefahr begeben. Ich musste aus der Stätte fliehen, weil du mich niemals hättest gehen lassen. Du vergisst, dass ich nicht Sera bin! Weder bin ich so schwach wie sie noch bist du für meinen Schutz zuständig! Ich entscheide für mich selbst und ich kann kämpfen, das hast du mir selbst beigebracht! Du hast jedenfalls nur diese Wahl: Entweder du nimmst mich mit oder ich werde wieder meinen eigenen Weg finden«, zischt Ria derart außer sich, dass alle anderen sie erschrocken anstarren.

Als ihr das bewusst wird, schweigt sie eine Weile betreten. »Ich bin nicht naiv oder töricht! Ich weiß sehr wohl, dass dies ein gefährliches Unterfangen ist. Aber die Zentâris sind an allem schuld! Daran, dass ich in Gefangenschaft und ohne meinen Vater aufwachsen musste, und daran, dass meine Mutter eine gebrochene Seele hat. Auch wenn ich nichts lieber will, als meinen Vater zu sehen, kann ich ihm nicht unter die Augen treten, ohne zuvor für Gerechtigkeit zu sorgen. Ich weiß, was es heißt, eine Gefangene zu sein. Daher kann ich die alten Ratsmitglieder keinesfalls wissentlich ihrem Schicksal überlassen«, sagt sie mit fester Stimme zu Xeron. Verzweiflung und Wut sind von ihr abgefallen und sie steht aufrecht und mit erhobenem Kopf vor ihm.

Xeron verzieht leidgeplagt das Gesicht. Ihm ist klar, dass er diesen Kampf verloren hat. Ria wird sich durch ihn nicht von ihrer Entscheidung abbringen lassen. Selbst mir ist das vollkommen bewusst. Er seufzt niedergeschlagen und nickt schließlich ergeben.

Ich beobachte Ria, wie sie so selbstsicher vor Xeron steht. Trotz der Beeinträchtigungen der vergangenen Tage strahlt sie Stärke und Selbstbewusstsein aus. Sie mag ihrer Mutter zwar vom Aussehen her ähneln, doch an ihrem Auftreten ist Xerons Einfluss auf sie unverkennbar. Ria ist eine wahrhaftige Kämpferin. Mir wird langsam klar, weshalb die anderen befürchtet haben, dass Ria ihnen nicht freiwillig nach Erosia folgen würde. Sie lässt sich offenkundig nur schwer zu etwas bringen, von dem sie nicht überzeugt ist. Doch ich bezweifele, dass ausgerechnet *ich* einen Einfluss darauf nehmen kann. Denn das war ja der eigentliche Grund für meine Beteiligung an dieser Suchaktion, Rias Vertrauen zu gewinnen und sie, wenn nötig, zum Mitkommen zu überreden. Sera würde nun sicher von mir erwarten, dass ich dies mit allen Mitteln versuche, aber … ich bin mittlerweile selbst nicht mehr von der Rückreise überzeugt.

»Ich komme ebenfalls mit«, werfe ich daher hastig ein, ohne Rücksicht auf die Konsequenzen zu nehmen.

Xeron hebt zu einem Widerspruch an, doch Maran gebietet ihm überraschend Einhalt. »Du wirst sie nicht davon abbringen können. Sie geht dahin, wo Ria hingeht. Es liegt nicht in deiner Macht, darüber zu entscheiden«, weist er ihn zurecht.

»Dann werde ich ebenfalls mitkommen«, verkündet Dión entschlossen und legt mir eine Hand auf die Schulter.

»Damit steht unser Ziel also fest. Wir werden alle gemeinsam gehen«, murmelt Tahr leise. Seine Zweifel sind nach wie vor unverkennbar, doch er würde uns Übrige niemals alleine ziehen lassen, ebenso wenig wie Zara und Maran, die einvernehmlich nicken. »Holen wir uns zurück, was uns gehört«, setzt Tahr kühn nach und löst damit einen Anflug von Kampfgeist unter den Anwesenden aus.

Nur Flin liegt nach wie vor gefesselt auf dem Boden und verzieht widerstrebend das Gesicht. Vermutlich bereut er die Preisgabe seines Wissens noch mehr, als ich meine entschlossene Zusage. Aber wen wundert das schon, immerhin haben wir vor, in das Glutgebirge und damit in die Festung des Feindes vorzudringen. Bei diesem Gedanken breitet sich ein flaues Gefühl in meinem Magen aus, das mir noch lange erhalten bleibt.

Später am Tage versorge ich Marans Wunde. Ich habe Zara und Tahr mittlerweile oft genug dabei über die Schulter geschaut, sodass ich recht geschickt darin bin. Während ich sorgfältig einen frischen Verband um die gereinigte Wunde lege, beobachtet Maran mich nachdenklich. »Begreifst du eigentlich, was mit Ria und dir los ist?«, fragt er unvermittelt.

Ich halte inne und ziehe überrascht die Augenbrauen hoch. »Was genau meinst du?«, gebe ich verständnislos zurück.

»Ich habe euch beobachtet. Ihr kanntet euch vorher nicht und doch seid ihr euch so vertraut. Du bist bereit, ihr zu folgen, selbst wenn du dich dadurch in Gefahr begibst«, bemerkt er nachdenklich.

»Ja, das stimmt«, gebe ich zu.

»Es scheint mir, als würdest du ein sehr klares Bild davon haben, was in ihr vorgeht«, führt er seine Gedanken fort.

Ich nicke bloß, weil mir keine Erwiderung darauf einfällt. Ich verstehe ja selbst nicht, was das alles zu bedeuten hat. »Wieso interessiert dich mein Verhältnis zu Ria so?«, frage ich verwundert.

»Weil ich glaube, ziemlich genau zu wissen, was gerade in dir vorgeht. Denn ich habe dasselbe erlebt«, entgegnet er vage. Da ich ihn nur unverständlich anschaue, fügt er hinzu: »Du weißt, dass ich der Seelenverwandte von Seras Mutter war?«

Ich nicke zaghaft. »Ja, aber – was soll das heißen? Willst du sagen, dass …«, ich breche ab, weil mir die Idee zu ungeheuerlich erscheint.

Doch Maran versteht, worauf ich hinauswollte, und nickt bekräftigend. »Ja, Finéra, genau das will ich damit sagen. Ihr seid verwandte Seelen, du und Ria. Das würde auch erklären, weshalb du dich nie vor Fearanen gefürchtet hast, obwohl dir dein Umfeld allen Grund dazu gegeben hat, und viel mehr noch, dass du dir sogar die Nähe von Fearanen herbeigesehnt hast. Du hast dich nach deiner Seelenverwandten gesehnt. Deswegen bist du auch bereit ihr zu folgen, egal zu welchem Preis«, schlussfolgert er mit einem wissenden Ausdruck im Gesicht.

Ich schüttele den Kopf. »Aber wie soll das denn möglich sein? Ich bin ein Mensch«, entgegne ich abwehrend.

»Du kennst doch die Geschichte von Sera und Riáz. Sie sind zwar keine Seelenverwandten, aber ihre Seelen gehören zusammen. Wieso sollten Mensch und Fearane Seelengefährten sein können, aber keine Seelenverwandten? Zumal Ria selbst zur Hälfte menschlicher Abstammung ist«, sagt er gerade heraus und bringt mich damit zum Verstummen.

Ich bin mir nicht sicher, was ich von Marans Einwand halten soll. Für mich ist es ein ziemlich großer Unterschied, ob zwei Seelen aufeinandertreffen, die sich zueinander hingezogen fühlen – wie Sera und Riáz einst – oder ob zwei Seelen nacheinander schreien, ehe sie sich überhaupt je begegnet sind. Wieso sollten ein Mensch und ein Fearane nicht füreinander Zuneigungen entwickeln, die selbst Artunterschieden und widrigen Umständen trotzen? Ganz gleich, ob ihre Seelen einmal Eins waren oder nicht.

Doch was Maran hier anspricht, hat nichts mit Zuneigung zu tun. Vielmehr redet er von einem seelischen Band, welches zwei Individuen auf tiefster Ebene zusammenhält. Maran tut beinahe so, als sei es nichts Außergewöhnliches, wenn zwei Personen, sich nacheinander sehnen, ohne sich zu kennen oder gegenseitig ihre Gefühle erspüren können oder sich nur noch in Gegenwart des anderen ganz fühlen. Das ist alles andere als gewöhnlich und geht weit über meinen Verstand hinaus. Wie kann er also annehmen, dass ausgerechnet *meine Seele* auf solch unvergleichliche Weise mit Rias verbunden ist? Das ist vollkommen absurd … oder etwa nicht?

Mein Kopf schwirrt von all diesen Gedanken und ich brauche dringend Ruhe, um ihn irgendwie unter Kontrolle zu bekommen. Daher lasse ich Maran wortlos zurück und suche die Abgeschiedenheit, um mir darüber klar zu werden, was es für mich bedeuten würde, eine verwandte Seele zu haben.

Kapitel 22

Je länger ich mich in Rias Nähe befinde, desto weniger kann ich die bestehende Verbindung zwischen uns leugnen. Ich spüre instinktiv, was sie mag und was nicht, wie es ihr geht und wonach es ihr verlangt. Es ist, als hätte ich Einblick in ihre verborgene Gefühlswelt und das, obwohl ich sie erst seit ein paar Tagen kenne und kaum etwas über ihr bisheriges Leben weiß.

Dieses Verständnis geht weit über alles hinaus, was ich je mit einem anderen Menschen erlebt habe. Nicht einmal Jéla ist mir so vertraut wie Ria, obwohl wir uns so nahestehen. Zwar fällt es mir zumeist leicht, Jélas Gedanken und Gefühle zu erahnen, aber dabei orientiere ich mich für gewöhnlich an ihrer Körperhaltung, Mimik und Gestik. Ich kenne sie eben so gut, dass ich ihre Körpersprache lesen kann wie ein Buch.

Doch bei Ria ist das anders. Ich brauche sie nicht einmal zu sehen, um zu wissen, wie es ihr geht, denn ich kann es *fühlen*. Ich fühle, was sie fühlt. Seit wir zusammen sind, kann ich jede ihrer Gefühlsregungen miterleben. Je näher wir uns sind, desto intensiver spüre ich sie. Das ist ziemlich verwirrend und anstrengend, denn Rias Stimmungen sind wechselhaft und aufbrausend. Es ist erschreckend, wenn ich von einer ihrer heftigen Gefühlswallungen ergriffen werde. Wie aus dem Nichts heraus überkommen mich überwältigende Wogen an Trauer, Freude, Zorn oder Angst, wie eine unvorhergesehene Erschütterung meines Seelenlebens. Manchmal vergesse ich völlig, wie es mir selbst geht, weil ich zu sehr mit Rias Stimmungen beschäftigt bin. Zumal ich es nicht gewohnt bin, einen solchen Gefühlstumult in mir herumzutragen. Gewöhnlich versuche ich, mich von meinem Verstand leiten zu lassen, doch jetzt verwirren mir die ganzen Gefühlsduseleien völlig den Geist.

Obwohl es mir schwerfällt, mit den fremden Gemütszuständen umzugehen, habe ich dennoch den Drang, darauf zu reagieren. Wenn ich merke, dass Ria traurig ist, überkommt mich das dringende Bedürfnis sie zu trösten. Ebenso wie ich dafür Sorge tragen will, dass ihre Freude erhalten bleibt oder ihre Ängste vergehen. Und wenn sie zornig ist, muss ich sie besänftigen. Der Drang ist so ausgeprägt, dass ich mich dem kaum entziehen kann.

Ria hat meine Welt vollkommen auf den Kopf gestellt. Und trotz all der Anstrengungen bin ich ihr dankbar dafür. Ich brauche sie, auch wenn es mir erst jetzt klargeworden ist. Und ich weiß, dass sie mich ebenso braucht, obwohl sie nicht auf dieselbe Art von unserer Verbindung betroffen ist wie ich. Denn meine bescheidenen Gefühle scheinen sie kaum aus dem Gleichgewicht zu bringen. Außerdem macht es nicht den Eindruck, als sei sie gleichermaßen bestrebt, auf meine Stimmungen einzugehen. Während ich mit unserem jüngst entfesselten Band arg zu kämpfen habe, scheint es für sie das Natürlichste auf der Welt zu sein.

Unser Verhältnis ist demnach alles andere als ausgeglichen. Doch das macht mir nichts aus. Ich bin bereit für Ria da zu sein, ihr Halt zu geben. Mir selbst genügt ihre reine Existenz vollkommen. Ich brauche keine Gegenleistung, ich will bloß in ihrer Nähe sein. Ria ist wie eine Feder, die von einem tobenden Sturm der Gefühle erfasst wird. Ich bin es, die diese Feder in ihre schützenden Hände nimmt und sie davor bewahrt hinfortgetragen zu werden.

Ich frage mich, ob es Fero mit Sera ebenso erging. Jedenfalls kann ich nun viel besser verstehen, weshalb es ihm damals so zugesetzt hat, sich zwischen Seras Seelenheil und ihrer körperlichen Unversehrtheit entscheiden zu müssen. Der Drang nach beidem ist stark und ich weiß nicht, wofür ich mich im Ernstfall entscheiden würde.

Es sind drei Tage vergangen, seit wir die Männer überwältigt und Ria aus ihrer Gewalt befreit haben. Sie hat sich wahnsinnig schnell erholt und ist abgesehen von ihren wechselhaften Gefühlsausbrüchen in einem erstaunlich guten körperlichen wie seelischen Zustand. Sie ist außerdem fest entschlossen, in das feindliche Glutgebirge vorzudringen und die Gefangenen und die Kristalle zu befreien. Ich wünschte, ich könnte ihren Eifer teilen, doch ich hadere mit meiner Entscheidung. Die Kampfübungen, die Ria, Dión und ich jeden Tag gemeinsam durchführen, tragen wenig zu meiner Entschlossenheit bei. Denn Ria ist ebenso erfahren im Kampf wie Dión. Sie übertrumpfen sich gegenseitig mit ihrer Kampfkunst, wohingegen ich schon froh bin, wenn ich mich nicht selbst verletze.

Abermals hocke ich vollkommen erschöpft am Rande unseres auserwählten Übungsplatzes, während sich Dión und Ria einen unermüdlichen Zweikampf liefern. Sie kämpfen mit Stöcken, statt mit echten Waffen, doch vor schmerzhaften blauen Flecken schützt dies nicht – wie der Anblick meiner geschundenen Arme hinreichend beweist. Ich beobachte die beiden Kämpfenden aufmerksam, um mir ein paar Kniffe abzuschauen, doch als ihre Tricks immer raffinierter und komplizierter werden, gebe ich seufzend auf. Rias Kampfstil werde ich ohnehin niemals nachahmen können, nicht nur wegen ihrer Leichtfüßigkeit und Schnelligkeit, sondern auch wegen der Art, wie sie ihre Flügel einsetzt. Mal schwingt sie sich in die Höhe, um Dión auszuweichen oder um ihm andeutend gegen den Kopf zu treten, und Mal benutzt sie die Flügel als Schutzschild.

Doch Dión ist wegen des Mangels an Flügeln nicht im Nachteil. Er ist kräftig und gerissen. Immer wieder täuscht er Angriffe oder Bewegungen vor und führt dann ganz andere Manöver durch. Mehr als einmal habe ich Ria einen überraschten Schrei ausstoßen hören, weil sie vollkommen überrumpelt von Dións Finten war. Ich seufze schwer, als ich dabei zusehe, wie Dión Ria mit einem gezielten Tritt die Beine wegzieht, Ria das Gleichgewicht verliert und sich mit kräftigen Flügelschäden davor bewahrt zu Boden zu gehen. Sie steigt weiter auf, packt den verdutzten Dión am Arm und zieht ihn mit sich nach oben. Als Dión strampelnd etwa einen Schritt über der Erde baumelt, lässt Ria ihn einfach los.

Keuchend kommt er auf dem Boden auf und reibt sich stöhnend den geprellten Ellbogen. »Sehr geschickt, damit habe ich nicht gerechnet«, gibt er schnaufend zu, während Ria lachend von oben auf ihn herabblickt. Sie landet rasch und streckt ihm die Hand entgegen, um ihm aufzuhelfen.

Ich wende mich seufzend von den beiden ab. Nach dieser Zurschaustellung raffinierter Kampfkunst ist mir die Lust gänzlich vergangen. Außerdem scheinen sie hervorragend ohne mich zurechtzukommen. Daher mache ich mich unbemerkt auf den Weg zurück zum Lager.

Unterwegs kommt mir Tahr entgegen. »Bist du nicht am üben?«, fragt er verwundert und deutet einen Angriff auf mich an.

Reflexartig hebe ich meinen Arm, um seinen Scheinangriff abzuwehren.

Tahr hebt beeindruckt die Augenbrauen. »Du hast ja tatsächlich schon was gelernt«, meint er erstaunt.

Ich verdrehe die Augen. »Das ist gar nichts. Du solltest mal sehen, wie die beiden miteinander kämpfen, da brauche ich gar nicht erst versuchen mitzuhalten«, erwidere ich verbittert.

Tahr schaut mich ernst an. »Du solltest auch gar nicht kämpfen müssen«, sagt er mit einem finsteren Gesichtsausdruck.

»Da, wo wir hingehen wird sich das wohl nicht vermeiden lassen«, sage ich leichthin, obwohl mir bei dem Gedanken mulmig zumute wird.

Tahrs Gesicht verfinstert sich weiter. »Du solltest nicht mitkommen«, meint er.

Ich winke ab. »Meine Entscheidung ist getroffen«, gebe ich entschlossen zurück.

»Und ich weiß auch, warum du so entschieden hast. Es ist ihretwegen. Du würdest ihr überallhin folgen, genauso wie Fero Sera gefolgt ist«, sagt er missmutig.

»Warum stört es dich so?«, frage ich verwundert und auch leicht verärgert. Ich brauche niemanden, der mich darauf hinweist, dass meine Entscheidung unvernünftig ist. Darüber bin ich mir selbst im Klaren. Trotzdem muss ich so entscheiden. Doch ich mache mir nicht die Mühe, Tahr das zu erklären. Er würde es ohnehin nicht verstehen. Keiner kann das – außer Maran.

»Ich sorge mich um dich. Ich habe erlebt, wohin diese Art der Treue führen kann«, gesteht er leise.

Diese Antwort dämpft meinen Ärger. »Ich bin nicht Fero«, gebe ich etwas lauter zurück als gewollt. Was vor allem daran liegt, dass ich in erster Linie mich selbst überzeugen will.

Tahr nickt und greift nach meiner Hand. »Ich weiß«, murmelt er leise. »Und du wirst auch nicht dasselbe Schicksal erleiden, denn das lasse ich nicht zu«, verspricht er mir.

Ich stehe da und schaue Tahr in seine buntgesprenkelten Augen. Ich weiß nicht, was ich erwidern soll. Seine Worte ängstigen und rühren mich zugleich. Ich öffne den Mund, um irgendetwas zu sagen, doch da werde ich von einer Woge aus Gefühlen gepackt. Wut und Trauer wallen in mir auf und ich ziehe schnell meine Hand zurück, drehe mich um und eile zum Übungsplatz.

Dort angekommen, sehe ich Dión, der sich über den am Boden liegenden Flin beugt und ihm einen heftigen Schlag ins Gesicht verpasst. Der wiederum reagiert mit einem Tritt gegen Dións Brust, was ihn ins Schwanken bringt. Flin rappelt sich wieder auf und lacht hustend.

»Halt dich von ihr fern!«, rät Dión ihm drohend, während Flin sich weiterhin lachend in Richtung Lager entfernt.

»Was ist los?«, will ich bestürzt wissen, woraufhin Ria mir weinend in die Arme läuft.

Ich drücke sie fest an mich und nehme die Woge der Verzweiflung auf, die von ihr ausgeht. Im Augenwinkel sehe ich, wie Dión sich davonstiehlt, nachdem er sich versichert hat, dass Flin nicht wiederkehrt.

»Ist es wahr? Ist Riáz krank und wird bald sterben?«, will sie schluchzend von mir wissen.

Die Frage überrumpelt mich und ich versuche mir einen Reim darauf zu machen, was Flin zu ihr gesagt haben mag. »Nun, er ist schon krank, aber nicht so schlimm, dass er bald sterben wird«, erwidere ich besänftigend und streiche ihr über das smaragdene Haar.

»Aber er ist ein Mensch, also ist er körperlich schon viel älter als Xeron und meine Mutter und er ist krank. Flin sagt, er hat gehört, wie die anderen darüber sprachen. Heißt das, ich werde ihn vielleicht gar nicht mehr sehen? Könnte er sterben, ehe wir zurückkehren?«, fragt sie mich panisch.

Ich stocke und bemühe mich, meine Gedanken zu sortieren. Wut auf den lästerlichen Flin macht sich in mir breit. »So alt ist er nun auch wieder nicht. Er sieht deutlich älter aus als Xeron oder deine Mutter, aber er wird nicht sterben, Ria. Er ist in Sicherheit und es geht ihm gut«, versichere ich ihr und hoffe, dass dies den Tatsachen entspricht.

Ich spüre, wie sich Rias Körper in meinen Armen entspannt. Trotzdem klammert sie sich noch an mich, wie eine Ertrinkende. Behutsam löse ich ihre Hände von mir. »Ich erzähle dir von ihm, in Ordnung?«, schlage ich vor und fordere sie mit einer Handbewegung auf, sich mit mir hinzusetzen.

Sie nickt dankbar und lässt sich gemeinsam mit mir zu Boden gleiten. Wie ein Kind bettet sie ihren Kopf in meinem Schoß und ich streiche ihr behutsam mit den Fingern durch die Haare, während ich ihr erzähle, wie ich Ruberián kennengelernt habe und wie sehr er mir seitdem ans Herz gewachsen ist.

In diesem Augenblick erscheint mir Ria so furchtbar zerbrechlich, dass in mir der unbändige Wunsch aufflammt, sie zu beschützen. Ich würde alles für sie tun, für meine verwandte Seele.

Kapitel 23

Nach zwei weiteren Tagen ist Marans Verletzung so weit verheilt, dass er seinen Arm, wieder schmerzfrei bewegen kann. Rubis Schnittwunde hat sich ebenfalls geschlossen und hindert ihn kaum noch daran, tagsüber durch das Gelände zu stromern. Der Weiterreise steht daher nichts mehr im Wege und so packen wir unsere wenigen Habseligkeiten zusammen und brechen auf.

Da es mit Flin einen weiteren Flugunfähigen zu transportieren gilt, haben wir die Verteilung etwas geändert. Maran übernimmt wieder Rubis Transport und Xeron trägt Dión, während Zara und Tahr Flin gemeinsam mit Hilfe eines aus Seil geschnürten Gurtes tragen. Ähnlich erging es Riáz damals bei seiner Reise zum Glutgebirge. Ich hoffe bloß, dass unser Vorhaben einen anderen Ausgang nimmt.

Ich bin mit einem Seil an Rias Körper festgebunden, während wir durch die kühle Nachtluft gleiten. Xeron hat es nicht gefallen, dass Ria nach den Strapazen ihrer Entführung nun einer solchen Zusatzbelastung ausgesetzt ist, zumal sie ohnehin durch ihre kleineren Flügel etwas eingeschränkt ist. Doch sie hat darauf bestanden, mich bei sich zu haben.

Wir kommen daher nicht so schnell voran, wie während des ersten Teils der Reise, doch da wir die ganze Nacht hindurch fliegen, haben wir eine ansehnliche Strecke zurückgelegt, als wir bei Anbruch der

Morgendämmerung landen. Ein kleiner Hain bietet uns etwas Schutz und Tahr und Zara machen sich daran, zwischen den Bäumen das Zelt zu errichten, das wir vom Lager der Männer mitgenommen haben.

Ria, Dión und ich wollen in der näheren Umgebung etwas Essbares suchen und Flin bettelt förmlich darum, sich uns anschließen zu dürfen. Er ist in den letzten Tagen ungewohnt still geworden. Er ist zwar nach wie vor nicht die angenehmste Reisebegleitung, doch hält er sich mit anzüglichen Bemerkungen spürbar zurück. Das ist vermutlich Kiras Verdienst, weil sie ihm einen Tag vor unserem Aufbruch beinahe die Nase gebrochen hat. Flin konnte es einfach nicht lassen sie zu reizen und als er sie ein wildes Biest nannte, das er gerne zähmen würde, hat sie ihn mit einem einzigen Fausthieb bewusstlos geschlagen. Dieser Schlag hat seine Wirkung nicht verfehlt, denn seit Flin wieder zu Bewusstsein gekommen ist, blutbesudelt und mit hämmernden Kopfschmerzen, macht er einen großen Bogen um Kira und hält sich mit seinen Sprüchen zurück.

Dennoch mustern wir drei ihn missmutig, als er schief grinsend vor uns steht und uns anfleht, ihn mitzunehmen. Dión baut sich mit verschränkten Armen vor ihm auf und beäugt ihn argwöhnisch. Dann seufzt er genervt und dreht sich zu Ria und mir herum: »Entscheidet ihr, wenn ihr ihn mitnehmen wollt, halte ich ihn im Zaum.«

Ria und ich tauschen einen skeptischen Blick aus, woraufhin wir gleichzeitig mit den Schultern zucken und uns auf den Weg machen, ohne Flin weiter Beachtung zu schenken. Wir werden uns wohl oder übel mit ihm arrangieren müssen.

Die zwei jungen Männer folgen uns, wobei Dión Flin warnend zu zischt: »Sagst du nur ein falsches Wort zu den beiden, dann war es dein letztes.«

»Lass nur, Dión, das übernehme ich dann schon«, sagt Ria über die Schulter hinweg.

Ich werfe ihr einen raschen Blick zu und mein rechter Mundwinkel zuckt kurz nach oben. Dann gleitet er jedoch wieder nach unten, weil ich Zweifel bekomme, ob Ria wirklich nur scherzt. Ich kann es nicht einschätzen und ihre Gefühle geben mir keinen Anhaltspunkt, denn sie sind seelenruhig. Doch niemand weiß so gut wie ich, dass sich das jederzeit blitzschnell ändern könnte.

In einiger Entfernung unseres neuen Lagers entdecken wir reich behangene Beerensträucher. Beeren jeglicher Form und Farbe hängen in den ineinander verwachsenen Ästen. Ria nennt mir die Namen der verschiedenen Früchte und erklärt mir, woran ich sie zweifelsfrei erkennen kann. Dión macht sich derweil daran, wildes Wurzelgemüse auszugraben. Nur Flin steht unbeteiligt herum und hat scheinbar nicht vor, sich aktiv an der Essenssuche zu beteiligen. Dennoch streift sein Blick suchend durch die Gegend.

Nach einer Weile stößt er einen zufriedenen Laut aus. Aus dem Augenwinkel bekomme ich mit, wie er seine Armbrust spannt und anlegt. »Was machst du denn da?«, zische ich ihm verunsichert zu. Ich lasse meinen Blick in Erwartung herannahender Feinde in die Ferne gleiten, doch ich sehe nichts Ungewöhnliches. Das Einzige, was ich entdecke, ist ein Hase, der keine hundert Schritt entfernt reglos im Gras hockt.

Da dämmert es mir, was Flin vorhat, und ich stoße einen leisen Schrei aus. Ich versuche eilig, ihn zu erreichen, doch Dión kommt mir zuvor und schlägt Flin gegen den Waffenarm. Im selben Moment löst sich der Bolzen aus der Armbrust und schießt ziellos durch die Luft. Ein dumpfer Laut kündigt seinen Aufprall in einiger Entfernung an.

»Was sollte das?«, ruft Flin wütend aus und stürmt auf Dión zu. Doch der ist schneller und befördert Flin mit einem gezielten Tritt zu Boden. »Das sollte ich dich fragen«, zischt Dión ihm zu und stellt sich über ihn, einen Fuß auf seine Brust gedrückt, um ihn unten zu halten.

Mit wild hämmerndem Herzen stehe ich da und blicke mich um.

Voller Erleichterung sehe ich den Hasen unverletzt in seinen versteckten Bau flüchten. Ein lautes Rascheln schreckt mich auf. Ria, kommt aus den Sträuchern gekrochen, in denen sie gänzlich verschwunden war. Als Erstes streckt sie ihren Kopf heraus und mustert uns verwundert.

»Was ist denn los?«, fragt sie und schaut mich verwirrt an. Sie nimmt zwar meine aufgewühlten Gefühle wahr, doch die verraten ihr nicht, was geschehen ist. Und ich bringe es ebenso wenig über mich, es ihr zu erzählen. Das mutwillige Töten unschuldiger Lebewesen, gilt für die Fearane als schlimmstes Vergehen. Wenn Ria erfährt, was Flin eben versucht hat, wird sie vermutlich ausrasten. Ich will sie damit nicht belasten und außerdem fürchte ich mich vor ihrer Reaktion, daher schweige ich beharrlich.

Doch Flin scheint sich darum nicht zu scheren, denn er macht keinen Hehl aus seinem Vorhaben. »Nimm deinen Fuß von mir, du Spinner. Sag mir nicht, dir verlangt es nicht auch endlich mal wieder nach einem saftigen Stück Fleisch. Wieso hast du mich aufgehalten? Willst du dich etwa weiter von Wurzeln und Früchten ernähren?«, blafft er Dión von unten entgegen.

Ria starrt Flin voller Entsetzen an, ihr Blick gleitet zur Armbrust, dann wieder zurück zu Flin. »Du wolltest etwas töten?«, fragt sie leise.

Flin verdreht die Augen. »Einen Hasen! Ist ja nicht so, als ob es einen Unterschied machen würde, ob es einen Hasen mehr oder weniger auf der Welt gibt«, gibt er genervt zurück.

Ria ist derart schnell bei ihm angelangt, dass ich sie nicht aufhalten kann. Auch Dión ist zu überrascht, um etwas zu unternehmen. Schon hockt sie über Flins Gesicht und hält ihm eine leuchtend rote Beere vor die Nase. »Finéra, was habe ich dir vorhin über die Blutbeere gesagt?«, will sie mit sanfter Stimme von mir wissen.

Ihre Frage überrumpelt mich und ich brauche einen Moment, ehe mir einfällt, was sie mir kurz zuvor eingeschärft hat. »Ähm, sie ist hochgiftig. Ein einzelner Tropfen ihres Saftes genügt und man erbricht Blut, bis man daran erstickt«, sage ich langsam. Ihr Verhalten beunruhigt mich, ebenso wie die dunklen Gefühle, die von ihr ausgehen, und ich frage mich, ob sie tatsächlich eine Blutbeere in der Hand hält.

Flin scheint sich das ebenfalls zu fragen, denn er liegt wie erstarrt da und starrt auf die rote Beere, die zwischen Rias Daumen und Zeigefinger klemmt. Sie rollt die blutrote Frucht zwischen den Fingern hin und her und hält genau über Flins Mund inne. Ein kleines Lächeln zuckt an ihren Mundwinkeln, dann drückt sie zu.

Flin presst mit weitaufgerissenen Augen die Lippen aufeinander, während der rote Saft der zerquetschten Beere an Rias Fingern hinab rinnt und auf seine Mundwinkel tropft.

»Ria, was tust du denn da?«, kreische ich und auch Dión stößt ein erschrecktes Keuchen aus.

Ria zerdrückt seelenruhig die Beere und fährt dann mit ihren saftgetränkten Fingern über Flins Mund, bis dieser vollkommen mit der roten Flüssigkeit benetzt ist. Flin atmet stoßweise durch die Nase und presst die Lippen noch fester zusammen.

»Was ist los, Flin? Hast du nichts zu sagen? Hat es dir die Sprache verschlagen? Ach Flin, es ist ja nicht so, als ob es einen Unterschied machen würde, ob es einen Menschen mehr oder weniger auf der Welt gibt, meinst du nicht?«, fragt sie ihn mit einer Kälte in der Stimme, die mir die Härchen auf den Armen hochstehen lässt.

Dión starrt Ria voller Entsetzen an und weicht misstrauisch vor ihr zurück. Er sieht aus, als würden ihm all die Gerüchte über die Bösartigkeit der Fearane durch den Kopf schießen und als würde er keines davon länger anzweifeln. Ich kann ihm daraus keinen Vorwurf machen, denn auch ich verliere gerade meinen Glauben an die reine Gutartigkeit der Gefiederten, der Hüter des Lebens. Was Ria da tut, ist nicht weniger grausam als der Versuch, ein unschuldiges Tier zu töten.

Dann jedoch verschwindet der kalte und berechnende Ausdruck aus Rias Gesicht. Sie seufzt tief und sackt ein Stück in sich zusammen. Mit einem Stück Stoff ihres Oberteils fährt sie über Flins Mund und wischt den Saft fort. Doch in den haarfeinen Zwischenräumen seiner Lippen haben sich dunkelrote Rückstände davon festgesetzt. »Sei unbesorgt«, sagt Ria leise. Sie steckt sich einen Finger in den Mund, an dem ebenfalls noch Reste des Beerensaftes haften. »Das war eine harmlose Rubinbeere. Ihr Saft ist ziemlich sauer, aber ungiftig. Dir kann nichts geschehen, Flin. Doch ich hoffe, du gehst künftig weniger achtlos mit dem Leben um, das dich umgibt«, murmelt sie bedrückt und erhebt sich. Ohne ein weiteres Wort geht sie zurück zu unserem Lager, während Dión und ich ihr fassungslos hinterher starren.

Ich seufze erleichtert auf, aber Flin presst weiterhin panisch atmend die Lippen aufeinander. »Vielleicht solltest du den Mund lieber geschlossen halten, nur zur Sicherheit«, sage ich in geheuchelter Sorge und kann mir ein kleines Lachen nicht verkneifen. Jetzt wo ich mir sicher bin, dass er nicht sterben wird, löst sich mein Mitleid für ihn in Luft auf. Und auch mein Glaube an die Gutartigkeit der Fearane kehrt wieder zurück, wenn auch mit Vorbehalten.

Flin funkelt mich grimmig an. Er benötigt noch einige tiefe Atemzüge, ehe er es wagt, den Mund leicht zu öffnen. Seine Zunge fährt ein Stückchen hinaus und nimmt etwas von dem roten Saft auf. Sein Gesicht verzieht sich unwillkürlich, doch ansonsten geschieht nichts. Kein Röcheln, kein Blutspucken.

Erneut entfährt mir ein erleichterter Seufzer. Erst jetzt bemerke ich, wie sehr meine Hände zittern. Ich atme tief durch, um mich zu beruhigen, dann wende ich mich zu Dión um.

Er steht etwas verhalten da, als wisse er nicht recht, was er von der ganzen Sache halten soll. Als er bemerkt, dass ich ihn anschaue, schüttelt er leicht den Kopf. »Das war drastisch«, murmelt er und setzt ein schiefes Grinsen auf. Er sagt es locker, aber das Zittern seiner Stimme entgeht mir nicht.

Ich zucke mit einer Schulter. »Ja, aber vielleicht hilft es ja«, gebe ich mit einem Blick auf Flin zurück. Rias extremes Vorgehen hinterlässt bei mir einen fahlen Beigeschmack, doch letztlich bin ich nur froh, dass das mit der Blutbeere eine Täuschung war.

Flin, der sich mittlerweile gesammelt hat, springt wutschnaubend auf und stürmt zurück zum Lager.

Dión und ich sammeln unsere achtlos fallen gelassenen Nahrungsmittel wieder auf, wobei ich die Beeren misstrauisch begutachte, bevor ich sie in meinen kleinen Beutel gleiten lasse. Dann schlendern auch wir wortlos zum Lager zurück.

Als wir unsere Lagerstätte erreichen, bekommen wir gerade mit, wie Flin auf Ria zustürmt, sie am Arm packt und gewaltsam zu sich herumreißt. »Du gestörtes Miststück«, keift er und schüttelt Ria heftig.

Mit einem riesigen Sprung hechtet Xeron an seine Seite und schleudert ihn mit einer einzigen Bewegung zu Boden. Die Spitze seines Speers gefährlich nah an Flins Kehle, drückt er ihn mit seinem ganzen Gewicht nieder. »Dafür, dass du Hand an sie gelegt hast, sollte ich dich auf der Stelle töten, du unwürdiger Wicht«, zischt Xeron mit einer Bedrohlichkeit in der Stimme, die mir den Magen zusammenzieht.

»Na mach schon, töte mich! Dann werdet ihr nie ins Glutgebirge vordringen«, presst Flin, unter Xerons Gewicht schwer atmend, hervor.

Tahr und Kira treten heran und ziehen Xeron mit Mühe von dem wehrlosen Flin herunter.

»Es ist also wahr, ihr seid alles wilde Bestien. Zuerst wollte *sie* mich töten und jetzt *du*. Von wegen ihr ehrt das Leben, *pah*«, keucht Flin und zeigt dabei erst auf Ria, dann auf Xeron. Zuletzt spuckt er heftig auf den Boden. »Ihr Zwei seid wahnsinnig, dass ihr euch auf diese Flügelmonster einlasst, wisst ihr das? *Vollkommen wahnsinnig*!«, blafft er in Dións und meine Richtung. Er versucht, sich aufzurichten, doch Kira ergreift ihn geschwind und legt ihn wieder in Fesseln. Ohne Gegenwehr lässt er die Prozedur über sich ergehen, wobei er mir und Dión eindringliche Blicke zuwirft.

»Vielleicht ist da etwas dran«, flüstert Dión mir zu.

»Was?«, platzt es aus mir heraus. Ungläubig starre ich ihn an. Das kann er doch nicht ernst meinen!

Doch Dión wendet sich kopfschüttelnd von mir ab und ehe ich ihm nacheilen kann, ruft Xeron mich zu sich. Überrumpelt trete ich auf ihn zu.

Xeron baut sich vor mir und Ria auf und verlangt, zu erfahren, was mit Flin geschehen ist. Gemeinsam berichten wir ihm von dem Vorfall, wobei sich sein Gesicht zusehends verfinstert. »Das hättest du nicht tun sollen«, tadelt er Ria mit tiefer Stimme.

Sie zuckt mit einer Schulter. »Jene, die das Leben nicht ehren, verdienen keine Gnade«, gibt sie ungerührt zurück.

»Das sind Gorans Worte«, stellt Xeron missfällig fest.

Ich beobachte die beiden gebannt dabei, wie sie sich unnachgiebig in die Augen starren.

»Es tut mir leid«, murmelt Ria dann und wendet sich ab.

Xeron lässt sie ziehen und bleibt wie erstarrt stehen. Als die Starrheit sich löst, reibt er sich mit den Händen durch das Gesicht und seufzt tief erschüttert.

»Goran?«, frage ich leise.

Xeron wendet seinen Kopf in meine Richtung und schaut mich an, als habe er meine Anwesenheit vollkommen vergessen. »Goran hat einen gewissen Einfluss auf sie, sehr zum Missfallen von mir und ihrer Mutter«, erwidert er voller unterdrückter Verzweiflung.

»Aber wieso? Wieso sollte sie ausgerechnet auf seine Worte hören, wo er doch für ihre lange Gefangenschaft verantwortlich ist?«, frage ich verständnislos.

Xeron schüttelt leicht den Kopf. »Sprich nicht mir ihr darüber«, raunt er mir zu, wendet sich ab und lässt mich mit meiner Verwunderung und meinen zahllosen Fragen allein zurück.

Kapitel 24

In den folgenden Tagen kreisen mir Xerons Worte immer wieder durch den Kopf. Ich kann mir kaum vorstellen, weshalb Ria sich ausgerechnet bei Goran etwas abgucken sollte. Gerade bei dem Weisen, der ihre Mutter damals unter einem Vorwand ins Refugium verschleppt und dort eingesperrt hat, der Riáz und Tahr aus der Stätte verbannt hat und der Sera für sich wollte.

Ich bin mir sicher, dass Ria ihn ebenso verabscheut, wie Sera es tut. Doch als ich sie, entgegen Xerons Warnung, zaghaft auf Goran anspreche, wirft sie mir nur einen unverständlichen Blick zu. Sie winkt ab und meint, sie wolle in Xerons Nähe nicht über ihn sprechen, doch ich kann ihrer Stimme keinerlei Groll entnehmen. Ihr ganzer Unmut gilt scheinbar allein Sera, als sei sie für ihre Gefangenschaft und Riáz' Verbannung selbst verantwortlich. In diesem Punkt kann ich Ria nicht verstehen und ihre wirren Gefühle sind mir keine allzu große Hilfe dabei. Auch aus Xeron kann ich keine weiteren Informationen zu diesem Thema herausbekommen. Sobald ich Gorans Namen fallen lasse, versteinert sein Gesicht und seine Ohren werden taub. Somit belasse ich es fürs Erste dabei.

Eine weitere beunruhigende Aussage, die mich beschäftigt, sind Dións letzte Worte an mich. Als ich ihn damit konfrontiere, schaut er sich hektisch um. Erst als er sicher ist, dass niemand lauscht, sagt er: »Finéra, bist du dir sicher, dass wir hier das Richtige tun? Ich meine, dass wir ihnen zum Glutgebirge folgen? Sollten wir das wirklich tun? Wir haben doch geholfen, Ria zu retten, vielleicht ist es nun an der Zeit, dass wir wieder umkehren«, schlägt er mir flüsternd vor.

Ich starre ihn fassungslos an. »Du willst die anderen im Stich lassen?«, platzt es laut aus mir heraus, was Dión abermals dazu veranlasst sich panisch umzugucken.

»Schhh«, tadelt er mich nervös und zieht mich etwas weiter vom Lager fort. »Ich will niemanden im Stich lassen, aber das hier ist nicht unser Kampf«, flüstert er mir eindringlich zu. »Bitte, Finéra, komm mit mir zurück«, fleht er inständig und umklammert dabei meine Hände.

Aufgebracht zischend entziehe ich ihm meine Finger. »Wenn du dich aus dem Staub machen willst, dann tu dir keinen Zwang an. Hau ab! Aber ich werde mich nicht davonmachen, niemals!«, werfe ich ihm wütend an den Kopf und lasse ihn stehen.

Der Gedanke daran, dass er fortgehen könnte, versetzt mir einen schmerzhaften Stich. Ich habe mich an seine Nähe gewöhnt und an den Anblick seiner hellgrauen Augen, die mich ständig lebhaft beobachten. Aber umso mehr verletzt es mich, dass er überhaupt vorhat, sich davonzustehlen wie ein Feigling, statt sein Wort zu halten. Ich habe ihn anders eingeschätzt und seine Treulosigkeit enttäuscht mich zutiefst.

Doch in den kommenden Tagen macht Dión keinerlei Anstalten, fortzugehen. »Ohne dich werde ich nirgendwohin gehen«, raunt er mir einmal zu, während ich ihn mit unnachgiebigem Schweigen strafe.

Ria und ich setzen unsere täglichen Kampfübungen ohne ihn fort, darum habe ich sie gebeten. Sie hat nicht weiter nachgefragt, sondern nur etwas zögernd genickt. Vermutlich ist es besser so, da ich so tatsächlich zum Üben komme, statt herumzusitzen und Ria und Dión beim Kämpfen zuzusehen.

Ria fordert mich ernsthaft heraus und es ist schwer für mich, gegen sie anzukommen, vor allem, weil sie meine Gefühle spüren kann. Sie scheint jeden meiner mickrigen Angriffe vorherzusehen und wehrt sie ohne Anstrengung ab. Meine Abwehr durchbricht sie mühelos und landet einen Treffer nach dem anderen. Zum dritten Mal hintereinander stehe ich keuchend vor ihr und bitte um eine Pause. Wut bahnt sich ihren Weg durch meinen Körper, denn die ständige Pein zehrt an meinen Nerven. Ich habe es satt, derart erniedrigt zu werden.

»Es tut mir leid«, murmelt Ria ebenfalls außer Atem und schließt mich in eine zarte Umarmung. Abermals scheint sie in meinen Armen zu schrumpfen und aus der erbarmungslosen Kämpferin wird eine verletzliche Blume. »Ich wollte dich nicht reizen, ich möchte dir nur eine gute Lehrmeisterin sein. Ich weiß selbst, wie grässlich es ist, so vorgeführt zu werden. Aber genauso hat Xeron mich das Kämpfen gelehrt und nur auf diese Weise bin ich so gut geworden«, beteuert sie mir betrübt, während sie sich an mich klammert.

»Schon in Ordnung«, versichere ich ihr und streiche ihr übers Haar.

Sie schaut mich mit ihren blaugrünen Augen prüfend an. Vorsichtig fährt sie mit ihrer Hand über einen blauen Fleck an meinem Oberarm und wirft mir einen entschuldigenden Blick zu. »Tut es weh?«, fragt sie leise.

Ich schüttele den Kopf, obwohl mir jeder einzelne Bluterguss an meinem Körper wehtut, aber ich will sie nicht weiter betrüben.

»Ich will nur, dass du kämpfen lernst, damit du dich verteidigen kannst. Ich will dich nicht verlieren«, gesteht sie mit zittriger Stimme und legt mir eine Hand an die Wange.

»Ich weiß und ich werde es lernen«, erwidere ich entschlossen. Ihre berauschenden Gefühle umhüllen mich, ihre Zuneigung und ihre Angst um mich preschen wie zwei Wellen mit voller Wucht aufeinander zu, brechen aneinander und spülen übereinander hinweg. Es ist beglückend und erschreckend zugleich. Mein verzweifelter Wunsch, für sie stark zu sein, lässt alle meine versteckten Kraftreserven erwachen. Eine neue Entschlossenheit wächst in mir heran. Ich werde weiter üben und ich werde kämpfen – für sie!

Als ich mich aus Rias Umarmung löse, nehme ich im Augenwinkel eine Bewegung wahr. Ich drehe mich um und sehe etwas auf Ria zuschießen. Ohne zu überlegen, mache ich einen Schritt zur Seite und verspüre plötzlich einen stechenden Schmerz in meinem Arm.

Verblüfft starre ich auf den kleinen, schwarzen Pfeil, der in meinem Oberarm steckt. Er ist nicht tief eingedrungen und die Wunde scheint nicht so schlimm zu sein, aber ich spüre, wie mir leicht schummrig wird. Mit einem Ruck ziehe ich mir den Pfeil aus dem Arm und lasse ihn kraftlos zu Boden gleiten. Ich gerate ins Wanken und Ria fängt mich auf, bevor ich stürze. Mit schreckgeweiteten Augen starrt sie mich an und flüstert immer wieder angstvoll meinen Namen.

Im äußeren Rand meines Blickfeldes sehe ich verschwommen drei Schemen herannahen. Das schwarze Metall auf ihrer Haut funkelt im Sonnenlicht. »Nein«, murmele ich verzweifelt. Ich stoße Ria ein Stück von mir, doch ich gerate sofort wieder ins Wanken. »Flieh!«, weise ich sie leise an, aber sie schüttelt widerstrebend den Kopf.

Sie umfasst mich, um mich mit sich in die Lüfte zu zerren, doch durch meine fehlende Körperspannung gelingt es ihr nicht recht. Ich will mich von ihr lösen, damit sie fliehen kann, aber sie packt mich nur umso fester. Quälend langsam steigen wir auf, zu langsam, um den Angreifern zu entkommen. Verzweiflung überkommt mich. Ich will nicht, dass es so endet. Ich kann nicht zulassen, dass Ria in die Hände der Zentâris fällt. Mein eigenes Schicksal erscheint mir mit einem Mal so unbedeutend. Ich würde ohne Zögern mein Leben geben, wenn sie dafür unversehrt entkommt.

Ich versuche, stark zu bleiben, so wie ich es mir wenige Augenblicke zuvor vorgenommen habe, doch mein Körper gehorcht mir nicht. Etwas legt sich darüber, schließt Ria und mich ein. Ich spüre die kühlen, von Metall durchsetzen Striemen eines Netzes, das sich um uns wickelt, und stoße ein letztes aufbäumendes »*Nein*« aus.

Ria klammert meinen Körper an sich, ihre Flügel schlagen wie wild, trotzdem spüre ich, wie wir sinken. Meine Kräfte verlassen mich und ich kann mich kaum noch bei Bewusstsein halten, ich ziehe Ria mit mir in die Tiefe. Ich bin die Faust, die sich um die Feder schließt und sie zerquetscht, dabei wollte ich sie nur davor bewahren, fortgeweht zu werden. Der Gedanke lässt mich innerlich rebellieren, keinesfalls werde ich Ria im Stich lassen! Krampfhaft kämpfe ich gegen die Ohnmacht an, die mich ins Nichts zu reißen droht.

Dann schießt ein schwarzer Schatten an mir vorbei. Ein zorniger Schrei ertönt und schallt tausendfach in meinem Kopf wider. Ich spüre den Boden unter meinen Füßen und sacke zusammen, verfange mich in den engen Maschen des Netzes. Jemand zerrt an den Seilen, die sich um meinen Körper winden.

Ich höre Dións Stimme. »Alles ist gut, ich hol euch da raus«, flüstert er mir beruhigend zu.

Ich versuche, meine Lippen zu einem dankbaren Lächeln zu verziehen, aber mein Gesicht fühlt sich taub und steinern an. Dann löst sich das Netz von meiner Haut. Ich kippe zur Seite und lande hart auf dem Boden. Feste Arme umschließen mich und ziehen mich nach oben.

»Ria«, versuche ich zu rufen, doch meine Stimme ist nicht mehr als ein heiseres Flüstern.

»Sie ist da, alles gut, ihr seid in Sicherheit«, verspricht Dión mir und drückt mich fest an sich.

Ich höre Rias Stimme, eine ihrer grünen Strähnen streift mein Gesicht, als sie sich über mich beugt. Ich kann ihren Geruch wahrnehmen, eine Mischung aus Beeren und Efeu. Sie küsst meine Stirn, doch das kann ich nur an dem Geräusch ihrer Lippen erahnen, denn meine Haut ist gefühlstaub. Sie greift nach meiner Hand. »Ich bin bei dir«, flüstert sie leise und endlich lasse ich mich fallen, in die Dunkelheit, die mich sofort verschlingt und hinabreißt.

Ich öffne die Augenlider und sofort schießt ein stechender Schmerz in meine Schläfen. Gedimmtes Sonnenlicht flutet das Zelt, in dem ich liege, und blendet mich so heftig, dass meine Augen zu tränen beginnen. Ich blinzele eilig dagegen an und schaue mich um. Auf einmal erscheint ein Gesicht über mir und ich schrecke zurück, doch dann erkenne ich die vertrauten hellgrauen Augen, das schiefe Lächeln und ein paar Sommersprossen, die mir bisher gar nicht aufgefallen sind.

»Dión«, murmele ich erleichtert.

»Ich habe doch gesagt, wir sollten lieber verschwinden«, flüstert er mir tadelnd zu.

Ich verziehe ärgerlich das Gesicht. »Das kommt nicht in Frage«, gebe ich heiser zurück.

»Ich weiß und deshalb wollte ich dir sagen, dass es mir leidtut. Hätten wir uns nicht gestritten, wäre ich bei euch gewesen. Ich will nicht, dass so etwas noch einmal passiert. Wenn du bleiben willst, bleibe ich bei dir, aber bitte lass mich an deiner Seite sein, in Ordnung?«, räumt er bittend ein.

Ich nicke schwach und schenke ihm ein Lächeln. Erleichtert stelle ich fest, dass mein Gesicht nicht mehr bewegungsunfähig ist.

»Ich hole besser Ria. Sie bringt mich um, wenn sie bemerkt, dass du wach bist und ich ihr nicht sofort Bescheid gegeben habe. Xeron konnte sie nur mit Gewalt von dir fort bekommen, sie wollte die ganze Zeit über weder essen noch schlafen«, meint er lächelnd und geht in Richtung Zeltausgang.

»Warte … die ganze Zeit über? Wie lange war ich bewusstlos?«, will ich verwirrt wissen.

Dión verzieht leicht das Gesicht. »Zwei Tage«, eröffnet er mir dann und verschwindet eilig nach draußen.

Ungläubig starre ich ihm hinterher, bis Rias Kopf dort auftaucht, wo Dión kurz zuvor verschwunden ist.

Sie schreit freudig auf und kommt zu mir herübergerannt, um mich mit ihren Armen zu umschlingen. Ihre Haare verdecken mir die Sicht und ich kann mich unter ihrer Umklammerung kaum bewegen, daher verharre ich so lange, bis sie sich von mir löst. Wie immer, wenn wir uns so nah sind, komme ich mir heil und vollkommen vor, obwohl ich mich zugleich träge und schwächlich fühle.

»Du hättest fliehen sollen«, sage ich streng zu ihr.

Ria starrt mich erschüttert an und schüttelt widerspenstig den Kopf. »Niemals«, bricht es aus ihr heraus, während die grünen Locken ihr wie wild durch das Gesicht fliegen.

»Ria, ich bin ein Mensch. Sie haben kein Interesse an mir, sie wollten dich haben«, rufe ich ihr eindringlich in Erinnerung.

»Ich hätte nie ohne dich fliehen können«, haucht sie und legt ihren Kopf auf meinen Bauch. »Niemals«, wiederholt sie noch einmal sehr leise.

Ihre Worte lodern in meinem Herzen auf wie eine Flamme, genährt von unseren Gefühlen. Ich streichele wie gewohnt ihre Haare und führe mir vor Augen, dass alles gut ausgegangen ist. Wir sind beide wohlauf, wir sind in Sicherheit, wir sind zusammen. »Was ist überhaupt passiert? Was ist mit den anderen? Geht es allen gut?«, bricht es da aus mir heraus. Rias Anwesenheit hat mich so eingenommen, dass ich für einen kurzen Moment alles andere verdrängt habe.

»Ja, es geht allen gut«, erwidert sie hastig, um mich zu beruhigen. »Es waren nur vier Angreifer und Xeron, Tahr, Maran, Kira, Zara und Flin haben sie rasch erledigt, während Dión und ich dich ins Lager gebracht haben«, berichtet sie weiter.

»Flin?«, frage ich überrascht. Dass er für uns kämpfen würde, hätte ich nicht gedacht.

Ria nickt mit großen Augen. »Ja und du glaubst nicht, was er getan hat«, sagt sie geheimnisvoll.

»Was denn?«, frage ich drängend zurück.

»Er hat Xeron gerettet«, enthüllt sie verschwörerisch.

Ich ziehe überrascht die Augenbrauen hoch. »Wie?«, will ich wissen.

»Ich weiß nicht, ob er ihm sogar das Leben gerettet hat, aber er hat ihn zumindest vor einer schweren Verletzung bewahrt. Als Xeron auf den Übungsplatz kam, waren drei Zentâris dort. Er hat sich als erstes auf den gestürzt, der das Seilende unseres Netzes in den Händen hielt. Während Dión uns aus dem Netz befreit hat, stürzten sich auch die anderen beiden Zentâris auf Xeron.

Doch dann kamen die anderen herangeeilt, Maran, Kira, Zara und Tahr. Flin kam auch zum Platz, doch er hat sich nicht an dem Kampf beteiligt. Erst als ein weiterer Zentâri aus seinem Versteck herausbrach, wurde Flin plötzlich aktiv. Der Zentâri stürmte direkt mit seinem mächtigen Kampfhammer auf Xeron zu und zielte genau auf seinen Kopf. Ich habe aufgeschrien, um Xeron zu warnen, doch ich glaube nicht, dass er noch schnell genug hätte reagieren können. Doch im letzten Moment kam Flin angeschossen – so flink habe ich ihn noch nie gesehen –, er ist über einen der Felsen gesprungen, die um den Platz herum verteilt liegen und hat dem Angreifer mit voller Kraft ins Gesicht getreten. So eine Attacke hätte ich ihm nicht zugetraut, selbst Xeron hat ganz große Augen gemacht. Seitdem ist er jedenfalls etwas versöhnlicher mit Flin ... und ich auch«, erzählt sie mir aufgeregt.

Ich nicke erstaunt. So viel Einsatz hätte ich von Flin nicht erwartet. Eher habe ich angenommen, dass es ihm Vergnügen bereiten würde, Xeron verletzt zu sehen. Vielleicht ist er ja doch kein elendes Scheusal.

Ria, die meine überraschten Gefühle richtig deutet, berichtet mit gedämmter Stimme weiter: »Xeron hat sich ebenfalls sehr gewundert. Natürlich hat er sich erstmal bei Flin bedankt, aber dann hat er ihn direkt gefragt, wieso er das getan hat. Flin hat erstmal ganz typisch geheimnisvoll getan, doch schließlich hat er achselzuckend gemeint: ›Ihr habt mich von Rogott und seinen Schergen erlöst. Betrachtet dies als meinen Dank‹.«

Ich runzele die Stirn. Wenn es stimmt und Flin es tatsächlich aus Dankbarkeit getan hat, dann muss er zumindest ein gewisses Ehrgefühl haben und eventuell sogar so etwas wie Mitgefühl.

Ria reicht mir eine kleine Holzschale mit Beeren und erst da wird mir bewusst, wie leer mein Magen ist. Ich greife nach der Schale, nicht ohne einen skeptischen Blick hinein zu werfen.

»Keine Sorge, es sind keine Blutbeeren dabei«, meint Ria neckend und lacht unbeschwert.

Ich stimme ein, doch dann bin ich zu sehr damit beschäftigt, die Beeren in rasanter Geschwindigkeit zu verschlingen. Erst als die Schale leer ist und ich auf die kleine Pfütze aus rotem Beerensaft am Boden schaue, kommen mir erneut die Bilder von Ria in den Sinn, wie sie die vermeintliche Blutbeere über Flins Mund hält und zudrückt. Ich sehe Flins Augen vor mir, die von Todesangst geweitet sind, während der blutrote Saft auf seine Lippen tropft.

Dann bemerke ich Rias warmes Lächeln. Sie streckt die Hand aus und fährt mir behutsam über die Wange. All die dunklen Erinnerungen verfliegen und ich kann mir plötzlich nicht mal vorstellen, dass Ria je so berechnend sein könnte.

Während ich sie betrachte und mich in ihren blaugrünen Augen verliere, falle ich in einen tiefen Schlaf.

Kapitel 25

Als ich aufwache, verblassen die schrecklichen Bilder meines Traumes nur langsam. Mein Unterbewusstsein hat die fehlenden Erinnerungen an den Kampf geschickt ausgefüllt: mit grauenhaften Fratzen, blutbesudelten Waffen und bestialischen Schreien. Statt eines Betäubungspfeils hatte ich zudem ein brennendes Geschoss in meinem Arm stecken, das mir in Windeseile die Haut vom Knochen gefressen hat.

Anstelle dieser grässlichen Bilder, erscheint nun Tahrs Gesicht vor mir, denn der sitzt neben meinem Bett und lächelt liebevoll auf mich hinab. Ich lächele zurück und seufze erleichtert auf.

»Wie geht es dir?«, fragt er sanft.

»Besser«, stelle ich nach einer kurzen Überprüfung fest.

Tahr beugt sich zu mir herab. »Hör zu, Finéra«, raunt er mir dann leise zu. »Ich finde wirklich, dass du nicht mit zum Glutgebirge kommen solltest. Ich habe mit Dión gesprochen und er würde mit dir zurück nach Dorias gehen oder dich nach Erosia begleiten, wenn du das willst. Hauptsache du —«

Mit einem unterdrückten Wutschrei bringe ich ihn zum Schweigen. »Hör auf, es reicht! Ich will davon nichts mehr hören. Wieso denkt ihr beide eigentlich, ihr könntet einfach über meinen Kopf hinweg entscheiden?«, platzt es erregt aus mir heraus.

Tahr hebt abwehrend die Hände. »Ich will nicht über dich entscheiden, Finéra, ich will dich retten. Du hättest auch von einem richtigen Pfeil getroffen werden können oder einem, der mit Gift statt mit einem Betäubungsmittel getränkt war. Ich kann es nicht ertragen, dass du dich in eine solche Gefahr begibst. Es würde mir besser gehen, wenn ich wüsste, dass du in Sicherheit bist«, gibt er verzweifelt zurück.

»Und mir würde es grauenhaft gehen, wenn ich irgendwo in Sicherheit wäre, während ihr alle euer Leben riskiert. Gib es bitte auf, Tahr, ich werde nicht umkehren«, erwidere ich etwas milder.

Er schüttelt den Kopf. »Wenn Riáz wüsste, dass wir dich in solche Gefahr bringen. Dich und Ria«, er bricht ab und schüttelt abermals den Kopf. »Das alles, dieser klägliche Versuch unser Volk zu retten … das hat uns schon zu viel gekostet«, murmelt er.

Ich lege ihm tröstend eine Hand auf den Arm. »Ich kann nicht umkehren. Ich bin jetzt ein Teil davon«, sage ich sanft.

Er nickt. »Ich weiß«, erwidert er trostlos.

Als ich etwas später das Zelt verlasse, begebe ich mich auf die Suche nach Xeron. Ich muss dringend mit ihm sprechen, um endlich ein paar Antworten zu erhalten, auf Fragen, die mich allein in meinem Krankenlager liegend beschäftigt haben. Die Suche nach Erklärungen ist zudem eine geeignete Ablenkung von den schrecklichen Bildern, die mich immer noch verfolgen.

Ich entdecke Xeron schließlich in einiger Entfernung zu unserem Zelt auf einem kleinen Hügel sitzend, den Blick in die Ferne gerichtet. Als ich mich ihm nähere, dreht er den Kopf herum und nickt mir zu. Stumm lasse ich mich neben ihm nieder und lege mir passende Worte zurecht.

»Wie geht es dir?«, unterbricht er meine Gedanken und wirft mir einen kurzen, prüfenden Seitenblick zu.

»Gut«, gebe ich knapp zurück. Ich will jetzt nicht über mich sprechen, daher komme ich direkt zur Sache: »Was hat es mit Goran und Ria auf sich? Wieso hat er solch einen Einfluss auf sie und warum scheint sie ihn nicht verantwortlich zu sehen für alles, was mit ihren Eltern geschehen ist?« Die Worte kommen eilig aus mir herausgeschossen, als hätte ich einen Damm gebrochen und dem Fluss meiner Fragen damit den ungehinderten Weg hinaus ermöglicht. Ich fixiere Xeron mit einem durchdringenden Blick, um ihn auf irgendeine Weise festzunageln und zu verhindern, dass er mir abermals ausweicht.

Er wirft mir einen weiteren kurzen Seitenblick zu, nur um dann hastig wieder in die Ferne zu stieren und meinem stechenden Blick auszuweichen. Doch als ich ihn weiterhin fordernd anstarre, stöhnt er nachgebend auf. »Goran hat seit jeher versucht einen Einfluss auf Ria auszuüben und das ist ihm auch gelungen. Ria sieht ihn nicht so wie Sera oder ich. Vielmehr schaut sie zu ihm auf«, rückt er zerknirscht heraus.

Ich runzele skeptisch die Stirn. »Aber das verstehe ich nicht. Er ist doch für alles verantwortlich, für Seras Gefangenschaft, für Riáz' Verbannung. Weiß sie das denn nicht?«, will ich verständnislos wissen.

Xeron schüttelt zu meiner Bestürzung den Kopf.

»Aber wieso denn nicht?«, hake ich fassungslos nach.

»Sera musste gewisse Dinge zurückhalten. Goran hat sehr viel Druck auf sie ausgeübt, seit er von ihrer Schwangerschaft erfuhr, dem sie irgendwann nachgegeben hat. Sie musste ihm entgegenkommen und er hat im Gegenzug für Rias Schutz gesorgt. Es gefällt mir nicht, dass es so gekommen ist, aber ich konnte nicht viel tun, ich bin ja schließlich nicht wirklich Rias Vater. Hätte ich mich Goran widersetzt, hätte er leicht dafür sorgen können, dass ich Ria nie wiedersehe. Also habe auch ich geschwiegen und auch dir kann ich nicht mehr darüber sagen, denn ich gab Sera mein Wort«, berichtet er mir mit belegter Stimme.

Ich denke kurz über das Gehörte nach. Es verwundert mich eigentlich nicht, dass Goran Sera unter Druck gesetzt hat und sie so dazu gebracht hat, Ria ein falsches Bild von ihm zu vermitteln. Doch ich kann nicht glauben, dass Ria sich so leicht täuschen lässt. »Aber hat sie denn nicht selbst gemerkt, was für ein fieser Kerl er ist?«, frage ich laut. Mir kommt in den Sinn, wie er Sera behandelt hat, wie er sie eingesperrt und ihr sogar den Kontakt zu Tahr und Zara verwehrt hat und wie er letztlich Riáz töten wollte, nachdem er ihn im Refugium erwischt hatte.

Xeron schweigt eine Weile, ehe er antwortet: »Nun, zum einen ist Goran nicht durchweg schlecht. Er ist engstirnig und stur und verfolgt seine Ziele rücksichtslos, doch er hat auch eine warme und wohlmeinende Seite – zumindest hat er diese gegenüber Ria gezeigt. Zum anderen hat er sehr genau darauf geachtet, was Ria von ihm mitbekommt und nicht zuletzt hat er ihr auch seine eigenen Ansichten mit auf den Weg gegeben.«

»Jene, die das Leben nicht ehren, verdienen keine Gnade«, murmele ich vor mich hin und wiederhole damit das, was Ria hinsichtlich ihres Blutbeeren-Attentats auf Flin geäußert hatte.

»Genau. Das ist eine der Ansichten, die Goran sie gelehrt hat und die sie, vielleicht nicht in aller Härte, aber dennoch überzeugt vertritt. Sera und auch ich haben seit jeher versucht, die radikalen Ansichten Gorans abzumildern und Ria andere Werte zu vermitteln, aber einiges hat sich festgesetzt. Als Ria dann noch von Riáz erfuhr, hat sie sich endgültig von Sera abgewandt und ihr die Schuld an allem gegeben. Auch mir hat sie es verübelt, dass ich mich fälschlicherweise als ihr Vater ausgegeben habe und am Ende hat Goran den großen Unschuldigen gemimt. In Rias Augen war er plötzlich die einzige *vertrauenswürdige* Bezugsperson, der einzige, der sie nicht belogen hat. Diese Rolle hat er natürlich mit Begeisterung gespielt. Dass *er* der Urheber allen Übels war, hat er dabei selbstverständlich außer Acht gelassen«, berichtet Xeron niedergeschlagen.

Er reibt sich das Gesicht und seufzt schwer. All dies bedrückt ihn offensichtlich, doch es scheint ihm gutzutun, es sich einmal von der Seele zu reden. »Ich vertraue darauf, dass du Ria nichts von all dem erzählst. Sie hängt an Goran und es würde sie zutiefst erschüttern, die ganze Wahrheit zu erfahren. Wenn all dies vorbei ist und wir sie zu ihrem Vater gebracht haben, wird die richtige Zeit kommen«, fügt er nach einer Weile bittend hinzu.

Ich nicke zustimmend. Sicher wird Ruberián einen Weg finden, Ria alles schonend beizubringen. Dann kommt mir ein anderer Gedanke in den Sinn. »Wie kann es überhaupt sein, dass jemand wie Goran so eine Macht hat? Ich meine, sein ganzes Wesen widerspricht doch eigentlich eurer Lebensart und euren Werten, dennoch besetzt er so eine bedeutsame Position in euren Reihen«, wundere ich mich laut.

»Nun, um diese Frage zu klären, musst du verstehen, was es mit den Weisen auf sich hat. Du weißt ja, dass die Fearane es sich zur Lebensaufgabe gemacht haben, die Natur und das Leben in ihr zu schützen. Der Rat der Zwölf ist jene Instanz, die uns in diesem Bestreben anleitet. Die Zwölf gewährleisten, dass wir dieser Aufgabe nachkommen, sie hüten unsere Lebenskraft und erwarten im Gegenzug, dass wir im Sinne unserer Grundsätze handeln. So ist es seit jeher.

Doch vor langer Zeit wurden unter den Fearanen einige Stimmen laut, die meinten, wir müssten uns auch um uns selbst sorgen. Wir sollten nicht nur das Leben um uns herum schützen, sondern auch uns selbst. Sie verlangten eine Sicherheit, die im Falle einer drohenden Gefahr für unseren Fortbestand sorge. So entstand der Zusammenschluss der Weisen. Sie bilden eine unabhängige Instanz, die sich in erster Linie für die Erhaltung unserer Art einsetzt. Die Weisen hatten nie einen bedeutsamen Einfluss, da stets die Zwölf all unsere Belange regelten. Doch als der Rat vernichtet wurde, fiel den Weisen ihre einst zugedachte Bedeutung zu.

Du verstehst nun vielleicht, warum jemand wie Goran, der unnachgiebig nach seinen Zielen strebt, für die Rolle eines Weisen eine geeignete Person abgibt«, erklärt mir Xeron.

Ich starre ihn mit großen Augen an. Dies also ist der Grund, weshalb die Weisen existieren. Ich hatte sie für Berater des Rates der Zwölf gehalten und nicht für eine unabhängige Instanz. Doch Xeron hat Recht, nun verstehe ich Gorans Stellung unter ihnen weit besser. Für die ihm angedachte Rolle ist er die ideale Besetzung.

»Davon wusste ich überhaupt nichts«, gebe ich schließlich verwundert zu. Mir kommt allmählich der Verdacht, dass ich nicht so umfassend über die Fearane informiert bin, wie ich annahm.

»Das wundert mich nicht. Nur die wenigsten wissen davon, selbst unter den Fearanen. Ich weiß nur darüber Bescheid, weil mein Vater mich in all das eingeweiht hat. Es ist Wissen, das mir eigentlich nicht zusteht, mir aber vieles verständlicher macht. Kelan, der ehemalige Stammesführer aus dem Lichtwald, wusste natürlich auch darum, daher hat er uns damals in den Wald der Weisen entsandt«, erwidert Xeron nickend.

»Also wurde die Rolle der Weisen geheim gehalten?«, frage ich überrascht zurück.

»Nicht unbedingt geheim gehalten. Es ist vielmehr so, dass sich nur die wenigsten Fearane dafür interessiert haben. Du musst verstehen, dass die meisten von uns einfach ihr Leben gelebt haben, ihren Aufgaben nachgekommen sind und sich der schönen Dinge erfreut haben. So sind die Fearane nun mal, sie kümmern sich um die, die ihnen anvertraut sind und weniger um ihre eigenen Belange. Sie haben sich nie so sehr mit Fragen nach den Machenschaften anderer beschäftigt und schon gar keine Gefahr darin vermutet. Nenn es Gutgläubigkeit – oder blinde Naivität«, gibt Xeron zermürbt zurück.

Ich nicke nachdenklich. Dann kommt mir ein anderer Gedanke, der mir nicht gerade zusagt. »Das würde aber auch bedeuten, dass Goran sehr viel Einfluss auf den neuen Rat der Zwölf hätte, wenn ihr die Kristalle zurückerlangen würdet, nicht wahr? Er selbst hat den neuen Rat zusammengestellt und erhebt sich über ihn. Wenn der Rat wieder vereint wäre, würde er sicherlich nicht wieder zurück in seinen Schatten treten«, überlege ich laut.

Xerons Gesicht verfinstert sich und er nickt schwerfällig. »Genau das befürchte ich auch«, stimmt er mir zu.

Eine bedrückte Stille breitet sich zwischen uns aus und wir sitzen stumm, den Blick in die Ferne gerichtet da und hängen unseren düsteren Gedanken nach. Erst als Rubi laut kläffend auf uns zu gerannt kommt und mich mit einem heftigen Sprung von dem Hügel schubst, fallen die dunklen Vorahnungen von mir ab. Lachend liege ich im Gras zu Xerons Füßen, während Rubi mir ungehemmt durch das Gesicht schleckt. Selbst Xeron muss schmunzeln, als er uns beiden beim Herumtollen zusieht.

Ich tätschele meinem ungestümen Hundefreund dankbar den Kopf. Er hat ein ausgezeichnetes Gespür dafür, wann es an der Zeit ist, mich vor böswilligen Menschen oder düsteren Gedanken zu beschützen.

Gemächlich schlendern Xeron, Rubi und ich zurück ins Lager. Mein Bedarf an Antworten ist fürs Erste gedeckt und ich werde wohl noch eine ganze Weile damit beschäftigt sein, über die neuen Erkenntnisse nachzugrübeln.

Kapitel 26

Nach ein paar Tagen bin ich wieder bereit für die Weiterreise und so packen wir das Zelt und den wenigen Proviant zusammen, der noch übrig ist.

»Der Zusammenstoß mit den Zentâris war sicherlich nur ein Zufall. Ich glaube nicht, dass sie über uns oder unser Vorhaben Bescheid wussten, sonst wären sie nicht nur zu viert hergekommen. Ich vermute, sie kamen aus dem Nebelberg, der nordöstlich von hier liegt. Am besten weichen wir etwas weiter Richtung Westen aus und nähern uns dem Glutgebirge in einem leichten Bogen, um möglichst viel Abstand zum Nebelberg einzuhalten«, sagt Xeron zu uns, bevor wir aufbrechen. »Wir sollten es vermeiden, von weiteren Zentâris entdeckt zu werden. Wir können es nicht gebrauchen, dass sie von unserer Absicht Wind bekommen. Haltet Augen und Ohren offen und entfernt euch nicht alleine von der Gruppe, das gilt vor allem für euch beide, Ria und Finéra«, sagt er mit einem strengen Blick in unsere Richtung.

Alle nicken gehorsam und schon erhebt sich Xeron in die Lüfte. Wir Übrigen folgen ihm geschwind.

Nach fünf Tagen wird im Nord-Osten, der Nebelberg sichtbar, aus dem der Mibellenfluss entspringt. Der dunkelgrüne Bergwald säumt das östliche Ufer des Flusses, bis er den Fuß des Berges erreicht. Hinter dem Bergwald, weiter im Osten liegt der Wald der Weisen, der von unserer Lage aus jedoch nicht sichtbar ist. Großflächige kahle Stellen im Bergwald zeugen von dem Feuer, das einst darin wütete. Sera und Riáz gelang derzeit die Flucht vor den Flammen, doch dann gerieten sie in die Fänge der Zentâris. Ich schaudere, als ich daran denke, was die Metallmonster ihnen angetan haben, tief verborgen im Nebelberg. Nun ragt er unheilverkündend vor dem geschundenen Wald auf, dicht verhangen von düsteren Nebelschwaden, wie ein schauriges Mahnmal.

Ich wende eilig den Blick ab.

»Was ist los?«, fragt Ria besorgt, während sie wie die anderen zur Landung ansetzt. Mein plötzlicher Stimmungsumschwung ist ihr nicht verborgen geblieben.

»Der Nebelberg. Ich musste an die Geschichte denken, an Riáz und Sera«, murmele ich und reibe mir schaudernd über die Arme. Je weiter wir gen Norden reisen, desto kühler wird es, aber das ist es nicht, was mich frösteln lässt.

»Sie wurden dort festgehalten von den Zentâris, nicht wahr? Xeron und die anderen haben sie gerettet. Es war Feros großartiger Plan, durch den sie befreit wurden«, erwidert Ria erregt. Sie spricht voller Anerkennung und Bewunderung von Fero, all die Hochachtung und Zuneigung, die Sera und Xeron für ihn empfunden haben, schwingt hörbar in ihren Worten mit.

Doch was mich verwundert, ist, mit welcher Leichtigkeit sie über Seras und Riáz' Gefangenschaft bei den Zentâris spricht. Mir schwant, dass sie überhaupt nichts von der Folter weiß, der ihr Vater dort ausgesetzt war. Ich wüsste gern, was ihr noch alles vorenthalten wurde über die Vergangenheit ihrer Eltern. Einerseits möchte ich ihr davon erzählen, doch auf der anderen Seite fürchte ich mich davor, wie sie reagieren würde. Xeron hat Recht, die richtige Zeit für die Enthüllung all der verborgenen Wahrheiten wird kommen, wenn Ria mit ihrem Vater vereint ist.

Wir landen in einer kleinen Senke und während Ria das Seil um unsere Körper löst, greife ich noch einmal die erfreulichere Erinnerung auf, die Ria mit dem Nebelberg verbindet: »Hat Sera dir viel über Fero erzählt?«

»Oh ja, sie hat ständig von ihm gesprochen. Im Nachhinein glaube ich, dass es sie davor bewahrt hat, mir von Riáz zu erzählen. Nicht, dass sie sonst keine Gründe hätte von Fero zu sprechen – sie vermisst ihn sehr«, gibt Ria wehmütig zurück.

Ich schaue sie überrascht an. Es ist das erste Mal, dass ich sie frei von Groll oder Abwertung über ihre Mutter sprechen höre. Ich deute das als ein gutes Zeichen und bleibe bei dem Thema. »Was hat sie dir denn so von ihm erzählt?«, will ich gespannt wissen.

»Mh, also die allgemeinen Sachen kennst du bestimmt selbst, dass er ein Hilare war zum Beispiel und der beste Heiler überhaupt. Außerdem war er sehr sanftmütig und genügsam. Meine Mutter kannte ihn von Geburt an und er war stets an ihrer Seite. Bis zum Schluss war er ihr treuster Verbündeter und er starb, um sie zu retten«, erwidert Ria nachdenklich. Ihr Blick ist in die Ferne gerichtet und in ihren Augen schimmern Tränen.

Ich greife nach ihren Händen und drücke sie tröstend. Dabei kann ich die Bedeutung ihrer Worte nicht ignorieren. Sie hat nicht die leiseste Ahnung von dem Verrat, den Fero an Sera begangen hat. Selbst die genaue Ursache seines Todes scheint ihr nicht bekannt zu sein. Immer mehr beschleicht mich das Gefühl, dass ich mit meinen Kenntnissen über die Geschichte der letzten Tiare – so, wie sie Ruberián mir erzählt hat – gegenüber Ria äußerst vorsichtig sein sollte.

»Was hat mein Vater dir über Fero berichtet?«, will Ria dann wissen.

Ich beiße mir auf die Unterlippe, darum bemüht, meine Gefühle für mich zu behalten. »Ruberián – ähm Riáz – hat immer gut über Fero gesprochen. Fero hat verzweifelt versucht, das Richtige zu tun und er hat deinen Vater geheilt, nachdem er – im Nebelberg verletzt wurde«, äußere ich vage und hoffe nicht zu viel preisgegeben zu haben.

»Wirklich? Das wusste ich gar nicht«, ruft Ria überrascht aus.

Ich versuche, ein unaufgeregtes Gesicht zu machen, und zucke leicht mit der Schulter. »War vermutlich keine schwerwiegende Verletzung, aber Riáz ist es dennoch im Gedächtnis geblieben. Er war Fero sehr dankbar dafür«, gebe ich zurück. Wie schlimm es um Riáz tatsächlich stand, behalte ich lieber für mich.

Ria lächelt glücklich. »Diesen Gedanken finde ich irgendwie sehr schön. Sera hat zwar gesagt, dass Fero und Riáz einander nahestanden, doch ich habe mich gefragt, ob sie mir da nicht etwas vorgemacht hat«, gibt Ria zu.

»Wie kommst du darauf?«, wundere ich mich.

»Nun ja, ich habe mir immer vorgestellt, wie es wäre, wenn ich meine verwandte Seele finden würde und ich war mir stets sicher, dass ich sie mir, wenn ich sie einmal gefunden hätte, von niemandem würde wegnehmen lassen. Nun, da ich dich tatsächlich gefunden habe, hat sich dieses Gefühl noch verstärkt. Niemals würde ich zulassen, dass irgendjemand zwischen uns gerät«, gesteht Ria mir und drückt mich fest an sich.

Ihre Worte rühren mich, ebenso wie ihr tiefes Zusammengehörigkeitsgefühl, das in mir aufblüht. Doch insgeheim beunruhigen sie mich auch. Sie klingen auf eine unterschwellige Art besitzergreifend, bald wie eine Drohung. »Du glaubst also, Riáz hätte Fero seine Seelenverwandte weggenommen?«, frage ich zögerlich.

Ria zuckt mit den Achseln. »Vorher gab es nur Fero für sie, dann trat Riáz in ihr Leben. Xeron meinte einmal, Sera und Fero hätten sich voneinander entfernt, während dieser Reise, ihre Verbindung zueinander hätte unter den Bedingungen gelitten. Das kann doch nur an Riáz gelegen haben«, gibt sie nachdenklich zurück.

Wieder einmal zieht sie aufgrund fehlender Informationen einen falschen Schluss. Zumindest wenn ich davon ausgehe, dass die Geschichte wie Ruberián sie mir erzählt hat, den Tatsachen entspricht. Dann nämlich, haben sich Fero und Sera bereits voneinander entfernt, bevor Riáz dazu gestoßen ist. »Ich glaube nicht, dass es so war«, murmele ich leise.

Ria sieht mich fragend an, doch ich kann ihr meine Antwort nicht erläutern, ohne möglicherweise zu viele Informationen preiszugeben, daher schließe ich stattdessen meine Arme um sie.

»Jedenfalls wird niemand jemals zwischen uns stehen. Sei unbesorgt«, sage ich beruhigend.

Ria erwidert die Umarmung und schmiegt ihren Kopf an meine Schulter.

Während Ria und ich in unser Gespräch vertieft waren, haben die anderen in einiger Entfernung ein Lager für den Tag errichtet. Als wir uns dazugesellen, sind die meisten mit ihren Aufgaben beschäftigt. Flin sitzt neben dem Zelt und scheint tief in Gedanken versunken zu sein. Zara und Tahr sind unterwegs, um Nahrung zu suchen, und Xeron hat wieder seinen Wachposten bezogen. Dión ist gerade dabei ein Feuer zu entfachen. Der kühlere Nordwind macht den Fearanen nicht viel aus, doch Dión, Flin und mir wird ohne Wärmequelle schnell kalt, vor allem während des Schlafens.

Ria, die nichts von Dións geheimen Fluchtfantasien weiß, gesellt sich zu ihm und beobachtet ihn amüsiert dabei, wie er sich mit dem Feuer abmüht. Sie neckt ihn und lacht mit ihrer hellen Stimme immer wieder laut auf. Wenn sie wüsste, dass Dión mich am liebsten von hier fortbringen würde und damit auch weg von ihr, würde sie nicht so unbefangen mit ihm lachen. Ich sehe kurz ihr zorniges Gesicht vor mir, wie sie sich mit der Beere zwischen den Fingern über Flin beugt. Würde sie ähnlich reagieren, wenn sie von Dións Plänen wüsste? Würde sie ihm etwas antun? Ich bekomme schon ein schlechtes Gewissen, ehe ich den Gedanken zu Ende geführt habe. Ich fühle mich jedes Mal erbärmlich, wenn ich Derartiges über Ria denke, aber ihr Verhalten erscheint mir manchmal unberechenbar.

Wieder einmal sehne ich mich danach, mit Fero zu sprechen und ihn zu fragen, ob es ihm mit Sera ähnlich erging. Doch da überfällt mich eine Idee, von der ich gar nicht fassen kann, dass ich nicht eher darauf gekommen bin. Ich schaue mich um, suche das ganze Lager ab und entdecke endlich, wen ich gesucht habe: Maran schreitet mit einem Kübel voll Wasser auf unsere Lagerstelle zu.

Ich eile ihm entgegen. »Kann ich dir helfen?«, biete ich hilfsbereit an.

Maran schaut mich kurz stirnrunzelnd an, als ob ihm durchaus bewusst wäre, dass ich nicht aus lauter Hilfsbereitschaft frage, aber dann nickt er dankbar. »Selbstverständlich«, sagt er vergnügt.

Ich hole zwei leere Kübel aus dem Zelt, während Maran den gefüllten abstellt. Dann folge ich ihm zu der Wasserquelle, die er in der Nähe unseres Lagers entdeckt hat. Eine Weile laufe ich schweigend neben ihm her, bis ich mich endlich an mein Anliegen heranwage. »Darf ich dich etwas fragen?«, beginne ich behutsam.

Maran schmunzelt, als hätte er nur darauf gewartet. Er nickt mir aufmunternd zu.

Ich hadere etwas mit mir. Das letzte Mal, als ich mit Maran über das Thema gesprochen habe, wollte ich nicht wahrhaben, dass Ria und ich Seelenverwandte sind. Daran habe ich mittlerweile keinen Zweifel mehr, aber ich habe mir nie die Mühe gemacht, Maran davon in Kenntnis zu setzen. Zudem tummeln sich so viele Fragen in meinem Kopf, dass ich weder weiß, welche ich zuerst stellen soll, noch wie ich sie am besten formuliere. Ehe ich mir gänzlich klar darüber geworden bin, bricht die erste bereits aus mir heraus: »Hattest du damals das Gefühl, du müsstest Sira beschützen?«

Marans Gesicht wird von einem Schleier der Trauer überzogen. »Natürlich habe ich versucht sie zu beschützen. Erst vor den Flammen, dann vor den Zentâris. Weder das eine noch das andere ist mir gelungen. Letztlich konnte ich sie auch nicht vor sich selbst schützen«, murmelt er schwermütig.

Ich würde mir für meine unüberlegte Frage am liebsten die Zunge abbeißen. Maran nimmt an, ich hätte von dem Anschlag der Zentâris gesprochen. Hoffentlich denkt er nicht, ich würde ihm vorwerfen, seine Seelenverwandte nicht ausreichend beschützt zu haben. Als ob ich Ria in einer solchen Lage je anständig beschützen könnte. Ich berühre Maran sanft am Arm, der stehen geblieben ist und in eine unbestimmte Ferne starrt.

»Ich war im Wald unterwegs. Ich wollte Vorbereitungen treffen für ein Initiationsritual, eine junge Siliare sollte in den Stamm eingeführt werden. Plötzlich drangen Schreie durch den Wald, zunächst weit entfernt, dann immer näher um mich herum. Erst als ich den Rauch wahrnahm, wurde mir bewusst, dass etwas Grauenhaftes geschah«, murmelt Maran gedankenverloren.

Ich muss schwer schlucken und suche nach tröstenden Worten, doch Maran spricht bereits weiter: »Ich raste zurück zu unserem Dorf, schon aus der Ferne spürte ich Siras Todesangst. Der ganze Wald verfiel in Unruhe, überall um mich herum flogen Fearane panisch umher, Schreie schallten durch das Geäst, doch ich konnte nur an sie denken. Endlich erreichte ich das Dorf und Sira kam mir bereits entgegengeeilt. ›Der Wald brennt!‹, schrie sie voller Verzweiflung und klammerte sich an mir fest. Gemeinsam mit den Ratsmitgliedern und den Wachen verließen wir das Dorf, doch egal in welche Richtung wir flogen, das Feuer erwarteten uns bereits. Wir waren eingeschlossen von einem Meer aus Rauch und Flammen.« Maran lässt sich zu Boden sinken, während er spricht.

Ich tue es ihm gleich und setzte mich dicht neben ihn.

»Doch dann fanden wir eine Lücke im Flammenmeer, einen Ausweg, dem wir voller Dankbarkeit folgten. Erst als wir endlich den Rand des Waldes erreichten, wurde uns klar, dass dies kein Zufall gewesen war. Die Zentâris erwarteten uns bereits, sie hatten das Feuer gezielt gelegt und uns nur einen möglichen Fluchtweg gelassen, doch der sollte uns nicht in die Freiheit führen, sondern in ihre

Arme. Aber es gab keinen Weg zurück, hinter uns fraß sich das Feuer immer weiter durch unsere Heimat, zerstörte erbarmungslos jegliches Leben darin. Die Schreie jener, die wir liebten, unserer Familie und all der unschuldigen Tiere, wurden nur übertönt von dem Krachen und Knistern der lodernden Flammen. Also wählten wir den Weg nach vorn. Die Wachen stürmten voraus, um sich den Zentâris zu stellen, doch es waren zu viele. Unzählige Netze und Pfeile schossen quer durch die Luft und holten einen nach dem anderen der tapferen Wachen vom Himmel«, berichtet Maran mit brüchiger Stimme, den Kopf in den Händen vergraben.

Ich lege ihm vorsichtig eine Hand aufs Knie, doch ich bin noch immer nicht fähig, irgendwelche Worte des Trostes zu finden.

Nach einer Weile fährt er fort: »Es war grauenhaft. Ich wusste, ich müsste Sira unbedingt fortbringen von diesem Grauen. Ich ergriff ihre Hand und zog sie durch den Tumult hindurch, bahnte uns einen Weg durch Tod und Verderben, doch es war vergebens. Die Zentâris kamen von allen Seiten. Geschwächt von der Flucht und dem Rauch in unseren Lungen, mussten wir schließlich aufgeben. Mir fiel auf, dass die Zentâris nur auf die Wachen schossen, während sie versuchten uns Übrigen unverletzt vom Himmel zu holen. Sie drängten uns zusammen und trieben uns fort von dem brennenden Wald. Sira und ich klammerten uns aneinander, als hinge unser Leben davon ab und so war es ja auch. Erst als wir so weit vom Wald entfernt waren, dass weder Rauch noch Hitze zu uns herüberdrangen, begannen sie ihre Gefangenen zu untersuchen. Ich begriff, dass sie nach dem Zeichen der Zwölf suchten, jenes Sirani, das ein Ratsmitglied als solches ausweist. Jeden der keines trug, trennten sie von den anderen. Mir ging auf, dass sie Sira und mich ebenfalls trennen würden, sobald sie bemerkten, dass ich kein Ratsmitglied war. Sie begriff es auch und klammerte sich noch fester an mich.

Doch das hinderte die Zentâris nicht daran, mich zu packen und von ihr fortzureißen. Ihr Entsetzensschrei hallt immer noch in meinem Kopf nach, es war das Schrecklichste was ich je gehört habe. Ich wehrte mich mit all meiner Kraft gegen die erbarmungslosen Griffe der Zentâris, bis sie mich außer Sichtweite geführt hatten, sie stießen mich zu Boden neben ein paar andere meines Volkes. Wir drängten uns dicht zusammen, bewacht von einem Trupp Metallmonster. Ich war mir sicher, sie würden uns töten, doch nichts dergleichen geschah. Stattdessen konnte ich sehen, wie sie in einiger Entfernung, die gefangenen Zwölf fesselten. Ich begriff nicht, was dort geschah, doch die Zentâris machten weder Anstalten die Zwölf noch uns Übrigen zu töten.

Nachdem die Zentâris schließlich alle zwölf Ratsmitglieder beisammenhatten, schleiften sie sie an den Rand einer Klippe. Auch mich und die anderen Wehrlosen schafften sie nah an die Klippe heran. In einiger Entfernung hielten sie uns fest, sodass wir einen guten Blick auf das Geschehen hatten. So mussten wir hilflos zusehen, wie einer der Zentâris Xarax am Arm ergriff und an den Rand der Klippe zerrte. ›Die Zeiten Xarax‹ sind nun vorüber‹, verkündete er und stieß unser Oberhaupt die Klippe hinab. Xarax, dessen Flügel an den Körper gefesselt waren, stürzte hinab in die Tiefe wie ein Stein und die Schreie der anwesenden Fearane hallten unnatürlich laut an der Klippenwand wider, wie ein schauriger Gesang. Fassungslos starrten wir auf die Klippe, in der wahnsinnigen Hoffnung, Xarax würde sich wieder daraus erheben. ›Eine neue Zeit beginnt, nun, da ihr ein neues Oberhaupt bekommen werdet. Fürchtet euch nicht, denn sobald wir euch in das Glutgebirge gebracht haben, wird euer Rat wieder vereint und ein neues Oberhaupt, mächtiger und stärker denn je, wird euer Geschick zum Besseren wenden. Ihr werdet fortan, Seite an Seite mit uns über diese Welt herrschen, eine Allianz aus Feder und Metall, die alles Bisherige übersteigt‹, brüllte der Zentâri, der Xarax getötet hatte, über die Menge hinweg. Die anwesenden Metallmonster jubelten und grölten, während die wenigen Fearane bestürzt aufschrien.

Dann schossen drei Xarenaren wie aus dem Nichts von oben herab und stürzten sich auf die Zentâris, die die Ratsmitglieder umstellt hatten. Sie konnten zu Dritt nichts gegen die Übermacht der Gegner ausrichten, doch sie lösten einen kleinen Tumult aus. So gelang es Sira, ebenso wie der Kaliare Kewo, dem Hilaren Mori und der Sirawene Lorla sich aus den Klauen der Bestien zu befreien. Mein Herz machte einen hoffnungsvollen Sprung und für einen kurzen Moment glaubte ich, ihre Flucht könnte gelingen. Doch sogleich wurde mir die Unmöglichkeit dieses Gedankens bewusst und schon strömten Zentâris heran, um die vier Entflohenen wieder einzufangen. Sira blickte panisch umher und dann entdeckte sie mich, unsere Blicke trafen sich, warme Gefühle glitten durch unser seelisches Band zu mir herüber, ein letztes Mal hob sie die Hand zum Gruße, dann drehte sie sich um und sprang die Klippe hinab. Kewo, Mori und Lorla zögerten nur einen Moment, dann folgten sie ihr in die Tiefe. Lautlos und ohne jedes Aufheben entschwanden sie ...« Marans Stimme erstirbt und er sackt in sich zusammen.

Für einen langen Augenblick kann ich ihn nur ungläubig anstarren. Tränen rinnen an meinen Wangen herab und ich bedaure es zutiefst, ihm diese Frage gestellt zu haben. Neben dem Bedauern um Marans schreckliche Erlebnisse und dem tragischen Ende von Sira, drängt sich mir noch eine andere Empfindung auf: nackte, kalte Furcht. Wie können wir uns nur freiwillig in die Nähe derjenigen begeben, die für all dieses Grauen verantwortlich sind?

Kapitel 27

Die Erzählung Marans hat mich fürchterlich aufgewühlt und das hat dazu geführt, dass ich keine Antworten auf meine eigentlichen Fragen erhalten habe. Marans schreckliche Erinnerungen haben mich so verstört, dass alles andere aus meinem Kopf verdrängt wurde. Aber ich hätte ihn ohnehin nicht weiter behelligen wollen, da ihn schon meine einzelne Frage in eine so tiefe Betrübnis gestürzt hat.

Drei Nächte vergehen, in denen wir fliegend unserem Ziel entgegeneilen. Drei Tage, die wir überwiegend schweigend und jeder seinen eigenen Gedanken nachhängend verbringen. Je näher wir dem Zielort kommen, desto gedrückter ist die Stimmung unter uns. In der vierten Nacht tauchen in der Ferne düstere Spitzen vor uns auf, die sich gegen die Dunkelheit abheben.

Das Glutgebirge, schießt es durch meinen Kopf. Diese Erkenntnis schnürt mir die Kehle zu. Voller Furcht will ich Ria zurufen, dass sie umkehren soll, will sie anflehen, mich zu Ruberián zu begleiten und diesen wahnsinnigen Plan aufzugeben, will mit ihr weit fort von diesem grauenhaften Ort. Doch mir ist klar, dass ich weder mit Bitten noch mit Flehen etwas erreichen würde. Zu sehr drängt es sie danach, die Gefangenen zu befreien und wenn möglich sogar die Kristalle zurückzuerobern. Ich weiß, dass es den anderen ebenso geht, doch ich frage mich, ob irgendjemand von ihnen dieses Vorhaben wirklich für umsetzbar hält. Haben wir überhaupt eine Aussicht auf Erfolg oder ist es ein hoffnungsloses Unterfangen und wir fliegen zielstrebig unserem Tod entgegen?

Ich werfe einen Blick zu Dión, doch der fliegt mit Xeron an der Spitze und ich kann ihn nicht sehen. Er ist der Einzige, der noch mehr Zweifel in sich trägt als ich – abgesehen von Flin, der sich unbehaglich in seinem Gurt windet. Hätte ich auf Dión hören und mit ihm verschwinden sollen? Die Vorstellung erscheint mir verführerisch, doch zugleich versetzt sie mir einen schmerzhaften Stich. Niemals würde ich die anderen verlassen! Ob sich Riáz ebenso gefühlt hat, als er damals mit dem Kristalltrupp zum Glutgebirge aufgebrochen ist, fest entschlossen, den Fearanen beizustehen? Hatte auch er Zweifel oder ist er seinem unbekannten Schicksal furchtlos entgegengetreten?

In Ruberiáns Erzählung ist er mir immer unbeirrt und furchtlos erschienen, aber möglicherweise wollte er sich sein Hadern und seine Ängste nach all der Zeit nur nicht eingestehen. Doch im Grunde ist es ohnehin müßig, sich darüber den Kopf zu zerbrechen, denn er war ein Krieger, ein Held. Ich hingegen bin nichts davon. Ich bin bloß ein Mädchen, vielleicht gerade eine Frau, die weder kämpfen kann, noch sonderlich tapfer ist. Das Einzige, was mir bleibt, ist es meinem Schicksal mit Entschlossenheit entgegenzutreten, wie auch immer es aussehen mag.

Während ich noch mit diesen Gedanken ringe, begibt sich Ria in den Sinkflug. Der Morgen ist angebrochen, ohne dass ich es bemerkt habe. Eilig begeben wir uns herab und erreichen einen kleinen Fichtenwald, der etwas Sichtschutz bietet.

In dem Wald angekommen, sammeln sich die anderen um Xeron. Ein beklemmendes Schweigen hängt in der Luft. Ria, Dión und ich werfen uns verunsicherte Blick zu, doch ehe einer von uns etwas sagen kann, fragt Zara leise: »Ist dies der Ort?«

Xeron nickt und fährt sich mit einer Hand über den Nacken. »Hier, an diesem Ort, nahmen wir damals Abschied von vierundvierzig

Seelen. Sechsundzwanzig unserer Freunde ließen ihr Leben bei dem Versuch in das Glutgebirge einzudringen. Einer davon war Remo, der friedvolle Krieger aus dem Kiefernwald im Schummertal. Achtzehn weitere unserer Freunde blieben verschollen, begraben unter Stein. Darunter befanden sich auch meine Brüder Xuno und Krima. Ihre Körper konnten nie geborgen werden, doch ich hoffe ihre Seelen sind frei und friedlich«, sinniert Xeron andächtig und ein dunkler Schatten legt sich bei diesen Worten auf sein Gesicht. Der Schmerz quält ihn wie eh und je.

Ein jeder gedenkt den Toten auf seine Weise. Kira legt Xeron eine Hand auf die Schulter, Zara und Tahr halten sich innig in den Armen und Maran murmelt leise Worte der Andacht. Ria, die meine Hand fest umklammert, Dión und ich stehen still beisammen und sogar Flin, der etwas abseits im weichen Waldboden hockt, harrt schweigend aus.

Erst nach einer ganzen Weile löst sich die Beklemmung von der Gruppe. Schweigsam machen wir uns daran, das Lager herzurichten. Rubi streift vergnügt in dem Wald umher und seine genügsame Freude vermag es, meine düsteren Gedanken etwas aufzuhellen. Ria und ich schließen uns ihm an, um dem anhaltenden Schweigen der anderen zu entkommen. Hand in Hand folgen wir Rubi über den mit trockenen Tannennadeln übersäten Waldboden.

»Ich kann es gar nicht glauben, dass sich nun endlich eine Möglichkeit aufgetan hat, einen Weg ins Gebirge zu finden. All die Zeit über hat Xeron die Hoffnung nicht aufgeben, dass sich eines Tages ein Weg finden wird. Es hat ihn gequält, als er die Stätte der Weisen nicht mehr verlassen durfte und dennoch hat er weiter gehofft und gewartet«, berichtet mir Ria leise.

Ich kann verstehen, weshalb es sie danach drängt, dem ein Ende zu setzen und ihrem Ziehvater endlich Erlösung zu verschaffen. Ich lege einen Arm um sie und drücke sie fest an mich. Sie schmiegt den Kopf auf meiner Schulter, während wir langsam weiter durch das

Unterholz stapfen. Irgendwann erreichen wir den Waldrand und können durch das lichte Geäst die Welt außerhalb sehen. Durch die wenigen dünnen Kiefernstämme hindurch ragt das Glutgebirge vor uns auf. Stumm stehen wir da, Arm in Arm und betrachten das steinerne Gebilde.

»Ich kann sie sehen«, flüstert Ria dumpf, den Blick fest auf die Gebirgsspitzen gerichtet.

Ich schaue ebenfalls zum Gebirge, doch ich kann nichts ausmachen.

»Hier und da sehe ich etwas aufblitzten. Das muss ihre abscheuliche Metallhaut sein, die im Sonnenlicht glänzt«, erläutert sie voller Verachtung.

Ich kneife die Augen zusammen und halte nach etwas Glänzendem Ausschau, doch ich sehe nur graues Gestein. Auch wenn Ria nur eine halbe Fearane ist, scheint sie über dieselbe Scharfsichtigkeit zu verfügen.

Ich bemerke Rias auflodernden Zorn. Hass und Verzweiflung bilden eine zerstörerische Einheit in ihr, die uns beide rasch zu überwältigen droht. Ich versuche sie fortzuziehen, doch sie bleibt so unbeweglich stehen, als habe sie Wurzeln geschlagen wie ein Baum. Ihre Augen sind unverwandt auf das Gebirge gerichtet, als könne sie mit ihrem Blick jeden einzelnen Zentâri darauf und darin zugrunde richten.

Ich fasse ihren Kopf mit beiden Händen und bringe mein Gesicht direkt vor ihres. Ihre blaugrünen Augen, sind kalt und unbarmherzig und scheinen einfach durch mich hindurch zu sehen. Bei diesem Anblick stellen sich mir die Haare im Nacken und an den Armen auf. Mein Herz zieht sich zusammen und für den Bruchteil eines Augenblicks will ich nur noch fortlaufen.

»Ria«, sage ich eindringlich und umschließe ihren Kopf fest mit beiden Händen. Da verändert sich ihr Blick, er sucht den meinen, findet ihn und kommt zur Ruhe. All der Hass und die Verzweiflung verschwinden und machen Platz für eine unendliche Trauer und bedrückende Leere.

»Ria«, flüstere ich erneut, diesmal lege ich so viel Wärme und Zuneigung in meine Stimme wie möglich.

Ihr Blick spiegelt meine dargebotenen Gefühle und ihre Arme schlingen sich um mich wie Efeuranken.

Ich schließe meinerseits die Arme um sie und wiege sie sanft hin und her. Meine zarte Pflanze, die ich mit allen Mitteln schützen muss. Keinesfalls werde ich zulassen, dass sie mir entrissen wird, nicht so, wie es Maran und Sera ergangen ist.

Der Morgen ist bereits vorüber und die Mittagssonne steht hoch oben über dem Kiefernwald und lugt durch die lichten Baumwipfel hindurch, als wir wieder beim Lager ankommen. Xeron kommt uns entgegengestapft und baut sich vor uns auf.

»Wir waren nur im Wald spazieren«, sage ich eilig, bevor er uns zurechtweisen kann.

Xeron runzelt die Stirn, doch seine düstere Miene wird etwas milder. »Ihr solltet nicht so lange von unserem Lager fortbleiben«, mahnt er dennoch.

Ich nicke nur und Xeron winkt uns zu den anderen.

Die sitzen in einem Kreis beisammen und ich lasse mich zwischen Dión und Tahr nieder, während Ria sich neben Zara zu Boden gleiten lässt.

»Wir sind nicht mehr weit vom Glutgebirge entfernt. Heute Nacht werden wir in einem weiten Bogen darum herumfliegen und etwas weiter westlich davon landen. Dort werden wir uns bis zum Morgen einen Lagerplatz suchen und uns dann auf die Suche nach dem Zugang machen«, verkündet uns Xeron seinen Plan.

Wir übrigen nicken stumm.

»Und wie geht es dann weiter?«, fragt Tahr nach einer Weile.

Xeron schaut ihn an und zögert. »Kira wird zum Wald der Weisen fliegen, sobald wir wissen, wo der Zugang liegt, um Unterstützung anzufordern«, gibt er zurück.

Tahr und Zara schauen überrascht auf. »Du glaubst, Goran wird diesem Gesuch nachkommen?«, fragt Tahr skeptisch.

»Er muss. Er will genauso dringend die Kristalle zurückerobern wie wir. Egal welchen Groll er gegen mich hegt, er wird sich diese Gelegenheit nicht entgehen lassen«, erwidert Xeron bestimmt.

Tahr wirkt zwar immer noch skeptisch, aber der Gedanke, dass Goran eine Truppe schicken könnte, beruhigt ihn sichtlich. »Was ist mit den beiden?«, fragt er nebenher und deutet mit dem Kopf erst auf mich, dann auf Ria.

Xeron wirft ihm einen warnenden Blick zu, doch es ist bereits zu spät. Ria springt auf. »Was soll mit uns sein?«, will sie herausfordernd wissen und baut sich vor Tahr auf, der beschwichtigend die Hände hebt.

»Ich halte es für zu gefährlich, dass ihr mit rein geht. Das ist alles«, erwidert er milde.

Doch Ria lässt sich dadurch nicht besänftigen. »Denkst du, wir bleiben artig draußen und warten ab, ob ihr lebend wieder herauskommt?«, schreit sie außer sich. Xeron fasst sie vorsichtig am Arm, aber sie schlägt wütend seine Hand weg. »Hattest du vor uns draußen zu lassen?«, fragt sie ihn aufgebracht.

Xeron verzieht das Gesicht. »Ria, es sollte ohnehin jemand Wache halten, also wieso nicht ihr beiden?«, erwidert er behutsam.

»Ich kann kämpfen und ich werde nicht tatenlos draußen herumstehen, während ihr drinnen versucht unseren größten Feind zu bezwingen«, zischt Ria zornig.

»Und was ist mit Finéra? *Du* kannst kämpfen, aber hast du schon mal an *sie* gedacht? Ist es dir so wichtig deinen Willen durchzusetzen, dass du sogar ihr Leben dafür aufs Spiel setzt? Reicht deine Sorge um das Leben deiner Seelenverwandten nicht mal so weit, dass du um ihretwillen einlenkst? Willst du sie so einfach mit in den sicheren Tod zerren?«, wirft Tahr ihr wutentbrannt entgegen.

Niemand sagt daraufhin mehr ein Wort. Ria starrt Tahr fassungslos an, den Mund weit geöffnet, doch unfähig etwas zu sagen. Dann schüttelt sie heftig den Kopf. »Nein«, haucht sie. »Nein, niemals«, wiederholt sie mit festerer Stimme. Sie wendet verzweifelt den Blick in meine Richtung, fortwährend kopfschüttelnd, als wolle sie mir beteuern, dass Tahr falschliegt.

»Dann frag sie, was sie will, bevor du einfach voraussetzt, dass sie dir bedingungslos folgt«, verlangt Tahr mit vor der Brust verschränkten Armen und funkelt Ria fordernd an.

Ria sagt nichts, doch wirft mir einen fragenden Blick zu.

Mein Herz hämmert heftig und ich bin für einen Augenblick hin und hergerissen. Ich würde Ria überallhin folgen und ich weiß, wie sehr es sie drängt, mit den anderen in das Gebirge zu gehen. Doch Tahr hat Recht, ich kann nicht kämpfen und das mindert meine Überlebensaussicht da drinnen ungemein. »Ich möchte draußen bleiben«, sage ich daher kleinlaut.

Ria sieht für einen Moment verzweifelt aus und ich spüre ihren Unmut, doch schließlich nickt sie ergeben. »Dann bleibe ich bei dir«, sagt sie leise und greift nach meiner Hand.

Xeron wirft mir einen kurzen, dankbaren Blick zu.

Tahr und Dión sehen ebenfalls zufrieden aus und Zara seufzt erleichtert auf.

»Dann ist alles geklärt«, sagt Xeron entschlossen und beendet somit die Besprechung.

Vielleicht ist mein Schicksal doch noch nicht besiegelt, denke ich und erlaube mir einen hoffnungsvollen Seufzer.

Kapitel 28

Während wir auf den Einbruch der Nacht warten, nehmen wir noch eine schweigsame Mahlzeit ein. Die Ungewissheit über das, was uns erwartet, lastet schwer auf der Gruppe und eine unangenehme Unruhe liegt in der Luft. Alle sind mit den eigenen Befürchtungen, Ängsten und Sorgen beschäftigt.

Werden wir den Zugang überhaupt finden? Was wartet dort drinnen im Gebirge auf die anderen? Werden wir sie je wiedersehen, wenn sie den Tunnel erstmal betreten haben? Ist es die richtige Entscheidung von uns, draußen zu warten? Diese und mehr Fragen sind es, die mir immer und immer wieder durch den Kopf gehen.

Gedankenverloren kraule ich Rubis Ohren, der sich zu meinen Füßen zusammengerollt hat. Er spürt die Beklommenheit, die um uns herum wabert wie unsichtbarer Dunst. Die letzten Sonnenstrahlen fallen durch die Kiefernnadeln auf uns herab, ehe die Sonne sich für die Nacht zurückzieht. Dann umhüllt uns Dunkelheit, wie ein schützender Mantel.

Xeron steht auf. »Es ist Zeit«, sagt er leise und da erheben sich auch alle anderen. Rubi springt auf, als ich langsam auf die Beine komme. Sie zittern ein wenig und es kommt mir vor, als hätte ich Schüttelfrost.

Ria tritt hinter mich und wickelt mit geschmeidigen Handgriffen das Seil um uns. Maran hebt Rubi hoch und setzt ihn in das Tragetuch, das er sich um den Oberkörper gebunden hat. Er streckt hechelnd den Kopf oben heraus und jault leise. Er ist ebenso geübt darin, meine Gefühle zu erspüren wie Ria und fragt sich sicherlich, was für ein Unheil uns bevorsteht.

Flin steigt mit mürrischem Blick in seinen Gurt und zieht die Laschen fest, während sich Zara und Tahr die beiden Seilenden um die Hüften binden. Xeron umwickelt seinen und Dións Körper mit schnellen Bewegungen und verknotet das Seil fest vor Dións Bauch. Dión ist bleich im Gesicht und ich suche seinen Blick, um ihm ein kleines, aufmunterndes Lächeln zu schenken. Er erwidert das Lächeln hölzern, doch es erreicht seine Augen nicht.

Dann drehen Xeron und er sich um und ich sehe nur noch Xerons Rückseite. Ria legt von hinten ihre Arme um mich und gemeinsam gehen wir leicht in die Hocke. Xeron stößt einen leisen Pfiff aus und gleichzeitig erheben wir uns in die Lüfte: Ria und ich, Maran mit Rubi, Tahr und Zara mit Flin, der unter ihnen baumelt, Xeron mit Dión und Kira. Wir lassen den Fichtenwald hinter uns und ich werfe einen abschließenden Blick darauf.

Auch Xeron und Kira schauen zurück und ich vermute, dass sie dabei ein letztes Mal der Toten gedenken, die sie dort einst zurückließen. Dann stiebt Xeron voran, setzt sich an die Spitze der Flugformation, während sich Zara und Tahr hinter ihm positionieren. Ria und ich fliegen etwas versetzt hinter Tahr her, während Maran sich mit Rubi schräg hinter Zara hält, sodass ich Rubi im Auge behalten kann. Kira bildet die Nachhut. In eben dieser Formation gleiten wir in einem weiten Bogen um das Glutgebirge herum, dessen acht Spitzen wie scharfe Zähne in den Himmel ragen. Der äußere Gebirgsring umschließt mit seinen sieben gleichgroßen Spitzen, einen einzelnen Berg, wie ein steinerner Schutzwall.

Vereinzelte Fackeln glimmen in der Ferne von den Bergspitzen zu uns herüber, aber die wachhabenden Zentâris können uns nicht sehen. Sie verfügen zwar über eine gute Nachtsicht, da sie durch das Leben im Gebirge die Dunkelheit gewohnt sind, doch reicht diese sich nicht über weite Strecken hinweg. Daher können wir das Gebirgsmassiv ungesehen passieren und wenden uns gen Westen.

Irgendwann gibt Xeron ein Zeichen und die gesamte Formation neigt sich schräg in Richtung Erdboden. In einem sanften Gleitflug nähern wir uns dem Boden, bis ich zuerst trockenes Gras unter den Füßen spüre und schließlich feste Erde. Ich schaue mich nach dem Glutgebirge um und kann in weiter Ferne eben noch die Spitzen erkennen. Zu Fuß würde man ungefähr einen halben Tagesmarsch benötigen, um es von hier aus zu erreichen. Wenn hier tatsächlich der einzige Zugang ins Innere verborgen liegt, ist es verständlich, dass ihn Xeron und die anderen trotz aller Bemühungen nie gefunden haben.

»Und hier soll sich irgendwo der Zugang befinden?«, fragt Tahr skeptisch. Vermutlich sind ihm ähnliche Gedanken durch den Kopf gegangen wie mir.

»Ja«, blafft Flin genervt zurück. Mehr Beteuerungen hält er offensichtlich nicht für nötig, stattdessen dreht er Tahr und allen anderen den Rücken zu.

»Wir warten bis zum Morgen, dann werden wir danach suchen«, veranschlagt Xeron zuversichtlich und legt Tahr eine Hand auf die Schulter.

Doch der sieht immer noch so aus, als halte er das alles für eine bloße Finte von Flin.

Kira, die sich in der näheren Umgebung umgeschaut hat, ruft uns zu sich und deutet auf eine Felsformation, die sich einige Schritt entfernt aus dem Boden erhebt. Sie bietet uns einen geeigneten Sichtschutz und so begeben wir uns gemeinsam zu den Gesteinsbrocken, um das Lager einzurichten. Wir schlagen jedoch weder das Zelt auf noch zünden wir ein Feuer an, um keine Aufmerksamkeit zu erregen. Vom Glutgebirge aus sind wir hier zwar nicht mehr zu sehen, aber es besteht dennoch die Gefahr, dass Zentâris aus dem geheimen Zugang steigen.

Da wir bei Anbruch des Tages mit der Suche beginnen wollen, versuchen wir den Rest der Nacht für ein kleines Schläfchen zu nutzen. Doch durch das fehlende Feuer fange ich schnell an zu zittern. Auch Dión macht das deutlich kühlere Klima im Norden zu schaffen und so drängen wir uns dicht aneinander, an einen der Felsen gelehnt und versuchen uns gegenseitig zu wärmen. Rubi liegt zwischen unseren Beinen und zwei Decken verhüllen unsere Körper. Rubis lautes Schnarchen dringt unter den Stoffen gedämmt hervor und Ria kuschelt sich tiefschlafend an meine andere Seite.

Trotz der wohligen Wärme, die mich durch die Nähe meiner drei Freunde umhüllt, kann ich keinen Schlaf finden. Dión geht es ähnlich, denn er starrt gedankenverloren in die sternenklare Nacht.

»Fürchtest du dich?«, flüstere ich.

Er schnaubt abfällig. »Ich fürchte mich nicht, aber ich habe ein ungutes Gefühl dabei«, gibt er leise zurück.

Ich suche unter der Decke nach seiner Hand. Als ich sie finde, schließt sie sich blitzschnell um meine. Dión verschränkt seine Finger mit meinen und fährt behutsam mit seinem schwieligen Daumen über meinen Handrücken. Er dreht mir den Kopf zu und schaut mich intensiv an. Seine hellgrauen Augen reflektieren das Mondlicht wie leuchtende Mibellenblüten und nehmen meinen Blick gefangen, sodass ich ihn nicht abzuwenden vermag.

»Versprich mir, dass du auf dich aufpasst. Egal, was passiert, geh nicht ins Gebirgsinnere, hörst du?«, sagt er leise. Seine Stimme ist fordernd und eindringlich, doch zugleich voller Zärtlichkeit und Sanftheit.

Daher nicke ich rasch. In diesem Moment würde ich, eingenommen von diesen aschfarbenen Augen, vermutlich allem zustimmen, was er von mir verlangt.

Dión streckt langsam seine freie Hand aus und fährt mir behutsam über die Wange. Diese kleine, liebevolle und überaus sanfte

Berührung, löst eine wohltuende Wärme in mir aus. Ein kitzelnder Schauer durchfährt mich, der sich von meinem Gesicht zuerst bis in die Haarspitzen ausbreitet und dann meinen ganzen Körper herabfährt, bis er jede Finger- und Zehenspitze erreicht. Ich erschaudere unter dieser Berührung und Dión zieht fragend eine Augenbraue hoch. Ich lächele leicht, um ihm zu zeigen, dass mein Schaudern keine Abweisung darstellt.

Dión versteht und lässt seine Hand, die kurz innegehalten hat, erneut über meine Wange fahren. Ganz langsam beugt er sich zu mir vor und ich glaube in seinen Augen, die immer näherkommen, dahinzuschwinden, wie in einem warmen Nebel. Daher schließe ich die Lider. Dións Nase ist so nah an meiner, dass sie sich kaum merklich berühren. Ich spüre seinen warmen Atem in meinem Gesicht. Seine Hand umfasst meine Wange fester und ich kann meinen Herzschlag bis in meinen Hals spüren. Ich fürchte, dass mir mein wild hämmerndes Herz gleich aus der Brust springt, doch da treffen Dións Lippen auf meine. Auf einmal verschwindet alles andere im Hintergrund und ich verspüre nichts mehr, außer dieser einen, zarten Berührung. Es fühlt sich vertraut und zugleich fremd an, wie sich Dións weiche Lippen sanft auf meine legen. Seine Hand wandert in meinen Nacken, zieht mich näher an sich, während ich eine Hand in sein Hemd kralle. Ich muss mich festhalten, um nicht vollkommen in diesem Kuss zu versinken.

Ganz langsam löst sich Dión von mir. Ich öffne meine Augen und ringe keuchend nach Atem. Mir war gar nicht bewusst, dass ich die Luft angehalten habe.

Dións Gesicht ruht dicht vor meinem, die hellgrauen Augen sind unverwandt auf mich gerichtet. »Das wollte ich unbedingt noch tun, bevor ich in dieses Gebirge spaziere, aus dem ich vermutlich nicht mehr herauskomme«, raunt er mir leise zu.

Ich schüttele leicht den Kopf und fahre vorsichtig mit einem Finger über seine Lippen. »Wenn du herauskommst, wirst du es noch einmal tun«, erwidere ich und frage mich im selben Moment, woher ich das Selbstvertrauen für diese Worte nehme.

»Wenn ich tatsächlich herauskomme, werde ich nichts anderes mehr tun«, gibt er schelmisch lächelnd zurück.

Ich erwidere sein Lächeln und nicke, um ihm mein Einverständnis zu signalisieren.

»Dieser Gedanke wird mich darin bestärken, meinen Weg hinaus zu finden«, flüstert er und beugt sich abermals vor.

Dieses Mal komme ich ihm entgegen und erwidere den Kuss voller Hingabe. Ich habe vorher keinen einzigen Gedanken daran verschwendet, wie es wäre ihn zu küssen, doch nun will ich überhaupt nicht mehr damit aufhören.

Er löst sich lächelnd von mir und legt seinen Arm um mich, während ich meinen Kopf auf seine Brust bette und so nah wie möglich an ihn heranrücke. Ich bin verwirrt und auf eine aufregende Weise berauscht. An Schlaf ist nun überhaupt nicht mehr zu denken. Lieber möchte ich auf ewig wach bleiben und Dións Nähe spüren, seinem Herzschlag lauschen, seine Hand in meiner halten.

Ich bin mir nicht sicher, ob der Kuss all diese Gefühle in mir ausgelöst hat oder ob sie vorher schon da waren und ich sie schlichtweg nicht bemerkt habe. Jedenfalls kann ich sie jetzt, da sie so drängend über mich hereingebrochen sind, nicht mehr ignorieren. Ich will Dión nicht mehr loslassen und doch werden wir uns morgen trennen müssen. Alles in mir wehrt sich gegen den Gedanken, dass Dión den anderen ins Gebirge folgen wird, während ich mit Ria zurückbleibe.

Ria.

Ich zucke heftig zusammen und werfe einen Blick neben mich. Da liegt Ria seelenruhig, ihr Brustkorb hebt und senkt sich im langsamen Rhythmus ihres Atems. *Niemals würde ich zulassen, dass irgendjemand zwischen uns gerät,* gehen mir ihre Worte durch den Kopf. Ich fühle mich mit einem Mal miserabel, wegen meiner Gefühle für Dión und ich fürchte mich davor, wie Ria darauf reagieren würde.

»Er wird nicht zwischen uns stehen. Keiner wird das«, flüstere ich ihr zu, obwohl sie mich nicht hören kann. »Nur in dieser einen Nacht«, füge ich leise hinzu und wende mich wieder an Dión. Doch der schläft mittlerweile ebenfalls tief und fest und ich schmiege mich eng an ihn.

In dieser einen Nacht lasse ich zu, dass er zwischen mir und Ria steht. Ab morgen gebe ich ihn wieder frei. Mit diesem Entschluss gleite ich in einen kurzen, unbeständigen Schlaf.

Kapitel 29

Als ich erwache, liegt Rubi auf meinen Beinen, während Rias Kopf auf meinem Bauch ruht. Auf der anderen Seite ist der Platz verwaist. Dión ist fort, wie ich mit Bedauern feststellen muss. Suchend lasse ich meinen Blick durch die Umgebung streifen und entdecke ihn nicht weit entfernt. Zu meiner Verwunderung hockt er neben Flin, der sich vor einem anderen Felsen in mehrere Decken eingerollt hat.

Die beiden unterhalten sich angeregt. Dión redet eindringlich auf Flin ein, der nachdenklich dreinschaut und mehrmals nickt und Erwiderungen murmelt. Ich kann von hier aus kein Wort verstehen und frage mich, was sie zu besprechen haben, vor allem da Dión nie einen Hehl aus seiner Abneigung gegenüber dem linkischen Flin gemacht hat.

Dann erhebt Dión sich und kommt langsam in meine Richtung. Als er sieht, dass ich wach bin und ihn anschaue, lächelt er mich warm an. Ich erwidere das Lächeln und vergesse für einen Moment meine Verwunderung.

Dión tritt nah heran, beugt sich herab und fährt mir wie in der vergangenen Nacht sanft mit einer Hand über die Wange. Ich verliere mich in seinen hellgrauen Augen, doch dann bemerke ich, dass Flin uns von seinem Schlafplatz aus beobachtet.

»Was wolltest du bei ihm?«, frage ich Dión und nicke in Flins Richtung.

»Ich wollte nur sichergehen, dass er uns nicht reinlegt. Wenn ich mich schon auf so eine riskante Unternehmung einlasse, will ich wenigstens ein wenig Zuversicht haben, dass ich heil wieder herauskomme«, erwidert er leichthin, weicht jedoch meinem Blick aus.

»Traust du ihm?«, will ich wissen.

»Nicht mehr, als ich einem tollwütigen Wolf trauen würde«, gibt er zurück. »Aber ich sehe keine andere Wahl, als dem Wolf zu folgen und zu hoffen, dass er nicht im Schlaf über mich herfällt«, fügt er ernst hinzu.

Ich schlucke schwer. Diese Worte klingen nicht sonderlich beruhigend.

Dión streift mir über den Arm und meint: »Keine Sorge, ich kenne mich mit tollwütigen Wölfen aus.« Er beugt sich zu mir vor und mein Herz beginnt schneller zu schlagen.

Doch da rührt sich Ria auf meinem Bauch. Sie hebt den Kopf an und ich drehe meinen eilig zur Seite, damit Dión mich nicht küssen kann. Ich bedaure es zwar, aber ich will auf keinen Fall riskieren, dass Ria mitbekommt, wie er mich küsst.

Glücklicherweise versteht er den Wink und zieht sich etwas von mir zurück.

Ria schaut mich verschlafen an. Ihre blaugrünen Augen sehen müde und bedrückt aus, doch sie schenkt mir ein liebevolles Lächeln. Ich erwidere es und sie lacht verzückt auf. »Seit wann bist du so aufgeregt, wenn du mich siehst? Du bist ja in einem wahren Gefühlsrausch«, sagt sie neckend und steht leichtfüßig auf. Sie schüttelt ihre Flügel aus und dreht Dión und mir den Rücken zu, um sich in der Umgebung umzuschauen.

Dión wirft mir einen fragenden Blick zu, seine Lippen sind zu einem verschmitzten Grinsen verzogen. »Gefühlsrausch?«, fragt er lautlos, indem er nur den Mund bewegt.

Ich merke, wie mir die Röte ins Gesicht steigt, und schüttele abstreitend den Kopf. Als er mich weiterhin frech angrinst, werfe ich ihm einen biestigen Blick zu, doch ich kann nicht verhindern, dass sich auch auf meine Lippen ein kleines Lächeln stiehlt.

Kurz darauf kommen Xeron und Kira zu uns, die bereits die nähere Umgebung erkundet haben und auf einen zügigen Aufbruch drängen. Wir nehmen ein hastiges Frühstück ein und packen unsere wenige Habe zusammen. Dann machen wir uns an die Suche nach dem Zugang. Flin und Xeron gehen voran und weisen uns den Weg. Das Land rund herum ist trocken und steinig. Überall ragen Felsen und Gesteinsbrocken empor, hier und da wuchert Gestrüpp, das ebenso braun und vertrocknet ist, wie alles andere in dieser Gegend.

»Es wäre viel einfacher, wenn wir das Gebiet einfach überfliegen könnten, von oben würden wir viel mehr sehen«, zischt Kira genervt.

»Du würdest den Zugang nicht mit bloßem Auge erkennen. Du musst schon dicht davorstehen, um ihn zu sehen«, gibt Flin zurück.

»Woher weißt du das? Ich dachte, du hast ihn noch nie gesehen?«, will Tahr misstrauisch von ihm wissen.

Flin verdreht übertrieben die Augen. »Weil mir Rogott das gesagt hat. ›Wenn du nicht weißt, wo er ist, würdest du ihn nicht mal erkennen, wenn du direkt davor stündest‹, hat er gesagt. Also wirst du ihn ganz sicher nicht aus einiger Entfernung erkennen«, erwidert er genervt.

Schweigend setzen wir unseren Weg fort.

»Hier, das ist die Stelle«, sagt Flin nach einer ganzen Weile und bleibt breitbeinig stehen. Neben ihm steht ein verdorrter Baum, in dessen Stamm ein riesiges Loch klafft. Es sieht aus wie das aufgerissene Maul eines Monsters, passend ergänzt durch eine Wucherung und zwei Kerben darüber, die einer knorrigen Nase und schlitzartigen Augen gleichen.

»Hier habe ich damals gewartet, während Rogott den Zugang aufgesucht hat. Er hat sich in diese Richtung entfernt. Ich sollte mit dem Rücken zu ihm stehen bleiben, aber ich habe zwischendurch etwas gelinst und daher weiß ich in etwa, wohin er gegangen ist«, prahlt er grinsend und zeigt mit dem Arm nach Norden.

»Woher sollen wir wissen, dass dies hier der richtige Ort ist?«, fragt Tahr unverändert zweifelnd.

Flin gibt keine Antwort, stattdessen schreitet er zielstrebig auf das Baumskelett zu und greift mit einer Hand in das aufgerissene Maul. Bis zur Schulter steckt sein Arm darin, während er das Innere abtastet. Dann zeichnet sich ein zufriedenes Grinsen auf seinem Gesicht ab und er zieht die Hand wieder heraus. Ein verlotterter Beutel baumelt von seinem Finger herab.

Xeron geht mit wenigen Schritten auf ihn zu und reißt ihm das Bündel aus der Hand. Flin protestiert lautstark, doch Xeron ist schneller und leert den Inhalt des Beutels eilig auf seiner Handfläche. Wir Übrigen treten gespannt näher, um einen Blick darauf zu erhaschen.

In Xerons Hand liegt ein faustgroßer, nahezu schwarzer Steinbrocken, dessen Zacken im Sonnenlicht funkeln.

»Erz«, stellt Xeron fest.

Flin nickt wichtigtuerisch. »Es enthält das besondere Metall, aus dem die Zentâris ihre bewegliche Legierung herstellen«, sagt er achtungsvoll.

Xeron lässt den Stein angewidert wieder in den Beutel gleiten und wirft ihn Flin zu. »Was hast du damit vor?«, will er von ihm wissen.

»Das Material ist einen Haufen Taler wert, außerdem dachte ich, wenn ich mal genug davon zusammenhabe ... so verkehrt ist eine Metallhaut nicht – wer weiß«, gibt Flin achselzuckend zurück und lässt den Beutel wieder in dem Baummaul verschwinden.

Xeron schüttelt den Kopf. »Na, jedenfalls können wir nun davon ausgehen, dass Flin schon einmal hier war, sonst wüsste er nichts von diesem Versteck und irgendwie muss er auch an das Erz gekommen sein. Das Ganze macht seine Geschichte zumindest glaubwürdiger«, meint Xeron und schaut dabei vor allem Tahr an.

Der nickt schließlich und wirkt tatsächlich zum ersten Mal überzeugt. »Dann mal ran an die Suche«, schlägt er vor und schreitet voran in die Richtung, die Flin uns zuvor angezeigt hat.

Ich weise Rubi an beim Suchen zu helfen und er stürmt geschwind los und lässt die Nase schnuppernd über den Boden schwirren. Wenn ich es nicht besser wüsste, würde ich jetzt annehmen, dass er wahrhaftig nach dem Zugang sucht. Doch es ist weit wahrscheinlicher, dass er Mäuschen oder anderem Kleintier auf der Spur ist.

Ria und ich schlendern dicht nebeneinander umher und suchen die Umgebung ab. Wenn man bedenkt, wie lausig meine Augen im Vergleich zu denen der Fearane sind, bin ich vermutlich keine allzu große Hilfe dabei. Dennoch lasse ich den Blick konzentriert über jede Unebenheit streifen.

Die Sonne hat ihren Höchstpunkt überschritten und noch immer haben wir keine Spur von dem Zugang entdeckt. Müde und erschöpft versammeln wir uns im Schatten eines breiten Felsbrockens, um uns mit Wasser und ein paar Nüssen zu erfrischen und zu stärken. Die Zuversicht ist merklich abgeklungen und vor allem Tahr, Xeron und Kira schauen überaus missmutig drein. Tahr wirft immer wieder wütende Blicke zu Flin und ich fürchte schon, dass er sich jeden Moment auf ihn stürzt. Daher lasse mich langsam neben ihm nieder und lege ihm beruhigend eine Hand auf den Arm.

Tahr schaut mich an und die Wut schwindet aus seinem Blick. Er schenkt mir ein müdes Lächeln. »Wenigstens brauche ich mir keine Sorgen mehr um dich machen, denn so wie es aussieht, wird keiner von uns ins Gebirge gehen«, sagt er matt.

»Ich hätte nicht gedacht, dass du so schnell aufgibst«, sage ich neckend, um ihn aufzuheitern. Doch ohne Erfolg.

»Ich habe schon vor langer Zeit aufgegeben. Dieser Versuch hier ist nur ein letztes verzweifeltes Aufbäumen«, gesteht er mir leise und senkt den Blick.

Dieses Geständnis betrübt mich zutiefst. Sein Gesicht verrät mir, dass er die Wahrheit sagt. Er hat jede Hoffnung verloren, er hat es sich bisher nur nicht anmerken lassen. In diesem Moment sehe ich die unverschleierte Verzagtheit und den Kummer in seinen Zügen aufblitzen, die er sonst so geschickt mit einem heiteren Lächeln kaschiert. Mein Herz wird schwer, als sich diese Erkenntnis langsam hineinfrisst. Ich möchte irgendetwas sagen, um ihm neuen Mut zu geben, doch mir fehlen die Worte. Wieder einmal komme ich mir nutzlos und stümperhaft vor, wie ich da stumm herumsitze und zu keiner Erwiderung fähig bin. Aber dann regt sich Trotz in mir, zunächst nur ein leichter Hauch, der jedoch rasch einen wahren Sturm in mir entfesselt. Wenn ich schon keine Worte finde, so will ich Taten sprechen lassen. Mit wilder Entschlossenheit springe ich auf die Beine, bereit den Zugang ausfindig zu machen und Tahr seine Hoffnung zurückzugeben.

Der schaut überrascht hinter mir her, doch dann erhebt er sich ebenfalls. Nach und nach stehen auch die anderen auf und lassen sich von meinem mitreißenden Eifer anstecken.

Wir durchforsten die gesamte Umgebung, schauen unter jeden Stein, überprüfen jegliche Unebenheit im Boden. Doch als die Dämmerung einsetzt, schwindet die restliche Zuversicht zusammen mit dem Sonnenlicht. Vollkommen ausgelaugt lasse ich mich an dem glatten Stamm eines weiteren verdorrten Baumes herabsinken. Dieser hier hat keine grässliche Fratze, doch dafür fällt mir etwas anderes auf, als ich mit der Hand über die Rinde fahre. Sie ist unnatürlich hart für einen abgestorbenen Baum und zudem – kalt.

Verwirrt wende ich mich dem Stamm zu und schaue ihn mir genauer an. Immer wieder fahre ich mit der Hand über das fast schwarze Holz. Aber es ist gar kein Holz. Obschon die Oberfläche wie Rinde aussieht, ist sie aus einem festen, unnachgiebigen Material. Dann wird es mir klar: Dies ist eine Nachbildung aus Metall! Aufgeregt springe ich auf die Beine und laufe um den Metallbaum herum. Ich taste ihn von unten bis oben ab, so hoch ich eben mit meinen Händen gelange. Ich betaste einen Ast, der etwa auf Schulterhöhe seitlich von dem Stamm abzweigt und als ich ein wenig Druck auf ihn ausübe, spüre ich, wie er nachgibt.

Aufgeregt fasse ich den vermeintlichen Ast fester und ziehe ihn mit einem kräftigen Ruck nach unten. Er ruckelt zunächst und neigt sich dann hinab, bis er in einem steilen Winkel zum Stamm wieder einrastet. Ungläubig starre ich auf den vorgeblichen Ast, doch ein schabendes Geräusch reißt meine Aufmerksamkeit von ihm fort. Ich blicke mich um und sehe gerade noch, wie sich ein mächtiger Steinbrocken neben dem Baum über den Boden schiebt und im nächsten Augenblick wieder still ruht. Vorsichtig trete ich näher an den Brocken heran. Ein riesiges Loch klafft daneben. Ich muss mit dem Ast irgendeinen Mechanismus ausgelöst haben, der den Stein von der Öffnung fortgeschoben hat.

Aufgeregt drehe ich mich herum, um die anderen zu mir zu rufen, die verteilt in der Umgebung herumstehen oder kauern und vor lauter Erschöpfung und Missmut nichts von meinem Erfolg mitbekommen haben. Gerade als ich den Mund öffne, packt mich etwas am Bein. Erschrocken fahre ich herum und sehe den metallummantelten Arm, der aus der dunklen Öffnung hinter mir herausragt. Die Worte bleiben mir im Halse stecken und ich kann nur lautlos nach Luft schnappen. Der Griff um meinen Unterschenkel ist unnachgiebig und schmerzhaft. Mit einem einzelnen Ruck bringt mich die Hand zu Fall und ich stürze ungehindert in das tiefe Loch hinab. Ein panischer Schrei ist das letzte, was ich zustande bringe, ehe mich vollkommene Dunkelheit umschließt.

Kapitel 30

Mein liebster Riáz,

der vierte Sommer bricht an, seit ich dich zum letzten Mal gesehen habe. Nicht, dass ich etwas von diesem Sommer mitkriegen würde, denn ich bin immer noch im Refugium eingesperrt, meiner Freiheit beraubt, abgeschnitten von der Welt.

Es kommt mir beinahe so vor, als wäre ich schon immer in diesem unterirdischen Gefängnis eingeschlossen. Mein früheres Leben und alles, woran ich mich zu erinnern glaube, ist bloß ein Traum. Vermutlich gibt es gar keine Welt außerhalb dieses Refugiums. Keine Wälder, keinen unendlichen Himmel, keine Seen und Flüsse. Vielleicht ist all das nur eine Wahnvorstellung, hervorgerufen durch meinen Wunsch nach Freiheit und einer irrsinnigen Hoffnung, dass da draußen irgendetwas auf mich wartet.

Wenn dem so ist, dann bist auch du bloß ein Produkt meiner Fantasie. Dieser Gedanke tröstet mich auf eine sonderbare Weise. Denn wenn es dich gar nicht gäbe, müsste ich dich nicht vermissen. Ich bräuchte mich nicht um dein Wohl zu sorgen oder vor bloßer Angst vergehen, weil dir etwas zugestoßen sein könnte. Mein Herz würde nicht derart schmerzen, wenn es dich nicht gäbe ... Aber das tut es und das ist der Beweis für deine Existenz. Du bist irgendwo da draußen, weit entfernt von mir, doch meine Seele hast du mitgenommen. Du hast mich unvollständig zurückgelassen. Ich mache dir keinen Vorwurf daraus. Ich bin froh, dass du wenigstens einen Teil von mir bei dir trägst.

In meiner Vorstellung sehe ich dich durch ein Feld voll Mondlichter wandern oder mit Tahr durch den Dämmerwald streifen. Manchmal stelle ich mir vor, wie du reagiertest, wenn ich unvermittelt durch das Blätterdach geflogen käme. Du würdest mich sicher ähnlich ansehen, wie damals in Dorias, nachdem du mir deine Flügeltätowierung gezeigt hast. Du hast mich auf diese spezielle Art angeschaut, verzückt und voller Zuneigung. In diesem Moment wurde mir bewusst, dass du es bist, wonach ich mich immer gesehnt habe.

Habe ich dir das überhaupt je gesagt? Ich habe das Gefühl, es gibt so vieles, was ich dir noch hätte sagen müssen. So viele Worte blieben unausgesprochen, so vieles ungesagt. Was wiegt schwerer, als ungenutzte Möglichkeiten und das Wissen, dass sie unwiederbringlich vergangen sind?

Verzeih mir, du willst gewiss erfahren, wie es unserer Tochter geht. Ja, Riáz, wir haben eine Tochter. Ria ist so schön und stürmisch wie der Sommerwind und sie hat so vieles von dir. Manchmal, wenn sie mich ansieht, erkenne ich dich in ihrem Gesicht, in ihren Augen, ihrem gutmütigen Lächeln, ihrem Mut. Meine Ängste und Sorgen um ihre Gesundheit waren glücklicherweise überflüssig. Sie war von Anfang an ein kräftiges und gesundes Junges. Ich glaube, es ist dein menschlicher Einfluss, der sie stärkt, obwohl die fearanischen Lebenskräfte sinken.

Es gibt noch weitere Anzeichen für das menschliche Blut in ihren Adern. Ria ist nicht wie andere Fearanenjunge. Ihre ganze Statur ist unüblich, sie ist kleiner und kräftiger als es für ein Junges in ihrem Alter üblich wäre. Zudem sind ihre Flügel etwas kurz geraten, sodass sie Schwierigkeiten hat, sich über längere Zeit in der Luft zu halten. Das könnte allerdings auch daran liegen, dass sie noch nie in den Genuss des freien Fliegens gekommen ist. Hier im Refugium kann sie lediglich kleine Flugrunden drehen. Ich habe Goran deswegen unzählige Male angefleht, sie herauszulassen, doch er erlaubt es nicht.

Ich glaube, er will verhindern, dass die anderen in der Stätte sie zu Gesicht bekommen. Erst wenn sie ihr Initiationsritual hinter sich hat und eine vollwertige Stammesangehörige ist, darf sie das Refugium verlassen. So hat Goran es mir versprochen.

Du brauchst dir jedoch keine Sorgen um deine Tochter machen. Trotz der Einschränkungen und Entbehrungen ist sie ein lebensfrohes Kind. Alle im Refugium kümmern sich liebevoll um sie. Zara tanzt ständig mit ihr und hilft ihr, das Feuer in ihrem Herzen zu entfachen: ›Sei stets voller Leidenschaft, bei allem, was du tust. Wenn du nicht mit dem Herzen dabei bist, ist es zwecklos.‹

Und Xeron wacht über sie wie über einen kostbaren Schatz. Er ist ihr Beschützer und hat immer ein Auge auf sie, selbst wenn sie schläft. Sobald sie alt genug ist, wird er ihr zeigen, wie man kämpft. Ich habe dem zugestimmt, damit Ria später nicht ebenso wehrlos ist, wie ich es bin. Wobei ich inständig hoffe, dass Ria niemals kämpfen muss ...

Selbst Goran kümmert sich hingebungsvoll um Ria. Du wirst das sicher nicht gerne hören, aber er ist für sie da. In ihrer Nähe ist er ein vollkommen anderer Fearane. Er ist sanftmütig und liebevoll und erzählt die abenteuerlichsten Geschichten. Manchmal vergesse ich sogar fast, was er mir genommen hat und wie sehr ich ihn dafür verabscheue. Lange Zeit habe ich versucht, Ria vor ihm zu schützen und ihn von ihr fernzuhalten. Aber Ria sucht seine Nähe und lässt sich nicht davon abbringen. Es scheint, als sähe sie etwas in ihm, was allen anderen verborgen bleibt. Daher habe ich es aufgegeben, sie von Goran fernhalten zu wollen.

Außerdem besänftigt es ihn, Zeit mit ihr zu verbringen. Er verlangt immer noch etwas für sein Schweigen, doch durch seine Zuneigung zu Ria, wiege ich mich in Sicherheit – vorerst. Ich weiß nicht, wie lange ich ihn hinhalten kann, aber solange ich noch Hoffnung habe, dass du zu mir zurückkehrst, werde ich standhaft bleiben. Ich weigere mich, zu glauben, dass er Ria in Gefahr bringen würde. Denn das wäre sie, wenn die anderen erführen, dass sie zum Teil menschlich ist. Die Stimmungen sind weit schrecklicher geworden. Die Fearane scheinen zu vergessen, dass nicht die Menschen die Schuld an unserer Lage tragen. Es sind die Zentâris allein. Doch die meisten sind sich mittlerweile darin einig, dass die Menschen dazu beigetragen haben, weil sie sich von uns abgewandt haben. Es sind Gerüchte ins Refugium vorgedrungen, nach denen vereinzelte Fearane draußen von Menschen gejagt und getötet wurden. Es heißt, sie hätten einen regelrechten Hass auf unser Volk entwickelt. Sag, Riáz, ist das wahr? Ist denn rein gar nichts mehr von dem ehemaligen Bündnis übrig?

Ich wünschte, du wärest hier bei mir und Ria. Ich wollte, du könntest sehen, wie sie heranwächst. Jeden Abend erzähle ich ihr von den Mondlichtern und sie schaut mich mit ihren großen, blaugrünen Augen voller Staunen an. Ein jedes Mal kommen mir die Tränen und ich muss mir auf die Lippen beißen, um ihr nicht von dir zu erzählen. Wenn sie fragt, was denn los ist, küsse ich ihre Stirn und sage: »Nichts, ich wünschte nur so sehr, ich könnte dir die Mondlichter zeigen.« Dann nickt sie nachdenklich und murmelt: »Das wünschte ich auch«.

Oh, Riáz, was tue ich ihr da bloß an? Das ist alles so falsch. Doch weiß ich nicht, was ich sonst tun soll. Ich lasse zu, dass ihr Leben begleitet wird von einer Lüge und dass sie eingesperrt ist, wie die Vögel in ihren goldenen Käfigen, von denen du mir einst erzähltest. Sie muss mein Schicksal teilen, von Geburt an.

Und dennoch, trägt sie es mit Demut. Viel mehr, als ich es je vermocht habe. Obwohl es sie danach verlangt, das Refugium zu verlassen und die Welt zu sehen, von der ich ihr berichtet habe, kommt kein Wort der

Klage über ihre Lippen. Stattdessen wartet sie geduldig auf jenen Tag, an dem sie unserem gemeinsamen Gefängnis entfliehen kann. Sie wird fortgehen und ich werde bleiben. Mein Herz wird schwer, wenn ich daran denke, denn ich habe Angst, dass sie nie wieder zurückkehren wird.

Ebenso wie ich fürchte, dass du nie mehr zu mir zurückkehrst.

In ewiger Sehnsucht

Sera

Kapitel 31

Die Öffnung über schließt sich und sperrt somit auch das letzte bisschen Dämmerlicht aus. Vollkommene Dunkelheit und stickige Luft umfangen mich, ebenso wie ein kalter, metallener Arm. Ich versuche verzweifelt, aus dem erbarmungslosen Klammergriff zu entkommen, trete, schlage und schreie wie wild. Panisch greife ich nach irgendetwas, an dem ich mich festhalten kann, während das metallene Monster mich tiefer hinabzieht.

»Halt still!«, zischt der Zentâri mit seiner kehligen Stimme ganz dicht an meinem Ohr.

Sein heimtückischer Tonfall feuert die Panik in mir weiter an und ich schlage wie von Sinnen um mich. Ich treffe ihn mit meinem Ellbogen im Gesicht, wobei ein abscheuliches Knacken erklingt. Er flucht aus voller Kehle und löst reflexhaft seinen Arm von mir, um sich die Hand vor die Nase zu drücken. Dabei taumele ich nach vorne, zu überrascht von der plötzlichen Bewegungsfreiheit, und reiße ihn mit mir in die dunkle Tiefe. Er stößt einen erschrockenen Laut aus, während er haltsuchend um sich greift. Kurzzeitig triumphiere ich über meine zurückgewonnene Freiheit, ehe mir wieder bewusst wird, dass ich falle. Panisch schnappe ich in die Dunkelheit, greife in die Erde, die mich umgibt, rutsche ab, schlage mir den Kopf an und erwische endlich etwas mit meiner Hand, an dem ich mich festhalten kann. Ich packe zu und habe wieder Halt. Keuchend klammere ich mich an das Seil, das sich als die eine Seite einer Strickleiter herausstellt. Ich stöhne erleichtert auf und versuche, mit meinen Füßen eine Sprosse zu erreichen, während ich mit der freien Hand nach dem anderen Seil taste.

Gerade als ich mit den Fingern auf etwas Hölzernes stoße, packt der Zentâri von unten meinen Fuß. Ein heftiger Ruck reißt mich hinab. Meine Hand rutscht am Seil entlang und ich lasse abrupt los, als mir ein brennender Schmerz durch die Handfläche jagt. Ohne jeglichen Halt falle ich in die Tiefe, kreische panisch auf und lande dann in den harten, kalten Armen meines Entführers.

Durch den Schreck bin ich kurzzeitig wie erstarrt und in diesem Moment der Ruhe, vernehme ich ein Bellen. Von oben dringt das gedämpfte Gebell von Rubi zu mir herab sowie leise, schabende Geräusche. Kleine Erdklumpen rieseln auf mich nieder. Er hat meine Spur entdeckt! Das bedeutet, dass die anderen wissen, wo ich bin. Sie müssen nur den Hebel finden. »Der Baum! Ihr müsst an dem Ast ziehen! Der Baum!«, brülle ich aus vollem Halse, bis mir der Zentâri eine Hand vor den Mund schlägt.

Mein Schrei geht in ein Stöhnen über, meine Lippen pochen schmerzhaft, von dem Schlag und mir wird übel von dem Gestank, der von der Hand ausgeht.

»Schnauze, du kleine Göre!«, zischt mir der scheußliche Kerl ins Ohr, während er mich grob auf die Beine stellt. Dann zieht er mich einen finsteren Gang entlang, fort von dem rettenden Ausgang, hinter dem sich meine Freunde befinden. Ich bin vor Angst vollkommen unfähig, mich zu wehren, weshalb es ihm keine große Mühe macht, mich zu verschleppen. Die Luft in dem Tunnel ist dünn und schwül und lässt mich nur schwer atmen. Da ich in der Finsternis nichts sehen kann, stolpere ich eher, als dass ich gehe, eng an meinen Entführer gepresst. Der benötigt scheinbar keinerlei Lichtquelle, um sich in dem Gang zurechtzufinden.

»Erstmal bring ich dich in meine Bleibe, wo du brav auf mich warten wirs' und dann kümmer' ich mich um deine Freunde. Aber keine Angst, ich werd dich nich' lange warten lassen«, raunt er mir heiser zu.

Angetrieben von der grauenhaften Vorstellung, die seine Worte in mir auslösen, fällt meine Lähmung von mir ab und ich bleibe abrupt stehen. Doch er zieht mich unbeeindruckt weiter, wobei meine Füße achtlos über den Boden schleifen. Ich versuche, Halt zu gewinnen, um mich ihm entgegenstemmen zu können, aber es gelingt mir nicht. Verzweifelt reiße ich an seinem Arm, doch er packt umso fester zu. »Halt, bitte!«, krächze ich atemlos. Es ist ein erbärmliches Flehen, obschon mir klar ist, dass er sich dadurch nicht erweichen lassen wird.

Doch zu meiner Überraschung bleibt er ruckartig stehen. Ich bin zu verblüfft, um zu reagieren, da schubst er mich schon gegen die Tunnelwand, drückt mich an die feuchte Erde und drängt seinen Körper an mich, eine Hand wieder auf meinen Mund gepresst. »Ja, du has' Recht. Wieso überhaupt noch warten?«, zischt er aufgeregt.

Ein eisiger Schauer läuft über meinen Rücken und meine Eingeweide ziehen sich in blanker Panik zusammen. Völlig verzweifelt versuche ich, von ihm fortzukommen, aber hinter mir ist unmittelbar die Tunnelwand. Mit aller Kraft presse ich meine Hände gegen seine kalte Brust, um ihn mir vom Hals zu schaffen, doch sein derber Körper mit der harten Panzerung drückt meinen Widerstand mühelos nieder.

»So ein leckeres, junges Ding hab' ich lange nich' gesehen. Ah, und diese weiche Haut, ganz frei von dem verdammten, kalten Metall«, stöhnt er mir ins Ohr und streift mit seiner schmierigen Hand über meinen Hals. Er lässt seine Finger tiefer gleiten, zerreißt mein Hemd, langt hinein, befingert meine nackte Haut und reibt daran. Sein Körper drängt sich immer näher an mich heran und sein Gesicht berührt meines. Aus seinem Mund dringt ein lüsternes

Keuchen in mein Ohr. Heiß und feucht streift sein Atem meine Wange. Sein beißender Gestank schlägt mir entgegen, eine abstoßende Mischung aus altem Schweiß, Moder und verdorbenem Fleisch.

Ich versuche, den Kopf soweit wie möglich wegzudrehen, presse mich fest an die Wand und kneife meine Augen zusammen, aus denen unaufhörlich Tränen rinnen. Übelkeit und Angst schnüren mir die Kehle zu und ich hoffe verzweifelt, dass es aufhört.

Die Hand des Widerlings fährt an der Innenseite meines Oberschenkels entlang nach oben und ich wimmere flehentlich auf. Ich versuche, seinen Arm zu erwischen, um ihn aufzuhalten, doch an dem glatten Metall rutschen meine Finger erfolglos ab. Also reiße ich mein Knie hoch, um es ihm an eine empfindliche Stelle zu rammen, aber er grabscht danach, bekommt meinen Oberschenkel zu packen und presst ihn seitlich an seinen Körper. Nun bin ich noch hilfloser, auf einem Bein stehend, das andere um meinen Peiniger geschlungen.

Für einen kurzen Augenblick bin ich froh darüber, dass ich eine Hose trage und kein Kleid, doch meine Erleichterung versiegt, als die Bestie sich an dem dünnen Stoff zu schaffen macht. Er wird ihn zerreißen, ihn mir vom Körper zerren und mich komplett entblößen, wird es mir schmerzhaft bewusst. Ich bäume mich auf, richte all meine Kraft darauf, aus seinem Griff zu entkommen, doch ich bin wie eine Maus im Maul einer Katze. Wut, Ekel, Angst und Abscheu tosen in mir, aber keine Hoffnung. Ich höre Stoff reißen, spüre schwielige Finger auf meiner nackten Haut, ein brünstiges Stöhnen dringt in mein Ohr und mir wird kurzzeitig schwarz vor Augen. Ich hoffe inständig, dass mich die Ohnmacht ergreift und mich von dieser Pein erlöst. Aber so leicht komme ich nicht davon. Der Widerling nimmt die Hand von meinem Mund und macht sich an seinem metallenen Lendenschurz zu schaffen. Er zieht ihn schnaufend zur Seite, seine Bewegungen sind vor Erregung fahrig und er rückt ein wenig von mir ab.

Endlich bekomme ich wieder besser Luft und da kommt mir die rettende Idee. Hektisch greife ich mir an den Oberschenkel, den der Widerling immer noch an seinen Körper gedrückt hält. Ich taste mich an meiner Beinaußenseite entlang, bis meine Finger auf das stoßen, was ich suche. Mit einer einzelnen schnellen Bewegung ziehe ich den Dolch aus dem Beingurt und lasse ihn ohne Zögern auf den Zentâri niedersausen. Doch ich habe in meiner plötzlichen Aufregung völlig die Metallhaut vergessen. Die Klinge trifft auf das widerstandsfähige Material an seiner Brust und rutscht ohne weiteres daran ab. Ich hole erneut aus und ziele diesmal auf seinen Kopf, doch der Zentâri wehrt den Schlag mit dem Ellbogen ab. Trotzdem streift die Klinge seine Wange und hinterlässt dort einen blutigen Kratzer. Mein Widersacher zischt verblüfft und wütend, dann packt er mein Handgelenk und donnert es fest gegen die Tunnelwand. Vor Schmerz lockere ich den Griff und der Dolch fällt nutzlos zu Boden. Fort ist mein einziges Schutzmittel.

»Was haben wir denn da? Du wills' also kämpfen?«, knurrt er drohend und ich wimmere abermals auf. Er packt mich fest am Kinn und schlägt meinen Hinterkopf gegen die erdige Wand. Bunte Blitze zischen vor meinen Augen auf und mein Schädel hämmert in einem schmerzhaften Takt. Der Widerling lässt von meinem Kinn ab und presst mir einen Unterarm auf die Brust. Unter dem Gewicht kann ich kaum atmen und ich schlage panisch mit beiden Händen nach dem Gesicht des Zentâris, wobei ich ihm mit meinen Fingernägeln die Haut aufkratze, bis mir die Luft ausgeht. Mein Gegner flucht erbost über meine Gegenwehr und holt mit der freien, zur Faust geballten Hand weit aus. Kraftlos schließe die Augen, bereite mich auf den herannahenden Schmerz vor und hoffe inständig, dass mich der Schlag bewusstlos werden lässt.

Doch stattdessen wird der Zentâri mit einem wutentbrannten Schrei von mir fortgerissen. Die erdrückende Last auf meiner Brust verschwindet und ich ringe keuchend nach Atem, während ich zitternd an der Wand nach unten rutsche. Jemand fängt mich auf, ehe ich auf dem Boden zusammensacke. Warme, schützende Arme legen sich um meinen Oberkörper. Im Licht einer Fackel mache ich hellgraue Augen aus, die fürsorglich auf mich herabblicken. »Finéra, es tut mir so leid«, haucht Dión mit erstickter Stimme.

Ich schüttele leicht den Kopf. Ich bin unendlich dankbar, dass er da ist, und klammere mich an ihn wie ein Neugeborenes an seine Mutter. Behutsam neige ich mich zur Seite, um an ihm vorbeischauen zu können, und entdecke Tahr, der sich über den Zentâri beugt und wutentbrannt auf ihn einschlägt. Er stößt zornige, wilde Laute aus und bietet einen Anblick, der mir trotz meiner Dankbarkeit einen Schauer über den Rücken jagt. Endlich lässt er ab von dem Zentâri, der sich schon längst nicht mehr rührt, und sinkt keuchend auf die Knie. Bedauern und Qual liegen in seinem Blick. Er streckt eine Hand nach mir aus und ich mache mich von Dión los, um zu ihm zu wanken.

Tahr stürzt mir entgegen und fängt mich in seinen Armen auf. »Das hätte nicht passieren dürfen. Ich wollte verhindern, dass dir etwas zustößt. Das hätte nicht passieren dürfen«, murmelt er immer wieder. Schuld ist es, die ihn so zur Raserei gebracht hat. Schuld und der Wunsch, mich zu beschützen.

»Es ist gut, ihr kamt rechtzeitig«, flüstere ich ihm zu. Und das ist wahr. Ich fühle mich grauenhaft, beschmutzt und entblößt, aber ich werde es irgendwie überstehen. Ein wenig später hätte ich mich vielleicht von meinem Verstand und meiner Hoffnung verabschiedet, mich meinem Schicksal ergeben und wäre daran letztlich zerbrochen. Aber Tahr und Dión haben mich gerettet, ehe es dazu kommen konnte.

»Er hat dich angefasst«, würgt Tahr wütend und erschüttert hervor, als er meine zerrissene Kleidung bemerkt und stößt abermals einen gequälten Schrei aus.

Xeron tritt aus der Dunkelheit hervor. »Bring sie sofort hier raus«, raunt er Dión zu.

Der legt eilig seine Arme um mich, hebt mich hoch und trägt mich in Richtung Ausgang. Kira erwartet uns am Ende des Tunnels mit einer Fackel in der Hand. »Bist du in Ordnung?«, fragt sie betreten und ich nicke matt.

Dión hilft mir, die Strickleiter zu erklimmen. Er legt eine Hand an meine Taille, um mir Halt zu geben, und trifft dabei mit seinen Fingern auf meine nackte Haut. Eilig zieht er die Hand zurück.

»Entschuldige«, flüstert er bestürzt.

Ich bin mir nicht sicher, ob er die versehentliche Berührung meint oder das, was mir in diesem Tunnel widerfahren ist. Ich halte kurz inne, um ihm einen Blick zuzuwerfen. Aus seinem Gesicht spricht Erschütterung und Wut. Wenn es nach ihm gegangen wäre, wäre ich niemals hergekommen. Er wollte nicht, dass ich mich in Gefahr begebe. Plötzlich gerate ich ins Wanken, doch Dión fängt mich auf und hält meinen Körper, der unkontrolliert zittert, behutsam umschlossen. Er hievt mich Stück für Stück die Strickleiter hoch. Durch die Öffnung streckt Rubi seinen Kopf nach unten und bellt aufgeregt, während Zara und Ria nach mir greifen, um mich hochzuziehen. Gierig atme ich die frische Abendluft ein und nehme die Weite um mich herum dankbar in mir auf.

Ria schreit dankbar auf und schlingt ihre Arme um mich, als ich oben ankomme. Dann bemerkt sie die Fetzen meiner zerrissenen Kleider und starrt mich erschrocken an. »Was ist geschehen?«, will sie entsetzt von mir wissen.

Auch Zara schaut mich betroffen an.

»Es ist nichts passiert«, murmele ich und lasse mich auf den Boden sinken. Ich zerre die Stofffetzen vor meinen entblößten Oberkörper und schlinge beide Arme fest um mich.

»Sie braucht jetzt Ruhe!«, herrscht Dión die beiden an. Abermals hebt er mich hoch und drückt mich beschützend an sich, bereit es mit jedem aufzunehmen, der versuchen würde, mich ihm zu entreißen. Ich widerspreche nicht, denn er hat Recht und ich bin ausnahmsweise froh, dass jemand anderes für mich das Wort ergreift. Schweigend trägt er mich das ganze Stück bis zu unserem Lager zurück, legt mich auf den Boden und wickelt mich fest in mehrere Decken ein. Dann setzt er sich dicht neben mich. »Am liebsten würde ich dich jetzt und sofort von hier wegbringen. Soweit ich nur kann«, grummelt er vor sich hin.

Ich schüttele entschieden den Kopf.

»Ich weiß, ich weiß«, erwidert er niedergeschlagen.

»Geh bitte nicht weg«, sage ich leise, während ich langsam wegdämmere.

»Niemals«, verspricht er mir und ich gleite dankbar in einen erlösenden Schlaf.

Als ich wieder zu mir komme, ist es bereits morgen. Die anderen sitzen um mich herum und scheinen leise darüber zu diskutieren, was sie als Nächstes tun sollen.

»Was macht ihr denn noch hier?«, frage ich verschlafen und setze mich umständlich auf.

Als Antwort starren sie mich überrascht an.

»Wie geht es dir?«, fragt Xeron behutsam.

»Ich bin unverletzt«, sage ich bedacht und zucke mit den Schultern. Tahr streckt eine Hand nach mir aus. »Das meinen wir nicht«, sagt er leise.

»Ich weiß, aber es hilft mir nicht, wenn ihr alle hier um mich herumsitzt. Etwas Ruhe wird mir guttun. Ihr solltet reingehen und diese Mistkerle fertigmachen«, erwidere ich trotzig.

Tahr muss wegen meiner Wortwahl leicht schmunzeln, doch er sieht immer noch besorgt aus.

»Kira ist fort?«, frage ich, als ich meinen Blick durch die Runde streifen lasse.

Xeron nickt. »Ja, sie ist noch in der Nacht aufgebrochen, kurz nachdem wir dich gerettet haben. Sie ist nun auf dem Weg in den Wald der Weisen, wie geplant. Aber wir gehen erst ins Gebirge, wenn wir sicher sind, dass es dir gut geht. Niemand lässt dich jetzt gerne allein«, erwidert er.

»Sie ist nicht allein«, widerspricht Ria und baut sich neben mir auf.

Eine nachdenkliche Stille breitet sich aus, bis Xeron abermals das Wort ergreift: »Wie gesagt, wir wollten abwarten, wie es dir geht. Allzu lange können wir jedoch nicht warten. Ich hätte Kira gerne einen größeren Vorsprung eingeräumt. Sie wird schneller rasen als der Wind, so wie ich sie kenne, aber dennoch wird sie den Wald der Weisen frühestens morgen Nacht erreichen. Wenn es ihr gelingt, Goran rasch zu überzeugen, könnte die Truppe in ungefähr vier bis fünf Tagen hier eintreffen. Das ist eine lange Zeit, um uns alleine gegen die Zentâris zu behaupten, aber wir müssen schnell handeln. Wir können nicht riskieren, dass die Metallhäute über ihren getöteten Kumpanen stolpern. Der Überraschungseffekt ist unsere wichtigste Waffe, wenn wir in ihre Festung vordringen. Wir bleiben noch bis zum Abend, dann brechen wir auf. Wenn wir uns eilen, erreichen wir das Gebirgsinnere vor Anbruch des Tages. Sofern die Zentâris nach einem gewöhnlichen Tagesablauf leben, können wir sie so hoffentlich im Schlaf überrumpeln.«

Xeron erntet wortlosen Zuspruch für seine Worte, doch die Stimmung bleibt den gesamten Tag über angespannt und hitzig. Alle sind nervös und ruhelos und die Zeit vergeht nur zäh. Leise Gespräche reihen sich an schweigsame Mahlzeiten und stumme Spaziergänge. Ich bleibe fast den ganzen Tag in meine Decken gehüllt, lausche dem Rascheln von zusammengeklaubter Ausrüstung, gemurmelten Unterhaltungen und dem Schleifen von Waffen um mich herum. Selbst Rubi ist aufgeregt und dreht hechelnd eine Runde nach der anderen um unser Lager.

Je später es wird, desto stiller wird es um mich herum. Ich kann diese Ruhe vor dem Sturm kaum aushalten, daher bin ich erleichtert, als sich die Sonne an ihren Abstieg macht und die anderen sich erheben, um es ihr gleichzutun.

Die Verabschiedung von unseren Getreuen fällt ebenso gedämpft aus, wie der gesamte Tag. Geflüsterte Worte des Abschieds wandern in der kleinen Gruppe umher, als wage niemand, das Unheil durch eine erhobene Stimme herauszufordern. Ich schließe einen jeden meiner fearanischen Freunde in die Arme. Zara, Maran, Xeron, Tahr. Ich drücke sie alle fest an mich, wünsche ihnen viel Erfolg und hoffe inständig, das Glück möge auf ihrer Seite sein. Am längsten umarme ich Tahr. Es behagt mir nicht, dass sich der Abschied von ihm so endgültig anfühlt. Er macht keinen Hehl daraus, dass er nicht an einen glücklichen Ausgang dieser Unternehmung glaubt.

»Wir sehen uns wieder«, sage ich mit zittriger Stimme, aber mit aller Entschlossenheit, die ich aufbringen kann, zu ihm.

Sein charakteristisches, schiefes Grinsen blitzt auf und er nickt. »Wenn nicht, wir haben unsere Andenken. Vergiss mich nicht«, sagt er und wendet sich rasch ab. Ich kann sehen, dass er eine kleine Bronzemünze in der Hand hält und sie geschickt zwischen den Fingern dreht.

Sein Abgang hinterlässt einen Kloß in meinem Hals. Im Hintergrund höre ich Ria und Xeron, die sich fest in den Armen halten. Xeron flüstert hastig auf Ria ein und bittet sie wiederholt darum, keine Dummheiten zu begehen und gut auf uns beide aufzupassen.

Dann steht Dión vor mir, mit seinen grauen Augen, die mich sofort wieder in ihren Bann ziehen. Der Kloß schwillt an und ich schlucke ihn mitsamt einem sich anbahnenden Schluchzer hinunter. Wortlos zieht er mich in eine Umarmung. Ich verberge mein Gesicht an seinem Hals und atme seinen würzigen Geruch ein. »Pass auf dich auf«, flüstere ich und spüre, wie er nickt. Dann gibt er mir einen zarten Kuss auf die Wange. »Wenn ich es herausschaffe, verschwinden wir beide von hier«, raunt er mir ins Ohr.

Ich lächele nur müde, gebe aber keine Antwort, weil ich nicht sicher bin, ob er wieder davon spricht sich ohne die anderen davonzumachen, was ich nicht tun werde. Ich widerspreche jedoch auch nicht, da ich bloß hoffe, *dass* er es herausschafft.

Langsam wendet er sich der wartenden Gruppe zu und verschwindet mit ihr in dem geheimen Zugang. Ria und ich schauen ihnen nach, bis der Stein wieder über der Öffnung ruht. Nun ist die Stille noch unerträglicher.

Als Ria und ich Hand in Hand bei unserem Lager ankommen, sieht es verlassen und trostlos aus. Mir fällt auf, dass ich noch immer das zerrissene Hemd trage, mit dem ich in dem Tunnel war. Ich habe danach lediglich die Hose gewechselt und mir ein weiteres Hemd übergestreift. Nun entledige ich mich eilig von dem zerfetzten Stoff. Ich gieße etwas Wasser aus einem unserer Schläuche in einen kleinen Kübel, tränke ein Stück Stoff darin und wasche mich. Wasche all den Dreck von meiner Haut und die unsichtbaren Spuren, die der widerliche Zentâri darauf hinterlassen hat. Ich reinige mich mit solch einer Hingabe, dass ich mich im Anschluss sauberer fühle, als je zuvor. Ich streife neue Kleidung über und fühle mich angenehm erleichtert. So als hätte ich eine alte, abgestorbene Haut abgestreift und eine reine, frische darunter freigelegt.

Ich schnappe mir die zerrissenen Kleidungsstücke und schleudere sie angewidert fort, wobei mir ein zorniger Schrei entfährt.

Ria dreht sich erschrocken zu mir herum und betrachtet mich einen Moment fragend. Dann kommt sie rasch auf mich zu und schließt mich in eine feste Umarmung ein. »Nie wieder lasse ich so etwas zu«, flüstert sie leise.

Ich nicke stumm und gewähre meinen Tränen ein letztes Mal, dass sie mir ungehindert an den Wangen herabrinnen. Als Ria sich von mir löst, wische ich sie grob mit den Handrücken fort. Keine einzige weitere Träne werde ich für diesen grässlichen Kerl geben, das schwöre ich mir selbst!

Dann suchen wir uns einen geschützten Ort zwischen mehreren Felsen und entfachen ein kleines Feuer. Gemeinsam schmeißen wir meine Kleidungsreste, an denen die grauenvollen Erinnerungen haften, wie Fliegen an einem Misthaufen, in die Flammen. Mit trotziger Genugtuung sehe ich zu, wie das Feuer an den zarten Stofffasern züngelt und sie in Asche verwandelt. Ria drückt meine Hand fest, bis der Stoff vollkommen verbrannt ist. Ich trete an die Feuerstelle heran und spucke auf die Aschereste meiner Kleidung herab. »Möge deine elende Seele brennen und ebenso zu Asche zerfallen«, sage ich leise, als letzte Worte an meinen Peiniger.

Kapitel 32

Nachdem wir das Feuer gelöscht haben, kehren Ria und ich zu unserem Lager zurück und legen uns für die Nacht hin. Ich bin so müde, dass ich direkt einschlafe, eingehüllt in die wohlige Wärme von Rias und Rubis Körper. Doch mein Schlaf ist nicht erholsam. Immer wieder kommt mir die Fratze des Zentâris in den Sinn. Ich höre sein Keuchen und rieche seinen abgestandenen, muffigen Gestank. Jedes Mal schrecke ich auf, schaue mich nach Ria um, die dicht neben mir liegt und meine Hand festhält. Sie drückt sie beruhigend, wann immer ich zitternd erwache.

Am nächsten Morgen sammeln wir unsere Habe ein und machen uns auf den Weg, um uns in Sichtweite des Zuganges einzurichten. Wir essen schweigend und lassen die Zeit an uns vorüberziehen, bis sich auch dieser Tag dem Ende neigt. Ria setzt sich mit dem Gesicht in Richtung des verborgenen Einganges und starrt auf den Stein, der die Öffnung verdeckt, als erwarte sie, jeden Moment die anderen herausspazieren zu sehen. »Jetzt heißt es warten«, murmelt sie resigniert, ohne den Blick abzuwenden.

Ich gebe keine Antwort, sondern wickele mich fest in meine Decken ein, drehe der Tunnelöffnung den Rücken zu und kuschele mich an Rubi. Ich starre in die heraufziehende Dunkelheit, weil ich es nicht wage, die Augen zu schließen. Dabei will ich nur eines: schlafen. Schlafen und vergessen.

Irgendwann gleite ich tatsächlich in einen traumlosen Schlaf und wache erst wieder auf, als Rias aufwühlende Gefühle in mir aufbegehren. Es ist noch dunkel. Rasch setze ich mich auf und schaue an ihr vorbei zum versteckten Zugang. Der Stein, der die Öffnung verdeckt, schiebt sich langsam zu Seite. Rias Hand wandert zu ihrem Schwert und sie erhebt sich bedächtig. Rubis Kopf schnellt neben mir nach oben und seine Ohren stellen sich wachsam auf.

Ich kralle meine Hände fest in die Decken und starre wie gebannt auf die sich vergrößernde Öffnung. Ein Kopf kommt daraus hervor und schiebt sich keuchend weiter nach oben. Ich seufze erleichtert auf, als ich Dión erkenne. Erst da bemerke ich, dass ich am ganzen Körper zittere. Dión stemmt sich hoch und kommt schnaufend auf uns zu gestolpert.

Ria erhebt sich und rennt an ihm vorbei auf die Öffnung zu. Sie blickt herunter. »Wo sind die anderen?«, schreit sie ungehalten.

Dión ist erschöpft und lässt sich auf dem halben Weg zu mir auf den Boden sinken. Er atmet einige Male tief die frische Nachtluft ein, ehe er zu einer Antwort ansetzt: »Flin hat sie in eine Falle geführt, direkt in die Arme der Zentâris. Die haben sie gefangen genommen.«

»Was?«, kreischt Ria.

Seine Worte und Rias Schrei hallen in meinem Kopf wider, doch ich kann nichts davon begreifen. Das macht überhaupt keinen Sinn.

Voller Scham blickt Dión mich an, erhebt sich und kommt langsam auf mich zu.

Ria steht immer noch vor der Öffnung und starrt hinab. Ihr ganzer Körper zittert vor Anspannung und ihr aufgewühltes Gemüt raubt mir für einen Moment jeglichen Verstand. Dann wird sie völlig ruhig und schaut mich an, mit einem nüchternen und unbewegten Blick. »Ich muss zu ihnen«, haucht sie kaum hörbar und gleitet die Öffnung hinab. Sie ist so schnell verschwunden, dass ich nicht mal den Mund öffnen kann, um zu widersprechen.

»Ria, nein!«, schreie ich viel zu spät und springe auf, um ihr zu folgen, doch Dión, der mich gerade erreicht hat, fängt mich ab. Er greift nach meinen Handgelenken und hält mich fest. »Finéra, wir müssen hier weg! Ich habe dir gesagt, wenn ich es rausschaffe, verschwinden wir hier«, fordert er nachdrücklich.

Ich starre ihn ungläubig an. »Wie bist du entkommen?«, frage ich leise.

Dión schweigt eine ganze Weile, ehe er antwortet: »Flin hat mich gewarnt, kurz bevor die Zentâris angegriffen haben. Ich bin gerade noch rechtzeitig weggekommen.« Die Worte kommen leise und stockend aus ihm heraus und doch reckt er das Kinn in trotziger Entschlossenheit vor.

Ich entreiße ihm meine Arme und stoße ihn von mir. Ich kann nicht glauben, was er da gerade gesagt hat. »Du hast sie verraten«, flüstere ich leise. »Du wusstest von dem Hinterhalt, nicht wahr?«, frage ich fassungslos. Ich denke an den Morgen, als ich Dión und Flin miteinander tuscheln gesehen habe, und mir wird übel.

»Finéra, bitte, wir müssen hier weg! Wir können nichts mehr für sie tun. Die Truppe aus dem Wald der Weisen wird kommen und die anderen befreien. Es kommt sicher niemand von ihnen zu Schaden. Flin meinte, die Zentâris wollen sie lebend. Du brauchst dir keine Sorgen um sie machen. Aber nachdem was geschehen ist, konnte ich nicht zulassen, dass dir noch einmal etwas zustößt. Ich … will dich doch bloß in Sicherheit bringen«, beschwört er mich verzweifelt. Sein Blick ist flehend, eine stumme Bitte um Vergebung.

Ich lasse mich auf die Knie sinken, unfähig zu begreifen, was geschehen ist. Flin hat die anderen in einen Hinterhalt gelockt. Sein Verrat verwundert mich nicht, aber Dións schmerzt unendlich. Er wusste von der Falle, doch statt die anderen zu warnen ist er fortgelaufen, um … um mich zu retten? Nun sind Xeron, Tahr, Maran und Zara in den Fängen der Zentâris und Ria rennt demselben Unheil entgegen. Ria! Ich muss zu ihr. Die Zentâris dürfen sie nicht auch noch erwischen. Ich muss ihr helfen!

Ich komme schwerfällig auf die Beine, Dión steht etwas abseits von mir und betrachtet mich wartend. Ich nicke ihm kurz zu, tue so, als wäre ich bereit, mit ihm fortzugehen. Dann drehe ich mich blitzschnell herum und renne los, der Öffnung entgegen. Dión ruft meinen Namen und setzt mir nach, daher laufe ich schneller, doch ich gerate ins Stocken, als ich Rubi bellen höre. Mitten im Sprint werde ich heftig zurückgerissen. Dión packt mich am Arm und hält mich fest.»Finéra, nicht! Du darfst da nicht wieder rein. Hast du vergessen, was darin lauert?«, fragt er erregt und schüttelt meinen Arm.

Mit einer schwungvollen Bewegung hole ich aus und schlage Dión mit meiner Faust mitten ins Gesicht. Rubi kläfft einmal auf, es ist ein unsicherer Laut, abgelöst von einem nervösen Hecheln. Dión taumelt rückwärts und hält sich erschrocken eine Hand über Mund und Nase.

»Wie konntest du nur?«, kreische ich, den pochenden Schmerz in meinen Fingergelenken ignorierend, und wende mich ruckartig von ihm ab. Ich nehme wie aus weiter Ferne wahr, dass Rubi winselt, doch all meine Gedanken kreisen nur noch um Ria. Ich muss ihr helfen! Wie von Sinnen stürme ich durch die Öffnung in die finstere Tiefe, klettere eilig die Strickleiter hinab und renne in die Dunkelheit hinein. Bilder, Geräusche und Gerüche dringen auf mich ein, die ich am liebsten vergessen würde, doch ich ignoriere all das und konzentriere mich nur auf Ria. Ich versuche sie in der Finsternis zu erspüren und renne immer weiter den Tunnel entlang. Ich laufe, bis meine Lunge brennt, meine Beine schmerzen und mir der Schweiß die Stirn herabrinnt, doch ich bleibe nicht stehen.

Dann stolpere ich und stürze schmerzhaft zu Boden. Keuchend ringe ich um Atem und stütze mich mit den Händen auf dem weichen Erdboden ab. Dabei stoße ich mit meinen Fingern auf etwas Hartes, Kaltes. Vorsichtig taste ich danach und presse einen hohen Schrei hervor. Es ist der tote Zentâri, der mich verschleppen wollte.

Eilig rutsche ich von ihm ab und trete ihn dabei mit den Füßen weg von mir. Hastig krabbele ich auf allen vieren weiter, darum bemüht, wieder auf die zittrigen Beine zu kommen, als ich mit meiner Hand abermals auf einen Gegenstand stoße. Er ist so scharf, dass es mir die Fingerkuppe zerschneidet. Zischend ziehe ich meine Hand zurück, taste dann jedoch behutsam den Boden ab. Meine Finger treffen auf etwas Spitzes. Ich betaste es vorsichtig, bis mir klar wird, dass es sich um meinen Dolch handelt. Vor Erleichterung bringe ich ein zittriges Lachen hervor, stecke die Klinge zurück in die Scheide am Beingurt und rappele mich auf. Die Arme in die Dunkelheit vor mir ausgestreckt, um Hindernisse frühzeitig ausmachen zu können, laufe ich weiter.

Die Luft in dem Tunnel ist dick und stickig und immer wieder keimt die Angst in mir auf, hier drin lebendig begraben zu werden, doch ich renne unablässig weiter. Es kommt mir vor, als würde ich das bereits seit einer Ewigkeit tun. Ich kann nicht abschätzen, wie lange ich schon unterwegs bin oder wie weit ich gekommen bin. Von Ria kann ich nicht die kleinste Spur ausmachen, weder kann ich sie spüren, noch hören. Wenn sie durch den Tunnel geflogen ist, hat sie mich schon längst abgehängt. Dennoch laufe ich weiter, mit den Gedanken bei meiner Seelenverwandten. Doch irgendwann geben meine Beine nach und ich falle auf die Knie. Keuchend ringe ich nach Atem, helle Punkte schwirren vor meinen Augen herum. Ich taste meine Umgebung ab, bis ich die Wand erreiche und lasse mich erschöpft mit dem Rücken dagegen sinken. Mir kommen die Tränen und ich schluchze heftig. Ob vor Enttäuschung, Wut oder Angst, weiß ich selbst nicht. Ich fühle mich vollkommen verloren und mein Puls hört nicht auf zu rasen. Zusammengekauert verharre ich und versuche, die rasche Wendung meiner Lage zu begreifen.

Endlich hat sich mein Herzschlag beruhigt und der Schmerz in meinen Beinen ein wenig nachgelassen. Mein Unverständnis, ob dieser neuen Situation ist geblieben und mein Herz ist schwer. Dennoch rappele ich mich auf und folge weiter dem Tunnel, diesmal langsamer. Ich gehe im Zickzack, damit ich die Wände neben mir berühren kann, um mich davon zu überzeugen, dass ich nicht durch ein unendliches, dunkles Nichts wandere. Trotzdem werde ich das quälende Gefühl nicht los, dass der Tunnel niemals enden wird. Als auch der letzte Funken Hoffnung gerade aus meinem Herzen entweicht, verändert sich mit einem Mal der Boden unter meinen Füßen. Statt des weichen Erdbodens, trete ich auf festen Stein. Ich habe das Gebirge erreicht! Der Funke glüht wieder.

Es bedeutet auch, dass ich eine weite Strecke hinter mich gebracht habe und die Nacht vermutlich bereits vorüber ist. Xeron und die anderen sind demnach schon einen Tag lang in den Fängen der Metallmonster. Und Ria mittlerweile vermutlich auch. Der Gedanke bereitet mir eine Gänsehaut. Langsam schreite ich voran, meine Schritte hallen unheimlich von den steinernen Wänden wider und ich bemühe mich darum, möglichst leise aufzutreten. Je weiter ich in das Gebirge vordringe, desto wärmer wird es. Meine Haare kleben mir feucht im Gesicht und eine Schicht von Schweiß und Erde bedeckt meine Haut.

Nach einer Weile dringt ein Fackelschein in mein Sichtfeld. Ich bleibe abrupt stehen, dränge mich an die Tunnelwand und lausche angestrengt. Ich kann keine Geräusche vernehmen außer die meines laut hämmernden Herzens und meines schweren Atems, auch bewegt sich der Lichtschein nicht. Vorsichtig gehe ich weiter und sehe, was ich bereits vermutet habe: Die Fackel ist fest an der Wand montiert.

Nach all der Dunkelheit brennt das Licht unangenehm in meinen Augen und sie beginnen unverzüglich zu tränen. Ich blinzele mehrere Male, doch selbst danach kann ich kaum etwas erkennen. Als ich mich endlich an das dämmerige Licht gewöhnt habe, blicke ich mich um. Der Tunnel setzt sich in gleicher Richtung fort, doch rechts und links von mir führen zwei weitere Gänge von diesem ab.

Eiserne Gitter versperren die Zugänge, mit je einem schweren rostigen Schloss behangen. Ein heißer Luftzug kommt mir aus einem der beiden entgegen. Ich muss mich in dem äußeren Gebirgsring befinden und diese zwei Tunnel führen in die unterirdischen Stollen der Zentâris. Die Hitze stammt gewiss von den Schmiedefeuern, die darin lodern.

Dann muss der mittlere Gang in das Zentrum des Gebirges vordringen, in das Herz des Glutgebirges. Darin befindet sich die Festung der Zentâris und dort finde ich sicher auch Ria und die anderen. Ich atme noch einige Male tief durch. Für die Dauer eines Wimpernschlages erwäge ich, mich umzudrehen und schleunigst von hier zu verschwinden. Doch dann straffe ich meinen ausgelaugten Körper und eile tiefer in das Gebirge hinein.

Alle zwanzig bis dreißig Schritt ist eine Fackel an der Wand befestigt, sodass ich nicht mehr durch vollkommene Dunkelheit irren muss. Ich konzentriere mich auf meinen Atem und trabe in einem gleichmäßigen Tempo voran. Ich gerate ins Stocken, als sich der Tunnel vor mir unversehens in drei schmalere Gänge gabelt. Diesmal bin ich mir sicher, dass ich mich im Gebirgsherz befinde. Ein jeder dieser Gänge vor mir könnte mich zu Ria führen. Unentschlossen trete ich von einem auf den anderen Fuß und überlege fieberhaft, welchen Weg ich wählen soll. Ich kann nichts von Ria spüren, kein Anflug eines Gefühls, das mir verraten könnte, in welche Richtung ich mich wenden muss.

In all meiner Verzweiflung kommt mir jäh ein albernes Lied in den Sinn, das Jéla und ich früher gesungen haben, wenn wir uns verlaufen haben. Das Lied hilft keinesfalls bei der Suche nach dem *richtigen* Weg, doch es nimmt einem wenigstens die Entscheidung ab. Ich richte meinen Finger auf den linken Gang und während ich singe, wandert er bei jeder Silbe einen Gang weiter: »Wenn du nicht weißt, wo lang es geht –, schau nach, wo gerad' die Sonne steht. –

Kein Sonn'-, kein Mond-, kein Sternenlicht? – Dann hilft dir dieser Ratschlag nicht. – Drum dreh dich blind im Kreis herum –, erst darum, dann verkehrt herum. – Stillgestanden! Augen auf! – Weiter geht es geradeaus.«

Als ich ende, zeigt mein Finger auf den rechten Gang. Ich zucke mit den Achseln. Dieser Weg ist so gut wie jeder andere. Ohne Zögern haste ich in die Dunkelheit hinein.

Vor Erschöpfung komme ich nur langsam voran. Mein Magen knurrt und mein Mund ist ausgetrocknet. Nun bereue ich, dass ich ohne Proviant losgerannt bin. Außerdem denke ich an Rubi und mir kommen unweigerlich die Tränen. Auch ihn habe ich einfach zurückgelassen – meinen treuesten Freund. Ich hoffe sehr, dass er draußen zurechtkommt, bis ich zurückkehre ... wann auch immer das sein wird. Dann kommt mir Dión in den Sinn und auch dieser Gedanke schmerzt. Ich überlege, ob er Rubi vielleicht mitgenommen hat. Er ist zwar ein fieser Verräter, aber er würde Rubi nicht im Stich lassen – nicht so wie ich es getan habe. Die Tränen fließen und ich beiße mir fest auf die Unterlippe, während ich mutlos vorwärtsschreite.

Irgendwann fällt mir der Dolch ein. Ich ziehe ihn hervor und halte ihn vor mich ausgestreckt. Zunächst verleiht mir dies neuen Mut, doch nach einer Weile wird es mir zu anstrengend und ich lasse den Arm wieder sinken. Immer langsamer trotte ich den Tunnel entlang und fürchte schon, niemals irgendwo anzukommen, als sich der Gang ungefähr fünfzehn Schritt vor mir auf einmal verbreitert. Er scheint in einen größeren Raum zu münden.

Abermals bleibe ich stehen, verharre lautlos und lausche angestrengt, doch ich kann keine Geräusche vernehmen. Ich schleiche dicht an die Tunnelwand gedrängt auf den Durchgang zu. Vorsichtig strecke ich meinen Kopf vor, um einen Blick in den dahinterliegenden Raum zu werfen. Er wird nur von einer einzelnen Fackel an der hinteren Wand erhellt, weshalb die Ecken in Schatten gehüllt sind.

In einer davon kann ich einen riesigen Käfig ausmachen, mit Gitterstäben so dick wie meine Handgelenke. Es würden problemlos mehrere Fearane hineinpassen, doch ich kann nicht erkennen, ob sich jemand darin befindet – womöglich kauernd in einer der dunklen Ecken. Also gehe ich eilig darauf zu.

Ehe ich den Käfig erreiche, erhasche ich im Augenwinkel einen Schatten, der auf mich zukommt. Mit einem klirrenden Laut bewegt sich eine Gestalt auf mich zu. Ich fahre zu ihr herum und erstarre voller Panik. Ein lautloser Schrei drängt sich meine Kehle hoch, während die metallene Kreatur auf mich zuwankt. Der schlanke, hochgewachsene Körper ist mit dem dunklen, zentârischen Metall überzogen, das Gesicht ist dreckbeschmiert, ebenso wie die Haare, die dem Monster in verfilzten Strähnen vom Kopf baumeln. Der Gang ist schwankend und erst da bemerke ich die Hand- und Fußfesseln, von denen schwere Ketten herabhängen, die das Wesen daran hindern näher an mich heranzutreten.

Ein Stöhnen kommt der Kreatur über die Lippen und ich reiße reflexartig meinen Dolch nach oben und halte ihn abwehrend vor mich. Riesige Flügel fächern sich hinter dem Wesen auf und breiten sich bedrohlich über mir aus. Im trüben Fackelschein kann ich den metallischen Glanz der Schwingen ausmachen, die schwerfällig auf und ab schwenken. Ich starre entgeistert auf die Metallflügel und kann nicht fassen, was ich da sehe – haben die Zentâris dieses Geschöpf erschaffen?

Das Wesen hebt eine Hand und ich trete eilig einen Schritt zurück, den Dolch drohend erhoben. Es stöhnt erneut auf und schüttelt die Hand, die Augen fest darauf gerichtet. Also folge ich dem Blick und da erkenne ich, was es mit seinen Fingern umklammert: eine einzelne Feder. Ich lasse meinen Dolch sinken und gehe vorsichtig einen Schritt nach vorn. Das Wesen lässt seine Arme und Flügel wieder herabsinken und fällt entkräftet auf die Knie. Von oben kann ich die angelegten Schwingen besser erkennen, die ihm aus den

Schulterblättern herausragen. Es sind keine Metallkonstruktionen, sondern echte Flügel. Ich kann die einzelnen Federn ausmachen, eine jede von Metall umfasst. Dies hier ist kein Monster, es ist ein Fearane!

Vor Entsetzen schlage ich mir die Hand vor den Mund. Tränen steigen mir in die Augen, als ich die zusammengekauerte Gestalt vor mir mustere. Ausgezehrt, gequält, entstellt. Ich gehe vorsichtig auf den Fearanen zu, der mit hängendem Kopf und schwer atmend vor mir kniet. Behutsam strecke ich eine Hand nach ihm aus und lege sie ihm auf die kalte, metallene Schulter. Trotz der Hitze hier unten, bekomme ich eine Gänsehaut.

Der Fearane rührt sich nicht und fürchtet sich auch nicht vor meiner Berührung. Ihm ist wohl jedes andere Wesen recht, das kein Zentâri ist. Vorsichtig streiche ich dem Geschundenen eine verfilzte Haarsträhne aus dem Gesicht, die vor ewigen Zeiten vielleicht einmal weiß war. Erschöpft streckt mir der Fearane die Hand mit der Feder entgegen. Aus der Nähe kann ich erkennen, dass sie grün ist.

Da kommt mir mit einem Schlag eine ungeheuerliche Erkenntnis. Die Wucht dieser Einsicht zwingt mich auf die Knie. Ich krieche ganz nah an den Gefangenen heran und schaue ihm in das beschmutzte Gesicht. Es kann nicht wahr sein und doch bin ich mir vollkommen sicher, dass ich mit meiner Vermutung richtig liege.

»Fero?«, flüstere ich.

Der Fearane schaut mich mit seinen nebelgrauen Augen an, aus denen langsam Tränen herabrinnen. Er schließt seine Lider und nickt.

Kapitel 33

Ich keuche auf und begreife nur langsam, was sich mir gerade offenbart hat. Fassungslos starre ich in das eingefallene Gesicht vor mir, strecke zitternd meine Hand aus und lege sie ihm vorsichtig auf die Wange. Da erst bemerke ich, dass etwas aus seinem Mund herauslugt. Behutsam greife ich das Stück Stoff und ziehe es langsam heraus.

Fero keucht und würgt zuerst, dann atmet er schließlich erleichtert auf. »Danke«, haucht er so leise und kratzig, dass ich es mehr erahne, als höre.

»Wie kann das sein? Alle glaubten du seist tot?«, frage ich fassungslos. Ich würde mich gerne darüber freuen, dass er am Leben ist, doch sein Zustand macht jegliche Freude zunichte.

Nun betrachtet er mich nachdenklich und da wird mir bewusst, dass er überhaupt nicht weiß, wer ich bin. »Ich bin Finéra, ich habe bei Ru – bei Riáz gelebt, er ist mein Lehrmeister. Ich kenne eure Geschichte und ich kenne Sera und Xeron und die anderen«, kläre ich ihn eilig auf.

Als ich den Namen seiner Seelenverwandten ausspreche, erhellt sich sein Gesicht. »Sera«, haucht er heiser und zum ersten Mal zeigen seine Augen einen Hauch von Wachheit und Leben.

Ich nicke hastig. »Ja, sie lebt und es geht ihr gut. Sie wurde damals sicher in den Wald der Weisen gebracht. Nun ist sie bei Riáz«, versichere ich ihm.

Da wird das Leuchten in seinen Augen stärker und er seufzt erleichtert auf. Tränen der Freude rinnen über seine Wangen.

»Alle glaubten, du seist tot«, wiederhole ich leise.

Fero verzieht das Gesicht. »Ich war tödlich verletzt. Aber sie brachten mich her und versorgten meine Wunden. Sie wollten mich lebend«, haucht er resigniert.

Daraufhin schweigen wir eine Weile. Ich kann kaum fassen, dass Fero all die Zeit über hier eingesperrt war. »Wieso haben sie dir das angetan?«, frage ich irgendwann. Mir ist bewusst, dass die Zentâris Freude an Folter und Verstümmelung haben, doch erscheint mir Feros Zustand nicht nur der reinen Unterhaltung geschuldet. Wenn sie ihn hätten quälen wollen, wäre ein gewöhnlicher Metallüberzug, wie damals bei Riáz, vollkommen ausreichend. Doch sie haben für Fero ihre spezielle, anpassungsfähige Legierung verwendet. Das muss etwas zu bedeuten haben.

»Ich war der Testlauf. Sie wollten den Rat vereinen und sich eine geflügelte Metallarmee aufbauen. Ein Bündnis aus Feder und Metall. Aber sie haben die Tiare nicht in die Finger gekriegt«, erwidert Fero verbittert, doch nicht ohne einen Hauch von Genugtuung.

Ich nicke betroffen, während mir ein eiskalter Schauer über den Rücken fährt. Bei dem alleinigen Gedanken an eine solche Metallarmee wird mir übel. »Aber deine Flügel, sie ... kannst du damit überhaupt ...«, setze ich vorsichtig an, doch die Worte bleiben mir im Halse stecken.

»Fliegen?«, ergänzt Fero. Er schüttelt leicht den Kopf. »Ich werde nie wieder fliegen«, murmelt er verbittert.

Eine Weile starre ich ihn entgeistert an, dann räuspere ich mich verhalten. »Wieso ... wieso haben sie es dann getan? Was nutzt denn eine geflügelte Metallarmee, die nicht fliegen kann?«, frage ich vorsichtig.

Fero seufzt tief, ehe er antwortet: »Die Metallschwingen waren nicht Teil ihres Plans. Sie sind eine Strafe für mich. Dafür, dass ich versucht habe, zu fliehen. Kurz nachdem sie mir diese widerliche Metallhaut verpasst haben, wollten sie testen, ob ich damit noch fliegen kann. Sie brachten mich nach draußen, mit einer Schlinge um den Hals und ließen mich eine Runde drehen. Ich habe mich losgerissen, aber ich kam nicht weit. Und nun werde ich nie wieder fliegen, selbst wenn ich jemals hier herauskäme.«

Ich muss schwer schlucken, nachdem ich das gehört habe. Ich möchte ihm so dringend helfen. Mit zittrigen Fingern taste ich die Fesseln an seinen Händen ab, doch sie sind verschlossen. Ohne Schlüssel kann ich sie nicht öffnen. Ich stöhne frustriert auf. »Xeron und Tahr sind auch hier. Ebenso wie Zara und Maran«, berichte ich ihm, um irgendetwas Erfreuliches zu sagen.

Ein wehmütiges Lächeln huscht über Feros Gesicht. »Xeron«, murmelt er leise und ich nicke abermals.

»Leider sind sie gefangen genommen worden«, füge ich bedauernd hinzu. Ich könnte mich ohrfeigen, für diesen wenig hilfreichen Kommentar. »Weißt du, wer noch hier ist? Jemand, der sich sehr freuen würde, dich kennenzulernen«, sage ich dann sanft.

Fero schaut mich fragend an.

Jede Ablenkung von seinem grauenhaften Schicksal ist herzlich willkommen, daher rede ich weiter: »Ria. Sie ist Seras und Riáz' Tochter. Ich bin ihre Seelenverwandte«, erzähle ich ihm leise und ein erneutes Lächeln huscht über seine Züge. »Fero, ich wünschte ich könnte dir irgendwie helfen, doch ich habe nichts, um die Fesseln zu lösen. Aber ich werde einen Weg finden, dich zu retten, das verspreche ich dir«, beteuere ich ihm mit brüchiger Stimme.

Fero nickt, doch sein Gesicht zeugt nicht von Hoffnung. Er glaubt nicht mehr daran, dass er aus seiner Lage befreit werden kann.

Dann kommt mir in den Sinn, was Ria von Rogott und den anderen Menschen erfahren hatte. »Die Ratsmitglieder, sind sie noch am Leben?«, frage ich Fero, obwohl er in seinem Gefängnis vermutlich nicht viel mitbekommen hat.

Doch zu meiner Überraschung nickt er und deutet mit dem Kopf in eine Ecke des Raumes. »Ich war eine Zeitlang mit ihnen zusammen eingesperrt. Da hinten ist eine Tür«, haucht er.

Ich hadere mit mir. Einerseits würde ich gerne nach den anderen Gefangenen sehen, doch ich will Fero nicht alleine lassen. Nicht nach allem, was er erlebt hat.

»Geh nur«, haucht er, denn mein Hadern ist ihm nicht entgangen. Ich nicke kurz und lächele ihn entschuldigend an. »Ich bin gleich wieder da«, versichere ich ihm und gehe mit langsamen Schritten auf die hintere Wand des Raumes zu. Links von mir ragt der riesige Käfig auf – er ist leer – und daneben finde ich eine Tür, eingelassen in einen hölzernen Rahmen, der passgenau ins Gestein gehauen wurde. Vorsichtig taste ich nach dem Türknauf und drehe daran, die Tür öffnet sich mit einem knarzenden Laut und ich höre verschreckte Stimmen dahinter wispern.

Ich stoße die Tür etwas weiter auf und stecke meinen Kopf hindurch. Vor mir ragen eiserne Gitterstäbe auf. Der Raum ist fast vollständig von einem riesigen Käfig ausgefüllt, der in etwa fünf Schritt breit und drei Schritt lang ist. Am hinteren Ende kauern mehrere Fearane, verschmutzt, ausgemergelt, verängstigt.

Nichts an ihrem Aussehen, zeugt von ihren verschiedenen Gattungen. Die unzähligen Schichten an Staub und Schmutz verleihen ihnen allen denselben graubraunen Farbton, der Haut, Haar, Kleidung und Gefieder bedeckt. Ich trete vorsichtig in den Raum hinein, was die bedauernswerten Geschöpfe dazu veranlasst sich noch weiter an die hintere Wand zu drängen und erbärmliche Klagelaute auszustoßen. Der Anblick, der abgestandene Geruch und die Geräusche schnüren mir die Kehle zu und ich muss schwer schlucken, als ich mit kleinen Schritten näher an die Gitterstäbe herantrete.

»Keine Angst, ich tue euch nichts«, versichere ich den Gefangenen mit einfühlsamer Stimme.

Einige recken zaghaft ihre Köpfe in meine Richtung, andere

drängen sich weiterhin zitternd an die Gitterstäbe und die dahinterliegende Steinwand.

Ich zähle zehn Gefangene. Selbst mit Sera hätte immer noch ein weiteres Mitglied gefehlt, um den Rat zu vervollständigen. Ich frage mich, wen die Zentâris zum Oberhaupt machen wollten.

Ich trete näher an das Gitter heran und taste es mit den Fingern ab. Ich stoße auf ein Schlüsselloch, muss jedoch betrübt feststellen, dass es ebenfalls verschlossen ist. Ich kann weder Fero noch diesen Gefangenen helfen. Mein Unvermögen etwas an ihrem bedauerlichen Schicksal zu ändern, macht mich rasend und ich möchte am liebsten laut schreien. Unentschlossen stehe ich da, die Hände um die kalten Gitterstäbe geklammert und starre auf die mitleiderregenden Kreaturen herab.

Ich muss die anderen finden, nur mit ihrer Hilfe kann ich Fero und diese geschwächten Geschöpfe befreien. Entschieden reiße ich mich von dem verstörenden Anblick der Gefangenen los.

»Ich komme zurück. Ich werde euch helfen«, versichere ich ihnen und verlasse eilig den Raum.

»Fero, weißt du wo sie Xeron und die die anderen hingebracht haben könnten?«, frage ich aufgeregt, als ich zu ihm zurückkehre.

Er hockt in dem Schatten seiner Ecke und schüttelt niedergeschlagen den Kopf. »Es gibt noch jede Menge Käfige hier unten, aber ich weiß nicht, wie man dahin kommt. Immer, wenn sie mich an einen anderen Ort geschleppt haben, haben sie mich betäubt«, gibt er bedauernd zurück.

Ich knie mich vor ihm hin. »Fero, ich lasse dich nur ungern allein, aber ich muss die anderen finden. Vielleicht kann ich sie irgendwie befreien und dann holen wir dich hier heraus. Dich und die ehemaligen Ratsmitglieder«, versichere ich ihm eindringlich. Ich hoffe, dass es mir gelingt. Ich will ihn nicht enttäuschen, ihn nicht seinem erbärmlichen Schicksal überlassen. Das hat er nicht verdient, der gutherzige Fero. Das hat niemand verdient.

Er lächelt mich an und nickt müde.

Ich rutsche nah an ihn heran und lege meine Arme behutsam um seinen Oberkörper. Er kann die Umarmung nicht erwidern, da seine Hände ja gefesselt sind, doch er schmiegt den Kopf an meine Schulter. Ich spüre wie er sich in meinen Armen entspannt, wie er die körperliche Zuneigung aufsaugt, wie ein Verdurstender den ersten Tropfen Wasser. »Ich komme wieder«, flüstere ich, dann löse ich mich von ihm.

Ich trete rückwärts von ihm weg, hebe die Hand zum Abschied und wende mich eilig ab. Mit meinen letzten Kraftreserven renne ich den Gang zurück, aus dem ich gekommen bin. Ich zücke wieder meinen Dolch und halte ihn in der Hand parat, obwohl ich weiß, dass ich mich im Zweifelsfall ohnehin nicht wehren kann. Ich bin vollkommen kraftlos und ausgelaugt. Dunkelheit, Hunger, Durst und die Schrecken, die mich in diesen stickigen Gängen erwartet haben, zehren an mir wie ein Rudel hungriger Bestien. Trotzdem renne ich weiter.

Wie auf dem Hinweg kommt mir niemand entgegen. Ich kann weder Stimmen, noch andere Anzeichen ausmachen, die darauf hindeuten, dass irgendjemand in diesen Gängen unterwegs ist. Langsam frage ich mich, ob Dión gelogen hat und es womöglich gar keine Zentâris mehr hier unten gibt. Vielleicht war der Widerling, der mich beim geheimen Zugang hinabgezogen hat, ja der letzte. Doch schnell verwerfe ich diesen Gedanken. Was sollte dann mit Xeron und den anderen geschehen sein? Flin ist sicher nicht im Stande gewesen, sie alle allein zu überwältigen. Selbst dann nicht, wenn Dión ihm geholfen hätte.

Ich renne weiter, denke an Ria und an Tahr, an Xeron, Kira, Zara und Maran. Ich bräuchte dringend eine Pause, bevor ich vor Erschöpfung umfalle und möglicherweise nie wieder aufstehe, doch ich kann nicht. Die Furcht um meine Freunde treibt mich voran. Ich kann sie nicht im Stich lassen, ich muss ihnen irgendwie helfen.

Immer wieder komme ich ins Straucheln, stolpere und zwei Mal stürze ich sogar. Ich schlage mir ein Knie an einem spitzen Stein auf, doch ich stehe auf, beiße die Zähne zusammen und laufe weiter.

Dann – endlich – erreiche ich die Gabelung. Im Schein der Fackel lasse ich mich an der Wand herabsinken und genehmige mir eine Verschnaufpause. Ich atme schwer und presse mir die Hände in die Seiten. Sie schmerzen vor Anstrengung und Hunger. Mir wird übel und ich befürchte, mich übergeben zu müssen. Doch mehr als ein röchelndes Husten bringe ich nicht hervor. Meine Kehle ist trocken und belegt und ich wünschte, ich hätte etwas um sie zu benetzen. Abgekämpft starre ich auf die drei Gänge vor mir. Abermals stehe ich vor der Wahl: Nehme ich den linken oder den mittleren?

Ich denke kurz an Jélas und mein Lied, doch ich bekomme nicht mal die erste Zeile über die Lippen. Kraftlos lasse ich meinen Finger sinken, mit dem ich auf den linken Gang gezeigt habe. Ich entschließe mich dazu, einfach diesen Weg zu nehmen, und will aufstehen, doch mein Körper gehorcht mir nicht mehr. Entkräftet ruht er auf dem kühlen Boden und zeigt nicht das kleinste Bestreben, sich zu erheben. Die Verzweiflung übermannt mich und mir steigen Tränen in die Augen. Ich schluchze laut auf und da ergießen sich die Tränenflüsse wie Wasserfälle auf meine Wangen.

Eine ganze Weile sitze ich da, wimmere und weine, während mein ganzer Körper von Schluchzern geschüttelt wird und mein Inneres sich krampfhaft zusammenzieht. Rotz und Tränen laufen mir über das Gesicht, tränken meine Kleidung und meine Haare. Bis ich endlich vor Erschöpfung in mich zusammensacke. Ich kauere da, die Knie eng an meinen Körper gezogen und von meinen Armen umschlossen, und starre auf den steinernen Boden vor mir. Mir wird mit einem Mal bewusst, wie einsam ich bin. Allein, hilflos und ohne jeglichen Plan. Die Stille um mich herum scheint mich zu erdrücken und ich möchte am liebsten laut schreien, um sie zu durchbrechen.

Doch dann dringt ein fernes Geräusch an meine Ohren. Ich hebe den Kopf an und lausche. Lange höre ich gar nichts und ich bin fast überzeugt, es mir nur eingebildet zu haben, als es noch einmal ertönt! Diesmal lauter. Nun bin ich mir sicher, dass ich mich nicht verhört habe und dabei macht mein Herz einen freudigen Hüpfer. Es ist eindeutig das Bellen eines Hundes und es nähert sich.

Rubi kommt!

Kapitel 34

Vor lauter Freude kommen mir wieder die Tränen. Rubis Bellen kommt immer näher aus dem Tunnel auf mich zu. Ich würde am liebsten nach ihm rufen, doch ich wage es nicht. Stattdessen springe ich auf und laufe ihm entgegen. Ich komme nur mühsam voran, weil sich meine Beine vehement gegen die Anstrengung sträuben.

Endlich vernehme ich das tapsende Aufschlagen von Pfoten auf dem Gestein und im nächsten Moment treffen sie schon auf meinem Bauch auf und werfen mich nach hinten um. Ich schlage mir hart den Ellbogen an, als ich rücklings auf dem Boden lande, doch das ist mir egal. Rubi steht auf mir und leckt überschwänglich über mein Gesicht. Ich schlinge meine Arme um ihn und presse seinen Körper an mich. Es tut so gut, nicht mehr alleine zu sein, dass ich lauthals lache. Doch Rubi ist vor lauter Wiedersehensfreude und dem rasanten Lauf zu erregt, um meine Umklammerung geduldig auszuhalten. Er windet sich zappelnd aus meinen Armen, um aufgeregt um mich herumzuspringen, wild mit dem Schwanz zu wedeln und mir immer wieder feuchte Küsse ins Gesicht zu drücken.

Erst als ich mich aufrappele, mich neben ihn setze und ihm den Rücken kraule, wie er es gerne hat, beruhigt er sich. Er hält hechelnd inne und genießt die wohltuende Zärtlichkeit. Ich küsse ihn auf seine Schnauze. »Rubi, ich bin so froh dich zu sehen. Es tut mir so schrecklich leid«, flüstere ich ihm innig zu. Mein Herz ist so voller Liebe für diesen eigensinnigen Vierbeiner, dass ich es kaum aushalten kann. Nie wieder lasse ich ihn zurück!

Kurz frage ich mich, wie er es überhaupt hier hereingeschafft hat. Er kann schlecht den Ast betätigt haben und an der Strickleiter hinabgeklettert sein. Doch da stupst er mich zärtlich mit der Nasenspitze an der Wange und schmiegt sich näher an mich, sodass ich vor lauter Glückseligkeit alle Fragen und Gedanken vergesse. Für diesen einen Moment möchte ich nur die Nähe meines geliebten Hundes genießen.

Nachdem wir unser Wiedersehen gebührend begangen haben, überlege ich, was ich tun soll. Entweder gehe ich mit Rubi wieder hinaus und zurück zum Lager, erhole mich und versorge mich mit Proviant oder ich nehme mir den nächsten Gang vor und hoffe, darin Ria und die anderen zu finden. Die Vorstellung, aus diesem unterirdischen Irrgarten herauszukommen, ist überaus verlockend, doch der Weg hinaus und wieder zurück würde mich mindestens einen Tag kosten. Das ist ein Tag, während dem meinen Freunden wer weiß was, widerfahren könnte. Aber selbst wenn es mir gelingt, sie zu finden und dabei nicht von den Zentâris erwischt zu werden, bleibt unklar, wie ich sie befreien soll. Ich habe keine Ahnung, wie ich ihnen helfen kann. Außerdem müsste ich mich dringend ausruhen, um wieder zu Kräften zu kommen.

Letztlich ist es mein Gefühl, das die Entscheidung für mich trifft. Hinauszugehen und mich von Ria und den anderen zu entfernen, kommt mir vor wie ein Verrat, als würde ich sie im Stich lassen. Also werde ich hierbleiben, in ihrer Nähe, so lange ich kann. Ich werde nicht eher rausgehen, bis ich sie gefunden habe.

Nach einer kleinen Verschnaufpause stehe ich behäbig auf und schleppe mich in Richtung der Gabelung, während Rubi gemächlich neben mir her spaziert. Der Weg bis zur Abzweigung ist länger, als ich erwartet habe. Ich war wie von Sinnen, als ich Rubi entgegengeeilt bin und habe gar nicht gemerkt, wie weit ich gerannt bin. Ich kämpfe mich mühsam voran, als ich in der Ferne erneut ein Geräusch vernehme. Erschrocken halte ich inne und lausche. Schnelle Schritte nähern sich uns von hinten. Mein ganzer Körper spannt sich an. Gehetzt ziehe ich Rubi mit mir zu einer Felsspalte und ducke mich in die Dunkelheit des Hohlraumes. Ich hoffe, dass uns die herannahende Person unbemerkt passiert. Da ich fürchte, dass Rubi uns mit einer Bewegung oder einem Geräusch verraten könnte, drücke ihn fest an mich und umschließe seine Schnauze mit einer Hand. Er kann das nicht leiden und versucht ungestüm, seinen Kopf aus meinem Griff zu entwinden, doch ich halte ihn unbarmherzig fest. Es beschämt mich, meinen treuen Gefährten derart zu malträtieren, aber es ist gerade nicht die rechte Zeit für Zimperlichkeit.

Die Schritte kommen beständig auf uns zu und mein Herz schlägt so heftig, dass ich fürchte, es wird jeden Moment bersten. Die Person ist nun in unmittelbarer Nähe und ich halte den Atem an und presse Rubi fest an mich. Der schattenhafte Schemen hetzt an uns vorüber, eilt weiter und entfernt sich in Richtung Tunnelgabelung. Als die Schritte nur noch ein fernes Echo sind, atme ich erleichtert aus und lockere meinen Griff um Rubis Schnauze. Der nutzt die wieder-erlangte Freiheit und stößt ein einzelnes hohes Jaulen aus. Der Laut wird von den steinernen Tunnelwänden zurückgeworfen und hallt mehrfach wider.

Wie im Traum lasse ich mich gegen das Gestein sinken, als ich höre wie die Schritte innehalten und dann langsam in unsere Rich-tung zurückkommen. Ich schließe die Augen, obwohl ich in der nahezu vollkommenen Dunkelheit ohnehin kaum etwas sehen kann, in dem lausigen Versuch, die äußere Welt einfach auszusper-ren. Ich mache mir gar nicht erst die Mühe aufzustehen und mich auf einen Kampf vorzubereiten. Ich habe dem Widersacher nichts entgegenzusetzen. Stattdessen hebe ich die Hände, um mir auch die

Ohren zuzuhalten, als eine Stimme ertönt: »Rubi?«

Rubi stürmt vorwärts. Ich stoße einen kehligen Laut aus, eine Mischung aus Schluchzen und Seufzen, während mich Erleichterung durchfährt. So wütend ich auch auf Dión bin, ist er mir doch hundert Mal lieber als ein Zentâri. Er ist ein hinterhältiger Lügner und ein Verräter, aber er würde mich niemals ernsthaft verletzen.

»Finéra?«, fragt er ungläubig.

»Ich bin hier«, erwidere ich leise.

Er erscheint an der Öffnung der Felsspalte, in der ich kauere. Er kommt auf mich zu und lässt sich vor mir auf die Knie nieder. Vorsichtig berührt er meinen Arm, doch ich schiebe seine Hand von mir und rappele mich auf die Beine. Eilig trete ich aus dem Schatten in das schummerige Licht, das eine einsame Fackel aus zehn Schritt Entfernung zu uns herüberwirft.

»Bin ich froh, dass ich dich gefunden habe. Bist du in Ordnung? Bist du verletzt? Geht es dir gut?«, sprudelt es aus ihm heraus und er klingt ernsthaft besorgt. Erneut streckt er die Hand nach mir aus.

Ich weiche seiner Berührung aus. »Lass mich! Es geht mir gut«, sage ich heftiger als beabsichtigt und stoße ihn von mir. Einerseits bin ich erleichtert, ihn zu sehen, doch andererseits kann ich seine Anwesenheit nicht ertragen. »Was willst du denn hier? Ich dachte, du wärst schon längst fort«, frage ich in vorwurfsvollem Ton.

Dión zieht überrascht die Augenbrauen hoch. »Dachtest du, ich würde einfach verschwinden? Ich habe doch gesagt, ich gehe nicht ohne dich«, gibt er leicht verärgert zurück. »Und was machst du hier? Wieso treibst du dich hier alleine herum? Was denkst du, was du hier ausrichten kannst?«, will er dann herausfordernd wissen.

»Ich muss Ria und die anderen finden. Was nicht nötig wäre, wenn du sie nicht verraten hättest«, zische ich ihm verächtlich zu.

»Finéra, ich habe sie nicht verraten. Ich habe mich lediglich in Sicherheit gebracht, bevor ich mit ihnen eingesperrt worden wäre. Was hätte das genutzt? So hätte ich dich wenigstens fortbringen können – wenn du nicht so verdammt stur wärst«, verteidigt er sich vehement.

»Glaubst du Dión, dein Onkel, hätte sich einfach aus dem Staub gemacht?«, entgegne ich zornig und bereue meine Worte bereits, während ich sie ausspreche. Sein Onkel hat im Kampf gegen die Zentâris sein Leben riskiert – und schließlich verloren. Wie kann ich Dión da vorwerfen, dass er nicht dasselbe tut?

Er erwidert nichts und wendet sich von mir ab. Ein Teil von mir möchte die Hand nach ihm ausstrecken, ihn in die Arme schließen und seine Nähe spüren. Doch der Rest von mir kann nicht ertragen, was er getan hat, daher trete ich stattdessen einen Schritt von ihm fort.

»Ich kann nicht mit dir zurückgehen und ich werde nicht mit dir weglaufen. Ich habe dir bereits gesagt, dass ich niemanden im Stich lasse. Wenn du also fortwillst, dann geh, aber ohne mich«, stelle ich mit fester Stimme klar. Da ich ihm nicht gänzlich traue, greife ich nach dem Dolch an meinem Beingurt. Nicht, dass ich ihn verletzten will, aber so kann ich ihn wenigstens auf Abstand halten, falls er versuchen sollte, mich gewaltsam von hier fortzubringen.

»Finéra«, flüstert er und kommt auf mich zu.

Ich reiße instinktiv den Dolch nach vorne und streife mit der Klinge Dións Arm, den er zugleich nach mir ausgestreckt hat. Er stößt einen Schmerzenslaut aus. »Verdammt. Willst du mich erstechen?«, zischt er wütend, während er sich den blutigen Kratzer anschaut. Als er zu mir aufsieht, sehe ich die Bestürzung in seinem Blick.

»Nein, nur auf Abstand halten«, gebe ich entschuldigend zurück. Innerlich bin ich erleichtert, dass ich ihm keine schlimmere Wunde beigefügt habe.

»Finéra, bitte steck den Dolch weg, bevor du dich selbst verletzt. Ich tue dir doch nichts. Du kannst doch nicht wirklich glauben, dass ich dir etwas antun würde?«, fleht er verzweifelt.

Ich stehe stumm da und lasse die Hand mit dem Dolch sinken. Ich bin vollkommen verwirrt, erschöpft und kraftlos. Nein, ich glaube nicht, dass er mir etwas antun würde, und ich will ihn ganz sicher nicht bekämpfen, aber ich kann ihn auch nicht an mich heranlassen.

Doch ich tue es dennoch. Dión kommt langsam auf mich zu und ich lasse ihn gewähren. Er fährt vorsichtig mit seinen Fingern über meinen Arm, bis er meine Hand erreicht, die das Dolchheft umklammert hält. Er nimmt mir die Waffe nicht ab, sondern führt meine Hand mitsamt Dolch zu der Scheide an meinem Beingurt und schiebt die Klinge hinein. Erst als sie sicher verstaut ist, tritt er näher an mich heran und legt die Arme um mich. Zunächst nur zaghaft, abwartend, aber als ich mich nicht zur Wehr setze, schließt er mich in eine innige Umarmung.

Ich stehe steif da, sträube mich innerlich, doch dann kann ich meiner verborgenen Sehnsucht nicht mehr standhalten. Ich erwidere die Zärtlichkeit und klammere mich voller Verzweiflung an ihn. Ich lechze nach dem tröstenden, wohligen Gefühl, das mir Dións Nähe zu geben vermag. Ich lasse für diesen Moment alles los, erspüre seine Wärme, die in mich eindringt und sich wie ein heilender Balsam auf meine geschundene Seele legt. Der Schmerz lässt nach, die Wunden schließen sich, Angst, Wut und Trauer klingen ab und machen einer beruhigenden Leichtigkeit Platz. Ein Schluchzer bricht tief aus meinem Innersten hervor und schon werde ich von einem heftigen Weinkrampf geschüttelt.

»Es tut mir so leid. Ich wollte dich bloß schützen. Mir ist klar, dass es ein Fehler war ...«, flüstert er mir zu. Er hält mich fest, streichelt mein Haar, wiegt mich in seinen Armen, bis ich mich beruhigt habe.

Ich gestatte mir noch für einige weitere Augenblicke die Wohltat seiner Umarmung, dann löse ich mich von ihm. »Du hast also von diesem Hinterhalt gewusst?«, frage ich schneidend, obwohl mir die Antwort bereits klar ist. Ich will es von ihm hören.

Dión seufzt schwer und nickt. »Ich habe mich mit Flin gutgestellt, um sein Vertrauen zu gewinnen. Was nicht ganz leicht war, aber ich glaube, er brauchte dringend jemanden. Jedenfalls habe ich bereits vermutet, dass er irgendetwas plant und ich wollte herausbekommen, was. Er hat es anfangs geleugnet, doch dann hat er es zugegeben. Was er vorhatte, wollte er mir jedoch nicht sagen. Kurz vor dem Angriff im Gebirge hat er mich dann gewarnt. Er meinte, ich soll mich einfach sofort ergeben, damit die Zentâris mir nichts tun und er würde ihnen sagen, dass ich zu ihm gehöre. Stattdessen habe ich mich davongemacht. Ich war kaum fünfzig Schritt entfernt, da hörte ich schon die Kampfgeräusche. Ich … ich wollte nur noch zu dir zurückkehren und dich in Sicherheit bringen«, gibt er reumütig zu.

»Und dabei die anderen einfach ihrem Schicksal überlassen«, füge ich bitter hinzu.

»Flin hat mir versichert, die Metallhäute würden sie gefangen nehmen und nicht töten. Sonst hätte ich das niemals getan. Außerdem dachte ich, dass Kira bald mit einer Truppe eintrifft und die anderen retten wird. Ich dachte …«, setzt Dión verzweifelt an, doch er verstummt und rauft sich die Haare.

»Wie hat Flin das gemacht?«, will ich ungeachtet seiner Verzweiflung wissen.

»Ich weiß es nicht, aber er muss irgendwie mit den Zentâris Kontakt aufgenommen haben. Vielleicht hat er diesen Baum benutzt, in dem das Erz versteckt war. Vielleicht ist darin eine Öffnung, durch die er eine Nachricht hinunterlassen konnte. Aber du musst mir glauben, dass ich mit diesem Plan nichts zu tun hatte«, beteuert er mir.

»Oh, das glaube ich dir sogar. Aber das ändert nichts daran, dass du davon wusstest und die anderen blind in eine Falle laufen ließt, statt sie zu warnen«, zische ich aufgebracht.

Dión steht da wie ein nasser Hund, mit hängendem Kopf und Schultern und einem zutiefst betrübten Blick. »Was hätte ich denn tun sollen? Es war ohnehin zu spät, um die anderen zu warnen.

Gemeinsam hätten wir nicht mehr fliehen können. Mir blieb nur die Wahl, auf die Gunst der Zentâris zu hoffen oder mit den anderen zu kämpfen und da ... musste ich plötzlich an meinen Onkel denken und ich war mir nicht mehr sicher, ob ich wie er bereit wäre, für sie zu sterben. Für ein Volk, das ich weder kenne noch verstehe«, gesteht er mir leise.

Ich muss schlucken und eine Weile schweige ich bloß. »Aber ich kenne sie. Sie sind meine Freunde«, flüstere ich.

»Ich weiß, und ich bereue, was ich ihnen angetan habe«, versichert er mir. Ich schaue zu ihm auf und erkenne echte Reue in seinem Blick. »Ich werde meinem Vater nicht mehr unter die Augen treten können«, haucht er leise und wendet den Blick ab. »Und auch niemand anderem«, fügt er noch leiser hinzu.

Ich gebe mir einen Ruck und lege meine Finger unter sein Kinn, wie er es bei mir getan hat. Behutsam drücke ich es nach oben, bis er mir in die Augen schaut. »Mir kannst du unter die Augen treten, auch wenn du mein Vertrauen fürs erste verloren hast. Es wird dauern, bis du es wiedererlangst, aber ich biete dir die Möglichkeit dazu«, sage ich bestimmt. »Doch jetzt bleibt keine Zeit dafür. Ich muss die anderen suchen und alles daransetzen, sie zu befreien. Ich verstehe, wenn du lieber von hier verschwinden willst ...«, füge ich gefasst hinzu.

»Finéra, ich werde nicht ohne dich gehen! Ich werde dir helfen!«, entgegnet er und berührt meinen Arm.

Ich zögere. Einerseits möchte ich nicht mehr alleine sein, aber andererseits kann ich ihm nicht so ohne weiteres über den Weg trauen. Nicht nachdem, was er getan hat.

Dión zieht seine Hand zurück. Für einen Moment schweigt er betroffen. »Lass es mich wieder gut machen«, bittet er dann mit dumpfer Stimme.

Ich überdenke meine Möglichkeiten und wäge kurz die Vor- und Nachteile ab. Da fällt mir etwas ein. »Hast du was zu essen oder zu trinken?«, frage ich unvermittelt.

Dión stutzt. »Äh, ja, beides«, gibt er verwirrt zurück.

»Das ist schon mal ein Anfang«, erwidere ich lächelnd.

Dión versteht den Wink und reicht mir eilig seinen Wasserschlauch und eine Hand voll Nüsse. Ich lasse mich wieder zu Boden sinken. Gierig trinke ich das Wasser und schlinge die Nüsse herunter. Erst als ich mich gestärkt habe, sage ich: »Na gut, du kannst mitkommen.« Schwerfällig erhebe ich mich und gehe der Gabelung entgegen. Dión schließt zu mir auf und greift von hinten nach meiner Hand. Ich will erst protestieren, doch dann lasse ich es zu.

Rubi trabt vergnügt neben uns her und mit einem Mal verspüre ich eine Woge der Zuversicht. Mit Dión und Rubi an meiner Seite und ohne stechenden Hunger und Durst, kommt mir die Lage nicht mehr ganz so aussichtslos vor.

Kapitel 35

Schließlich erreichen wir die drei gleichgroßen Tunnelein-
gänge und bleiben stehen. Rubi, der mit seiner Nase geschäf-
tig über den Boden fährt und emsig eine Spur verfolgt, tapst
zielstrebig auf die linke Öffnung zu, hebt die Schnauze in die Luft
und winselt leise. Er macht Anstalten in den Gang hineinzurennen,
doch ich halte ihn zurück.

»Wie es aussieht, hat Rubi die Spur der anderen entdeckt«, gebe
ich aufgeregt an Dión weiter und tätschele meinem Hundegefährten
lobend den Kopf. Ich will der Spur sogleich folgen, doch Dión hält
mich am Arm fest.

In dem lichten Fackelschein kann ich sein Gesicht nach langer
Zeit wieder etwas genauer sehen. Er sieht müde und sorgenvoll aus,
Schmutz und Schweiß überziehen Stirn, Wangen und Nase und
lassen ihn fast so aussehen, wie die gefangenen Fearane in dem
Käfig. Er setzt eine unbehagliche Miene auf und tritt von einem Fuß
auf den anderen. »Ich denke, sie wären nicht gerade begeistert mich
zu sehen«, sagt er und fährt sich nervös mit der Hand über den
Nacken.

Ich nicke. »Ja, das könnte man ihnen auch nicht verdenken«, gebe
ich wenig einfühlsam zurück.

»Ich weiß, aber vielleicht sollte ich ihnen erstmal nicht entgegentreten«, erwidert er abwiegend.

»Du willst dich also doch aus dem Staub machen?«, frage ich kühl.

Ich gebe mir Mühe die Enttäuschung, die ich wegen seiner Worte empfinde, aus meiner Stimme herauszuhalten.

Dión greift nach meiner Hand. »Das meinte ich nicht. Ich will dich hier drin nicht dir selbst überlassen und wenn du die anderen retten willst, werde ich dir helfen, aber …«, beginnt er mit einer einschmeichelnden Stimme. »Vielleicht sollte ich mich dabei etwas bedeckt halten. Wenn die anderen erstmal befreit sind und wissen, dass ich dir geholfen habe, werden sie sicher etwas milder gestimmt sein. Aber ich fürchte mich davor, ausgerechnet *jetzt* Xeron unter die Augen zu treten«, gesteht er mir leise.

Ich muss ungewollt lachen. An seiner Stelle würde ich Xeron auch nicht entgegentreten wollen, daher kann ich seine Sorge durchaus verstehen. Andererseits geschieht es ihm recht, sich zu fürchten, und ich beschließe, kein Mitleid mit ihm zu haben. Doch dann kommt mir eine Idee: »Wenn du Xeron und den anderen erstmal aus dem Weg gehen willst, sollten wir uns aufteilen. Ich bin mir sicher, dass ich am Ende dieses Ganges wieder auf Käfige stoßen werde, ebenso wie es bei dem rechten der Fall war. Die Käfige werden zudem ebenso versperrt sein. Wir müssen also irgendwie an Schlüssel kommen. Vielleicht solltest du dich in dem mittleren Gang umschauen und danach suchen.«

Dión verzieht auf diesen Vorschlag hin leicht das Gesicht, nickt aber langsam.

»Weißt du, was in dem mittleren Gang ist?«, hake ich aufmerksam nach.

»Flin hat uns in diesen Gang geführt. Es gehen viele Abzweigungen von diesem Tunnel ab. Daraus sind die Zentáris gekommen und haben die anderen eingekesselt. Wenn die beiden äußeren Tunnel, wie du sagst, zu den Gefängnissen führen, dann führt dieser vermutlich zu ihren Unterkünften und ins Herz ihrer Festung«, berichtet er leise.

Ich schlucke unbehaglich. Das bedeutet, Dión würde mitten in das

Nest dieser Bestien eindringen. Einerseits halte ich das für eine ausgezeichnete Gelegenheit, um wieder wettzumachen, was er getan hat. Doch andererseits möchte ich ihn nicht drängen sich in eine solche Gefahr zu begeben. Ich komme jedoch nicht dazu, eine Entscheidung zu treffen, denn Dión kommt mir zuvor.

»Ich mache es. Ich gehe hinein und suche nach einem Schlüssel. Wenn ich einen gefunden habe, komme ich nach. Wenn du die anderen entdeckt hast, suche dir am besten ein gutes Versteck und warte da auf mich«, beschließt Dión mit fester Stimme.

Ich mache einen Satz auf ihn zu und schlinge meine Arme um ihn. »Du wirst mich doch nicht verraten?«, flüstere ich dicht an seinem Ohr.

»Niemals«, raunt er leise zurück.

Ich beschließe, ihm zu vertrauen, da mir nichts anderes übrigbleibt und weil ich es möchte. Ich möchte daran glauben, dass er seinen Fehler aufrichtig bereut und ihn nicht wiederholen wird. Ich drücke ihn ein letztes Mal fest an mich. »Pass auf dich auf«, flüstere ich und gebe ihm einen leichten Kuss auf die Wange. Dann ziehe ich mich von ihm zurück.

Dión streckt die Hand aus und fährt mir in gewohnter Sanftheit über das Gesicht. Er beugt sich leicht vor, als wolle er mich küssen, doch er hält inne. »Erst wenn du mir vollkommen vergeben hast«, beschließt er und küsst mich stattdessen auf die Stirn.

Wir lösen uns voneinander und treten beide auf den jeweiligen Gang zu, den wir bestreiten werden. Bevor wir eintreten, tauschen wir einen letzten, einvernehmlichen Blick aus. Ein knappes Nicken, dann verschwinden wir in die Dunkelheit.

Rubi hat die Spur wieder aufgenommen und eilt, die Nase dicht über dem Boden, voraus. Er wechselt ständig leicht die Richtung, sodass wir dem Tunnel nicht gradlinig folgen, sondern wie in Schlangenlinien. Etliche Male bleibt er stehen, reckt den Kopf in die Höhe, spitzt die Ohren und hält die Nase nach oben. Dabei verharre ich reglos hinter ihm und warte darauf, dass er seine Spurensuche fortsetzt. Hin und wieder zweigen Gänge von dem Hauptgang ab und Rubi hält bei jeder Abzweigung inne, und steckt schnuppernd den Kopf in die Öffnungen. Doch keiner davon scheint sein Interesse zu wecken und so folgen wir dem Hauptweg immer tiefer hinab. Auch dieser Gang wird von unregelmäßig aufgehängten Fackeln erhellt, sodass ich problemlos vorankomme, ohne über Unebenheiten oder Hindernisse zu stolpern. Dann endet der breite Gang abrupt und mehrere schmalere Durchgänge gehen davon ab. Rubi bleibt stehen, reckt die Nase in die Luft, lässt sie wieder über den Boden gleiten, schreitet die einzelnen Zugänge ab, und ist vollkommen vertieft in seine wichtige Arbeit.

Ich lasse mich erschöpft auf dem Steinboden nieder und beobachte Rubi bei seiner emsigen Fährtensuche. Schließlich bleibt er vor einem der Durchgänge stehen, bellt leise und wirft mir einen auffordernden Blick zu.

Also erhebe ich mich und folge ihm den Gang entlang. Wir laufen eine ganze Weile in Wellenform durch den Tunnel, bis er am Ende in einen größeren Raum mündet. Ich kann Gitterstäbe darin erkennen. Vor lauter Aufregung vergesse ich alle Vorsicht und renne los. Rubi heult einmal warnend auf und hetzt hinter mir her.

Keuchend erreiche ich den Innenraum. Er ist riesig und eher eine unterirdische Halle denn ein Raum. An den Wänden Reihen sich übermannshohe Käfige, sodass nur ein schmaler Durchgang übrigbleibt. Ich renne den Gang entlang und werfe im Vorbeirennen einen Blick in jeden Käfig, doch sie sind alle leer. Vor Verzweiflung stoße ich einen wütenden Schrei aus, aber dann spüre ich sie: Ria. Mein Herz macht einen Sprung und kurz darauf höre ich ihre Stimme. »Finéra?«, ruft sie hoffnungsvoll. Ich renne weiter, geleitet von ihren Gefühlen.

Endlich kann ich den richtigen Käfig vor mir ausmachen. Ich halte darauf zu und sehe mehrere Gestalten dicht an den Gitterstäben gedrängt stehen. Doch ich habe nur Augen für die kleinste. Sie reckt mir ihre Arme durch die Metallstäbe entgegen, das grüne Haar hängt schlaff herab, die einst waldfarbene Kleidung ist dunkel verfärbt, doch ihr Gesicht strahlt vor Freude. Glücksgefühle strömen durch meinen Körper und treiben mich voran. Endlich erreiche ich die mir entgegengestreckten Hände und ergreife sie. Ria zieht mich an sich und wir umarmen uns durch die Gitterstäbe hindurch. Ich atme stoßweise und mein Herz hämmert heftig in meiner Brust, doch für diesen Moment zählt nur meine Seele, die zufrieden aufseufzt und das Wiedersehen mit ihrer verzweifelt vermissten Verwandten genießt. Meine Welt wird heil, abermals.

Mehrere Atemzüge lang stehen wir da, fest aneinandergeklammert, Ria schluchzt leise. »Ich habe mich so nach dir gesehnt«, flüstert sie mir zu. Ich nicke bloß, da mir der Atem fehlt, um ihr zu antworten. Stattdessen streiche ich ihr übers Haar. Die sonst so seidigen Strähnen, sind staubbedeckt und trocken, doch sie verströmen ihren typischen waldigen Geruch. Ich sauge ihn in mir auf und lasse mich auf einer Welle der Hochstimmung und Beglückung treiben.

»Ich war so dumm, dass ich ohne dich in den Tunnel gegangen bin. Ich bin wie ein Sturm durch ihn hindurchgeflogen, bis ich das Gebirgsinnere erreicht habe. Ich war so kopflos, dass ich dabei direkt einer Gruppe Zentâris in die Arme geflogen bin. Ich habe mich gewehrt wie verrückt, aber es waren zu viele«, berichtet sie mir leise und ich drücke sie fester an mich.

»Ich habe keinen einzigen von ihnen gesehen«, gebe ich verwundert zurück.

»Sei froh! Sie sind alle im Gebirgsinneren«, erwidert sie.

Als wir uns etwas voneinander lösen, nehme ich Xeron wahr, der dicht neben Ria steht und mir durch die Gitterstäbe hindurch auf die Schulter klopft. »Was machst du nur hier?«, sagt er teils tadelnd, teils erfreut.

»Euch suchen natürlich«, schnaufe ich immer noch außer Atem.

Xeron schüttelt leicht den Kopf, doch ich merke, wie erleichtert er ist, mich zu sehen.

Maran erscheint neben ihm und lächelt mir ebenfalls zu. Sein Gesicht ist von Besorgnis und Niedergeschlagenheit gekennzeichnet. Ich lasse meinen Blick durch den Käfig gleiten, und erstarre jäh.

»Nein«, keuche ich, als ich Tahr erblicke. Er liegt auf dem Boden, den Kopf in Zaras Schoß gebettet, die mit beiden Händen auf einen blutgetränkten Verband auf seinem Bauch drückt. Tahrs Kleidung ist zerrissen und blutbesudelt, sein Gesicht ist bleich und schmerzverzerrt.

Kapitel 36

Nein«, stoße ich abermals hervor und lasse mich zu Boden gleiten. Ich strecke verzweifelt meine Hand durch die Gitterstäbe, recke meinen Arm soweit es nur geht, um Tahr zu erreichen. Er lächelt mich müde an und hebt eine Hand. Endlich gelingt es mir, seine Finger zu erlangen und ich greife danach.

»Wir müssen ihn schnellstmöglich hier rausschaffen und seine Wunde versorgen«, drängt Zara mit tränenunterdrückter Stimme.

»Zara übertreibt. Es geht mir bestens«, stößt Tahr mühsam hervor und schenkt mir ein schiefes Lächeln.

Ich erwidere es, kann aber nicht verhindern, dass mir eine Träne an der Wange herabrinnt. »Keine Sorge, ich hole euch hier raus«, versichere ich ihm.

Xeron stößt ein bitteres Lachen aus. »Wie willst du das alleine anstellen? Und außerdem will ich nicht, dass du dein Leben für uns riskierst«, meint er grimmig.

»Du wirst mich wohl kaum davon abhalten können«, bemerke ich leichthin und tippe mit dem Finger an einen der Gitterstäbe. »Außerdem bin ich nicht ganz alleine«, füge ich leise hinzu.

»Rubi ist tapfer, aber er kann es auch nicht mit einer Horde Zentâris aufnehmen«, gibt Xeron zurück.

»Ich meinte nicht Rubi«, sage ich vorsichtig. »Dión ist auf der Suche nach einem Schlüssel«, füge ich entschlossen hinzu.

Zara stößt einen entrüsteten Laut aus und Tahr entfährt ein zorniges Grollen.

»Er ist ein Verräter. Er hat sich davon gemacht, ohne uns zu warnen«, bringt Xeron wutschnaubend hervor.

»Ich weiß, aber er hat es nicht aus Bosheit getan, sondern aus Furcht ... und um mich zu retten. Er hat einen Fehler begangen, aber ich vertraue ihm, dass er ihn nicht wiederholen wird«, gebe ich überzeugt zurück.

Xeron bedenkt mich mit einem finsteren Blick, doch er gibt keinen weiteren Widerspruch von sich. Auch die anderen behalten ihre Gedanken für sich. Sie können ohnehin nichts ausrichten, daher müssen sie mit meiner Entscheidung leben.

Ich stehe auf und trete vor Xeron. »Ich habe die Ratsmitglieder gefunden«, berichte ich ihm.

Sein Gesicht hellt sich auf. »Sie sind tatsächlich noch am Leben?«, fragt er überrascht.

Ich nicke und die anderen werfen sich erfreute Blicke zu.

»Da ist noch etwas«, füge ich aufgeregt hinzu.

Meine gefiederten Freunde starren mich erwartungsvoll an. Doch ich fixiere Xeron mit meinen Augen. Da ich nicht den blassesten Schimmer habe, wie ich ihnen eine solche Neuigkeit schonend beibringen soll, bringe ich es rasch auf den Punkt: »Ich habe Fero gefunden.«

Die Stille, die sich daraufhin unter meinen gefangenen Freunden ausbreitet, ist fast greifbar. Ich kann nicht einmal Atemgeräusche vernehmen, als ob sie alle vor Überraschung vergessen hätten, wie man Luft holt.

Xeron starrt mich an, scheinbar unfähig zu begreifen, was ich eben gesagt habe. »Was sagst du da?«, fragt er fast tonlos. Sein Gesicht hat jeglichen Ausdruck verloren und sein Blick scheint durch mich hindurch ins Leere zu gehen.

Ich trete näher an ihn heran, lege meine Hand auf die seine, die einen Gitterstab so fest umklammert, dass die Knöchel weiß hervortreten.

»Er ist am Leben«, sage ich sanft.

Zara, Tahr, Maran und Ria stoßen verwunderte und ungläubige Laute aus, doch Xeron starrt mich weiterhin fassungslos an.

»Das ist unmöglich! Er ist tot! Ich habe gesehen, wie er in die Tiefe gestürzt ist, von einem Speer durchbohrt«, presst er mit erstickter Stimme hervor.

»Doch, es ist möglich. Ich habe mit ihm gesprochen«, versichere ich ihm.

Sein Gesicht zeigt weiterhin nicht die kleinste Regung, doch dann bahnt sich eine einzelne Träne ihren Weg aus seinem Augenwinkel die Wange hinab. Er schließt die Augen und atmet tief durch. »Ist das wahr?«, fragt er mich leise, als er sie wieder öffnet.

Ich nicke.

Xerons Körper sackt in sich zusammen. »Was haben sie ihm angetan?«, will er verzweifelt wissen.

Ich muss kräftig schlucken, ehe ich antworten kann: »Sie ... sie haben ihn in Metall getränkt.«

Ein erschrockenes Keuchen geht von den anderen aus. Zara schluchzt laut auf und Ria schlägt sich die Hand vor den Mund. Maran wendet sich kopfschüttelnd ab und Tahr verzieht leidend das Gesicht.

Xeron sinkt zu Boden, stützt sich mit den Händen ab und stößt einen verzweifelten Schrei aus. »Ich habe ihn im Stich gelassen. Ich habe ihn der Folter und dem Schmerz überlassen. All die Zeit über war er hier und ich habe ihn für tot gehalten«, stößt er schuldgeplagt aus und schlägt bei jedem Wort mit den Fäusten auf den steinernen Boden ein. Die Haut an seinen Fingerknöcheln platzt auf und hinterlässt dabei glänzende Blutflecke auf dem Stein.

Ich lasse mich auf die Knie fallen und strecke meine Hände durch die Gitterstäbe, um Xeron am Arm zu berühren. »Xeron, er lebt, trotz allem. Sie haben ihn mit Metall überzogen, aber sie haben ihre besondere, bewegliche Legierung verwendet. Er ist entstellt, unterversorgt und vereinsamt, aber er *lebt*. Ich glaube, wenn wir ihn hier herausbekommen, kann er wieder gesund werden«, rede ich beruhigend auf ihn ein.

Xeron hält mit seinen wütenden Schlägen inne und wirft mir einen verzweifelten Blick zu. Er schaut mich prüfend an und als er sieht, wie ernst es mir mit meinen Worten ist, atmet er erleichtert aus. Er lacht einmal kurz auf und wischt sich die Tränen aus den Augen. Ria gleitet neben ihm zu Boden und schließt ihn in ihre Arme. Er drückt sie fest an sich und schmiegt sein Gesicht in ihre Haare. »Fero lebt«, flüstert er mit tränenerstickter Stimme.

Es dauert eine ganze Weile bis Xeron sich beruhigt und er und die anderen die Kunde von Feros Überleben verkraftet haben. Mehrmals muss ich berichten, wie ich Fero gefunden habe, wie er ausgesehen hat und was er gesagt hat.

Schließlich steht Xeron auf. Sein Gesicht ist wieder ernst und gefasst. »Finéra, du musst raus hier«, sagt er entschlossen zu mir. Ich will ihm widersprechen, doch er schneidet mir das Wort ab. »Du musst draußen auf Kira und die Truppe warten und sie zu uns führen. Sie sind sicherlich schon auf dem Weg hierher. Wenn mich nicht alles täuscht, sind wir bereits die zweite Nacht hier drin und Kira müsste den Wald der Weisen längst erreicht haben. Wenn sie Goran rasch überzeugen konnte, sind sie vielleicht in zwei Tagen hier. Wenn du dich jetzt auf den Weg machst, bleibt dir noch etwas Zeit, um dich zu erholen, ehe die Truppe eintrifft«, trägt er mir auf.

Ich starre Xeron an. Er hat Recht. Das ist das Beste, was ich nun tun kann. Während ich alleine umhergeirrt bin, habe ich Kira und ihr Vorhaben völlig vergessen. Aber nun, mit der Aussicht auf baldige Hilfe, erscheint mir die Situation nicht mehr so ausweglos. Ich nicke zustimmend. »Ja, das werde ich tun«, versichere ich ihm und trete noch einmal nah an Ria heran. Sie kommt mir entgegen und wir schließen einander in eine feste Umarmung. »Bleib nicht so lange fort«, bittet sie leise und ich schüttele den Kopf.

»Ich komme bald wieder«, verspreche ich ihr und küsse sie auf die Wange. Ihre Nähe und ihre Zuneigung geben mir Kraft und neuen Mut. Ich bin mir sicher, dass wir bald alle in Freiheit vereint sind. Ich drücke sie ein letztes Mal, dann trete ich zur Seite. Ich lasse mich erneut vor Tahr auf den Boden gleiten. »Halt durch, ich komme bald mit Hilfe zurück«, versichere ich ihm und streife mit meinen Fingerspitzen über seinen Handrücken. Das Einzige, was ich von ihm erreichen kann.

Tahr lächelt mich müde an. »Solange habe ich das hier«, erwidert er, dreht langsam die Hand und öffnet sie ein wenig, sodass ich sehen kann, was er darin fest umschlossen hält: Meine Bronzemünze.

Eine warme Woge erfüllt mich und ich lächele ihm liebevoll zu. Unwillkürlich wandert meine Hand zu der Hosentasche, in der ich die gelbe Feder von ihm verwahrt halte. Tahr bemerkt die Bewegung meiner Hand und lächelt wissend. Es fällt mir schwer, mich loszureißen, zu gerne würde ich ihn in meine Arme schließen. Er ist mir ans Herz gewachsen und ich habe furchtbare Angst, dass ich es nicht rechtzeitig zurückschaffe. Seine Verletzung ist übel und ich kann nicht einschätzen, wie viel Zeit ihm noch bleibt, ohne richtige Wundversorgung.

»Ich warte hier auf dich«, versichert Tahr mir und zwinkert schelmisch.

»Dir bleibt wohl nichts anderes übrig«, gebe ich leise lachend zurück. Dann stehe ich auf und trete einen Schritt weg. Ich bleibe einen Moment stillstehen, bedenke meine Freunde mit einem langen Blick, den ein jeder und eine jede von ihnen ebenso freundschaftlich und liebevoll erwidert, dann wende ich mich ab. Ich pfeife Rubi heran und eile den Gang durch die unzähligen leeren Käfige zurück. Rubi wetzt hintendrein.

Mir fällt ein, wie ich mich für meine mangelhafte Ausdauer zu

Beginn der Reise gescholten habe. Davon kann nach dieser Strapaze jedenfalls keine Rede mehr sein. Nie zuvor bin ich in meinem Leben so viel gerannt, wie in den letzten Tagen. Wenn das alles hier vorbei ist, werde ich mich eine ganze Weile nicht mehr bewegen. Diese Vorstellung verschafft mir einen erneuten Motivationsschub und so renne ich umso schneller weiter und erreiche die Gabelung rascher als erwartet. Ich zögere kurz und werfe einen Blick in den mittleren Gang. Dión ist noch irgendwo da drin. Ich würde ihn gerne holen und mit ihm zusammen nach draußen gehen, aber ich muss mich sputen. Die Zeit drängt! Kira und die Truppe brauchen meine Führung, wenn sie eintreffen. Ich seufze schwer, eile dann jedoch entschlossen weiter in Richtung Freiheit.

Rubi hingegen bleibt stehen und winselt leise. Ich halte ebenfalls inne und klopfe auffordernd auf meinen Oberschenkel, um Rubis Aufmerksamkeit zurückzuerlangen. Doch der reckt unbeirrt seine Nase in die Luft, um zu schnuppern.

»Rubi, komm schon. Wir müssen weiter«, sage ich ungehalten und mache einen Schritt auf ihn zu.

Meine Aufforderung missachtend stellt er aufmerksam seinen Schwanz auf und lauscht. Eines seiner Ohren zuckt und eine Vorderpfote hebt sich vom Boden ab. Dann stürmt er ohne Zögern in den mittleren Gang hinein, wo ihn die Dunkelheit unmittelbar verschluckt. Ich keuche erschrocken auf und stoße einen einzelnen, lauten Pfiff aus, ungeachtet des Risikos, die Zentâris auf mich aufmerksam zu machen. Angestrengt lausche ich auf das rhythmische Geräusch von Rubis aufschlagenden Pfoten, doch nichts dringt aus dem düsteren Gang zu mir heraus.

Ich fluche wütend und starre in die Finsternis, in der Rubi verschwunden ist. Dann werfe ich einen Blick in den Tunnel hinter mir, der mich in die Freiheit zu führen vermag. Xeron und die anderen verlassen sich darauf, dass ich Kira und die Truppe zu ihnen geleite. Doch ich kann Rubi darin unmöglich sich selbst überlassen, erst recht nicht nach allem, was er für mich getan hat. Unentschlossen blicke ich hin und her, darauf hoffend, dass Rubi jeden Augenblick aus dem Tunnel angeschossen kommt, doch er bleibt verschwunden. Ich habe keine Zeit zum Hadern, ich muss handeln!

Mit einem ergebenen Fluchen stürme ich in den Gang hinein, meinem treuen Vierbeiner hinterher.

Kapitel 37

Zunächst verschluckt mich die Dunkelheit, doch auch in diesem Gang sind Fackeln an der Wand angebracht. Das flackernde Schummerlicht weist mir den Weg. Immer wieder bleibe ich stehen und horche. Die beiden anderen Tunnel führten lediglich zu den Zellen, doch dieser Weg reicht bis in die Festung der Zentâris. Es könnte jederzeit einer von ihnen aus den Schatten vor mir auftauchen. Daher versuche ich, möglichst lautlos voranzukommen, und unterlasse es nach Rubi zu rufen. Ich denke an Dión, der sich hier irgendwo befindet. Ich hoffe verzweifelt, dass er nicht erwischt wurde. Doch diesen Gedanken schiebe ich eilig von mir.

Ich bin ungefähr zweihundert Schritt weit in den Tunnel hineingelangt, als zu beiden Seiten weitere Gänge abzweigen. Unentschlossen blicke ich hin und her. Mir fehlt die Zeit und ich habe nicht den Nerv, um erneut Jélas und mein Lied zu benutzen. Es könnten noch unzählige Weggabelungen vor mir liegen und ich kann unmöglich bei jeder das Liedchen anstimmen. Einer unbestimmten Eingebung folgend wende ich mich dem rechten Gang zu. Aus irgendeinem Grund erscheint mir dieser ungefährlicher. Und tatsächlich erwarten mich darin weder Zentâris noch andere unerwünschte Überraschungen – allerdings auch kein Rubi.

Als ich auf eine weitere Gabelung stoße, entscheide ich mich für den linken Gang. Auch diesem folge ich eine lange Weile unbehelligt, bis in einiger Entfernung Stimmen laut werden. Zwei krächzende Männerstimmen unterhalten sich lautstark über irgendetwas, das ich weder verstehe noch wissen will. Sie kommen unaufhörlich näher. Verzweifelt schaue ich mich um und entdecke einen schmalen Seitengang. Eilig husche ich hinein und laufe los, ohne mich umzublicken. Erst als ich drei weitere Abzweigungen genommen habe, bleibe ich stehen und atme tief durch. Vor lauter Aufregung habe ich nicht auf den Weg geachtet und habe keine Ahnung, wie ich zur Hauptgabelung zurückkommen soll. Ich fluche leise über meine eigene Unachtsamkeit. Die einzige Möglichkeit besteht nun darin, Rubi zu finden – oder Dión.

Ich eile voran, weiche mehrmals Stimmen aus, die jedoch alle weit genug entfernt sind, um mir eine erneute Panikattacke zu ersparen. Einmal meine ich, einen Hund bellen zu hören, aber als ich abrupt innehalte und lausche, kann ich nichts dergleichen vernehmen. Mittlerweile bin ich in einem komplizierten Tunnelsystem gelandet, in das ich mich stetig weiter verstricke. Ich vermute, dass ich mich nun nahe dem Herz der Gebirgsfestung befinde, denn es ertönt immer häufiger Stimmengewirr.

Einmal gelange ich in einen Gang, der sich leicht nach oben neigt. Ich folge ihm ein ganzes Stück aufwärts und die Luft wird zunehmend kühler, wenn auch nicht weniger stickig. Mir kommen erste Zweifel, ob ich dem Weg weiter folgen sollte, als er abrupt vor mir endet. Der Gang ist vollständig mit Geröll verschüttet. Gesteinsbrocken in jeglicher Form und Größe stapeln sich dicht an dicht und machen ein Durchkommen unmöglich. Eine ganze Weile stehe ich ratlos davor, doch dann wird mir klar, dass dies einer jener Gänge sein muss, der einst nach draußen geführt hat. Er muss bei den Explosionen eingestürzt sein, denen Riáz und Xeron damals nur knapp entkommen sind. Ich erschaudere, als ich daran denke, dass genau hier Xuno und Krima verschüttet worden sein könnten. Ihre zerschlagenen Überreste liegen vielleicht irgendwo unter eben diesem Geröllhaufen. Und wenn nicht ihre, dann gewiss die von anderen unschuldigen Fearanen.

Ruckartig drehe ich mich um und renne den Gang zurück. Es geht abwärts, weshalb ich schneller vorankomme. Doch zwei Mal gerate ich ins Straucheln und stürze beinahe. Trotzdem mindere ich mein Tempo nicht, denn ich will diesen Gang schleunigst verlassen. Die Schreie von verschütteten und längst dahingerafften Fearanen verfolgen mich und treiben mich voran. Endlich erreiche ich das Ende des Ganges und biege in den nächstbesten ein. Erst da verlangsame ich meinen Schritt und atme wieder beherrschter.

Als mich nach einer ganzen Weile die Erschöpfung übermannt, begebe ich mich auf die Suche nach einem geschützten Ort, an dem ich mich ausruhen kann. Ich entdecke eine Tür, die in einen schmalen Raum führt. Es scheint die persönliche Unterkunft eines Zentâris zu sein. Viel befindet sich nicht in dem schäbigen Zimmer. Ein Bett mit einer zerschlissenen Decke, ein größerer Steinquader, der vermutlich als Tisch dient, und ein kleinerer als Sitzmöglichkeit davor. Auf dem Steintisch stehen dreckige Teller mit Essensresten, dazwischen entdecke ich eine Karaffe aus Metall. Ich trete eilig näher und werfe einen Blick hinein. Sie ist zur Hälfte gefüllt mit einer bräunlichen Flüssigkeit, doch der Gestank ist dermaßen beißend, dass ich es nicht wage, davon zu kosten. Außer verbrannten Fleischresten finde ich auch nichts Nahrhaftes.

Ich gebe meine Suche auf und setzte mich in eine dunkle Ecke des Raumes. Sollte jemand das Zimmer betreten, bin ich hier zumindest nicht sofort zu sehen. Daher gestatte ich es mir, mich ein wenig zu entspannen. Ich habe jegliches Zeitgefühl verloren und kann nicht ermessen, wie lange ich schon in diesen elenden Tunneln herumrenne, aber es kommt mir wie eine Ewigkeit vor. Müdigkeit überkommt mich und ich schließe kurz die Augen. Nur einen Augenblick lasse ich mich fallen, treibe dahin und … schlafe ein.

Ein schabendes Geräusch weckt mich und ich schrecke abrupt hoch. Die Tür steht offen und im Schummerlicht erkenne ich eine untersetzte Gestalt, die das Zimmer betritt und sich schwerfällig auf das Bett plumpsen lässt. Ich bin wie erstarrt und beobachte sie angstvoll. Es ist eine Zentârifrau, was ich jedoch nur daran ausmachen kann, dass sie keinen Bart hat. Ansonsten ist sie ähnlich stämmig gebaut wie die Männer, ebenso ungepflegt und dreckig und an allen erkennbaren Stellen mit dem dunklen Metall überzogen. Sie ächzt und flucht lautstark vor sich hin und dann – fällt ihr Blick auf mich.

»Was? Wer bist du denn?«, krächzt sie gellend und steht mit einem Satz vor dem Bett.

Auch ich springe auf und umklammere mit zitternden Händen meinen Dolch. Mein Blick schnellt zu der offenen Tür am gegenüberliegenden Ende des Zimmers. Mit wenigen raschen Schritten könnte ich sie erreichen, doch wenn die Frau ebenso geschwind reagiert, hat sie mich auf dem halben Weg locker eingeholt.

Ich habe keine Zeit zu überlegen, daher wage ich es und renne los. Die Metallfrau, die viel zu verdutzt über meine Anwesenheit ist, braucht einen Moment länger, um zu handeln. Dann stürzt sie laut schreiend auf mich zu. Ich habe die Türschwelle fast erreicht, als ich unsanft nach hinten gerissen werde. Durch die Heftigkeit, mit der sie mich zurück zerrt, verliere ich das Gleichgewicht und stolpere rücklings zu Boden. Ein schmerzhafter Stoß fährt durch mein Steißbein und den Rücken hinauf und raubt mir für einen Moment den Atem. Die Metallfrau stößt mit einem kräftigen Tritt die Tür zu und baut sich vor mir auf. Sie beugt sich grinsend zu mir herab und entblößt dabei ihre gelb und schwarz gefleckten Zahnstumpen, von deren säuerlichen Ausdünstungen sich mir fast der Magen umdreht.

Ich wende angewidert meinen Blick ab und will rückwärts von ihr weg robben, doch meine Kontrahentin stellt mir nach und tritt mir mit ihrem schweren, metallbeschlagenen Schuh auf ein Schienbein. Sie drückt derart fest mit ihrem Fuß auf meinen Unterschenkel, dass ich mich nicht rühren kann. Ich stoße einen schmerzvollen Schrei aus, was die erbarmungslose Frau dazu veranlasst sich vorzulehnen, um mein Bein mit noch mehr Gewicht zu belasten. Sie beugt sich weiter vor und lacht krächzend und hustend über mein gepeinigtes Jammern.

Ich befürchte, dass meine Knochen jeden Augenblick brechen, und atme keuchend ein und aus. »Bitte«, presse ich hervor und sende der Frau einen flehenden Blick, was mir ein weiteres Lachen einbringt.

»Was hast du gesagt?«, fragt sie dann mit geheucheltem Interesse.

»Bitte aufhören«, flehe ich erneut.

Sie schaut mich mit vorgetäuschter Überraschung an. »Was denn? Hiermit meinst du?«, fragt sie ahnungslos und hebt ihren Fuß ein Stückchen an, um ihn mit einem heftigen Stoß abermals auf mein Bein herabsausen zu lassen.

Ich beiße die Zähne zusammen und stöhne auf. Der Schmerz wächst sich in meinem Inneren zu einem ungezähmten Zorn aus und wie in einem Anfall von wilder Raserei schießt mein Oberkörper empor und ich ramme der abscheulichen Frau meinen Dolch seitlich in die Wade.

Starr vor Entsetzen und Schmerz jault die Alte laut auf und packt mich dann an den Haaren. Sie reißt derart heftig daran, dass sie mir büschelweise Strähnen ausreißt. Sie krallt sich in meinen Haarschopf fest und versucht, meinen Kopf gegen den kleinen Steinquader zu schlagen. Doch da er zu weit entfernt steht, stoße ich nur leicht mit der Stirn dagegen.

Endlich gelingt es mir, die Klinge aus der Wade der Frau zu ziehen. Sie heult daraufhin erneut geifernd auf, wobei sie mich mit Spucke und Rotz bespritzt. Ihre Gesichtszüge sind zu einer grauenhaften Fratze verzerrt, auf der sich rote Flecken bilden, doch ich kriege sie nur kurz zu sehen, denn die Alte schlägt mir mit der flachen Hand ins Gesicht. Mir schießen sofort die Tränen in die Augen, weil sie dabei mit dem Handballen auf meine Nase trifft. Ich will zurückweichen, doch das Biest krallt ihre Fingernägel in meine Gesichtshaut. Wie ein Hund, der sich verbeißt, hält sie mich mit ihren Krallen im festen Griff, sie graben sich tief in die Haut meiner Wangen, meiner Stirn und eines Augenlids.

Da ich nichts sehen kann, schlage ich wie wild mit dem Dolch um mich. Meistens treffe ich nur die Luft, aber hin und wieder stoße ich auf einen Widerstand, was die Alte aufjaulen lässt. Doch ich füge ihr nur Schnittwunden bei. Trotzdem dresche ich mit dem Dolch auf sie ein, in der Hoffnung ihr einen Treffer zuzufügen, der sie außer Gefecht setzt.

Mein blanker Überlebensinstinkt treibt mich an, es heißt nur noch sie oder ich. Die Alte verpasst mir mit ihrer freien Hand einen Schlag in die Magengrube, der mich zusammensacken lässt. Doch dafür habe ich endlich wieder freie Sicht, da sie mit ihren Krallen von meinem blutigen Gesicht abrutscht. Dabei fügt sie mir einen letzten schmerzhaften Kratzer zu, der sich von meinem Auge bis zum Ohr zieht.

Ich schmecke Blut, das mir vom Gesicht in den Mund tropft, doch ich ignoriere es, ebenso wie den Schmerz und nutze die Gelegenheit, um noch einmal mit dem Dolch auf das Bein der Frau einzustechen. Diesmal dringt die Klinge unmittelbar neben der Kniescheibe ein und durchstößt Sehnen, Fleisch und Muskel. Mit einem wutverzerrten Schrei drücke ich sie tiefer hinein, bis die Spitze mit einem widerlichen Knacken aus der Kniekehle austritt. Das Blut rinnt in einem gleichmäßigen Strom an meinem Arm herab.

Das Gebrüll der Frau ist ohrenbetäubend. Ihr Bein gibt nach und die Alte fällt keuchend und schwankend neben mir zu Boden. Mit schlotternden Fingern greift sie nach ihrem Knie, um den Dolch herauszuziehen, doch der Schmerz schüttelt ihren Körper so arg, dass sie den Griff nicht zu erfassen vermag.

Mir wird speiübel und ich muss den Blick eilig abwenden. Ich huste und pruste gegen den Würgereiz und rappele mich langsam auf die Beine. Die Frau kommt vielleicht mit dem Leben davon, wenn sie schnell Hilfe erhält, doch ausnahmsweise bin ich gerade nicht übermäßig wohltätig gesinnt, daher wanke ich schnellstmöglich zur Tür.

Ich hoffe inständig, dass unsere Schreie nicht jeden Zentâri im Umkreis angelockt haben und mich hinter der Tür kein Trupp bewaffneter Metallmonster erwartet. Ich atme tief durch, ehe ich die Tür einen Spaltbreit öffne. Der Gang dahinter ist leer, aber ich kann in einiger Entfernung Stimmen hören. Männliche und weibliche Zentâris rufen wild durcheinander. Ich schlüpfe durch die Tür nach draußen und verschließe sie hinter mir ohne einen letzten Blick zurück auf die wimmernde Frau zu werfen. Dann renne ich los, nehme die nächste Abzweigung und laufe den Stimmen davon.

Es dauert lange, bis ich mich traue, stehenzubleiben. Mein ganzer Körper zittert, mein Gesicht brennt und der Geruch nach gerinnendem Blut, lässt mich abermals würgen. Angewidert reibe ich die besudelten Arme an meiner Hose ab. Wie verrückt rubbele ich die Haut an dem Stoff, bis sie brennt, als hätte ich beide Unterarme ins Feuer gehalten. Erst da bemerke ich, dass mir unablässig Tränen an den Wangen herabrinnen und mir der Rotz aus der Nase läuft. Ich lasse mich kraftlos an der Wand zu Boden sinken und kauere mich zusammen, verberge meinen Kopf unter den Armen und wünsche mir sehnlichst, ich wäre bloß niemals von Ruberián fortgegangen.

Kapitel 38

» Findet sie!« – »Wo ist sie?« – »Sie muss hier irgendwo sein.«
– »Lasst sie nicht entkommen!«

Die Schreie dringen von allen Seiten zu mir heran, dumpfe
Schritte hallen durch die dunklen Gänge und werden von den Wänden hundertfach zurückgeworfen, so dass es sich anhört, als würde
eine ganze Herde wilder Bullen durch das Gebirge stürmen. Ich
weiß, dass ich aufstehen und verschwinden sollte, ich muss mich in
Sicherheit bringen. Irgendwo tief in mir erwacht mein Fluchtin-
stinkt zum Leben und dringt in meinen Verstand ein, erinnert ihn
an seine Aufgaben, doch mein Verstand reagiert ebenso wenig wie
mein Körper. Ich kann mich nicht rühren, nicht einmal den Kopf
anheben.

Ich kauere mich weiterhin zusammen und halte mir die Ohren zu,
um diesem Albtraum irgendwie zu entfliehen. Ich will die Bilder und
Geräusche aus meinem Kopf bekommen, Bilder und Geräusche des
Grauens, das ich zuvor erlebt habe – das ich selbst angerichtet habe.
Ich wimmere, als ich vor meinem inneren Auge abermals sehen
muss, wie der Dolch in das Knie der Frau eindringt, wie das Blut
hervorschießt und sich auf meinem Arm ergießt. Ich höre das
abscheuliche Geräusch, als die Klinge ihre Kniesehne durchtrennt,
und ihren schmerzverzerrten Schrei.

Ich kann das nicht. Ich bin keine Kämpferin. Ich wollte nie eine
sein. Wie konnte es nur so weit kommen? Es fühlt sich an, als wäre

irgendetwas in mir zerbrochen, ein Riss hat sich in meinem Inneren aufgetan, der sich nie wieder schließen wird. Ich liege noch immer reglos auf dem Boden, als das Geräusch metallbeschlagener Schuhe auf dem Steinboden erschallt. Mehrere Stimmen ertönen und nahen heran, ehe sie abrupt verstummen.

»Is' sie das?«, fragt eine der kratzigen Stimmen leise. Die Person kann nur wenige Schritte entfernt von mir stehen.

»Woher soll ich das wissen?«, erwidert eine heisere Stimme.

»Hat Zirke nich' gesagt, 'ne riesige Hünin hätt' sie angegriffen?«, schnarrt eine dritte Person.

»Pah, das kann man von der hier wohl kaum behaupten. Das dürre Ding ist doch winzig. Lebt die überhaupt noch?«, gibt Kratzstimme zurück und kommt, den schlurfenden Geräuschen nach zu urteilen, näher an mich heran.

»Vielleicht hat sie magische Kräfte?«, murmelt der Schnarrende und bringt die herannahenden Schlurfgeräusche abrupt zum Innehalten.

»Schnauze jetzt! Hört auf euch in die Hosen zu machen! Das hier is' ein Mädchen, nix weiter. Zirke wurde von einem kleinen Mädchen überwältigt und hat uns die Geschichte mit der Hünin aufgebunden. Schnappt sie euch und dann Abmarsch!«, befiehlt der heisere Kerl.

Die Schlurfgeräusche setzen wieder ein und kommen langsam auf mich zu. Ein leichter Tritt trifft mich in der Seite, doch ich rühre mich nicht, zucke nicht einmal zusammen. Mir fehlt die Kraft, mich zu wehren, und ich will es auch nicht mehr.

»Ich glaub', die is' tot«, lässt die Kratzstimme erleichtert verlauten.

»Is' sie nicht, ich seh' doch wie sich ihre Brust hebt und senkt. Pack dir jetzt die Göre und komm!«, herrscht der Heisere ihn an.

Schon bemerke ich, wie schmierige Hände nach mir greifen, sich um meine Hüfte legen und mich hochzerren. Grob werde ich emporgehoben und unsanft über eine Schulter geworfen. Ich hänge schlaff herab, kopfüber an dem Rücken des kratzstimmigen Kerls. Meine Wange streift einen rauen, stinkenden Stoff, darunter kann ich das kühle, harte Metall spüren. Ich halte weiterhin die Augen geschlossen und rühre mich nicht. Ich atme gleichmäßig ein und aus und versuche, mir vorzustellen, ich läge bei Ruberián zuhause im Bett.

»Ich kann nich' fassen, dass Zirke von der kleinen Göre abgefertigt wurde«, verkündet der mit der schnarrenden Stimme und lacht grunzend.

Mein Träger fällt hustend mit ein, seine abgehackten Atemstöße schütteln meinen ganzen Körper durch. »Das wird die alte Zirke nie verkraften, wenn sie nich' eh abkratzt«, erwidert er.

»Haltet die Fresse, ihr verdammten Trottel!«, schnauzt der heisere Anführer, woraufhin das Lachen verstummt und mein Träger abrupt stehen bleibt.

Alle drei verharren reglos und warten auf etwas oder lauschen sie? Ich selbst horche auf, versuche, in der Stille ein Geräusch auszumachen. Auf einmal ertönt ein wilder Kampfschrei und ich sehe im Augenwinkel einen Schatten, der aus einem angrenzenden Gang hervorspringt. Ich kann nicht erkennen, wer es ist, weil mein Träger sich zu dem Angreifer umdreht und mir die Sicht versperrt. Einer der beiden anderen Zentâris fällt neben uns zu Boden und ich sehe, dass ihm etwas aus dem Hals ragt und Blut aus der Wunde austritt.

Der dritte Zentâri ist bereits in einen heftigen Kampf mit dem unbekannten Angreifer verwickelt, wie ich dem metallischen Klirren von aufeinandertreffenden Waffen entnehmen kann. Mein Träger scheint mit sich zu hadern, flucht einmal kurz und wirft mich dann wie einen Sack zu Boden. Keuchend lande ich auf dem harten Steinboden, komme schmerzhaft auf meiner Schulter auf und rolle mich zur Seite ab. Nur mühsam schaffe ich es, mich aufzurichten.

»Dión«, hauche ich tonlos, als ich endlich erkenne, wer mein unbekannter Retter ist. Ich bin gleichermaßen erstaunt und erfreut ihn zu sehen. Mein Herz macht einen kleinen frohlockenden Hüpfer. Nicht nur, weil er mich gerettet hat, sondern auch weil er am Leben ist. Er ist verschwitzt und dreckig und hat sich einige Blessuren zugezogen, doch ansonsten scheint er unverletzt zu sein.

Geschwind schwenkt er zwei Schwerter um sich und hiebt und sticht damit auf die beiden Zentâris ein, pariert deren Angriffe leichtfüßig oder weicht ihnen geschickt aus, verteilt Tritte und stößt wütende Schreie aus. Seine Gegner sind kräftig und lassen ihre brachialen Waffen mit schwungvollen Schlägen auf Dión herab-sausen. Aber ihre Bewegungen sind behäbig und plump, sodass Dión ihnen mühelos ausweichen und sie immer wieder austricksen kann. Wie gebannt verfolge ich den Kampf, vergesse bei Dións flinken, anmutigen Zügen fast die Gefahr, in der wir uns befinden.

»Flieh!«, ruft er mir auffordernd zu, während er einen seiner Geg-ner mit einem gezielten Schlag zu Boden bringt.

Ich zögere, weil ich ihn nicht alleine zurücklassen will. Aber er scheint sich bestens gegen seine Gegner behaupten zu können und ist vermutlich besser dran, wenn er nicht zusätzlich auf mich auf-passen muss. Außerdem habe ich eine Aufgabe, ich muss hier raus-kommen. Ich erwache aus meiner Erstarrung und rappele mich mühsam auf die Beine. Ich will Dión noch irgendetwas sagen, aber ich stehe nur mit offenem Mund da und stiere ihn an. Als ich mich gerade abwenden will, rappelt sich der zu Boden gegangene Zentâri wieder auf die Beine. Es ist der, der mich zuvor getragen hat. Nun tritt er von hinten an Dión heran, der gerade mit dem anderen in einen hitzigen Zweikampf verwickelt ist. Der Zentâri zückt einen Streitkolben, bereit Dión den Schädel einzuschlagen.

Ohne Nachzudenken springe ich nach vorne. »Nein!«, schreie ich und stürze mich mit meinem ganzen Gewicht auf den hinterhältigen Angreifer. Ich pralle hart gegen die Metallpanzerung des Zentâris und bringe ihn dabei nur geringfügig aus dem Gleichgewicht.

Schwer atmend greife ich mir an meine geprellte Schulter, als der Zentâri mich mit einer wüsten Handbewegung fortstößt, als wäre ich nichts weiter als ein lästiges Insekt. Ich strauchele rückwärts, kann mich jedoch an der Wand abfangen und erlange wieder einen festen Stand. Der Zentâri mit dem Streitkolben kommt wutschnaubend auf mich zu.

Dión ruft meinen Namen. Er versucht, zu mir zu kommen, doch sein Gegner ist zäh und lässt sich nicht so leicht abwimmeln.

Ich blicke dem fiesen Widerling mit der Krächzstimme entgegen, der grinsend auf mich zukommt und den Streitkolben vergnügt hin- und her schwenkt. Was würde ich nun für meinen Dolch geben oder für irgendeine andere Waffe. Als der Zentari bis auf einen Schritt an mich herangekommen ist, fährt er sich mit der Zunge über die Lippe. »Bist ja 'n ganz schön saftiges Ding, wenn du nich' gerade wie tot herumhängst«, krächzt er und streckt eine Hand nach mir aus.

Mit einem Mal ist all meine Angst vergessen. Auf keinen Fall werde ich zulassen, dass mich noch einmal eines dieser widerlichen, stinkenden Metallmonster anfasst. Mir kommt in den Sinn, dass es neben Händen und Kopf, noch eine einzige andere Stelle gibt, die nicht durch eine undurchdringbare Metallhaut überzogen ist.

Mit einem Schrei, der irgendwo aus den dunkelsten Untiefen meiner Seele stammen muss, mache ich einen Satz nach vorne und trete zu. Ich treffe den Mistkerl genau zwischen die Beine, genau in jenen Bereich, der lediglich durch einen Lendenschurz geschützt ist.

Ein hohes Jaulen ertönt, während der Oberkörper der Metallhaut nach vorne klappt. Der Streitkolben fällt zu Boden, stattdessen wandern beide Hände hinab zu den schmerzenden Weichteilen.

Ich keuche und betrachte halb erleichtert, halb hochmütig mein Werk, als Dións gerötetes Gesicht hinter dem Gepeinigten auftaucht. »Das war hervorragend«, keucht er begeistert, ehe er dem Zentâri mit einem festen Tritt gegen den vorgebeugten Schädel den Rest gibt.

Ich lache etwas verlegen. »Tat auch ziemlich gut«, gebe ich zu.

Dión lächelt mich zufrieden an. »Ich bin froh, dass du mir nur einen auf die Nase gegeben hast«, witzelt er. Dann klopft er mir anerkennend auf die Schulter. »Geht es dir gut?«, fragt er mit einem ernsten Blick in mein Gesicht.

Mir fällt ein, dass es vollkommen zerkratzt ist. Ich nicke knapp und winke ab, da ich nicht noch einmal an meine erste Begegnung mit einer Zentârifrau erinnert werden möchte.

Dión bemerkt meinen Widerwillen und lässt das Thema ruhen. Rasch kontrolliert er die Taschen der Niedergestreckten. »Keine Schlüssel«, seufzt er kopfschüttelnd. »Komm, wir verschwinden hier«, fordert er mich auf und ergreift meine Hand.

»Ich habe Xeron und die anderen gefunden, aber Xeron meint, ich soll draußen auf Kira und die Truppe warten und sie zu ihnen führen«, erkläre ich ihm schnell.

Er nickt zustimmend, während er mich den Gang entlangführt, aus dem er gekommen ist.

»Weißt du, wo Rubi ist?« frage ich ihn hoffnungsvoll.

Dión wirft mir einen kurzen Blick zu. »Nein, ich habe ihn nicht mehr gesehen, seit wir uns getrennt haben«, gibt er entschuldigend zurück.

Ich fluche leise und bemühe mich, die nagenden Sorgen zu verdrängen. Rubi ist ebenso zäh wie Dión und wird hier unten schon irgendwie zurechtkommen.

Wir laufen weiter den Gang entlang, doch wir kommen nicht weit. Aus einem Seitengang ertönen zunächst laute Schritte und Geklirre, dann stürmen zwei weitere Metallmonster daraus hervor. Dión stößt mich vorwärts. »Sieh zu, dass du hier wegkommst! Ich erledige das hier und komme nach«, sagt er entschlossen. Mit dem Kopf deutet er in die Richtung, in die wir fliehen wollten, während er mit einer geschickten Drehung einem herabsausenden Streithammer ausweicht. »Los!«, zischt er drängend.

Es fällt mir schwer, mich zu trennen, aber ich löse mich langsam von seinem Anblick. »Bis später«, rufe ich noch, dann renne ich in die angezeigte Richtung davon.

»… den Gang entlang und dann …, so erreichst du den … nach draußen«, ruft Dión unter Keuchen und Ächzen hinter mir her. Die Kampfgeräusche und mein lautes Schnaufen übertönen seine Worte und ich verstehe nur die Hälfte. Den Gang entlang und dann …? Ich fluche leise, renne aber unbeirrt weiter. Egal, wenigstens ist der Weg in die Freiheit nah. Ich muss nur die richtige Abzweigung finden und dann bin ich schon so gut wie draußen. Bei dieser Vorstellung wallen neue Kräfte in mir auf. Ich spurte in gleichmäßigem Tempo über den steinigen Boden, weiche ein paar Hindernissen aus, atme die stickige Luft ein und aus und komme erst zum Einhalten, als ich die Abzweigung vor mir sehe. Zwei gleichbreite Gänge zweigen direkt vor mir ab, der eine nach rechts der andere nach links. Ich versuche, mich zu orientieren, überlege fieberhaft, ob ich mich eher rechts oder eher links von der Hauptgabelung befinde. Aber auf meine Orientierung ist schon lange kein Verlass mehr.

Ich stoße einen verbitterten Schrei aus, wobei ich mir geistesgegenwärtig die Hände vor den Mund presse, um das Geräusch einzudämmen. Unentschlossen laufe ich los – und nehme aus reiner Willkür den linken Gang.

Meine verdreckte und schweißgetränkte Kleidung klebt wie eine zweite Haut an meinem Körper, sie juckt, und ich würde sie mir am liebsten vom Leib reißen. Doch bei der Vorstellung, splitterfasernackt einem dieser Metallmonster in die Arme zu laufen, vergeht mir alles. Also beiße ich die Zähne zusammen und eile weiter. Ich verfalle in einen leichten Trab, um meine Kräfte zu sparen. Immer wieder fahre ich mir mit dem Unterarm durch mein Gesicht, um den Schweiß wegzuwischen, der mir über die Stirn in die Augen rinnt und in meinen Wunden brennt wie Kornbrand.

Dann sehe ich wie der Gang sich vor mir verbreitert, ich kann nicht genau erkennen, worin er übergeht, doch ich hoffe, es ist die Weggabelung und der Tunnel nach draußen. Mein Herz beschleunigt sich bei der Vorstellung und es fühlt sich beinahe so an, als würde ich dem Durchgang entgegenfliegen. Dann gerate ich jedoch ins Stocken, stolpere hindurch und finde mich zu meinem Entsetzen in einer riesigen Halle wieder.

Verzweifelt stöhne ich auf, als mir aufgeht, dass ich den falschen Gang gewählt habe. Ich will sofort umkehren, doch irgendetwas erweckt meine Neugierde. Ich drücke mich an die Wand neben dem Tunnelzugang und lasse den Blick durch die Halle schweifen. Sie ist mindestens hundert Schritt lang und um einiges breiter. Ungefähr ein Dutzend steinerner Säulen verteilen sich ringsum und stützen die hohe Hallendecke. Sie sind weder verziert noch kunstvoll in Form gebracht, sondern schlicht grob zurecht gehauen, um ihren Zweck zu erfüllen. In der Mitte der gegenüberliegenden Wand, halb von Säulen verdeckt, kann ich eine Art Thron erkennen. Auch dieser ist schmucklos und klobig, lediglich die Rückenlehne ist mit glänzendem Metall überzogen.

In der Mitte der Halle ragt etwas vom Boden empor. Eine Art steinernes Podest ist dort errichtet, an dessen Rändern eine Vielzahl von Fackeln brennen. Darauf ist ein menschengroßes, schmales Gebilde aus Metall aufgestellt. Der metallene Glanz reflektiert den Schein der Fackeln und gibt dem Etwas den Anschein von Lebendigkeit.

Lautlos gehe ich einige Schritte in die Halle hinein. Ich kann weder Bewegungen noch Geräusche ausmachen, daher wage ich mich weiter vor, den Blick auf das Metallgebilde gerichtet. Was immer darauf steht, ich muss es mit eigenen Augen sehen. Ich lasse alle Vorsicht fahren und eile dem Podest entgegen.

Kapitel 39

Langsam setze ich einen Fuß vor den anderen, versuche, möglichst lautlos aufzutreten und husche in gebeugter Haltung auf das Podest zu. Die Augen richte ich starr auf das metallene Gebilde, während meine Ohren angestrengt in die Umgebung lauschen. Je näher ich dem Podium komme, desto deutlicher zeichnet sich die Figur eines Menschen darauf ab. Es verwundert mich, dass die Zentâris diese Statue auf einem Podest zur Schau stellen, während sie ansonsten nicht den geringsten Sinn für Kunst oder Zierde zu haben scheinen. Sie müssen dieser feingearbeiteten metallenen Figur demnach eine hohe Bedeutung zuschreiben.

Das befeuert meine Neugierde noch weiter und ich schreite voran. Ich nehme zunächst an, dass es sich bei der Skulptur um die Nachbildung eines Anführers oder großen Kriegers handelt. Doch beim Näherkommen erkenne ich, dass die Statur klein und zierlich ist, wie die einer Frau oder gar eines Mädchens.

Wenige Schritt von der Statue entfernt bleibe ich stehen und blicke auf den metallenen Rücken, der von den umstehenden Fackeln beschienen wird. Durch das zuckende Spiel von Schatten und Licht, scheint sich das bodenlange Gewand sanft zu bewegen, ebenso wie das glatte Haar, das der Figur in zarten Strähnen bis zur Hüfte hinabreicht. Langsam trete ich um das Podest herum, um mir die Statue von vorne anzuschauen. Jedes Detail ist fein ausgearbeitet und muss mit viel Hingabe gefertigt worden sein. Unmöglich kann ich solch eine Kunstfertigkeit mit den grobschlächtigen Metallmonstern in Verbindung bringen. Als ich die Vorderseite erreiche, stockt mir kurz der Atem. Die Augen in dem zart geschmiedeten Gesicht blicken mich direkt an. Sie sind tiefliegend und haben einen unendlich traurigen Ausdruck. Die Wangen darunter wirken zu spitz, als würden sie zu weit hervorstehen. Der Mund ist schmal und fest zusammengepresst. Die tanzenden Schatten der Fackeln verleihen dem Antlitz etwas Schauriges und ich wende schnell den Blick ab und lasse ihn an der Statue hinabgleiten. Auch der Körper wirkt zu knochig und dürr, die Haltung der Finger verkrampft. Der Anblick des metallenen Mädchens, das ein paar Sommer jünger wirkt als ich, jagt mir einen kalten Schauer über den Rücken. Die Härchen an meinen Armen stellen sich auf und ich reibe mir gedankenverloren darüber, doch ich kann meinen Blick nicht von der glänzenden Statue lösen.

Ich lasse ihn zurück zu ihrem Gesicht wandern und verspüre ein merkwürdiges Gefühl im Bauch. Etwas daran verwirrt mich, es ängstigt und fasziniert mich zugleich. Es ist mir, als ob ich es schon einmal gesehen hätte. Auf eine absonderliche Weise kommt es mir vertraut vor, obwohl es niemandem ähnelt, den ich kenne. Weder einer der Bewohnerinnen meines Heimatdorfes, noch einer der wenigen Frauen aus Erosia, deren Bekanntschaft ich gemacht habe, und erst recht keiner der Fearane. Ich überlege, ob ich vielleicht eine Zeichnung davon in einem von Ruberiáns Büchern gesehen habe, doch auch dazu will mir keine passende Erinnerung in den Sinn kommen.

Während ich in das Antlitz der Statue vertieft bin, ertönen mit einem Mal Geräusche hinter mir. Stimmen werden laut. Mein Kopf schnellt zu einer großen Öffnung in der Wand, aus der ich das Licht von Fackeln näherkommen sehe. Mein Herzschlag beschleunigt sich und ich blicke mich panisch um. Nie im Leben schaffe ich es zurück in den Tunnel, durch den ich gekommen bin. Eilig husche ich um die

Statue herum und hocke mich hinter das Podest. Mein ganzer Körper zittert, während ich mich eng an den kühlen Stein drücke.

Das Stimmengewirr nimmt zu, es kommt schrittweise näher. Ich kann nichts verstehen, da mehrere Personen zugleich sprechen und die Tunnelwände die Laute unnatürlich nachklingen lassen. Dann verändert sich der Klang und verrät mir, dass die Unbekannten die Halle erreicht haben.

»Kríschnârk is' außer sich, es würde mich nich' wundern, wenn heute noch Köpfe rollen«, krächzt eine der Stimmen.

»Pah, das is' kein Wunder. Zuerst taucht dieser freche Jüngling auf und serviert uns einen ganzen Haufen von den Flügelbiestern – hervorragend! Aber dann streunt dieser Köter durch's Gebirge, zusammen mit diesem Bürschchen hier. Den Köter haben wir ja noch schnell erwischt, aber dieser elende Bastard? Der is' uns drei Mal entwischt und diese kleine Göre, die Zirke das Bein zerfetzt hat, muss sich auch noch irgendwo in der Festung herumtreiben«, erwidert eine weitere dunkle Stimme.

Ich horche auf. Er kann nur von Rubi und Dión gesprochen haben. Langsam erhebe ich mich und linse an der Statue vorbei, um einen Blick auf die Gruppe zu erhaschen. Es stehen sechs Zentâris herum, alle mit einer Vielzahl von groben Waffen ausgerüstet. Einer hält eine schwere Metallkette in den Händen an deren Ende ich eine übel zugerichtete, jämmerliche Gestalt entdecke. Sie liegt reglos auf dem Boden, ein Bein unnatürlich vom Körper abgewinkelt. Mein Herz setzt aus, als ich Dión erkenne. Seine Kleidung ist zerrissen und blutbesudelt, das Gesicht geschwollen und dunkelrot schimmernd. An den Hand- und Fußgelenken sind schwere Eisenringe angebracht, an denen die Kette verankert ist, die der Zentâri festhält.

»Was hat dir die kleine Ratte verraten?«, fragt einer der Zentâris an den Kettenträger gewandt und tritt gegen Dións abgewinkeltes Bein.

Der geschundene Körper erbebt und ein unterdrücktes Stöhnen

entweicht ihm. Tränen schießen mir in die Augen und ich muss mir auf die Hand beißen, um nicht aufzuschreien. Lautlos wimmernd, lasse ich mich wieder hinter das Podest sinken.

»Nix. Ich hätt' ihn totprügeln können und der hätt' nix ausgespuckt und glaub mir, ich war nich' weit davon entfernt«, grunzt der angesprochene Zentâri zurück. Mir dreht sich der Magen um. Ich habe Dión als Verräter bezeichnet und nun lässt er sich fast zu Tode foltern, ohne ein Wort preiszugeben. Ich wünschte bloß, ich könnte ihm irgendwie helfen. Aber ich werde ihm wohl selbst bald Gesellschaft leisten.

»Dann war es wohl nich' genug, was du gemacht has', sonst hätt' er ja ausgespuckt, was es mit diesem Mädchen auf sich hat. Wenn wir diese Göre nich' bald finden, sind *wir* diejenigen, die totgeprügelt werden, kapierst du das nich'?«, brüllt ein Dritter wütend auf.

»Guck dir den Jungen doch an, ich hab' alles versucht. Noch ein bisschen mehr und er wär hinüber und dann könnt er gar nix mehr ausspucken, ob er wollte oder nich'«, gibt der Kettenträger verteidigend zurück.

»Du hättes' das mir überlassen sollen. Ich kenne Methoden, die einem kleinen Schweinchen wie dem die abscheulichsten Schmerzen bereiten und dabei nur wenig Schaden anrichten. So hätt' ich ihn tagelang foltern können, ohne dass er verreckt. Aber du bis' mit roher Gewalt auf ihn los gegangen, als wollt'se ihm unbedingt ein rasches Ende bereiten«, zischt ein weiterer.

»Ach halt die Schnauze, vollkommen egal mit welcher Methode, der Junge is' nich' bereit zu reden«, wiegelt der Kettenträger erneut ab.

»Jeder redet irgendwann«, presst der andere hervor.

»Scheiß egal, wo auch immer diese kleine Hure steckt, die kommt hier nich' raus. Der Haupttunnel ist voller Männer und die sind schon ganz gierig nach dem jungen zarten Fleisch«, geifert ein anderer.

Die Übrigen stoßen lechzende und lüsterne Laute aus und mir wird zugleich heiß und kalt. Mein Körper zittert nun so heftig, dass ich ihn kaum noch kontrollieren kann.

»Was würd' ich dafür geben, wenn die Kleine mir in die Arme läuft. Die dürft' mir erstmal mein Metall polieren und dann meine besondere Stelle, die, die nich' metallversiegelt ist«, grunzt einer und lacht dröhnend.

Ich sehne mir verzweifelt meinen Dolch herbei, doch so wie ich zittere, wäre ich nicht mal in der Lage, nur einen annähernd sicheren Treffer zu erzielen. Ich drücke mich fester an das Steinpodest und schließe die Augen. *Wenn ich dich nicht sehe, siehst du mich nicht,* rede ich mir ein.

Dann kommt Bewegung in die Gruppe. »Los, hilf mir ma' mit dem halbtoten Hundesohn hier!«, blafft der Kettenträger.

Schleifgeräusche ertönen, begleitet von einem schmerzerfüllten Stöhnen. Die Geräusche nähern sich und ich drücke mich panisch an den kalten Stein. Ich überlege, um das Podest herumzuschleichen, kann mich aber vor Angst kaum rühren. Also verharre ich reglos und starre in das Halbdunkel.

Dann erscheinen zwei Zentâris in meinem Blickfeld. Sie gehen in ungefähr zehn Schritt Entfernung an dem Podest vorbei. Und nähern sich der Wand, in der der Tunneldurchgang liegt, durch den ich hereingekommen bin. Sie zerren an den Ketten und schleifen so Dións geschundenen Körper hinter sich her. Er rührt sich nicht und sein Gesicht schleift über den harten Steinboden und hinterlässt dabei eine Blutspur.

Es tut mir körperlich weh, ihn so zu sehen. Mein Inneres zieht sich gequält zusammen, wie eine vertrocknende Frucht. Abermals beiße ich mir auf die Hand, um ja keinen Laut von mir zu geben. Dabei grabe ich meine Zähne so tief in mein Fleisch, dass sich ein säuerlich-metallischer Geschmack in meinem Mund ausbreitet. Bitteres Blut rinnt meine Kehle hinab. Ich schlucke gegen die Übelkeit an, die in mir hochzusteigen droht.

Die beiden Zentâris ächzen und fluchen, während sie Dión erbarmungslos weiterschleifen. Zuerst denke ich, sie wollen ihn aus der Halle hinausschaffen und überlege schon, wie ich ihnen unauffällig folgen kann, doch dann bleiben sie stehen, ehe sie den Ausgang erreicht haben. Sie hantieren an einer Vorrichtung an der Wand herum und befestigen Dións Kette daran. Ein unheilvoll quietschendes Geräusch ertönt und Dión wird mit den Händen voran an der Kette hochgezogen. Als sein geschundener Leib über die Steinwand schleift, erwacht er mit einem gequälten Schrei, der mir durch Mark und Bein geht. Etwa einen Schritt über dem Boden kommt sein Körper baumelnd zum Halten und das Quietschen verklingt. Er bäumt sich auf, stößt abermals einen Schrei aus, wirft den Kopf hin und her und reißt mit den Armen an den Fesseln. Schweiß rinnt ihm am Körper herab und vermischt sich mit dem Blut zahlreicher Wunden.

Panisch wandern Dións Augen durch die Halle, gleiten an mir vorüber und halten inne. Langsam kehrt sein Blick zurück, ruht einen Atemzug lang auf mir und wandert wieder weiter. Er hat mich gesehen! Für einen kurzen Moment huscht etwas wie Erleichterung über sein Gesicht, dann sackt sein ganzer Körper in sich zusammen. Das Kinn schlägt auf seiner Brust auf und nur das leichte Heben und Senken seines Brustkorbes deutet darauf hin, dass er noch lebt.

Zufrieden betrachten die beiden Zentâris ihr Werk, schlagen die Hände aneinander und drehen sich wieder ihren Kumpanen zu. Mit schlurfenden Schritten gehen sie auf sie zu, nur wenige Schritt von meinem Versteck entfernt.

Ich halte die Luft an und drücke mich erneut fest an das Podest. Wenn einer der beiden herüberschaut, entdecken sie mich gewiss. Mein Herz beginnt wieder schneller zu schlagen und ich kann die Spannung kaum aushalten. Am liebsten würde ich aufspringen und schreien »Hier bin ich!«, um dem Ganzen endlich ein Ende zu machen.

Doch kurz bevor die Panik mich gänzlich zu überwältigen droht, nehme ich im Augenwinkel eine Bewegung wahr, die meine Aufmerksamkeit erregt. Ich schaue zu Dión herüber, dessen Augen geöffnet sind und mich anschauen. Sein Blick schnellt kurz zu den anwesenden Zentâris, die sich ausgelassen miteinander streiten, dann wieder zu mir. Sein Anblick beruhigt mich und ich bemerke kaum, wie dicht die beiden Zentâris an mir vorbeigehen, ehe sie endlich hinter dem Podest verschwinden. Ich erlaube mir, erleichtert aufzuatmen und lockere meine Haltung etwas.

Dión schenkt mir ein schiefes Lächeln, als wolle er mir sagen, dass alles gut wird. Ich lächele leicht zurück und deute ein Nicken an. Wie gerne würde ich ihm glauben, aber unsere Aussichten sind nicht gerade vielversprechend. Ich denke an Kira und die Truppe, die sicher bald eintreffen, doch dann fällt mir ein, was der eine Zentâri gesagt hat: Der ganze Zugangstunnel ist voll von Metallmonstern. Meine Hoffnung sinkt abermals und ich konzentriere mich auf Dións Augen, das einzige in seinem Gesicht, das nicht verschandelt ist. Die Zuneigung, die mir daraus zukommt, wärmt mich von innen und löst den festen Knoten, zu dem mein Magen geschrumpft ist, langsam auf.

Doch dann schnellt Dións Blick zu dem Tunneleingang, durch den er und seine Peiniger kurz vorher getreten sind. Seine Augen weiten sich und ich kann die Angst darin sehen. Mein eigener Herzschlag beschleunigt sich wieder. Selbst die Zentâris zischen verängstigt und scharren mit den metallbeschlagenen Füßen. Schritte hallen aus dem Tunnel heran. Der gleichmäßige Klang von Metall, das auf Stein aufschlägt, klirrt schmerzhaft laut in meinen Ohren wider. Fast klingt es, als käme ein Pferd durch den Tunnel gelaufen, doch es sind nur zwei Beine, die da so beherzt voranschreiten. *Klong – Klong – Klong – Klong –* im selben Takt wie mein Herzschlag.

Ich kann die Furcht in der Luft riechen, meine eigene und Dións und die der Zentâris. Weil die Angst vor dem Unbekannten schreck-liche Bilder in meinem Kopf hervorruft, entschließe ich, mich lieber der Wirklichkeit zu stellen. Ich hebe meinen zitternden Körper leicht an und spähe abermals über das Podest hinweg, richte den Blick auf die Öffnung in der Wand. Mein Inneres erstarrt, als wäre es ebenfalls zu Metall geworden, während der Anführer der Zentâris in die Halle tritt.

Kapitel 40

Liebster Riáz,

die Heuchelei hat ein Ende. Nach zehn durchlebten Sommern habe ich Ria die Wahrheit über dich erzählt. Sie hat seit Langem gespürt, dass ich etwas vor ihr verberge, und letztlich hat sie mir keine Wahl mehr gelassen. Ich musste es ihr sagen. Es war ein Schock für sie, obwohl sie es sicher bereits geahnt hat. Trotzdem hat es sie verletzt, zu erfahren, dass Xeron nicht ihr Vater ist, dass ihr wahrer Vater ein Mensch ist und dass er fort ist. Sie war so furchtbar wütend, ich weiß nicht, ob sie mir diese Lügen jemals vergeben kann. So befreiend es auch war, ihr endlich die Wahrheit zu offenbaren, so schwer lastet nun die Frucht meiner verlogenen Aussaat auf mir.

Wie oft habe ich mir ausgemalt, wie ich ihr von dir erzähle. In meiner Vorstellung lauschte sie mir begierig und verzückt, während ich voller Liebe und Freude von dir sprach. In Wirklichkeit verlief es jedoch ganz anders. Ria war erzürnt und aufgebracht und hat die Wahrheit aus mir herausgepresst wie den Saft aus einer Beere. Sie hat mir die Schuld daran gegeben, dass du fort bist. Ich konnte ihr nicht sagen, dass Goran dich vertrieben hat. Doch in einem Punkt hat sie Recht, das kann ich nicht leugnen: Ich trage die Schuld an ihrer Unwissenheit. Ich ließ sie in dem

Glauben, Xeron sei ihr Vater, obwohl ich ihr längst hätte die Wahrheit sagen können. Doch ich hatte so schreckliche Angst vor ihrer Reaktion.

Und diese Angst war berechtigt, das bekomme ich nun deutlich zu spüren. Denn Ria richtet all ihre Enttäuschung, ihren Zorn und ihre Verzweiflung gegen mich. Sie verabscheut mich für das, was ich getan habe, und lässt keine Gelegenheit verstreichen, mir dies zu zeigen. Vergebung oder Nachsicht zählen wahrlich nicht zu ihren Stärken. Aber ich kann ihr keinen Vorwurf daraus machen, denn sie hat jedes Recht, wütend auf mich zu sein. Gleichwohl schmerzt es fürchterlich. Riáz, ich habe Angst, sie vollkommen zu verlieren. Sie entgleitet mir.

Nachdem sie erfuhr, dass du irgendwo da draußen bist und sie nicht zu dir kann, hat sie einen schrecklichen Wutanfall bekommen. Sie hat mich in diesem Augenblick so sehr an Goran erinnert, dass ich vor Schreck wie gelähmt war. Sie ... hat mich angegriffen, doch ich konnte mich nicht zur Wehr setzen. Xeron kam hinzu und musste sie von mir fortzerren, weil sie so außer sich war. Er hat sie ohne Gorans Wissen aus dem Refugium geschafft. Sie blieb ganze drei Tage fort, ehe sie wieder zu mir zurückgekommen ist.

Doch auch danach, wahrte sie Abstand, mied meine Nähe und strafte mich mit Schweigen. Ich habe geweint, gebettelt und gefleht, aber sie hat mir ein jedes Mal den Rücken zugekehrt. All ihre Trauer, Verzweiflung, Enttäuschung und Sorge bündeln sich in einem unbändigen Zorn und diesen richtet sie gegen mich. Aber auch Xeron nimmt sie es übel, dass er ihr die Wahrheit verschwiegen hat.

Einzig Goran gibt sie keine Schuld. Was für eine Ironie, dass sie ausgerechnet in ihm den einzigen Unschuldigen sieht. Er nimmt einen immer größeren Einfluss auf sie und sie schaut zu ihm auf. Selbst Xeron kommt nicht dagegen an und ich erst recht nicht. Sie sagt, ich sei schwach und erbärmlich. In Goran hingegen sieht sie Stärke und Unnachgiebigkeit. Deshalb eifert sie ihm nach. Nur er konnte sie dazu bringen, überhaupt wieder mit mir zu sprechen. Das ist der Grund, weshalb ich Gorans Wünsche nicht länger ignorieren kann. Ich bin auf seine Gunst angewiesen. Er könnte den feinen Faden zwischen Ria und mir mit Leichtigkeit zerreißen, wenn er wollte.

Riáz, ich hoffe, du wirst eines Tages verstehen, wieso ich tun muss, was ich nun tue. Wenn nur Goran mir dabei helfen kann, zu verhindern, dass meine Tochter mir vollkommen entgleitet, muss ich eben tun, was er verlangt. Er ist der Einzige, der mir helfen kann. Er wird dafür sorgen, dass Ria sich nicht von mir abwendet. Eines Tages, falls wir uns wiedersehen, werde ich dir alles erklären. Bis dahin bleibt mir nichts anderes, als auf dein Verständnis zu hoffen.

Und was auch geschieht, einer Sache kannst du dir gewiss sein: Ich werde nicht zulassen, dass Goran Rias Bild von dir zerstört. Ich habe mich seinem Willen nur unter dieser einen Bedingung gebeugt: Er darf niemals mit Ria über dich sprechen. Ich dulde keinesfalls, dass er seinen Einfluss auf sie benutzt, um sie gegen dich aufzubringen. Goran hat sich zunächst gesträubt, aber letztlich hat er zugestimmt. Er hat mir sein Wort gegeben.

Und er hat dafür gesorgt, dass Ria wieder mit mir spricht, wenn auch ausschließlich über dich. Doch ich bin zutiefst dankbar, denn nichts erwärmt mein Herz stärker, als meine Erinnerungen an dich. Diese mit unserer Tochter teilen zu können, ist fast so, als wärst du bei uns. Ich habe ihr jedes kleinste Detail über dich erzählt. Sie kennt dich mittlerweile in- und auswendig, aber sie wird nie müde, mehr von dir zu hören. Deine Tochter spricht stets voller Liebe von dir. Ihr größter Wunsch ist es, dich kennen zu lernen, und das ist auch meiner.

Immer noch hoffnungsvoll, nach all der Zeit

Sera

Kapitel 41

Zunächst fällt nur der Schatten des Anführers durch die Öffnung auf den Hallenboden und ich bin mir sicher, dass er einem wahrhaftigen Monster gehört, mit klauenbesetzten Pranken, einer grauenhaften Fratze und spitzen Hörnern obenauf. Doch dann erscheint die großgewachsene Gestalt und mir entfleucht vor Überraschung und Verwirrung ein einzelner hoher Laut. Rasch schlage ich mir die Hand vor den Mund.

Doch die anwesenden Zentâris haben nichts bemerkt, da sie damit beschäftigt sind, ergeben ihre Köpfe zu neigen und ihren Anführer ehrfürchtig zu begrüßen. Eine bedrohliche Stille breitet sich in der Halle aus, als der Metallfürst einige Schritt hinein macht, sich vor seinen Männern aufbaut und die schwarzen Augen umhergleiten lässt. Ich ducke mich so tief wie möglich, ohne meinen Blick von seiner beängstigenden und fremdartigen Gestalt abzuwenden.

Nichts an ihm erinnert an die Plumpheit und Grobschlächtigkeit der Zentâris, denn seine Statur, seine Bewegungen und seine Ausstrahlung besitzen dieselbe Anmut und Erhabenheit, wie sie den Fearanen eigen ist. Er überragt die anwesenden Zentâris um fast zwei Köpfe, sein markantes, reines Gesicht, erinnert an Xerons, ebenso wie das glatte, schwarze Haar, das er zu einem strengen Zopf am Hinterkopf gebunden hat. Nur die Augen sind so voller Hass und Kälte, dass sie keinesfalls mit einem Fearanen in Verbindung gebracht werden können. Brust und Rücken sind von der zentârischen Metalllegierung überzogen, doch die muskulösen Arme sind nackt und über und über mit schwarzen Zeichen verziert. Im Gegensatz zu den feingliederigen, zarten Siranis, sind seine Symbole kantig und derb. Die Linien sind dick und wulstig, wie stümperhafte Tätowierungen.

Der Anführer hebt die Arme seitlich an und zugleich breiten sich zwei Flügel oberhalb seiner Schultern aus. Die eine Schwinge erinnert mich an Feros metallgetunktes Gefieder, die andere hingegen ist eine reine Metallkonstruktion. Ich starre auf dieses grauenerregende Geschöpf und kann nicht begreifen, was ich da überhaupt sehe. Ist der Anführer der Zentâris ein Fearane? Er hat mehr Ähnlichkeit mit einem Xarenaren, als mit jedem anderen Zentâri und doch könnte er nicht unterschiedlicher sein. Die Boshaftigkeit, die seine ganze Erscheinung ausstrahlt, kann unmöglich fearanischen Ursprunges sein.

Arme und Flügel sinken wieder herab und sein Blick schnellt kurz zu Dión herüber. »Ist dies der Junge?«, dröhnt seine dunkle Stimme durch die Halle.

Ich schaue ebenfalls zu Dión. Sein Körper hängt schlaff an der Kette, sein Kinn ruht auf der Brust und die Augen sind geschlossen. Doch ich bin mir sicher, dass er bei Bewusstsein ist und nur vorgibt, es nicht zu sein.

»Ja, Herr, er is' bewusstlos«, flüstert einer der Zentâris leise.

»Das sehe ich«, erwidert der Anführer kühl. »Was hat er über das Mädchen gesagt?«, will er herrisch wissen.

Der Zentâri, der zuvor Dión an der Kette gehalten hat, tritt unbehaglich vor. »N – Nix, mein Herr«, stottert er furchtsam.

»Nichts?«, fragt der Anführer ungläubig und zieht eine Augenbraue hoch. Seine Stimme, seine Augen und seine ganze Haltung verraten, dass dies nicht die Antwort ist, die er zu hören erwartet hat.

»Nein, mein Herr«, stammelt der Gefragte furchtvoll.

Das Gesicht des Anführers verfinstert sich, doch dann wird es milde. Er nickt verständnisvoll und tritt langsam auf den Zentâri zu. Er wirkt wie ein gnädiger Vater, der seinen ungehorsamen Sohn noch einmal mit einem Tadel davonkommen lassen will. Er legt seinem zitternden Untergebenen eine Hand auf die Schulter und klopft ein paar Mal wohlwollend darauf, wodurch das Zittern abflaut und der Zentâri sich seufzend entspannt.

»Jammerschade«, murmelt der Metallfürst kopfschüttelnd. Mit einem Mal verstärkt sich sein Griff um die Schulter seines Untergebenen, etwas Metallenes blitzt in seiner Hand auf und schnellt nach oben. Die Klinge versenkt sich so schnell in dem Hals des Zentâris, dass der nicht mal Zeit hat zu schreien. Mit schreckgeweiteten Augen starrt er in das Gesicht seines Anführers, ein Röcheln dringt aus seiner offenen Kehle. Er gerät ins Wanken, doch sein Herrscher packt ihn hinten im Nacken und zieht ihn an sich, wie zu einer liebevollen Umarmung. Das Blut, das sich aus dem Hals des Zentâris ergießt, rinnt ungehindert am Arm des Metallfürsten herab.

Anstatt das Leiden seines Untergebenen rasch zu beenden, labt sich der Anführer an dem Anblick des Sterbenden. Ganz langsam zieht er die Klinge aus dem Hals. Das Blut fließt nun wie ein roter Wasserfall aus der Kehle und das Röcheln nimmt zu. Eine Hand des Todgeweihten schnellt empor, er versucht verzweifelt, sich die Wunde zuzuhalten, doch der Anführer ergreift sein Handgelenk und hält es fest. Er schüttelt den Kopf und macht ein schnalzendes Geräusch, wie man es bei kleinen Kindern zu machen pflegt, wenn diese etwas Ungezogenes tun. Er zieht den Hinscheidenden näher an sich heran und tätschelt ihm sanft den Kopf, während das Blut seine metallene Brust besudelt. Das Röcheln lässt allmählich nach und der Körper des Zentâris hängt schlaff in den Armen seines Herrn. Als der letzte röchelnde Atemzug verklingt, schließt der Anführer die Augen und atmet dann seinerseits laut ein und aus. »Spürt ihr das?«, fragt er sinnend.

Niemand antwortet. Die übrigen Zentâris stehen alle wie versteinert da und starren entsetzt auf ihren toten Kumpanen.

»Dieses berauschende Gefühl, wenn ein Leben vergeht und der Tod Einzug hält«, fährt der Anführer vertieft fort. Er spricht voller Verzückung und ein kleines Lächeln umspielt seine Lippen. Achtlos lässt er den Toten zu Boden gleiten und steigt über ihn hinweg. Gedankenverloren streicht er sich über die blutbesudelte Brust. Als er an einem der anderen Zentâris vorübergeht, tätschelt er ihm die Wange und beschmiert ihn dabei mit Blut. Angewidert verzieht der Besudelte das Gesicht, doch der Anführer setzt seinen Weg zu dem Thron ungerührt fort und lässt sich entspannt seufzend darauf nieder.

Ich klammere mich zitternd an die metallene Statue, löse nun langsam meine schweißnassen Finger davon und lasse mich hinter das steinerne Podest sinken. Meine Augen sind vor Schrecken weit aufgerissen und starr auf den Boden gerichtet. Im Vergleich zu diesem Monster erscheinen mir die gewöhnlichen Zentâris auf einmal wie zahme Kaninchen. Mein Blick huscht zu Dión, der immer noch wie bewusstlos an der Kette hängt, doch ich sehe, dass sich seine Brust viel schneller hebt und senkt, als sie es normalerweise tun würde. Dión ist ebenso von Panik erfüllt wie ich.

»Könnte mir nun endlich jemand erklären, was hier genau vor sich geht? Was hat es mit diesem Mädchen auf sich?«, verlangt der Metallfürst nach einer Weile, zu erfahren. Seine Stimme ist schneidend und unerbittlich.

Einer der Zentâris räuspert sich. »Mein Herr, Kríschnârk, es … ähm … is' so, dass diese Göre in Zirkes Unterkunft eingedrungen is' und sie … äh … angegriffen hat. Wir wissen nich' genau, wie sie hier reingekommen is' oder was sie hier will und wir konnten sie … noch nich' ergreifen«, stammelt er.

Daraufhin erfüllt eine gefährliche Stille die Halle.

»Soll das heißen, ihr habt euch allesamt von einem kleinen Mädchen überlisten lassen?«, fragt der Anführer, Krschnârk, derart scharf, dass sich zunächst keiner traut, etwas darauf zu erwidern.

»Nun ja, es is' wohl eher eine kampferfahrene Frau statt eines kleinen Mädchens«, erhebt der Zentâri, der schon zuvor gesprochen hat, zum Widerspruch. Er schluckt so laut, dass ich es von meinem Versteck aus hören kann. Hätte ich keine Todesangst, würden seine Worte mich belustigen. Die anderen murmeln zustimmend, was den Zentâri darin bestärkt weiterzusprechen: »Und außerdem war sie nich' allein. Der Junge da und dieser Köter haben ihr irgendwie geholfen.«

Abermals pflichten die anderen ihm murmelnd bei.

»Nun gut, also wurdet ihr – an die fünfzig bewaffnete Männer – von einer Frau, einem Jungen und einem Hund überlistet. Habe ich das so richtig verstanden?«, hakt Krschnârk spitz nach.

Daraufhin schweigen die Zentâris, doch ich kann hören, wie sie rastlos mit den Füßen scharren.

»IST ES NICHT SO?«, brüllt Krschnârk plötzlich dermaßen laut, dass ich zusammenzucke.

Vor Schreck schießen mir die Tränen in die Augen. Ich habe solche Angst, dass ich sie nicht zurückhalten kann, und so rinnen sie mir ungehindert die Wangen herab.

»Ja, Herr«, stoßen die Zentâris stammelnd hervor, auch ihre Stimmen triefen vor Furcht.

»Wohlan, dann wollen wir dies als Missgeschick abhaken und fortan als erheiternde Geschichte bei geeigneten Anlässen zum Besten geben«, beschließt Krschnârk und klatscht in die Hände. Bei dem lauten Knall zucke ich erneut zusammen und meine zu hören wie auch die Zentâris erschrocken zusammenfahren.

»Herr, was is' mit dem Mädchen?«, fragt einer von ihnen vorsichtig.

»Die wird schon irgendwann auftauchen. Entweder tot oder lebendig. Ich will sofort informiert werden, wenn sie gefunden wird und wehe einer von euch verseuchten Barbaren vergeht sich an ihr, demjenigen werde ich persönlich den Schwanz abschneiden und ihn den Ratten zum Fraß vorwerfen«, verkündet Kríschnârk angewidert.

Einerseits bestürzt mich seine abscheuliche Drohung, doch andererseits bin ich dankbar dafür. Keiner der Männer wird jetzt noch Hand an mich legen, jedenfalls nicht auf solch schändliche Weise, wie es der Widerling am geheimen Zugang getan hat.

Die Zentâris murmeln ihre Zustimmung, doch mir entgeht nicht, wie widerstrebend sie es tun.

»Und was is' mit dem Jungen?«, will einer von ihnen missmutig wissen.

»Was denn, du willst dich lieber an dem Jungen vergehen, Zôrg? Ich hatte ja keine Ahnung von deiner Neigung«, zieht der Anführer ihn belustigt auf. Einige der Zentâris lachen leise.

»Das – Das hab' ich so nich' gemeint, Herr. Ich wollt' nur wissen, was mit ihm geschehen soll«, presst der Verspottete zähneknirschend hervor.

»Lasst ihn erstmal da hängen. Ich finde, er macht sich ganz gut als Wandschmuck. Obwohl es eine Schande ist, was Kruârk mit ihm angestellt hat. Er scheint mir ein kräftiger und gesunder Mann gewesen zu sein. So einen hätte ich gut gebrauchen können. Aber so halbtot … na, vielleicht kriegen wir ihn ja wieder zusammengeflickt. Ich würde ihn gerne behalten, vielleicht kann ich ihn ebenso hörig kriegen, wie diesen anderen, wie hieß der noch mal?«, überlegt er laut vor sich hin.

»Flin«, wirft einer der Zentâris ein.

»Ja, richtig.« Kríschnârk zieht mit geschlossenen Augen tief Luft ein, als würde er an einer wohlduftenden Blume riechen. »Ah, er hat aus jeder seiner Poren nach Furcht gerochen. Er hat so gequiekt und gebettelt, aber das hat ihn nicht bewahrt vor dem Schmerz und Leid, das ich ihm zugefügt habe. Dabei hat er alles ausgeplaudert, was ich von ihm wissen wollte und war hörig wie eine Straßenhure. Trotzdem habe ich ihn gequält, einfach so, aus reinem Vergnügen. Aber ich habe ihn einstweilen am Leben gelassen, denn er ist jung und frisch und er wird alles tun, was ich verlange. Ich glaube, wenn wir das Mädchen gefunden haben, befehle ich ihm ihren Körper ausbluten zu lassen und in ihrem Blut zu baden – oder es zu trinken. Nur um zu testen, wie gehorsam er wirklich ist«, gibt er sich laut seinen widerwärtigen Gewaltfantasien hin.

Mir gefriert bei diesen Worten das Blut in den Adern. Meint er das ernst? Ich wünschte, ich würde auf der Stelle tot umfallen, nur um es niemals erfahren zu müssen.

»Was ist eigentlich mit dem Hund?«, fragt der gewaltfanatische Anführer plötzlich aufgeregt.

Ich reiße panisch die Augen auf. Nein, bitte nicht Rubi!

»Der is' bei Gûrd, der kennt sich gut mit so Viechern aus. Er meint, er könnt' einen nützlichen Spürhund aus ihm machen, aber wenn Ihr ihn lieber ausbluten lassen wollt«, bringt einer der Zentâris ein und versetzt mir mit diesen Worten einen schmerzvollen Stich mitten ins Herz.

»Nein, nein, nein. Ich habe bloß überlegt ... aber wenn ihr etwas Nützliches mit ihm anfangen könnt, wäre das reine Verschwendung. Soll Gûrd sich um ihn kümmern. Aber wenn er sich doch als nutzlos erweisen sollte, gebt mir Bescheid! Ich hätte da eine wirklich schöne Idee«, murmelt Kríschnârk nachdenklich.

Ich atme erleichtert aus. Rubi ist vorerst in Sicherheit. Ich hoffe bloß, sein Überlebenssinn ist größer als seine Treue und er fügt sich seinem neuen Herrchen widerstandslos.

»Kommen wir nun zum heutigen Höhepunkt«, brüllt Kríschnârk freudig erregt und ich zucke zum wiederholten Male panisch zusammen. »Ich verlange unsere gefiederten Gäste zu sehen. Bringt sie herein, meine entfernten Verwandten! Ich möchte ein wenig mit ihnen feiern.«

Ungläubig drehe ich mich um und schaue über das Podest hinweg, um einen weiteren Blick auf Kríschnârk zu werfen. Verstört versuche ich zu begreifen, was seine Worte bedeuten: Er ist wahrhaftig ein Fearane!

Kapitel 42

Ich kann nicht fassen, dass dieses Monster ein Fearane ist. Wenn dem so ist, dann muss etwas Gutartiges in ihm stecken. Aber weshalb ist der Anführer der Zentâris überhaupt ein Fearane? Wie passt dies alles bloß zusammen? Während ich darüber nachgrübele, verlassen die Metallmenschen gehorsam die Halle. Aufregung macht sich in mir breit, denn ich bin mir sicher, dass sie mit Ria und den anderen zurückkehren werden. Ich habe ein ungutes Gefühl dabei, aber ein kleiner Teil in mir freut sich darauf, sie zu sehen. Wenigstens sind wir dann beieinander, was auch immer geschehen mag.

Als der Anführer sich alleine glaubt, sackt er in seinem Thron in sich zusammen und verbirgt das Gesicht in den Händen. Er wirkt erschöpft und bedrückt und er atmet schwer. Ich kann ihn kaum noch mit dem Gewalttäter in Verbindung bringen, der kurz zuvor hier gewütet hat. Fast empfinde ich Mitleid mit ihm, doch ein Blick auf den toten Zentâri, der in einer Blutlache ein paar Schritte entfernt auf dem Boden liegt, genügt, um jegliches Mitgefühl für diesen Kríschnârk in mir zu ersticken.

Plötzlich hebt er den Kopf an und schaut genau in meine Richtung. Ich ducke mich rasch und mein Herz droht mir aus der Brust zu springen, während ich mich fester an den Stein des Podestes drücke. Ich erhasche einen Blick auf Dión, der ebenso entsetzt aussieht wie ich. Hoffentlich hat mich Kríschnârk nicht gesehen. Doch da höre ich, wie er sich erhebt. Seine metallbeschlagenen Schuhe schlagen laut auf dem Stein auf, während er langsam auf das Podest zuschreitet. Dión öffnet den Mund, vermutlich um den Metallfürsten von mir ablenken, aber ich schüttele heftig den Kopf. Was immer der Anführer mit mir tun wird, wenn er mich entdeckt, ich will nicht, dass Dión dasselbe Schicksal ereilt. Dión zieht an seinen Fesseln, doch er bleibt stumm.

Ich vergrabe das Gesicht in meinen Armen. Die Panik überwältigt mich allmählich und ich wimmere leise, während ich darauf warte, dass Kríschnârk an mich herantritt, mich vom Boden reißt und seine kalten Augen auf mich richtet.

Doch seine Schritte verklingen, ehe er mich erreicht hat. »Dária«, haucht er leise.

Dieses eine Wort treibt mir einen kalten Schauer über den Rücken. Meint er mich? Verunsichert werfe ich Dión einen Blick zu, der wieder reglos in den Ketten hängt. Der panische Ausdruck in seinem Gesicht ist verschwunden.

»Wunderschöne Dária«, sagt Kríschnârk noch einmal, in einem nahezu liebevollen Ton.

Es dauert eine ganze Weile, bis mir klar wird, dass er zu der Statue spricht. Er muss genau davor stehen. Vor Erleichterung fange ich abermals an zu weinen.

»Schwester meines ältesten Vorfahrens und Gründer meines Volkes. Jene, die er mehr liebte als alles andere. Du wunderschöne Dária, kalt und rein. Dein Antlitz ist es, das mich all die Last tragen lässt, die meine Aufgabe mit sich bringt«, haucht Kríschnârk.

Die Erkenntnis trifft mich wie ein Schlag. Ist das wahr? Wenn es stimmt, dann ist das auf dem Podest gar keine Statue, sondern die Schwester der zwei verfeindeten Brüder. Zu sehr geliebt und schwer erkrankt, wurde sie von einem der beiden in flüssiges Metall getunkt. Ruberián hat mir die Legende der Geschwister vor einiger Zeit erzählt, doch ich habe nicht daran geglaubt, dass dies wirklich geschehen ist. Bei dem Gedanken, dass in dem Metall die Überreste der armen Schwester eingeschlossen sind, muss ich würgen. Ich schmecke Galle und presse mir die Hand vor den Mund, um nicht zu erbrechen. Angestrengt schlucke ich gegen den Brechreiz an. Schweiß bricht mir aus und ich mühe mich, langsam ein- und auszuatmen.

Da ertönen Schritte in dem Tunnel und der Anführer schreitet schleunigst zurück zu seinem Thron. Vorsichtig erhebe ich mich wieder und spähe über das Podest hinweg zur Tunnelöffnung. Drei Zentâris treten ein und ziehen eine Kette hinter sich her. Dann erhasche ich Xerons grimmiges Gesicht und mein Herz macht einen kleinen, freudigen Hüpfer. Auch wenn wir uns in einer ausweglosen Lage befinden, bin ich froh, ihn zu sehen. Xerons Wange ziert eine faustgroße Rötung und von seiner Lippe tropft Blut. Er hat sich nicht kampflos von den Metallbiestern aus dem Käfig zerren lassen. Um seine Handgelenke schmiegen sich Eisenringe, die mit der Kette verbunden sind, an der er nun grob vorangezogen wird. Auch um seine Fußgelenke schließen sich Fesseln, die Kette zwischen den beiden Ringen ist so kurz, dass er nur kleine Schritte machen kann. Bei jedem Ruck der Zentâris kämpft Xeron damit, das Gleichgewicht zu halten.

Hinter ihm erscheint Maran, er ist auf dieselbe Weise gekettet wie Xeron und schwankt bedrohlich in die Halle hinein. Dahinter erkenne ich Ria und mein Herzschlag beschleunigt sich. Alles in mir drängt danach, zu ihr zu rennen und sie in die Arme zu schließen. Ich kann ihre Furcht und ihre Entmutigung fühlen. Dann hebt sie ruckartig ihren Kopf, fast wie Rubi, wenn er eine Witterung aufgenommen hat. Er schnellt herum und ihr Blick streift suchend durch die Halle. Sie kann meine Gegenwart spüren, doch sie sieht mich nicht. Ich überlege kurz, mich ihr zu zeigen, aber ich will keinesfalls die Metallhäute auf mich aufmerksam machen.

Ein erneuter Ruck fährt durch die Kette und Ria stolpert hinter

Maran und Xeron vorwärts, dicht gefolgt von Zara. Mein Herz sackt herab, als ich sehe, dass sie Tahr mit einem Arm stützend hinter sich herzieht. Er sieht grauenhaft aus, er presst sich beide Hände auf den blutgetränkten Verband an seinem Bauch. Sein Gesicht ist bleich, beinahe schwarze Schatten liegen unter seinen Augen, die glasig und halb geschlossen umherblicken, während sein Kopf unkontrolliert hin und her schwingt. Er kann sich kaum auf den Beinen halten und einzig Zaras Umklammerung hindert ihn daran, zusammenzubrechen.

Die beiden anderen Zentâris treten hinter Zara und Tahr in die Halle und stoßen Tahr grob aus dem Weg. Er stöhnt auf und verliert das Gleichgewicht, geht auf die Knie nieder und beugt sich von Schmerz gebeutelt nach vorn. Ich presse mir eine Hand vor den Mund und schließe die Augen. Es tut weh, ihn so leiden zu sehen und nichts tun zu können, um ihm zu helfen. Am liebsten würde ich hervorspringen und den verdammten Zentâri in Stücke reißen, ihn und alle seine Artgenossen und ihren ruchlosen Anführer. Soll er sein eigenes Blut trinken und daran ersticken.

Ria hebt ob meiner aufwallenden Gefühle abermals den Kopf und schaut sich in der Halle um. Ich bin nicht sicher, ob es gut wäre, wenn sie mich entdeckt. Es könnte ihr zwar Hoffnung geben, aber die wäre ohnehin fehlgeleitet, denn meine Anwesenheit hier ändert rein gar nichts. Ich kann ihnen nicht helfen. Außerdem besteht die Gefahr, dass Ria meine Gegenwart durch irgendein Zeichen der Verblüffung oder Überraschung verraten könnte, wenn sie mich erblickt. Dann würde ich gleich ebenso in Ketten liegen, wie die anderen. Aber ... wäre das so verkehrt? So wäre ich wenigstens bei ihnen. Doch die Angst hindert mich. Daher verstecke ich mich hinter der Statue, damit sie mich nicht sehen kann, bis sie ihren Kopf enttäuscht sinken lässt.

Kríschnârk erhebt sich von seinem Thron. Er hat zuvor unbeteiligt auf seine Füße geschaut und den vorgeführten Gefangenen wenig

Beachtung geschenkt. Er gibt vor, ihnen mit Gleichgültigkeit entgegenzutreten, doch sein Blick verrät, dass er aufgeregt ist, als er sich ihnen nähert. Meine Freunde stehen, alle aneinandergekettet in einer Reihe zwischen dem Thron und dem Podest. Ich kann nur ihre Rücken sehen, doch Kríschnârk tritt von vorne an sie heran.

»Auf die Knie!«, zischt einer der Zentâris.

Xeron schüttelt den Kopf.

Ohne groß Federlesen springt der Zentâri auf ihn zu und schlägt ihm mit einer schweren Eisenstange gegen das Bein. Xeron sinkt keuchend auf die Knie, Maran stützt ihn, damit er nicht komplett zu Boden geht. Auf ein Zeichen von Xeron hin, lassen sie sich alle auf die Knie nieder.

»Ach, meine lieben Freunde. Wie schön, dass ihr vorbeigekommen seid«, ruft Kríschnârk vergnügt und baut sich vor den fünf Fearanen auf. Dann nimmt er sich die Zeit, sie einen nach dem anderen genauer zu betrachten. Sein Blick ruht lange auf Xeron, der sich unauffällig das Bein reibt. Kríschnârk schaut belustigt auf ihn herab und scheint sich an seinem Schmerz zu weiden. Seine Augen wandern langsam weiter zu Maran, den er jedoch nur eines kurzen Blickes würdigt, ehe er sich achselzuckend von ihm abwendet. Als er Ria betrachtet, verändert sich sein Gesichtsausdruck. Er tritt näher an sie heran, bückt sich und schaut ihr ins Gesicht. Ria dreht es angewidert zur Seite. Kríschnârk streckt eine Hand nach ihr aus, woraufhin Xeron sich wütend erhebt, doch ein weiterer Schlag mit der Metallstange lässt ihn stöhnend wieder zu Boden gehen.

Kríschnârk umfasst eine Strähne von Rias Haar. Ich kann die Wut und den Abscheu in ihr aufbranden fühlen und möchte am liebsten hinter dem Podest hervorspringen und ihn von Ria fortstoßen.

Behutsam lässt er die smaragdene Haarsträhne durch seine Finger gleiten. Dann erhebt er sich abrupt und stößt einen lauten Triumphschrei aus. »Ist das zu fassen? Vergeblich haben wir versucht die sogenannte letzte Tiare zu ergreifen, während ihr alles getan habt, um sie zu schützen. Und ich dachte, alles ist vorbei, als uns diese Sera damals entwischt ist und nun? Nun kommt dieses kleine Vögelchen hier einfach freiwillig zu mir geflattert. All eure Mühen, um die letzte Tiare zu retten und jetzt bringt ihr mir eine andere auf einem silbernen Tablett?«, schreit er ungläubig. Dann bricht er in schallendes Gelächter aus.

Ich reibe mir aufgeregt Schweiß, Dreck und Tränen aus dem Gesicht. Ich kann nicht einschätzen, was er mit Ria vorhat. Meine Freunde halten weiterhin ihre Köpfe geneigt und starren auf den Boden, doch ich kann die Hoffnungslosigkeit fast riechen, die von ihnen ausströmt. Xerons Körper ist am Zittern und ich bin mir sicher, dass dies nicht an seinen Schmerzen liegt. Es ist die reine Wut. Er will kämpfen, statt gefesselt auf den Knien zu hocken.

Es dauert eine ganze Weile, bis Kríschnárk aufhört zu lachen. Die Zentâris werden langsam unruhig, wippen auf der Stelle und werfen sich gegenseitig argwöhnische Blicke zu. Man merkt, dass ihnen das Verhalten ihres Herren nicht geheuer ist. Wenn seine Anhänger ihn schon fürchten, was bedeutet das dann bloß für uns?

»Das ändert einfach alles. Heute wird sich wahrhaftig alles verändern«, murmelt Kríschnárk schließlich. Daraufhin erhebt er seine Stimme, sodass sie laut durch die Halle dringt: »Hört ihr? Heute ist der Tag, an dem sich alles verändern wird. Heute ist der Tag, an dem wir in die Tat umsetzen werden, was wir seit Langem geplant haben. Heute ist der Tag, an dem wir den Rat der Zwölf vereinen und *ich* das Oberhaupt aller Fearane werde!« Mit ausgebreiteten Armen und Flügeln baut er sich vor den anderen auf.

»Is' das wahr, mein Herr?«, fragt einer der Zentâris huldvoll.

Kríschnárk nickt selbstzufrieden. »Geh und bereite alles vor. Hol die restlichen Ratsmitglieder und die Kristalle«, weist er den Zentâri an, der daraufhin folgsam aus der Halle eilt.

Bei der Erwähnung der Urkristalle hebt Xeron den Kopf. Er scheint sich durch die Hoffnungslosigkeit unserer Lage nicht unterkriegen zu lassen, denn er reckt das Kinn vor und lässt ein gehässiges, leises Lachen ertönen.

Kríschnârk fährt zu ihm herum und funkelt ihn wütend an. »Was ist so lustig?«, blafft er.

»Du kannst niemals das Oberhaupt werden. Du bist kein Fearane«, zischt Xeron und spuckt dem Metallfürsten vor die Füße.

Der Anführer starrt ihn entgeistert an, dann tritt er ihm mit dem metallbeschlagenen Schuh mitten ins Gesicht.

Xerons Kopf fliegt nach hinten und er spuckt einen Schwall Blut auf den Steinboden. Er kauert sich zusammen, aber an dem Wackeln seiner Schultern kann ich erkennen, dass er abermals lacht.

»In mir steckt genug Fearanenblut«, schreit Kríschnârk wütend. Doch in seiner Stimme schwankt Unsicherheit mit. Er tritt näher an Xeron heran. »Ich kann dich nicht leiden, Xarenare, und wenn das Ganze hier vorüber ist, werde ich Vergnügen daran finden, mir eine angemessene Strafe für dich auszudenken. Sag mir, was ist dein Name?«, fragt er von oben herab.

Xeron dreht seinen Kopf weg.

Kríschnârk macht einen Schritt zur Seite, holt aus und schlägt Maran unvermittelt mit der Faust ins Gesicht. Vollkommen unvorbereitet schreit der Mahare auf und sackt in sich zusammen. Xeron zerrt wütend an seinen Fesseln.

»Wenn ich es recht verstehe, ist es doch deine Lebensaufgabe als Xarenare die anderen zu schützen, nicht wahr? Wenn es dir also nichts ausmacht, wenn ich dich schlage, so ist es vielleicht ein größerer Anreiz für dich, wenn ich diesen Maharen hier als meinen Prügelknaben benutze«, überlegt er laut und tritt dem bewusstlosen Maran ins Gesicht. Sein Kopf fliegt zurück und Blut quillt aus einer Platzwunde an seiner Stirn.

»Lass von ihm ab! Ich tue was du willst«, spuckt Xeron wütend aus.

Kríschnârk lächelt zufrieden. »Hervorragend, ich danke dir für deine Kooperation, ...«, erwidert er und lässt das Ende des Satzes fragend in der Luft hängen.

»Xeron«, presst der mühsam hervor.

Kríschnârk starrt ihn an. »Xeron?«, fragt er überrascht. Dann bricht er abermals in schallendes Gelächter aus. »Das ist nicht zu fassen«, brüllt er vor Lachen. »Das Schicksal hat wahrlich einen guten Sinn für Humor. Nicht nur, dass es mir ganz unverhofft eine Tiare vorbeischickt – nein – nun stellt sich noch heraus, dass sie meinen Halbbruder im Schlepptau hat. Hätte ich es mir doch denken können, bei der Nase. Hallo Bruder, ich freue mich, dich kennen zu lernen«, bricht es lachend aus ihm hervor.

Kapitel 43

» Was soll das heißen?«, presst Xeron ungläubig hervor. »Ich habe keinen Bruder!«, widerspricht er heftig, doch seine Stimme schwankt leicht vor Unsicherheit.

»Na, *Halbbruder* sollte ich wohl besser sagen. Mein Vater war unverkennbar ein Zentâri, aber meine Mutter war eine echte Vollblutxarenare«, erwidert Kríschnârk ungerührt. Er genießt Xerons Schock sichtlich und beobachtet jede seiner Reaktionen mit größtem Vergnügen. »Die Männer meines Vaters entdeckten sie damals in der Nähe des Adlergebirges. Sie war perfekt für seine Zwecke, eine reine Xarenare und ein wildes Biest – seine Worte. Wie war doch gleich ihr Name?«, fragt er in gespielter Nachdenklichkeit. Er kratzt sich übertrieben am Kinn und blickt nach oben, als stöbere er in seinen Erinnerungen.

»Xora«, haucht Xeron mit erstickter Stimme.

»Ach ja, richtig«, schnarrt Kríschnârk vergnügt.

Xeron sackt leidend in sich zusammen. Er schüttelt den Kopf vor Fassungslosigkeit. »Wo ist sie? Ist sie noch hier?«, will er heiser wissen.

»Sie ist tot. Hat sich zu Tode gehungert«, gibt Kríschnârk ungerührt zurück.

Xeron stöhnt bei diesen Worten gequält auf.

»Nicht, dass ich sie nicht davon hätte abhalten können, aber ich habe sie wahrlich gehasst. Ihr ständiges Gerede von dir. ›Ich habe nur einen Sohn: Xeron‹, hat sie immer wieder gesagt. Glaub mir, großer Bruder, auch dich habe ich abgrundtief gehasst. Aber nun, wo du so erbärmlich vor mir kniest, bin ich doch glatt versöhnlich gestimmt«, fährt er hohnlachend fort.

Xeron schaut zu ihm auf. Ich kann sein Gesicht nicht sehen, aber ich bin mir sicher, dass es vor lauter Hass verzerrt ist. Ein zorniges Knurren entfährt seiner Kehle und nur die Metallstange, die der Zentâri neben ihm bedrohlich schwingen lässt, hält ihn davon ab, sich auf den niederträchtigen Anführer zu stürzen.

»Wieso tut ihr so etwas Abscheuliches?«, schreit Ria auf. Ihre Stimme ist von Tränen erstickt.

Kríschnârk schaut begeistert zu ihr herüber. »Das ist eine hervorragende Frage. Wisst ihr, mein Vater war ein großer Anführer und ein genialer Mann, aber er strebte sein Leben lang danach, sich die Fearane zu unterwerfen – erfolglos. Er war überzeugt davon, es müsse einen Weg geben, euch zu unseren Sklaven zu machen. Er hat unzählige von euch gefangen genommen und experimentiert, doch was er auch getan hat, es ist ihm nie gelungen eines von euch Flügelviechern wirklich hörig zu bekommen. Wie viele Menschen haben wir schon dazu gebracht, für uns die schlimmsten Schandtaten zu begehen. Auf irgendeinem Weg kriegt man sie immer dazu, zu tun, was man will. Entweder indem man sie durch Qual und Folter bricht, mit schmeichelnden Worten verführt oder ihnen Reichtümer und Macht verspricht. Menschen sind allesamt schwach und manipulierbar, es gibt Mittel und Wege, sie zu unseren Werkzeugen zu machen. Doch bei euresgleichen ist es uns nie gelungen, weder mit Folter oder Reichtümern noch mit großen Worten. Keines dieser Mittel hat je dazu geführt, dass ihr euch unterwerft, doch mein Vater wollte einfach nicht aufgeben. Er hat geforscht und ist schließlich hinter das Geheimnis eures Rates gekommen. Zwölf Fearane unterschiedlicher Gattungen, darunter ein gewähltes Oberhaupt, die vereinigt über die Kristalle und damit eure Lebenskraft wachen.

Er war davon überzeugt, dass er euren Willen brechen könnte, wenn er erst einmal die Macht über euren Rat erlangen würde. Er wollte euer neues Oberhaupt werden, doch wie sich herausstellte, kann nur ein Fearane diese Rolle einnehmen. Also beschloss er, sich einen eigenen Fearanen zu erschaffen, einen, den er führen könnte. Sein erster Testlauf schlug fehl, ein erbärmlicher Versuch, der zum Scheitern verdammt war. Er verschleppte einen Xarenaren und ließ diesen ein Zentâriweib schwängern. Eine wahrlich widerwärtige Prozedur, wenn ein Mann nicht willens ist, den Akt zu vollziehen, aber ich will euch nicht mit den abstoßenden Details langweilen. Jedenfalls gebar das Weib einen gesunden Bastard. Nun wusste mein Vater schon mal, dass eine Zeugung zwischen uns und euresgleichen tatsächlich möglich ist. Doch wie sich herausstellte, ist dies noch keine Garantie dafür, dass das Balg nicht ebenso durchtrieben und widerspenstig ist, wie ihr es seid. Der Junge wuchs heran und verweigerte sich seiner Aufgaben. Schließlich gelang es ihm, aus der Obhut meines Vaters zu fliehen. Weiß der Geier, was aus dem unwürdigen Halbblut geworden ist, vermutlich ist er gestorben, so schwach wie er gewesen sein muss, dieser *Zârgoran*.«

Bei diesem Namen horche ich auf und auch Xeron zuckt leicht zusammen. Doch Kríschnârk scheint davon nichts zu bemerken, denn er spricht ungerührt weiter: »Jedenfalls beschloss mein Vater seinerzeit, dass es *sein* Blut sein müsse, das in den Adern des künftigen Oberhauptes fließt. Er veranlasste seine Männer dazu, eine Xarenare für ihn zu finden, was schließlich auch gelang. Er schwängerte sie – nicht ganz einvernehmlich, wie ich vermute – und so gebar die Wilde einen jungen, starken Sohn. Dieser steht heute vor euch, kraftvoll und geschwind wie euresgleichen, aber hart und unnachgiebig wie das Metall, das meinen Körper ziert. Ich bin die größte Leistung, die mein Vater je vollbracht hat, das muss ich ihm zugestehen. Dennoch musste ich mich seiner entledigen, denn er hat auf mich herabgeblickt, hat mich wie ein Werkzeug betrachtet, das er nach seinen Gutdünken benutzen kann. Doch ich bin niemandes Werkzeug. Ich bin der alleinige Herrscher über die Zentâris und ich werde der alleinige Herrscher über das geflügelte Volk sein und dann steht mir die Welt offen. Gemeinsam werden wir uns die ganze Menschheit unterwerfen. Eine Allianz aus Feder und Metall, das ist der Schlüssel, der uns das Tor zu unerschöpflicher Macht öffnen wird. Was meinst du, Bruder, willst du dich meiner Sache anschließen? Warum warten, bis ich deine Lebenskraft in meinen Händen halte? Schließ dich mir freiwillig an und ich verspreche dir, du wirst einen Ehrenplatz an meiner Seite haben und ich verschone jene, die dir am Herzen liegen«, spricht er und schaut erwartungsvoll auf Xeron herab.

Der blickt schweratmend zu ihm auf. Ich kann nur erahnen, was all die Worte Kríschnârks bei ihm ausgelöst haben. Zu erfahren, welch grausames Schicksal seine Mutter ereilt hat und dabei demjenigen gegenüberzustehen, der dafür mitverantwortlich ist, muss unerträglich für ihn sein.

Kríschnârk reicht ihm eine Hand und lächelt selbstzufrieden, als Xeron umständlich einen Fuß aufstellt und ihm seine gefesselten Hände entgegenstreckt. Ich atme scharf ein und frage mich, was dort gerade geschieht. Wird Xeron etwa auf das Angebot eingehen? Das kann er nicht tun! Er kann doch nicht ernsthaft glauben, dass Kríschnârk vorhat, jemanden zu verschonen. Doch genau darauf scheint er zu hoffen.

Kríschnârk nickt einem seiner Untergebenen zu, der sodann eilig an Xeron herantritt und die Ringe von seinen Fuß- und Handgelenken löst.

Xeron, frei von seinen Fesseln, ergreift die dargebotene Hand seines Halbbruders, dessen Lächeln daraufhin noch breiter wird. Kríschnârk öffnet den Mund, um das neue Bündnis zu besiegeln, als Xeron sich mit einem heftigen Ruck hochzieht. »Für jene, die mir am

Herzen liegen«, sagt er, ehe er seinem Gegenüber mitten ins Gesicht spuckt.

Kríschnârks Lächeln friert ein, seine Miene verzerrt sich zu einer hässlichen Grimasse. Der Speichel läuft über seine Nase und eine Wange herab. Er wischt ihn mit einer ungestümen Bewegung fort.

Xeron zögert nicht lange und stürzt sich auf Kríschnârk, doch der Zentâri mit der Metallstange ist schneller und lässt diese mit einem raschen Hieb auf Xerons Hinterkopf niederfahren.

Xeron bricht ohne einen Laut zusammen. Neben seinem Kopf bildet sich eine geschwind wachsende Blutlache auf dem Steinboden.

Mein schockierter Aufschrei geht in den Schreien der anderen unter. Maran, der wieder bei Bewusstsein ist, beugt sich eilig zu Xeron herab, auch Ria versucht zu ihrem Ziehvater zu kommen, doch Kríschnârk tritt Marans Hand weg. »Fass ihn an und du liegst gleich neben ihm«, zischt er Maran zu, der zögerlich innehält. »Dasselbe gilt für dich, meine teure Tiare. Mit einem Unterschied: Wenn du dich rührst, wird er für dich den Kopf hinhalten«, sagt er sanft an Ria gewandt und zeigt auf Maran.

Keiner rührt sich mehr und Kríschnârk lacht vergnügt. »Ganz so schwer scheint es mir doch nicht zu sein, euch zu unterwerfen. Man muss nur wissen, wie. Wenn euer eigenes Leben bedroht ist, seid ihr bereit es zu geben, aber sobald das Leben eines anderen bedroht ist, werdet ihr mit einem Mal ganz fügsam«, stellt er belustigt fest. »Das ist interessant, lasst uns doch mal Folgendes probieren ... Zôrg, komm her!«, fordert er einen der Zentâris auf. Dann befiehlt er einem Zweiten, Rias Ketten zu lösen, und winkt sie zu sich.

Meine Sorge um Ria lässt meinen Schädel schmerzhaft pochen. Was hat er mit ihr vor? Ich will keine weiteren seiner krankhaften Folterspielchen mit ansehen und erst recht nicht, wenn Ria daran teilnehmen muss.

Ria schüttelt ihren Kopf. Daher kommt Kríschnârk mit schnellen

Schritten auf sie zu und packt sie am Arm. Zara und Maran wollen ihn zurückhalten, doch er wehrt sie mühelos ab. Er zerrt Ria grob hinter sich her und stellt sie vor Zôrg auf. Dann drückt er ihr ein rostiges Metallmesser in die Hand. »Und nun, töte ihn!«, befiehlt er ihr emotionslos.

»Aber Herr...«, protestiert Zôrg erschrocken, doch Kríschnârk schneidet ihm das Wort ab.

»Töte ihn oder ich schneide dir deine Flügel ab, die wirst du nicht brauchen, um Teil des Rates zu sein«, droht er ihr zischend.

Doch Ria schüttelt abermals den Kopf. Ich kann sehen, wie die Hand, in der sie das Messer hält, zittert.

»Seht ihr? Stur wie eh und je«, sagt er an die anderen Anwesenden in der Halle gerichtet, so als wären sie Teilnehmer einer anschaulichen Lehrstunde. »Nun sehen wir doch mal, ob wir deinen Antrieb nicht etwas verstärken können«, sagt er und lässt seinen Blick über Maran, Zara und Tahr schweifen. Dann geht er beschwingt auf den am Boden kauernden Tahr zu. Mit einem Schubs mit dem Fuß dreht er Tahr auf den Rücken, der daraufhin gequält aufstöhnt.

Ria schreit auf, während Zara versucht, sich schützend über Tahr zu beugen, doch Kríschnârk stößt sie beiseite. »Bist du bereit, diesen einen Zentâri zu töten, um deinen Freund hier zu retten?«, fragt er.

Ria steht nur starr da, schaut ihn mit vor Angst geweiteten Augen an.

Kríschnârk hebt einen Fuß und lässt ihn dann auf Tahrs Bauchverletzung niedersinken.

Tahrs Schrei zerreißt mir fast das Herz.

»Töte ihn und ich lasse ab von deinem Freund«, brüllt Kríschnârk über Tahrs Schreie hinweg.

Ich kann das Grauen nicht mehr ertragen, was sich vor meinen Augen abspielt. Ich erhebe mich, um dem ein Ende zu bereiten, als Rias Hand vorschnellt und die rostige Klinge quer über die Kehle des Zentâris namens Zôrg gleiten lässt. Der stößt einen gluckernden

Laut aus, ehe er sich mit beiden Händen an den Hals greift. Er versucht, die Blutung zu stoppen, doch er bricht bereits zusammen und kippt vor Rias Füßen zu Boden. Sein Körper zuckt und bebt, aber die Bewegungen werden immer verhaltener. Tahrs Schreie verstummen unmittelbar und gehen in ein leises Stöhnen über.

Ria steht zitternd da, Tränen rinnen ihr das Gesicht herab. Sie starrt wie gebannt auf das blutgetränkte Messer in ihrer Hand. Ich kann ihren Schmerz und ihre Schuldgefühle spüren. Ihre Seele hat nun einen unheilbaren Schaden genommen, einen, den sie vielleicht nie vollständig überwinden wird. Ich lasse mich bestürzt wieder hinunter in den Schutz der Statue sinken.

Kríschnârk jubelt begeistert auf. »Habt ihr das gesehen? Was für eine hervorragende Widerlegung der Behauptung, ihr hättet einen unbeugsamen Willen«, ruft er energisch und geht schnellen Schrittes auf Ria zu.

Ria dreht sich langsam zu ihm herum. Ihr Gesicht ist steinern, sie sieht aus, als würde sie gleich zusammenbrechen. Doch dann spüre ich etwas in ihr auflodern und noch ehe sie sich rührt, ahne ich, was sie vorhat. Mit einer einzigen schnellen Bewegung schießt ihre Hand mit der Klinge vor, in Richtung von Kríschnârks Kehle.

Kapitel 44

Ehe die Klinge ihr Ziel erreicht, packt Kríschnârk Rias Handgelenk. Sie keucht und ihr ganzer Arm erzittert, als sie versucht, gegen den Widerstand anzukommen, doch Kríschnârk presst ihren Arm mühelos von sich. Rias Keuchen geht in ein schmerzverzerrtes Stöhnen über, als Kríschnârk den Druck um ihr Handgelenk verstärkt. Ein gellender Schrei kommt ihr über die Lippen, begleitet von einem abscheulichen Knacken, als einer ihrer Knochen dem festen Griff Kríschnârks nicht länger standhalten kann. Die Klinge fällt klirrend zu Boden und Kríschnârk gibt ihren Arm frei.

Schützend drückt Ria ihr Handgelenk an ihren Körper. Sie gerät ins Wanken, doch da schnellt Kríschnârks Hand erneut vor und umschließt Rias zarten Hals. Zara und Maran schreien auf und versuchen ihr zu Hilfe zu kommen, aber sie werden sogleich von zwei Zentâris zurückgehalten. Kríschnârk presst Ria die Luft ab und ihr Mund schnappt verzweifelt nach Atem, ihre Augen sind vor Angst und Schrecken geweitet und ich kann ihre nackte Furcht spüren. Mein Wille, sie zu retten, lässt mich alle Vorsicht vergessen. Ich springe auf, um mich auf Kríschnârk zu stürzen, und da entdeckt sie mich. Der Schrecken in ihren weit aufgerissenen Augen verwandelt sich in Überraschung und Erleichterung. Eine Woge der Zuneigung erfüllt mich und ihre Wiedersehensfreude lässt mich einen Moment innehalten. Ich bin überwältigt von ihren Emotionen und mein Herz schwillt auf die doppelte Größe an.

Dann besinne ich mich wieder auf mein Vorhaben und trete einen Schritt vor, doch Ria schüttelt kaum merklich den Kopf. Ich zögere und da löst sich die Hand um Rias Hals. Sie bricht hustend und nach Atem ringend zusammen. Obwohl ihre Kräfte rar sind, macht sie eine flüchtige Handbewegung, die mir bedeutet, mich wieder zu verbergen. Ich stehe noch einen kurzen Augenblick reglos da, ohne Sichtschutz, unbehelligt inmitten all der Feinde, dann trete ich leise hinter das Podest und sinke nieder. Ich atme tief durch und versuche, mein aufgewühltes Gemüt zu beruhigen.

Aus dem Gang ertönen unzählige Schritte, begleitet von Schleifgeräuschen, Ächzen und Stimmengewirr. Rasch ducke ich mich wieder tief hinter das steinerne Podest. Die ersten Zentâris strömen in die Halle und tragen einen metallenen Tisch und Stühle herein. Beides stellen sie einige Schritt von meinem Versteck entfernt auf. Ich drücke mich fest an den Stein und rutsche möglichst weit fort von den geschäftigen Metallmonstern. Die Säulen in der Halle und deren Schatten verdecken teilweise ihre Sicht auf mich. Zudem sind sie viel zu beschäftigt, um mich zu bemerken. Ich würde am liebsten vollständig aus ihrem Blickfeld verschwinden, doch wenn ich um das Podest herumkriechen würde, könnte Kríschnârk mich sehen, der nun wieder entspannt auf seinem Thron sitzt und das Treiben seiner Untergebenen beobachtet.

Als der Tisch und die zwölf Stühle arrangiert sind, strömen weitere Zentâris in die Halle. Ein jeder von ihnen führt zwei der abgemagerten Ratsmitglieder an Ketten herein und geleitet sie zu dem Tisch. Die Gefangenen halten ihre Köpfe geneigt und machen einen erbärmlichen Eindruck. Allerdings wurde ihnen der gröbste Dreck abgewaschen, sodass die verschiedenen Farben von Gefieder und Haaren nun erkennbar sind. Nur so lässt sich ausmachen, welcher Gattung ein jedes Ratsmitglied entstammt.

Zehn der zwölf Stühle sind nun belegt und die Zentâris lösen nach und nach die Ketten von den Fesseln der Sitzenden. Stattdessen befestigen sie die Armringe an dafür vorgesehenen Verankerungen an dem Metalltisch. Keiner der Ratsmitglieder wehrt sich oder erhebt auch nur Widerspruch. Bei dem Anblick dieses entsetzlichen Schauspiels muss ich mit Bedauern feststellen, dass Kríschnârk tatsächlich auf dem besten Wege ist, sich die Fearane gefügig zu machen.

Als die zehn Ratsmitglieder festgekettet sind, positionieren sich fünf Zentâris so um den Tisch herum, dass sie nur eine Armlänge von jeweils zwei Fearanen entfernt sind. Somit können sie rasch eingreifen, falls einer der Gefangenen doch Widerstand leisten sollte. Ein Zentâri wendet sich der schwer atmenden Ria zu, die Übrigen verteilen sich an der Hallenwand. Ria wird ebenfalls an den Tisch geführt und an beiden Händen festgekettet, wobei sie ihr Gesicht schmerzhaft verzieht. Sie leistet keinerlei Gegenwehr, da der Zentâri mit der Metallstange neben Maran ihr boshaft grinsend zuzwinkert. Der Zentâri, der Ria zum Tisch gebracht hat, bezieht direkt hinter ihr Position. Dann kehrt Ruhe in der Halle ein. Außer den unzähligen Atemgeräuschen in unterschiedlicher Intensität und dem gelegentlichen Klirren einer Fessel erklingt kein Laut. Erst als einige Zentâris unruhig werden und verhalten husten oder mit den Füßen scharren, erhebt sich Kríschnârk. Über das Podest hinwegspähend, beobachte ich, wie er abermals Arme und Flügel weit ausbreitet und sich zu voller Größe aufbaut. Die anwesenden Zentâris neigen ehrfürchtig die Köpfe.

»Dies ist der Tag, an dem sich das Schicksal meines Volkes wandeln wird und wir jene Bedeutung bekommen werden, die uns seit jeher zusteht«, dröhnt Kríschnârks Stimme durch die Halle. Er macht eine bedächtige Sprechpause, ehe er mit seiner Rede fortfährt: »Einst lebte ein großer Mann, Zentâr war sein Name, der von einer Vision angetrieben wurde. Er wollte eine Haut aus Metall tragen und sich über das einfache Dasein gewöhnlicher Menschen erheben. Sein verhasster Bruder, ein einfältiger Naturliebhaber und Heilpfuscher, verschmähte seine Träume und trat ihm mit Verachtung entgegen. Eines Tages erkrankte ihre liebliche Schwester. Während der tollgewordene Heilkräuterfresser sie unbedingt von ihren Qualen erlösen und sie *heilen* wollte, erkannte Zentâr, wie er seiner geliebten Schwester wahrhaftig helfen könnte. Er beschloss, sie für die Ewigkeit zu erhalten und es gelang ihm. Schaut sie euch an, Dária, die Ewige, von kalter Schönheit, rein und unvergänglich«, ruft Kríschnârk aus. Mit einer weiten Geste deutet er auf die Metallfigur über mir.

Alle Blicke in der Halle richten sich daraufhin auf das Podest. Ich verberge mich, so tief es eben geht, und verharre vollkommen reglos, einzig mein Herz ist in Bewegung und schlägt in donnerndem Takt gegen meinen Brustkorb. Ich schließe die Augen, erwarte fast das einer der Zentâris plötzlich ruft »Wer is' das denn?«, doch nichts dergleichen geschieht. Zu sehr nimmt sie der Anblick der Statue über mir in Bann – die tote Schwester, eingeschlossen in ihr metallenes Gefängnis.

Kríschnârk spricht weiter und die Aufmerksamkeit der Anwesenden richtet sich wieder auf ihn. Ich atme erleichtert auf und spüre, wie sich mein Herzschlag allmählich beruhigt. Jeder einzelne Muskel in meinem Körper schmerzt, weil ich in ständiger Anspannung bin, doch ich bin trotzdem besser dran, als meine Freunde. Also reiße ich mich zusammen und straffe die Schultern. Mit vorgerecktem Kinn spähe ich wieder über das Podest zu dem redehaltenden Kríschnârk.

»Nachdem er seine Schwester von all der menschlichen Qual erlöst hatte, versuchte sein eigener Bruder ihn zu töten. Doch schwach wie er war, brachte er es nicht über sich und verstieß Zentâr aus dem gemeinsamen Zuhause. Ein wahrer Schicksalsschlag, aber zum Guten, denn nur auf diese Weise gelang es Zentâr schließlich jenes

Erz zu finden und jene Rezeptur zu entwickeln, die uns seither zu unserer veredelten Metallhaut verhilft«, lässt er verlauten und macht eine Pause, um die aufbrausenden Jubelrufe und Pfiffe der Zentâris abzuwarten, ehe er weiterspricht: »Ich bin ein direkter Nachkomme Zentârs, Visionär und Gründer unseres Volkes, und ich strebe danach die Visionen meines Ahnen voranzutreiben.

Ich wurde geboren, um das Volk der Zentâris zu führen und mir das geflügelte Volk zu eigen zu machen. Nehmt es als Vergeltung, für die Schmach, die unser Ahnenherr Zentâr erdulden musste und die von seinem naturverliebten Bruder ausging. Wir sehen uns heute der Schmach eines ähnlich verblendeten Feindes gegenüber. Die Fearane, die jedes einzelne Leben, wie belanglos und verachtenswert es auch sei, ehren und schützen, verschmähen uns. Doch diese Schmach endet heute, heute werden wir, die wir den wahren Wert des Lebens kennen, uns endlich gegen unseren Gegner erheben und ihn uns unterwerfen. Damit stellen wir das Gleichgewicht her, wie es von jeher hätte bestehen müssen.

Doch heute ist nur der erste Schritt. Wenn ich erst Oberhaupt der geflügelten Rasse bin, werden wir noch weit größere Ziele verfolgen. Wir werden eine geflügelte Metallarmee erschaffen, der sich keiner widersetzen kann. Wie geflügelte Bestien werden sie über das Land jagen und jeden vernichten, der sich uns dann noch in den Weg stellt. Die Menschen in Quentum werden sich uns anschließen, doch es gibt noch einige Städte und Landstriche, in denen die Menschen noch an der alten Ordnung festhalten. Sie wollen nicht begreifen, dass es nicht das Leben ist, das überdauert, nicht Baum, nicht Mensch, nicht Fearane, nicht Tier – NEIN – nur Metall und Stein. Das ist es, was überdauern wird. Es gibt keine Seelen, die es zu erlösen gilt, nur Körper, die es zu erhalten gilt, auf ewig, in Metall. Keiner von euch, der hier Anwesenden, wird je vergehen, denn eure Körper werden die Ewigkeit überdauern. Nie zu Staub zerfallen, nie verrotten oder zu Asche verglühen. Mit diesem Wissen, sollt ihr in die Zukunft blicken und nun – lasst uns mit dem Ritual beginnen«, brüllt Kríschnârk begeistert aus.

Die Zentâris brüllen und johlen erneut, als Kríschnârk mit großen Schritten auf den Tisch zugeht und sich auf den freien, etwas erhöhten Stuhl gleiten lässt.

»Bringt die Kristalle!«, befiehlt er und in seinen Augen glitzert der Wahnsinn auf und verleiht ihm eine erschreckende Ausstrahlung.

Ein Zentâri eilt herbei. Er trägt einen dreckigen Beutel bei sich, aus dem klimpernde Geräusche dringen, als er ihn unbedarft hin- und herschwingt. Dies handelt ihm einen strengen Blick seines Anführers ein, weshalb er ihn schleunigst stillhält. Er schreitet bedächtig die Fearane am Tisch ab und legt vor jeden und jede einen einzelnen etwa daumengroßen Kristallstein. Bevor er die Kristalle ablegt, hält er einen jeden der transparent schimmernden Steine ins Licht einer Fackel, um die Farbe dem richtigen Ratsmitglied zuordnen zu können. Zuletzt legt er einen tiefschwarzen vor Kríschnârk nieder.

Der lässt seinen Blick zufrieden über den Tisch gleiten. »Wohlan, lasst uns beginnen! Vereinigen wir den Rat der Zwölf nach all der Zeit und geben euch eure Lebenskraft zurück«, ruft er feierlich aus.

Kapitel 45

Erwartungsvoll lässt Kríschnârk seinen Blick über die Fearane um ihn herum wandern, doch keiner von ihnen rührt sich. »Worauf wartet ihr denn noch? Ihr sollt anfangen«, blafft er ungeduldig.

Doch die Ratsmitglieder und Ria starren stumm auf den Tisch hinab, auf die kleinen Kristalle die vor ihnen liegen.

Kríschnârk lächelt kalt. »Soso, mir scheint, es ist ein zusätzlicher Antrieb nötig. Glücklicherweise haben wir noch ein paar überflüssige Leben hier, die wir in die Waagschale legen können«, er wirft einen Blick zu Zara und den anderen.

Xeron liegt noch immer bewusstlos am Boden. Tahr kauert ebenso reglos neben Zara, nur sie und Maran knien aufrecht und haben sich in Richtung des Tisches gewandt, um die Geschehnisse verfolgen zu können.

»Jedenfalls sind zwei davon noch eindeutig am Leben«, fügt Kríschnârk abschätzig hinzu. Er nickt den beiden nächststehenden Zentâris zu, die daraufhin hinter Zara und Maran treten und ihnen jeweils eine Klinge vor den Hals halten. Beide schlucken sichtbar, greifen einander bei den Händen und halten sich daran fest. Ansonsten zeigen sie keine Regung.

Ungehalten wendet sich Kríschnârk wieder an die Ratsmitglieder: »Können wir fortfahren oder fordert ihr zunächst ein Leben ein?«

Die Ratsmitglieder starren weiterhin auf die Kristalle vor sich und machen keinerlei Anstalten, seiner Forderung nachzukommen. Einzig Ria schluchzt leise und rutscht nervös auf ihrem Stuhl herum. Ich kann spüren, dass sie dem Befehl des Anführers lieber nachkommen würde, als einen von unseren Freunden zu opfern. Doch sie kennt ebenso wenig wie Kríschnârk den Ablauf des Rituals und kann daher nichts weiter unternehmen, als abzuwarten. Ich wünschte, irgendeiner der anderen würde endlich etwas tun. Wollen sie etwa stumm dasitzen und zulassen, dass Maran oder Zara stirbt?

»Es reicht. Tötet den Maharen!«, donnert Kríschnârks Stimme wutentbrannt durch die Halle.

Ria schreit leise auf und mein Blick schnellt erschrocken zu Maran, der die Augen bereits geschlossen hält. Zara klammert sich an seiner Hand fest, während ihr stumm die Tränen an den Wangen herabrinnen. Der Zentâri hinter Maran setzt die Klinge an, um ihm die Kehle durchzuschneiden, und ich spüre einen verzweifelten Schrei in der meinen aufsteigen. Ehe er mir über die Lippen gehen kann, ertönt ein erstickter Laut vom Tisch der Ratsmitglieder sowie ein paar erschreckte Ausrufe.

Mein Blick schnellt zurück und ich sehe gerade noch, wie der Kopf des Maharen nach vorne auf den Tisch knallt. Aus seinem Nacken ragt der Griff eines Dolches. Blut dringt unter ihm hervor und breitet sich auf der glänzenden Tischplatte aus. Die rote Flüssigkeit umspült den darauf liegenden Kristall, sodass er aussieht wie eine orangene Insel in einem dunkelroten See.

Fassungslos starrt Kríschnârk auf das tote Ratsmitglied. Der Zentâri, der hinter dem Getöteten steht, wird sich seines Fehltrittes offenbar gewahr, denn er tritt hastig einen Schritt zurück und hebt abwehrend die zitternden Arme.

»Doch nicht dieser Mahare, du verdammter Narr«, brüllt Kríschnârk und springt völlig außer sich auf die Beine. Mit raschen Schritten rennt er um den Tisch herum und stößt den Zentâri zu Boden. Mit seinem metallbeschlagenen Schuh tritt er dem Untergebenen in wilder Rage ins Gesicht, bis dieser sich nicht mehr rührt.

Die daraufhin eintretende Stille ist derart bedrückend, dass ich einen riesigen Kloß im Hals verspüre. So sehr ich den Tod des unschuldigen Maharen auch bedaure, so kann ich doch nicht umhin erleichtert zu sein, dass Maran verschont geblieben ist.

Kríschnârk rauft sich die Haare. Er zeigt auf den Zentâri, der immer noch hinter Maran steht, die Klinge dicht an dessen Hals haltend. »Weg mit dem Messer und schaff mir den Maharen an den Tisch!«, keift er ihm zu.

Der Angesprochene tut wie geheißen und wirft das Messer fort, als hätte er sich daran die Hand verbrannt. Er löst Marans Handfesseln von der Kette und führt ihn an den Tisch. Der Zentâri macht sich daran den toten Maharen von seinen Fesseln zu lösen und ihn von seinem Stuhl zu zerren, die Kaliare und der Emorie, die daneben sitzen, wenden bestürzt ihre Gesichter ab.

Als Maran schließlich gefesselt auf dem Platz sitzt, kehrt auch Kríschnârk zu dem seinen zurück. Schwer seufzend lässt er sich darauf nieder. »Ich dulde nun keine weiteren Verzögerungen mehr. Wenn nötig fackele ich jeden einzelnen Wald ab und räuchere jeden einzelnen eures Volkes aus, bis ihr mich endlich zu eurem Oberhaupt gemacht habt. Lieber sehe ich euresgleichen tot als weiterhin frei und unabhängig. Ich rate euch nun also mit diesem verdammten Ritual zu beginnen oder ich lasse meine Männer der Finere da drüben«, er deutet auf Zara, »die Federn rupfen und wenn das immer noch nicht reicht, lasse ich ihr die Haut abziehen und das mache ich wirklich ungern, also würdet ihr nun bitte loslegen?«, verkündet Kríschnârk außer sich. Seine Stimme, die zunächst leise und bedrohlich ist, schwillt mit jedem Wort weiter an, bis sie mit einem hohen Schrillen endet.

Maran wirft einen Blick auf Zara. Er ist nun der auserwählte Mahare, daher obliegt es ihm, das fearanische Ritual durchzuführen. Er räuspert sich leise. »Um fortzufahren, werden wir unsere

Hände frei benötigen«, sagt er ruhig und klimpert zur Unterstreichung mit den Fesseln an seinen Handgelenken.

Kríschnârk starrt ihn abschätzig an, überlegt kurz und nickt.

Sofort treten die Zentâris vor, die sich um den Tisch versammelt haben und lösen die Handfesseln der Ratsmitglieder.

Maran nickt und räuspert sich erneut. »Bitte nehmt nun eure Kristalle auf und umschließt sie mit beiden Händen«, fordert er die anderen leise auf. Er selbst klaubt den orangenen Kristall aus dem blutigen See, wischt diesen mit zitternden Fingern an seiner Kleidung ab und schließt seine Hände darum.

Ria tut es ihm gleich und auch Kríschnârk grapscht begierig nach dem schwarzen Kristall. Doch die anderen zögern. Der Emorie neben Maran ist der Erste, der zaghaft nach seinem Kristall greift. Einige andere tauschen unschlüssige Blicke aus, aber dann nimmt auch der Finere seinen roten Kristall an sich. Die Übrigen scheinen noch unentschlossen. Ria wirft einen panischen Seitenblick auf Kríschnârk, der jedoch für den Moment in den Anblick seines Kristalls versunken ist. »Bitte«, haucht Ria leise an die anderen der Zwölf gewandt, denn sie sorgt sich ebenso um Zara wie ich.

Die Siliare streckt langsam die Hand aus und tastet mit ihren Fingern nach dem Kristall, dann umschließt sie ihn entschlossen und zieht ihn an sich. »Sie ist die Tochterstochter von Sira«, flüstert sie leise und die anderen am Tisch horchen auf, mit Ausnahme von Kríschnârk. Einige Blicke schnellen in Rias Richtung, andere zu Maran. Beide nicken bestätigend. Nach und nach ergreifen auch die letzten Unschlüssigen ihre Kristalle.

Kríschnârk, der seinen Blick endlich von dem schwarzen Kristall in seinen Händen losreißt, schaut ungehalten in die Runde. »Können wir dann fortfahren?«, fragt er erhitzt. Er erinnert mich an ein verzogenes Kind, dass die anderen Kinder zum Spielen zwingen will.

Maran nickt zustimmend. »Konzentriert euch nun auf den Kristall, erspürt die Kraft darin und lasst sie eins werden mit eurer Seele«, weist er die Ratsmitglieder an.

Einige unter ihnen schließen daraufhin die Augen und versinken ganz in ihrer Aufgabe. Andere murmeln stumme Worte vor sich hin oder drücken den Kristall fest an ihre Brust. Ria neigt den Kopf vor und presst ihre Hände, die das dunkelgrüne Kristallstück umschließen, an ihre Stirn.

Nur Kríschnârk starrt verständnislos auf den schwarzen Kristall in seinen Händen. »Was soll das heißen?«, fragt er ungehalten. »Was soll dieses lächerliche Getue? Hör auf mit dieser Gaukelei und ernenn mich endlich zum Oberhaupt!«, zischt er Maran zu.

Ich kann mir gut vorstellen, dass es ihm weitaus mehr liegen würde, den Kristall einfach mit Metall zu überziehen, als ihn mit seiner verdorbenen Seele zu vereinen – sofern er überhaupt eine besitzt.

Maran zuckt entschuldigend mit den Schultern. »Dies ist das Ritual, daher werden zwölf Ratsmitglieder benötigt, ein jedes muss sich mit einem Kristall verbinden. Nur so können die Kristallstücke vereint und dem Oberhaupt überreicht werden. Ich fürchte anders wird das nicht möglich sein«, gibt Maran mit seiner bedächtigen Stimme zurück.

Kríschnârk schnaubt verächtlich. Seine Kiefer mahlen aufeinander und sein Gesichtsausdruck wird so finster, wie selbst Xeron es in seinen düstersten Zeiten nicht hinkriegen würde. Schließlich legt er seine Hände um den Kristall und schließt einen Moment die Augen. Dann öffnet er sie wieder und beobachtet die anderen Ratsmitglieder. »Es passiert nichts, wie du siehst«, platzt es aus ihm heraus und er deutet um sich herum.

»Es wird auch nichts zu sehen geben, die Vereinigung der Seele mit dem Kristall ist nur zu erspüren«, erklärt Maran bedeutungsschwer.

Kríschnârk verdreht die Augen. »Ich sage es ja, das ist die reinste

Gaukelei«, zischt er abwertend. Doch dann senkt er erneut die Lider und wartet ab.

»Spürt ihr die Vereinigung?«, fragt Maran nach einer ganzen Weile des Schweigens. Die meisten Fearane am Tisch nicken oder bejahen die Frage mit zustimmendem Gemurmel. Ria nickt unschlüssig und Kríschnârk knurrt: »Jaja, wir spüren sie alle. Fahre fort!«

Maran bedenkt ihn mit einem zweifelnden Blick, doch er tut wie geheißen: »Zwölf Nachkommen der zwölf fearanischen Gattungen haben sich hier versammelt, um gemeinsam den Rat der Zwölf zu bilden. Ein jeder von uns hat seine Seele mit einem Teil des Urkristalles vereinigt. Wir werden nun mit Hilfe unserer Seelen die Kristallteile miteinander vereinen.« Er wirft einen Blick in die Runde. »Führt die Kristalle zusammen«, fordert er die Mitglieder des neuen Rates auf.

Einige der Ratsmitglieder halten ihre Kristalle aneinander und da geschieht etwas Unglaubliches: Die Kristallstücke, die zusammengeführt werden, glühen auf wie heiße Kohlen und verschmelzen dann miteinander. Ria und Kríschnârk stoßen überraschte Laute aus und auch Maran betrachtet die Vereinigung staunend. Nur die alten Ratsmitglieder reagieren gelassen, denn sie erleben das Wunder nicht zum ersten Mal. Eines nach dem anderen werden die Kristallstücke zusammengebracht, bis am Ende ein schädelgroßer, glühender Kristall vor ihnen auf dem Tisch liegt.

Kríschnârk streckt lüstern die Hand danach aus, um ihn zu ergreifen.

»Halt!«, ruft Maran eilig aus. »Dieser Kristall muss dem neuen Oberhaupt von den anderen Mitgliedern überreicht werden, nur so gilt das Oberhaupt als einstimmig gewählt und kann über die Kraft des Kristalls verfügen«, warnt er.

»Also her damit!«, verlangt Kríschnârk begierig.

Zunächst rührt sich keiner der Ratsmitglieder, doch dann strecken einige zaghaft die Hand aus, um den Kristall aufzunehmen. Kríschnârk hält ungeduldig seine Hände offen und starrt begehrend auf das glänzende Objekt. Mehr und mehr Hände schließen sich darum.

Auch die Hilare reckt ihre Finger danach, dann zischt sie: »Niemals!«, und schlägt den anderen den Kristall aus den Händen. Mit einem lauten Klirren fällt er auf die metallene Tischplatte und zerbirst in seine verschiedenfarbigen Einzelteile, das Glühen erlischt und eine nervenzerreißende Stille legt sich über die Halle.

Kapitel 46

>> Was hast du getan?«, keift Kríschnârk los und schlägt der Hilare, die zu seiner Linken sitzt, mit der blanken Faust ins Gesicht. Sie stürzt nach hinten und landet auf dem Rücken. Bei ihrem Sturz ist auch der Zentâri zu Fall gegangen, der schräg hinter ihr Wache gehalten hat. Ehe er sich aufgerappelt hat und ihr nachstellen kann, wirbelt sie herum und erreicht den leblosen Zentâri, der zuvor den Maharen getötet hatte. In Windeseile entwendet sie ihm einen kurzen Krummsäbel. »Niemals werde ich zulassen, dass du unser Oberhaupt wirst. Niemals!«, kreischt sie los und hebt den Säbel an. »Für Sira, Kewo, Mori und Lorla. Ich lasse nicht zu, dass sie umsonst gestorben sind. Und das solltest du auch nicht tun«, schreit sie, das Letzte richtet sie direkt an Maran. Dann stößt sie sich die Klinge mitten ins Herz. Ihr Gesicht sieht selig aus, als ihr Körper zusammenbricht und leblos auf dem Boden aufschlägt.

Kríschnârk springt fassungslos auf. »Das darf doch nicht wahr sein!«, brüllt er. »Ich hasse euch geflügelte Biester, jedes einzelne! Ich sollte euch alle abschlachten. Ihr verdient es überhaupt nicht mir zu folgen. Was hat meinen Vater bloß geritten bei diesem wahnsinnigen Plan? Wieso sollte man solche widerspenstigen und ekelerregend selbstlosen Kreaturen wie euch überhaupt in den eigenen Reihen haben wollen? Ihr widert mich an, mit eurer Opferbereitschaft und eurem elenden Hüter-des-Lebens-Gehabe«, keift er wutentbrannt. Er ist aufgesprungen und rennt wie in wilder Raserei durch die Halle. Die anwesenden Zentâris verfallen in Unruhe und jeder, dem sich Kríschnârk nähert, weicht bebend vor ihm zurück. Sie alle fürchten sich vor den Folgen seines ungehaltenen Wutausbruches. Er stößt mehrere unmenschliche Schreie aus, dann wird er vollkommen ruhig. Für einige lange Atemzüge bleibt er wie angewurzelt stehen und hält den Kopf gesenkt, ehe er wieder losmarschiert, im Kreis umherwandert und dabei tonlos vor sich hinmurmelt.

Außer dem klickenden Geräusch, das seine metallenen Schuhe auf dem Steinboden erzeugen, ist es unnatürlich still in der Halle. Jeder Anwesende, ob Zentâri, Mensch oder Fearane scheint den Atem anzuhalten. Alle Augen sind auf Kríschnârk gerichtet. Ich kralle mich an der Statue fest und presse meinen Körper an das kalte Metall, ohne darüber nachzudenken, dass ich mich an eine Tote schmiege.

Schließlich bleibt Kríschnârk stehen und hebt den Kopf. Seine Züge sind regungslos und gefasst, seine Haltung aufrecht und beherrscht. »Nun ist endgültig Schluss mit den Spielchen. Ein für alle Mal. Wir werden das jetzt hier zu Ende bringen«, verkündet er leise. Seine Stimme ist so kalt und bestimmend, dass ich keinen Zweifel an dem habe, was er sagt.

»Du«, herrscht er einen der Zentâris an, die an der Hallenwand herumstehen.

Der Angesprochene zuckt erschrocken zusammen, tritt jedoch vor, um den Befehl seines Herrschers entgegenzunehmen.

»Schaff mir den Metallvogel her!«, zischt er, woraufhin sein Untergebener geschwind aus der Halle stürmt.

Eine knisternde Aufregung breitet sich in der Halle aus. Die Fearane wispern leise und werfen sich fragende Blicke zu. Niemand scheint zu ahnen, worum es sich bei dem Metallvogel handelt. Doch mir kommt da ein Verdacht …

Kríschnârk bleibt eine Weile reglos mitten in der Halle stehen, dann geht er mit bedachten Schritten auf Zara zu und packt sie am Oberarm. Mit einem festen Ruck zerrt er sie auf die Beine. Tahr, der noch immer mit der Kette an ihr hängt, wird grob mitgerissen. Er stöhnt und hustet, schafft es aber nicht, sich zu erheben. Ich bin erleichtert, dass Tahr noch am Leben ist, aber ich wünschte, ihm würde weiterer Schmerz erspart. Doch Kríschnârk hat andere Pläne. Nachdem es Zara unsanft hochgerissen hat, zerrt er auch Tahr auf die Beine. Der ächzt und verzieht schmerzvoll das Gesicht. Seine Glieder zittern unkontrolliert und sein Körper hängt kraftlos in Kríschnârks Griff. Der Anführer winkt zwei Zentâris heran und befiehlt ihnen, Tahr und Zara festzuhalten. Dann tritt er an den Tisch zurück.

Eine gespannte Stille breitet sich in der Halle aus, die lediglich durch ein regelmäßiges dumpfes Schlaggeräusch unterbrochen wird. Kríschnârk sitzt auf seinem Stuhl am Tisch der Ratsmitglieder, hat ein Bein überschlagen und wippt ungeduldig mit einem Fuß. Die metallbeschlagene Spitze seines Schuhs schlägt dabei gegen ein metallenes Tischbein. Der hervorgerufene Klang, der in der Halle unnatürlich nachhallt, bereitet mir eine Gänsehaut.

Nach einer Weile ertönen weitere Geräusche: Schwerfällige Schritte, die aus dem Gang hereindringen und sich langsam nähern. Dann ist es soweit, der Metallvogel betritt die Halle. Ich hatte Recht mit meiner Vermutung.

»Fero«, schreit Zara auf und alle Blicke wenden sich dem entstellten Hilaren zu.

Ria springt von ihrem Platz auf und dreht sich zu ihm herum, doch Kríschnârk packt sie an ihrem verletzten Handgelenk und zwingt sie damit, sich wieder auf ihren Stuhl fallen zu lassen.

Feros Blick flirrt unstet durch die Halle, versucht, alles zu erfassen, was ihn darin erwartet. Auch er wurde von dem schlimmsten Schmutz befreit und seine verfilzten Haare haben nun einen hellen Grauton angenommen. Sein Körper ist gebeugt unter der Last des

Metalls und sein Gesicht ist eingefallen. Schritt für Schritt wird er an den Tisch der Ratsmitglieder geleitet.

Ria streckt ihm über die Tischplatte hinweg die Hände entgegen, ich kann spüren, wie sehr es sie aufwühlt, den totgeglaubten Seelenverwandten ihrer Mutter in diesem elenden Zustand zu sehen. Doch Feros Hände sind aneinandergefesselt und so kann er die Geste nicht erwidern. Er wendet ihr jedoch sein Gesicht zu und darin zeigt sich ein Ausdruck des Erkennens. Seine Mundwinkel zucken leicht nach oben und er flüstert: »Seras Tochter.«

Ria bricht vor Überwältigung in Tränen aus. Auch Zara und Maran sind völlig ergriffen von diesem traurigschönen Moment. Alle beobachten gebannt, wie der Zentâri, der Fero hereingeführt hat, ihm die Fesseln löst, woraufhin dieser ungläubig seine Arme ausstreckt und die Hände kreisen lässt. Dieser Anblick macht mich unendlich traurig, zeigt er doch, wie lange es her sein muss, dass Fero dies tun konnte.

»Wunderbar, wie ich sehe, sind einige von euch mit diesem Hilaren vertraut. Es wird euch sicherlich freuen, dass ihm die Ehre zuteil wurde, als erster Fearane unsere einzigartige Metallhaut zu tragen. Bereitet euch darauf vor, dass ihr schon bald in denselben Genuss kommen werdet«, verkündet Kríschnârk lautstark und macht damit die andächtige Stimmung mit einem Schlag zunichte. »Und nun will ich, dass ihr die Kristalle zusammenfügt und zwar schleunigst. Um euch einen weiteren Anreiz zu liefern, werden meine zwei geschätzten Ergebenen hier euren beiden Freunden so lange die Federn rupfen, bis der Kristall wieder ganz ist und ihr ihn mir überreicht habt«, verkündet Kríschnârk mit kalter Stimme und deutet auf Tahr und Zara.

Ria keucht auf und schüttelt verzweifelt den Kopf, doch schon greift einer der Zentâris tief in Tahrs buntes Gefieder und rupft ihm mit einem Ruck einen ganzen Strauß verschiedenfarbiger Federn heraus.

Tahrs Kopf, der zuvor träge herabgehangen hat, schießt empor, seine Augen sind weit aufgerissen. Seinem Mund entfährt ein entsetzlicher Schrei, als habe der Zentâri ihm die Seele herausgerissen. Unwillkürlich fährt meine Hand zu der Hosentasche, in der ich Tahrs gelbe Feder verwahre. Meine Finger krallen sich in den Stoff und in meine Haut darunter. Ich spüre den Schmerz, doch er ist nichts gegen den Schmerz, der in meinem Inneren wütet.

Ria schreit auf und versucht, Tahr zu Hilfe zu eilen, aber Kríschnârk brüllt: »Je schneller ihr diesen verdammten Kristall zum Glühen bringt, desto eher wird er erlöst!«

Hastig lässt sich Ria wieder auf ihren Platz nieder und greift schleunigst nach ihrem Kristall, ein paar andere tun es ihr gleich. Auch Fero streckt seine Hand in einer fahrigen Bewegung vor und nimmt behutsam den fast transparenten Kristallsplitter auf. Die Grauen, die ihn umgeben, setzen ihm arg zu und er zittert am ganzen Leib. Der zweite Zentâri greift derweil in Zaras Gefieder und entreißt ihr eine Handvoll dunkelroter Federn. Durch ihre grässlichen Schmerzensschreie getrieben, ergreifen auch die restlichen Ratsmitglieder eilig ihre Kristalle. Ein jeder von ihnen zuckt bei den gequälten Lauten gepeinigt zusammen, nur Maran verharrt unbeweglich auf seinem Stuhl und starrt auf sein Kristallstück, das letzte, das noch auf dem Tisch liegt.

»Nun mach schon!«, brüllt Ria ihm zu und muss dabei Tahrs und Zaras Schreie übertönen.

Doch Maran rührt sich nicht. Ich denke daran, was die Hilare zu ihm gesagt hat. Ihre Worte müssen ihn getroffen habe. Ich erinnere mich an seine Erzählung über Siras Tod, seiner Seelenverwandten. Sie hat sich das Leben genommen, um zu verhindern, dass die Zentâris den Rat der Zwölf übernehmen. Nun soll Maran Kríschnârk genau dazu verhelfen. Wenn er das tut, ist Sira umsonst gestorben. Ich habe Verständnis für sein Hadern, doch nur er hat die Möglichkeit, Tahr und Zara zu helfen. Besonders Tahr durchleidet fürchterliche Qualen und einzig Maran kann sie beenden. Am liebsten würde ich zu ihm rennen und ihn schütteln, damit er endlich etwas unternimmt.

Die übrigen Ratsmitglieder reden drängend auf Maran ein, doch der rührt sich weiterhin nicht. Der eine Zentâri greift derweil erneut in Tahrs Gefieder, entschlossen ihm weitere Federn zu entreißen. Tahrs Gesicht ist verzerrt und ich kann sehen, dass er sich vom Leben verabschiedet. Seine Seele macht sich bereit, seinen Körper auf ewig zu verlassen, in der Hoffnung endlich Freiheit und Frieden zu finden. Ich kann nicht zulassen, dass Schmerz das Letzte ist, was er von dieser Welt mitbekommt. Ich muss sein Leiden beenden.

Ehe ich die Entscheidung bewusst getroffen habe, richte ich mich ruckartig auf. Ich stehe völlig ungeschützt neben der metallenen Dária, sichtbar für alle, doch niemand wird meiner Anwesenheit gewahr. Die Ratsmitglieder sind damit beschäftigt, auf Maran einzureden, die Zentâris zu sehr in die Bewachung der Fearane oder in das Quälen von Zara und Tahr vertieft. Nicht mal Dión öffnet die Augen, die er fest zusammenpresst. Ich atme ein letztes Mal tief durch, dann mache ich mich zum Sprung bereit, bevor der Zentâri dazu kommt, Tahr weitere Federn zu entreißen. Mit einem Satz stürze ich mich von dem Podest herab und stoße dabei einen einzelnen, lauten Schrei aus: »Halt!«

Die zentârischen Folterer halten inne, die Ratsmitglieder verstummen und alle Köpfe fahren zu mir herum. Ich höre Dión aufschreien. »Nein!«, brüllt er. Ich werfe einen Blick zu ihm und sehe, wie er verzweifelt an seinen Fesseln zerrt. Dann wende ich mich meinen Freunden am Tisch zu. Ria lächelt mich traurig an, Feros Mund ist vor Verwunderung geöffnet und Maran bedenkt mich mit einem leeren, hoffnungslosen Blick. Die Zentâris gaffen mich verblüfft an, als wüssten sie nicht, ob sie mich angreifen sollen oder nicht. Zara starrt mir erschrocken entgegen und Tahr betrachtet mich aus müden Augen. Sein Gesicht ist schweißbedeckt und vor

Schmerz verzerrt und dennoch liegt ein leichtes Lächeln auf seinen Lippen, ehe er zusammenbricht. Mein Herz wird schwer, doch dann zieht Kríschnârk meine Aufmerksamkeit auf sich.

Er erhebt sich ruckartig und kommt langsam auf mich zu. Er wirkt nicht angriffslustig oder erzürnt über mein Auftauchen, aber ich stolpere dennoch einige Schritte vor ihm zurück. Meine Hand greift Beistand suchend nach dem Podest, das mir so lange Schutz gewährt hat. Dann steht der düstere Metallfürst direkt vor mir. Mein Puls beschleunigt sich und ich blicke zitternd zu ihm auf. Doch er rührt sich nicht und macht keinerlei Anstalten, mich zu ergreifen. Stattdessen betrachtet er forschend mein Gesicht. Ich kann seinen Gesichtsausdruck nicht deuten, er sieht überrascht und auf eine gewisse Art sanftmütig aus. Es verwirrt mich so sehr, dass ich mich weder rühren noch äußern kann. Sein Blick wandert kurz zu der Metallfigur über mir, dann wieder zurück zu mir. »Das kann nicht wahr sein«, haucht er leise.

Ich bin wie erstarrt, unfähig irgendetwas zu tun. Ich habe mit allen möglichen Reaktionen gerechnet, habe Folter, Schmerzen, und Tod erwartet, doch nicht das. Der finstere Metallfürst, der nicht einmal davor haltmacht, seine eigenen Männer zu töten, steht vor mir und lächelt mich an.

»Dária, bist du es wahrhaftig?«, flüstert er leise und geht vor mir auf die Knie.

Ich runzle die Stirn und schaue auf ihn herab, öffne den Mund, um etwas zu sagen, bekomme jedoch keinen Laut heraus. Was geschieht hier? Ich wage es nicht, mich zu rühren, um den Zauber, der scheinbar auf Kríschnârk liegt, nicht zu zerstören.

Voller Ehrfurcht streckt er eine Hand nach mir aus.

Ich weiche eilig zurück, doch ich stoße gegen das Podest.

Kríschnârk tastet nach meiner Hand und nimmt sie sanft in die seine. Dann klaubt er ein Stück Stoff aus einem Beutel an seiner Hüfte und tupft mir behutsam das Gesicht ab.

Ich lasse es reglos über mich ergehen.

Als Kríschnârk die gröbsten Schichten aus Blut, Schweiß und Schmutz von meinem Gesicht entfernt hat, starrt er mich fassungslos an. »Du bist es tatsächlich, lebendig und warm. Wie ist das nur möglich?«, fragt er. Eine Träne rinnt an seiner Wange herab und ich bekomme vor lauter Ungläubigkeit den Mund nicht mehr zu.

Auf einmal wird mir bewusst, was das alles bedeutet. Kríschnârk hält mich für die wiederauferstandene Dária oder ihren Geist. Mir wird klar, dass sich dadurch eventuell eine Möglichkeit ergibt, um all das Grauen aufzuhalten oder wenigstens zu verzögern. »Ja, ich bin es«, hauche ich leise. »Ich bin Dária, Schwester von Zentâr«, verkünde ich dann mit festerer Stimme. Ich kann nur hoffen, dass ich hier das Richtige tue. Es ist das Einzige, was ich noch tun kann. Eine reine Verzweiflungstat, aber sie weckt Hoffnung in mir.

Kríschnârk keucht auf. Er beugt sich langsam vor und küsst meine Hand, die er immer noch in seiner hält.

Es fällt mir schwer, sie ihm nicht angewidert zu entreißen. Aber ich muss den Schein wahren. Ich darf diese Gelegenheit keinesfalls ungenutzt verstreichen lassen, es ist vermutlich die letzte, die sich uns allen bietet. »Ich war all die Zeit in meinem metallenen Käfig gefangen. Nun bin ich zurückgekehrt, um dir etwas zu verkünden, Kríschnârk«, sage ich so laut, dass mich jeder in der Halle verstehen kann. Mein Inneres erzittert, doch es gelingt mir, meine Stimme fest klingen zu lassen.

»Was? Was hast du mir zu verkünden?«, will er gespannt von mir wissen.

»Halte ein mit deinem Vorhaben, Kríschnârk. Es ist nicht recht, was du hier tust. Du wirst auf diese Weise nicht erreichen, wonach du trachtest. Dein Vorfahr, mein Bruder, war fehlgeleitet und du bist ihm auf diesem Weg gefolgt. Kehre um, ehe es zu spät ist und wähle den richtigen Weg. Ich bin hier, um dir dabei zu helfen«, bringe ich mit sanfter Stimme hervor. Ich hoffe, dass ich eine glaubhafte Darstellung der längst verstorbenen Schwester abgebe und dass Kríschnârks Glaube daran groß genug ist, um zu tun, was ich sage.

Er starrt ungläubig zu mir hoch und während ich auf seine endgültige Reaktion warte, läuft mir der Schweiß den Rücken herab. Hoffentlich deutet Kríschnârk das Zittern meiner Hand nicht als Beweis für meine Unaufrichtigkeit. Das Warten zieht sich in die Länge und allmählich spüre ich Übelkeit in mir aufsteigen. Ich befürchte, mich jeden Augenblick übergeben zu müssen, daher schlucke ich eilig dagegen an, aber meine Kehle ist wie zugeschnürt. Mein Inneres versteift sich, als Kríschnârk auf Knien näher an mich heran rutscht. Ich schnappe panisch nach Luft, während er die Arme um meine Hüfte schlingt.

»Bitte vergib mir all das Unrecht, das ich getan habe«, fleht er und drückt seinen Kopf an meinen Bauch. Sein ganzer Körper wird von heftigen Schluchzern geschüttelt, während der brutale und gewalttätige Anführer der Zentâris, wie ein verletztes Kind in meinen Armen zusammenbricht.

Kapitel 47

Bis auf Kríschnârks Schluchzen ist es totenstill in der Halle. Jeder Zentâri schaut fassungslos zu uns herüber. Meine Freunde sehen ebenso ungläubig aus, doch in ihren Gesichtern kann ich denselben kleinen Funken Hoffnung erkennen, der auch in meiner Brust glüht. Hätte ich meinen Dolch noch, könnte ich Kríschnârk nun mühelos hinrichten. Aber abgesehen davon, dass ich ohnehin keine Waffe habe, kommt es mir falsch vor, ihn in einem solchen Zustand zu töten. Nicht, dass er hinsichtlich all der Gräueltaten, die er begangen hat, nicht den Tod verdient hätte – das hat er gewiss –, doch er erscheint mir gerade wie ein hilfloses Kind, dass nicht wusste, dass das, was es tat, falsch ist. Es bereut sein Handeln und bittet mich um Vergebung. Wie könnte ich solch ein Kind töten?

Eine ganze Weile stehen wir da. Kríschnârk klammert sich fest an mich, drückt sein Gesicht in meinen Bauch, tränkt den dreckigen Stoff meines Hemdes mit seinen Tränen und ich halte ihn. Halte ihn, obwohl ich ihn am liebsten von mir stoßen würde.

Dann reißt sich einer der Zentâris aus seiner Erstarrung. »Herr«, setzt er behutsam an und tritt auf uns zu, nicht ohne einen sicheren Abstand zu wahren. Sein Blick streift mich kurz, doch er wendet ihn eilig von mir ab. »Das kann unmöglich die ehrwürdige Dária sein. Das is' die Göre, die bereits seit zwei Tagen in unserer Festung herumschleicht, die Zirke verletzt hat und …«

Kríschnârk stößt einen wütenden Schrei aus und unterbricht damit die Beteuerungen seines Untergebenen. Er löst sich von mir und baut sich vor dem Zentâri auf, der hastig einen Schritt zurückmacht. »Du wagst es, sie zu verleumden?«, brüllt er außer sich.

»Mein Herr, es is' wahr, ich hab' sie gesehen. Das is' das Mädchen. Sie is' uns entkommen, als dieser Junge …«, er deutet auf Dión, der an der Wand hängt und uns mit gespannten Gesichtszügen beobachtet.

Doch abermals kommt er nicht dazu, auszusprechen. Kríschnârk packt ihn am Arm und zerrt ihn vor die Metallgestalt Dárias. Dann ergreift er meine Hand und zieht mich vorsichtig aber bestimmt auf das Podest. Ich stehe nun direkt neben Dária. Kríschnârk reißt eine der Fackeln aus den Verankerungen rund um das Podest und hält sie dicht vor mein und Dárias Gesichter, sodass der Schein unsere Züge erhält. Die aufsteigende Hitze lässt mich noch mehr schwitzen. Der Schweiß rinnt mir die Stirn herab, doch ich wage es nicht, mich zu rühren und ihn fortzuwischen.

»Sieh sie dir an und nun sage mir, dass dies nicht die lebendige Gestalt Dárias ist! Ihr liebliches Antlitz würde ich jederzeit erkennen«, fordert Kríschnârk den Zentâri auf.

Der steht da und starrt abwechselnd in mein schweißgetränktes und in Dárias metallbeschlagenes Gesicht. Seine Augen weiten sich und er räuspert sich mehrmals. »Nun, sie gleichen sich wie ein Ei dem anderen. Obwohl die da besser genährt is'«, erwidert er und deutet auf mich.

Ich bin wie vor den Kopf geschlagen. Spricht der Zentâri die Wahrheit oder will er seinem Herrn nur nicht widersprechen? Aber die Verwunderung in seinem Gesicht, zeugt davon, dass er meint, was er sagt. Wie ist es möglich, dass ich aussehe wie Dária, die vor so langen Zeiten gelebt hat? Ihr Antlitz kam mir so vertraut vor, doch nie hätte ich mich selbst darin erkannt. Die wenigen Male, die ich mein eigenes Erscheinungsbild auf der glatten Oberfläche eines klaren Sees oder einer polierten Messerklinge erblickt habe, konnten mir nur ein ungefähres Bild davon vermitteln, wie ich aussehe.

Kríschnârk verschränkt die Arme und lächelt breit. »Willst du also immer noch behaupten, dies sei nicht Dária, die ihrer metallenen Hülle entstiegen ist?«, will er von seinem Anhänger wissen.

»Nun, Herr, ich will nich' sagen, sie is' es nich', aber wir können auch nich' mit Sicherheit sagen, dass sie es is'«, erwidert der Zentâri mit sorgsam gewählten Worten.

Kríschnârks Miene verfinstert sich. Es ist ersichtlich, dass er allmählich genug hat von den Zweifeln seines Gegenübers.

»Die Metallhülle is' unberührt«, wirft der hastig ein. »Schaut Euch die Hülle an, Herr. Wenn sie daraus entstiegen is', müsste die doch beschädigt sein.«

Ich presse die Lippen fest aufeinander. Dies ist ein triftiger Einwand. So viel Schläue hätte ich einem Zentâri gar nicht zugetraut. Ich überlege fieberhaft, ob ich diesen Einwurf mit irgendeiner Behauptung widerlegen kann, doch mir fällt nichts ein.

Kríschnârk starrt auf die metallene Dária, geht langsam um das Podest herum und betrachtet sie sorgfältig von allen Seiten. Als er wieder vorne angekommen ist, zuckt er mit den Achseln. »Das ist einerlei. Sie könnte die Hülle wiederhergestellt haben. Zweifelst du etwa an ihren Fähigkeiten?«, wirft er dem skeptischen Zentâri vor.

Der hebt abwehrend die Hände und schüttelt den Kopf. »Nein, Herr, aber was, wenn es eine Täuschung is'? Eine Hinterlist der Fearane? Sie schicken das Mädchen hier rein und geben ihr durch Zauberwerk das Gesicht von Dária, um Euch irrezuführen. Glaubt mir, wenn ich Euch sage, dass sie gemeinsame Sache mit diesem Jungen da gemacht hat und mit dem Köter. War es nich' ein Wolf, der die junge Dária einst gebissen hat, wodurch sie so schlimm erkrankte? Weshalb sollte sie sich nun mit einem Wolfsverwandten verbünden?«, gibt er drängend zurück.

Ich erstarre. Wenn dies der Wahrheit entspricht, hat der Zentâri damit ein weiteres Argument hervorgebracht, dem ich nichts entgegenzusetzen habe.

Einige der anderen Zentâris werfen nun zustimmende Rufe ein und Kríschnârk verzieht nachdenklich das Gesicht. Ich kann sehen, wie die Zweifel sich in seinem Kopf einnisten und sich ausbreiten wie ein loderndes Feuer.

»Schaff den Jungen her!«, befiehlt er leise und weist in Dións Richtung.

Ich stehe währenddessen immer noch auf dem Podest. Doch meine Beine beginnen so heftig zu zittern, dass ich fürchte, das Gleichgewicht zu verlieren und hinabzustürzen. Daher klettere ich achtsam hinab. Kríschnârk behält mich dabei genau im Auge und ich bemerke, wie sich einige der Zentâris schleichend nähern und so allmählich einen Kreis um mich bilden. Ich bin eingekesselt.

Furcht erfüllt mich, aber es ist nicht meine eigene. Die ist mittlerweile so beständig, dass ich sie kaum noch wahrnehme. Es ist Rias Furcht um mich, die durch meine Seele wogt und mich zu ihr rüber blicken lässt. Ihre Augen sind angstvoll geweitet und sie hält sich zitternd an der metallenen Tischplatte fest, Tränen tropfen an ihrem Kinn herab und stürzen in die Tiefe.

Das Quietschen der Vorrichtung erklingt, mit der Dións Körper an der Wand gefesselt ist. Ich reiße meinen Blick von Ria los und sehe, wie er langsam zu Boden gelassen wird. Der Zentâri löst die Kette an seinen Fesseln und zerrt den wehrlosen Dión hinter sich her. Er kann nur ein Bein belasten und dieses gibt immer wieder nach und so stolpert er unkontrolliert neben dem Metallmenschen her.

Als die beiden uns erreichen, ergreift Kríschnârk Dións Arm und zieht ihn zu sich. »Nun sage mir, kennst du dieses Mädchen?«, fragt er leise und deutet auf mich. »Sag mir die Wahrheit und ich lasse dir sofort Schmerzmittel verabreichen und deine Wunden versorgen. Du musst nicht weiter leiden«, fügt er schmeichelnd hinzu.

Dión schaut mich an. Sein Gesicht ist dunkel verfärbt und angeschwollen, seine Augen drücken tiefes Bedauern aus. Er schluckt schwer.

Kríschnârk schüttelt ihn heftig. »Antworte mir!«, zischt er ungehalten.

Dión schluckt abermals, er öffnet den Mund, aber zunächst kommen nur undeutliche, heisere Laute heraus. Er räuspert sich. »Nein, ich … sah sie hier in der Festung zum ersten Mal«, beginnt er mit rauer Stimme. »Ich … ich fand sie hier und sie sagte mir, dass … sie Dária heißt. Sie sagte, sie müsse Kríschnârk finden und ihn auf den rechten Weg geleiten und sie bat mich darum ihr zu helfen«, berichtet er heiser, den Blick unverwandt auf mich gerichtet.

Ich atme tief durch. Dión hätte die Wahrheit sagen können, um sich endlich von seinen Schmerzen zu erlösen. Stattdessen lügt er für mich. Dankbarkeit und Scham überkommen mich zugleich, denn ich habe wahrlich an ihm gezweifelt. Am liebsten würde ich ihn in den Arm nehmen, doch ich kann ihm nur einen dankbaren Blick zuwerfen.

»Was ist mit dem Hund?«, blafft Kríschnârk und schüttelt Dión am Arm.

»Das ist mein Hund. Er heißt Rubi«, erwidert er mit fester Stimme.

Kríschnârk nickt langsam. Er lässt Dión los und beginnt abermals auf und ab zu schreiten. Er murmelt Unverständliches vor sich hin, als sei er in ein Zwiegespräch mit sich selbst vertieft. Hin und wieder schüttelt er den Kopf, fährt sich mit den Händen durch die Haare, bleibt stehen oder starrt in die Ferne, nur um sein Umherschreiten erneut aufzunehmen. Dann verharrt er vor mir und begutachtet mein Gesicht eingehend, als könne er die Wahrheit darin entdecken. Er streckt eine Hand danach aus, aber einen Fingerbreit vor meiner Wange hält er inne. Er zieht die Hand zurück, als habe er sich verbrannt. Für einen kurzen Augenblick betrachtet er mich liebevoll, doch dann verzieht sich sein Gesicht zu einer wütenden

Fratze. »Du hättest auf ewig in dem Metall bleiben sollen. Wieso bist du herausgekommen? Du solltest kalt und still sein, so wie ich dich verehre, und nicht lebendig in meiner Festung umherschweifen und mir Worte ins Ohr flüstern, um mich von meinen Zielen abzubringen. Warum bist du hier? *Warum bist du hier*?«, keift er wütend.

Ich öffne den Mund, um etwas zu erwidern, doch Kríschnârk dreht mir den Rücken zu. Er stößt einen lauten Schrei aus und eilt zu der metallenen Dária. »Wieso? Wieso tust du mir das an?«, brüllt er nun sie an.

»Mein Herr, Ihr wollt doch nich' alles aufgeben, wonach wir bereits so lange streben? Lasst Euch nich' von dieser Heuchlerin von Eurem Weg abbringen – unserem Weg. Wir sind doch so nah am Ziel. Hört nich' auf ihre Worte, egal ob sie nun Dária is' oder nich'«, fleht der Zentâri, der Dión von der Wand geholt hat.

»Schweig!«, brüllt Kríschnârk. Doch dann bleibt er ruckartig stehen und starrt seinen Ergebenen an. »Was sagst du da? Ihre Worte?«, murmelt er leise. »Damit können wir diese Sache ganz leicht auflösen.« Ohne Vorwarnung stürmt er auf Dión zu und reißt seinen Körper vor sich. Mit einem Arm drückt er Dión mit dem Rücken an sich, in der anderen Hand blitzt auf einmal eine silberne Klinge auf, die er an Dións Kehle hält.

Ich stoße ein erschrecktes Keuchen aus und mache unwillkürlich einen Schritt nach vorne, doch der Zentâri neben Kríschnârk zieht drohend einen Säbel hervor, sodass ich wie angewurzelt stehenbleibe. Besorgt schaue ich Dión an, dessen Augen unverwandt auf mich gerichtet sind. Seine Gesichtszüge sind entspannt, ich kann weder Angst noch Verzweiflung darin entdecken. Es ist, als würde er nichts um sich herum wahrnehmen außer mich. Ich verliere mich für einen Moment in seinem Anblick, denke daran, wie sich seine Lippen auf meinen angefühlt haben. Ich kann fast spüren, wie seine Finger zart über meine Wange streichen. »Kopf hoch«, sagt er in meinem Geiste zu mir und ich hebe mein Kinn etwas an.

»Sage mir, *Dária*, welches waren die letzten Worte, die du an deinen Bruder Zentâr gerichtet hast, bevor er dich in dein ewiges, metallenes Gewand gehüllt hat?«, fragt Kríschnârk mich. Die Art, wie er den Namen ausspricht, zeigt mir deutlich, dass die Flammen der Zweifel bereits in ihm lodern.

Die letzten Worte Dárias sind nun der einzige Schlüssel, der uns noch befreien kann. Schlüsselworte, die ich aussprechen muss, um zu beweisen, dass ich bin, wer ich vorgebe, zu sein. Schlüsselworte, die über unser aller Schicksal entscheiden werden. Schlüsselworte, deren Inhalt ich nicht kenne.

Kapitel 48

Ich schlucke mehrmals trocken. Mein Blick wandert zu Dións Gesicht und wieder zurück zu Kríschnârks. Eine Eiseskälte erfüllt mich, obwohl ich immer noch schwitze. Mein Kopf ist vollkommen leer und ich weiß einfach nicht, was ich sagen soll.

»Sprich!«, zischt Kríschnârk zornig und drückt die Klinge fester an Dións Kehle. Ein Blutstropfen quillt hervor und läuft an seinem Hals herab. Ich folge ihm wie gebannt mit meinem Blick und für einen kleinen Moment vergesse ich, wo ich gerade bin. Ich schließe die Augen und atme tief ein. Ich stelle mir vor, im Lichtwald zu sein. Ruberián und Sera sind bei mir. Ruberiáns letzte Worte an mich kommen mir in den Sinn: *»Bitte pass gut auf dich auf, Finéra. Tu nichts, was dich gefährden könnte. Ich möchte dich wohlbehalten wiedersehen, ob mit oder ohne Ria. Du bist mir das, was einer Tochter am nächsten kommt, das kam mir gleich als erstes in den Sinn, als ich von Ria erfuhr.«*

Eine Träne rinnt meine Wange herab. Ich habe seinen Wunsch nicht respektiert. Ich habe mich in Gefahr begeben, ohne auch nur einmal an seine Bitte zu denken. Ruberián war auch mir wie ein Vater und ich bedaure es zutiefst, dass ich seinen Wunsch missachtet habe. Noch mehr schmerzt es mich, dass er und Ria sich wohl niemals begegnen werden. Denn wenn ich versage, wird keiner von uns je zurückkehren.

Auch Seras letzte Worte huschen mir durch den Kopf: *»Meine* *liebe Finéra, ich danke dir von Herzen, dass du meiner statt mit auf diese Reise gehst. Ich glaube fest daran, dass deine Anwesenheit dabei eine wichtige Rolle spielt. Du bist Teil dieser Geschichte und das nicht nur als Schreiberling.«*

Was für eine Rolle soll das sein, die ich hier spiele? Ich gebe vor eine Tote zu sein und das nicht mal sonderlich glaubhaft, denn nun werde ich auf die Probe gestellt und kann nur versagen. Ich versuche, irgendwelche Worte in meinem Kopf zu bilden. Worte die Dária zu Zentâr gesagt haben könnte, mit dem Wissen, dass er sie mit flüssigem Metall übergießen wird. Doch mir wollen keine passenden Worte in den Sinn kommen. Es gibt keine Worte, für solch eine Tat.

»Was waren deine letzten Worte?«, kreischt Kríschnârk ungeduldig.

Ich halte weiterhin die Augen geschlossen, doch ich kann Dións unterdrückten Schmerzenslaut hören. Mein ganzer Körper beginnt zu zittern. Ich stelle mir vor, ich wäre Dária. Geschwächt und fiebrig liege ich auf kaltem Stein und mein Bruder Zentâr schaut auf mich herab. Er hält einen schweren Tonkrug in der Hand, in dem flüssiges Metall glüht. Ich kann die Hitze spüren, die davon ausgeht. Ich weiß, dass ich gleich unerträgliche Schmerzen erleiden werde, dass mein ganzer Körper erglühen wird und von dem gleißenden Metall zerfressen wird – nein, nicht zerfressen, denn Zentâr hat mich mit der schützenden Salbe beschmiert. Ich kann sie riechen, sie stinkt furchtbar. Sie wird dafür sorgen, dass mein Körper erhalten bleibt, dass sich das Metall um mich legt, wie eine zweite Haut und mich einschließt in ein dunkles Gefängnis. Ich werde in Dunkelheit gehüllt sein, unfähig zu atmen. Ich werde ersticken. Das Metall wird erkalten und mit ihm mein Körper. Kalt und hart wird er auf ewig bestehen bleiben. Ob meine Seele dem metallenen Gefängnis entfliehen kann oder wird sie auf ewig mit mir eingeschlossen sein? Niemals frei, niemals friedlich?

Ich reiße meine Augen auf und schreie aus: »Du kannst mich nicht auf ewig verwahren, was bleibt wird nur eine Hülle sein. Meine Seele wird dich verlassen und zurück bleibt mein kalter, toter Körper.«

Mit wild klopfendem Herzen stehe ich da, starre Kríschnârk an, der Dión die Klinge unverwandt an die Kehle drückt. Eine unerträgliche Stille breitet sich aus und ich kann meinen eigenen Herzschlag hören. Eine gefühlte Ewigkeit passiert rein gar nichts, es scheint mir, als würde die Zeit stillstehen. Kríschnârks Gesicht ist unergründlich. Ich kann daran nicht ablesen, ob meine Worte die richtigen waren. Vor meinen Augen flackern dunkle Schatten auf und ich befürchte, jeden Moment in Ohnmacht zu fallen. Fast wünschte ich es mir, um der quälenden Stille und der Ungewissheit zu entgehen. Ich sehne mich fort von hier, wünsche mir zu erwachen und zu bemerken, dass all dies hier nur ein grauenhafter Traum ist.

»Damit ist wohl jeglicher Zweifel ausgeräumt«, haucht Kríschnârk und dann lässt er die Klinge über Dións Hals fahren.

Mein Schrei gellt durch die Halle und zerreißt die Stille wie eine Explosion. Kríschnârk stößt Dión von sich und ich stürze nach vorn, um ihn aufzufangen. Mit einer Hand fasst er an seinen Hals, doch das Blut rinnt durch seine Finger hindurch und tränkt sein Hemd in Windeseile. Ich versuche, seinen Körper zu halten, aber ich breche unter seinem Gewicht zusammen. Gemeinsam sinken wir zu Boden. Sein Kopf ruht auf meinem Schoß und er schaut mit weit aufgerissenen Augen zu mir auf, während sein Mund nach Atem ringt. Seine Kehle ist nicht durchtrennt, aber seine Halsschlagader spuckt Blut hervor wie ein Wasserspeier. Ich presse meine Hände auf die Wunde, doch der rote Lebenssaft quillt unaufhaltsam durch meine Finger hindurch. Meine Tränen tropfen in einem stetigen Rinnsal darauf herab, vermischen sich mit einigen dunkelroten Blutstropfen und verwässern sie zu einem kristallinen Hellrot.

»Dión«, hauche ich mit tränenerstickter Stimme.

Er streckt zitternd eine Hand nach mir aus und berührt mit einem Finger meine Wange. Ich ergreife seine Hand und halte sie fest. »Es tut mir so leid«, bringe ich mit erstickter Stimme hervor, doch Dión schüttelt leicht den Kopf. Er bewegt die Lippen und ich beuge mich tiefer hinab, um seine Worte verstehen zu können.

»… wusste, wenn ich wieder hineingehe, komme ich nicht wieder hinaus … wollte bei dir sein«, haucht er mit brüchiger Stimme. »und dich beschützen«, fügt er niedergeschlagen hinzu.

»Das hast du. Du hast mich gerettet. Vor den Händen der Zentâris, zwei Mal. Ich bin es, die versagt hat. Ich hätte dich retten können und habe versagt«, erwidere ich und der Kloß in meinem Hals schwillt derart an, dass ich glaube, daran zu ersticken. Das ist alles meine Schuld! Dión wollte mit mir fliehen. Er ist nur meinetwegen hier. Ich habe die falschen Worte gewählt. Wäre ich doch bloß mit ihm fortgegangen!

Dión drückt kaum merklich meine Hand. Sein Gesicht ist bleich und schweißbedeckt. Seine hellgrauen Augen sind wie durch dichten Nebel verhangen. Seine Lippen beben.

Ich beuge mich vor und küsse ihn. Seine Lippen sind heiß und zittrig. Er erwidert meinen Kuss nur ganz leicht. Als ich mein Gesicht wieder anhebe, kann ich ein kleines Lächeln an seinen Lippen zucken sehen.

»Danke«, haucht er. Ein letztes Mal atmet er tief ein, er schaut mir bedeutungsschwer in die Augen, als würde er direkt in meine Seele schauen. Dann entweicht der Atem und sein Blick wird glasig. Sein Kopf kippt zu Seite und seine Hand erschlafft. Dión wird mich nie wieder küssen. Er ist tot!

Ein gequälter Laut bricht aus mir heraus. Mein Herz fühlt sich an, als würde es in Stücke gerissen. Der Schmerz raubt mir den Atem und für einen Moment bin ich mir sicher, dass ich ersticken werde. Ich wünsche es mir sogar, damit ich Dión folgen kann. Doch jeder weitere qualvolle Atemzug, macht mir schmerzhaft bewusst, dass ich noch am Leben bin. Mit tränenverhangenem Blick starre ich auf Dións regloses Gesicht herab. Ich führe seine leblose Hand an meine Wange, um ein letztes Mal mit seinen Fingern darüber zu streichen. Dann küsse ich sie zärtlich und lege sie ihm behutsam auf die Brust. »Möge deine Seele frei und friedlich sein«, bringe ich mit brüchiger Stimme hervor. Etwas in mir ist mit ihm gestorben und hinterlässt ein klaffendes Loch in meinem Inneren. Ich glaube nicht, dass ich je wieder werde atmen können, ohne mir dieser schmerzenden, offenen Wunde in mir bewusst zu sein. Es ist eine Verletzung, die nicht einmal ein Hilare heilen könnte.

Als mir das klar wird, hebe ich den Kopf und stoße einen lauten, verzweiflungsgetränkten Schrei aus. Ich versuche, all den Schmerz, die Schuld und die Verzweiflung herauszuschreien, die in mir wüten wie wilde Ungetüme. Ich spüre nichts weiter, als ihre scharfen Reißzähne, die sich in meine Seele graben und sie in Stücke zerfetzen. Ich schreie, weil ich langsam von innen zerfressen werde. Ich schreie, obwohl meine Lunge bald anfängt zu brennen, als ob sie in Flammen stünde. Ich schreie weiter, als könnte ich so alles ungeschehen machen und jede Wunde heilen, die zugefügt wurde. Als könnte mein Schrei Dión wieder zum Leben erwecken und Tahr von seinen Qualen erlösen. Als könnte er Ria retten und sie mit ihrem Vater vereinen. Als könnte er das Metall von Feros Körper lösen und ihm zur Freiheit verhelfen. Als könnte er die Hilare und den Maharen des Rates wiederbeleben und sie alle aus der Gefangenschaft befreien. Als könnte mein Schrei Kríschnârk und jeden einzelnen Zentâri in Fetzen reißen.

Doch nichts davon vermag mein Schreien zu bewirken. Es ist bloß das Einzige, was ich noch tun kann.

Während ich mich heiser brülle, trifft mich ein metallbeschlagener Schuh im Gesicht. Meine Schreie brechen ab und ich sacke zusammen. Das Letzte, was ich höre, ist mein Name, hervorgebracht von Ria. Meiner Seelenverwandten, die ich nicht retten konnte. Dann

umfängt mich Dunkelheit oder ist es Metall, das mich in sich einschließt? Vielleicht werde ich bald neben Dária stehen ...

Kapitel 49

Als ich die Augen öffne, liege ich mit einer Wange auf dem harten Steinboden. Ich schmecke Blut und meine rechte Gesichtshälfte pocht schmerzhaft. Ich hebe leicht den Kopf an und erblicke Dión. Er liegt einen Schritt von mir entfernt und hat das Gesicht mir zugewandt. Seine leeren Augen schauen mich an, doch sie sehen mich nicht mehr. Mir kommen abermals die Tränen und ich muss hart schlucken, um den Kloß in meiner Kehle zu verdrängen. Mein Hals brennt, als hätte ich eine ganze Flasche von Vaters Kornbrand getrunken und dann Feuer gespien. Das Pochen in meinem Gesicht wird heftiger und ein plötzlicher Schwindel erfasst mich. Ich muss gegen die Übelkeit anatmen, die in mir aufsteigt.

Ich versuche, mich aufzusetzen, doch es gelingt mir nicht sofort. Mühsam rolle ich mich auf die Seite, um meinen Oberkörper hochstemmen zu können. Kaum sitze ich einigermaßen aufrecht, tritt von hinten ein Zentâri an mich heran und hält mir eine dreckige Säbelklinge an den Hals. Ich atme schwer und vor meinen Augen huschen dunkle und helle Punkte herum. Ich habe das Gefühl, als würde der Boden unter mir wanken und ich kann nur mit Mühe mein Gleichgewicht halten.

Als sich mein Blick endlich etwas klärt und die Übelkeit allmählich abklingt, schaue ich mich um. Als Erstes entdecke ich Xeron, der einige Schritt von mir entfernt auf dem Boden liegt. Er ist immer noch bewusstlos. Er ist vollkommen reglos, umgeben von einer getrockneten Blutlache. Nur anhand einer schwarzen Haarsträhne, die in einem gleichmäßigen Rhythmus vor seinem Gesicht hin und her flattert, kann ich erkennen, dass er noch atmet.

Noch ein paar Schritt weiter sehe ich die reglose Gestalt Tahrs. Sein Körper wird gerahmt von einer Vielzahl bunter Federn und Blut. Sein Gesicht ist von mir abgewandt und in dem dämmrigen Licht kann ich nicht ausmachen, ob er noch lebt. Vielleicht hat seine Seele ihn schon längst verlassen und schwirrt nun um uns herum wie tausende kleine Staubkörnchen.

Neben ihm steht Zara, fest im Griff ihres Folterers. Auch sie ist umgeben von vielen blutroten Federn, ihr Blick ist zu Boden gerichtet. Die Verzweiflung lässt sie ausgezehrt erscheinen, blass und farblos. Nichts ist mehr von dem Feuer zu sehen, das normalerweise in ihrem Inneren lodert. Es ist erloschen.

Ich lasse meinen Blick weiterwandern und erblicke die zwei leblosen Zentâris, die Kríschnârk selbst getötet hat und den Maharen, der an Marans Stelle gestorben ist. Der Dolchgriff ragt immer noch aus seinem Nacken. Ein Stück entfernt liegt die tote Hilare, ihre Hände umklammern den Griff des Säbels, dessen Klinge in ihrer Brust steckt. Sie hat ihr Leben gegeben, um Kríschnârk aufzuhalten.

So viele Opfer wurden gebracht – vergebens.

Mein Blick wandert weiter zu dem Tisch. Ria und die zehn neuen Ratsmitglieder sitzen daran, keiner sieht zu mir her. Sie alle halten ihre Blicke auf die Kristalle gerichtet, die in ihren Händen ruhen. Ich kann Maran ausmachen, doch er hat mir den Rücken zugewandt. Sein strahlend orangenes Gefieder hängt schlaff herab, ebenso wie seine Schultern. Sein Kopf ist nach vorn gebeugt. Wenn ich es nicht besser wüsste, würde ich ihn für einen alten, gebrechlichen Mann halten. Ich erkenne Fero, dessen Hände heftig zittern. Ich betrachte Ria. Sie sieht aus, als hätte ihre Seele sie bereits verlassen und nur ihre körperliche Hülle zurückgelassen, sie starrt mit leerem Blick auf den dunkelgrünen Kristall in ihrer Hand. Sie ist von solch einer Hoffnungslosigkeit erfüllt, dass mir ein kalter Schauer über den Rücken läuft.

Kríschnârk steht vor dem Tisch und auch er hält einen schwarzen Kristall in den Händen. Siegessicher blickt er darauf herab. Ein kleines selbstzufriedenes Lächeln spielt um seine Lippen.

Ich will etwas sagen, ein letztes Mal Widerspruch einlegen, doch aus meiner Kehle kommen nur heisere Laute. Niemand hört mich. Hilflos muss ich zuschauen, wie ein Kristallstück mit dem anderen vereint wird, bis nur noch ein einzelner großer, glühender Kristall übrig ist. Er pulsiert in den Händen der Ratsmitglieder und wirft seinen vielfarbigen Schein auf ihre Gesichter. Kríschnârk streckt fordernd seine Hände danach aus. Niemand ist mehr bereit, ein weiteres Leben zu opfern und sich ihm zu widersetzen. Sein Antlitz erstrahlt im Schimmer des Kristalls, als er ihm gereicht wird. Er seufzt erleichtert, während seine Finger sich langsam darumlegen. Ein Beben fährt durch seinen Körper und das Glühen des Kristalls nimmt zu. Ein gleißendes Licht schießt aus dem Inneren hervor und taucht die ganze Halle in eine farbprächtige Helligkeit.

Das Letzte was ich sehe, bevor ich geblendet meinen Blick abwenden muss, sind Rias smaragdgrüne Augen, die mich genau ansehen. Trauer und eine unendliche Müdigkeit liegen darin, aber auch eine Spur Erleichterung. Es ist jene Erleichterung, die einen überkommt, wenn man begreift, dass es vorbei ist, wenn man nach einer ermüdenden und auszehrenden Schlacht endlich aufhören kann zu kämpfen. Denn jeder, der gegen einen unbesiegbaren Gegner antritt, wird irgendwann an diesen Punkt gelangen, den Punkt des brechenden Widerstandes. Es ist schmerzhaft, das Erreichen dieses Tiefpunktes anzuerkennen und doch ist es auf eine lindernde Weise befreiend.

All dies kann ich in Rias Augen sehen, kann es in ihrer Seele spüren. Ich will den Kopf schütteln, will ihr widersprechen, aber tief in mir drin weiß ich, dass sie recht hat. Erschöpft gleite ich zu Boden, lasse meine Wange wieder auf den kühlen Stein sinken und gebe auf. Erleichterung überkommt mich und streicht sanft über mich hinweg wie ein lauer Windhauch. Sie nimmt alles mit sich, Zorn, Trauer und Schuld. Zurück bleibt ein Gefühl von Freiheit.

Ich brauche nicht mehr zu kämpfen.

Es ist vorbei.

Kapitel 50

Liebster Riáz,

Ria ist fort und mein Herz ist gebrochen – abermals.

Goran hat Wort gehalten und Ria durfte im Alter von fünfzehn Sommern, kurz nach ihrer Stammeseinführung, das Refugium verlassen. Seither habe ich sie nur noch selten zu Gesicht bekommen. Ich kann verstehen, dass sie ihre neugewonnene Freiheit genießen und nicht in ihr ehemaliges Gefängnis zurückkehren wollte. Aber es war noch mehr als das. Vor allem wollte sie fort von mir, von meinen Lügen und Rechtfertigungen.

Einzig ein Abkommen mit Goran hat dafür gesorgt, dass sie regelmäßig ins Refugium zurückgekommen ist. Es gibt nämlich eine weitere Besonderheit an Ria, die sich erst nach ihrer Initiation offenbart hat: Die Siranis halten nicht auf ihrer Haut. Sie verblassen nach und nach, ehe sie vollkommen verschwinden. Selbstverständlich darf niemand außerhalb des Refugiums davon erfahren, denn sonst könnte abermals die Frage nach ihrer Abstammung aufkommen. Deshalb hat Goran mit ihr vereinbart, dass sie alle paar Monde herkommt und sich von dem Siranen des Rates ihre Siranis auffrischen lässt. Daran hat sie sich stets gehalten – bis jetzt.

Seit zwei Sommern hat sie in der Stätte gelebt und ich habe kaum etwas von ihrem Leben mitbekommen. Wenn es anders gewesen wäre, hätte ich vielleicht bemerkt, worauf sie derweil hingearbeitet hat. Die ganze Zeit über hat sie einen Plan entwickelt, einen Plan, die Stätte zu verlassen, um dich zu suchen. Sie hat scheinbar Karten studiert, hat sich über die Welt außerhalb des Waldes informiert, hat ihre Route genauestens geplant und schließlich einen Weg gefunden, eine der Wachen zu umgarnen. Nun ist sie fort! Sie ist völlig allein da draußen, in einer Welt, die sie nicht kennt und die so viele Gefahren birgt. Ich komme um vor Sorge und kann kaum einen klaren Gedanken fassen.

Goran weiß nichts von ihrem Verschwinden, doch wenn er davon erfährt, wird er außer sich sein. Ich fürchte, sein Zorn wird überwältigend sein. Wir müssen schnell handeln und fliehen, ehe er zurückkommt. Daher habe ich Xeron angefleht, mit dem letzten Rest an Überzeugungskraft, den ich noch besitze, damit er mit mir fortgeht. Wir müssen Ria finden, ehe ihr etwas zustößt! Natürlich wollte Xeron alleine losziehen, um sie zu suchen. Es hat lange gedauert, ihn zu überzeugen, doch schließlich hat er nachgegeben. Er wird mir helfen, aus dem Refugium und der Stätte zu entkommen. Gemeinsam mit Zara, Maran und Kira werden wir losziehen, um Ria zu finden.

Nach all der Zeit werde ich mein Gefängnis verlassen, um meine Tochter zu retten. Und der Weg wird uns zugleich auch zu dir führen. Obwohl mich die Angst um Ria vollkommen lähmt, ist ein anderer Teil in mir erfüllt von einem nervösen Hochgefühl. Sollte es nun tatsächlich geschehen? Wird letztlich wieder vereint, was zusammengehört?

Doch bei all meiner Hoffnung und Sehnsucht, werde ich von zahlreichen Ängsten heimgesucht. Natürlich ist da die Sorge um Ria, aber auch deinetwegen fürchte ich mich. Du könntest längst verstorben oder verschwunden sein. Wir könnten noch so lange nach dir suchen und niemals eine Spur von dir entdecken und ich wäre auf ewig dazu verdammt, mich zu fragen, was dir zugestoßen ist.

Vielleicht bist du aber auch gesund und am Leben und hast mich vergessen. Ich habe dich in einem meiner Briefe darum gebeten, ein Leben frei von Fesseln anzutreten. Ich habe mir gewünscht, dass du glücklich bist, und ich wünsche es noch. Ich kann den Gedanken nicht ertragen, dass du die ganze Zeit über ebenso gelitten hast wie ich. Und dennoch würde es mir das Herz brechen, zu sehen, dass du mich hinter dir gelassen hast.

Aber am meisten ängstigt es mich, dir die Wahrheit sagen zu müssen. Dir zu sagen, dass du eine Tochter hast und was ich alles getan habe, um sie zu schützen. Es gibt Dinge, die du mir vielleicht niemals vergeben kannst ...

So vieles ist geschehen, so viel Zeit ist vergangen, so lange habe ich dich verleugnet. Werden sich unsere Seelen dennoch wiedererkennen? Ich bin nicht sicher, ob sie jemals wieder zueinanderfinden, nachdem sie so gewaltsam auseinandergerissen wurden. Nicht nach allem, was geschehen ist und dem, was ich getan habe ... Ich bin nicht mehr die, die du einst kanntest, Riáz. Ich glaube nicht, dass die Sera, die ich nun bin, deiner würdig ist.

Dennoch sollst du wissen, dass ich in all der Zeit niemals aufgehört habe, mich nach dir zu sehnen. Egal, was ich tat, mein Herz und meine Seele waren stets nur bei dir. Bitte denke daran, bei allem, was du erfahren wirst, wenn wir uns wiedersehen. Wenn das Schicksal es zulässt, werden wir bald vereint sein. Du, Ria und ich. Und wenn dies geschieht, werde ich niemals zulassen, dass wir je wieder getrennt werden.

Das verspreche ich dir.

In Furcht und Liebe

Sera

Ende von Band 2

Fortsetzung folgt ...

Epilog

Ruberián lässt den letzten von Seras Briefen neben sich auf den Beistelltisch gleiten und reibt sich die müden Augen. Noch immer fällt es ihm schwer, all dies zu begreifen. Sera ist wieder da. Er hat eine Tochter. Eine Vielzahl an Gefühlen durchtanzt ihn wie eine Schar Fineren. Einerseits ist er erfüllt von Zuneigung und Glückseligkeit, wenn er an Ria denkt, andererseits macht es ihn wütend und traurig, dass er von ihrer Existenz all die Zeit nichts gewusst hat. Wie gern hätte er sie aufwachsen gesehen, wäre ihr ein wahrer Vater gewesen. Hinzu kommen die Unsicherheit und Sorge über ihr Verschwinden. Er hofft verzweifelt, dass Xeron und die anderen sie heil wiederfinden und sie alle bald vereint sein werden.

Dann ist da Finéra, die sich so mutig der Suche angeschlossen hat. Finéra, die ihm in der kurzen Zeit so sehr ans Herz gewachsen ist. Sie ist weit mehr als eine Schülerin, sie hat ihm wieder einen Sinn im Leben gegeben, ihn mit Stolz und Freude erfüllt. Ein gescheites und wachsames Mädchen, das er lieber aus der ganzen Geschichte herausgehalten hätte. Es war egoistisch, sie zu sich zu holen und ihr von Sera zu erzählen. Kein Wunder, dass sie sich nach alldem Hals über Kopf in ein eigenes Abenteuer gestürzt hat. Wie er selbst damals, will sie unbedingt den Wesen helfen, die sie so verehrt.

Seras Rückkehr hat alles verändert. Wie sehr hat sich sein Herz in all der Zeit danach gesehnt, sie wiederzusehen. Nun ist sie hier, so nah und doch so fern. Als er sie vor fünf Tagen an der Tür erblickte, glaubte er zu träumen. All die alten Gefühle kamen auf, die er so sorgsam verschlossen gehalten hatte. Sie ist ebenso schön wie damals und doch ist nichts mehr, wie es einst war. Für einen kurzen Moment hatte er sich eingebildet, es könnte wieder werden, wie es früher war, bevor sie voneinander getrennt wurde. All die Zuneigung, die Vertrautheit, das gegenseitige Verständnis würde von allein wiederkehren und das Band zwischen ihnen würde sie stärker denn je zusammenhalten. Stattdessen ist es rissig und porös geworden. Ruberián scheint, es bedürfe bloß eines leichten Rucks, um es auf ewig zu durchtrennen. Wenn er nur wüsste, was mit Sera im Refugium geschehen ist. Was hat sie derart stark verwandelt? Er konnte es sogar in ihren Briefen spüren.

Natürlich hat auch er selbst sich verändert. Während sie nichts von ihrer Schönheit und Anmut eingebüßt hat, ist er ein alter Mann geworden, kränklich und gebrechlich. Doch seine Gefühle für sie sind unverändert. Und dies scheint auf Sera nicht zuzutreffen. Etwas hält sie von ihm fern, ein Geheimnis, welches sie noch nicht gänzlich offenbart hat. Er überlegt fieberhaft, wie er sie darauf ansprechen könnte, als ein Klopfen ihn aus seinen Gedanken reißt.

Überrascht hebt er den Kopf. Vor wenigen Tagen war es ein harmloses Klopfen an der Tür, das sein ganzes Leben umgewälzt hat. Was mag ihm dieses Klopfen nun bescheren? Seine Tochter? Doch das kann nicht sein. Xeron, Finéra und die anderen sind erst vor zwei Tagen aufgebrochen. Könnten sie Ria so schnell gefunden haben? Vielleicht war sie näher, als vermutet. Mit dieser Hoffnung erhebt sich Ruberián. Er hört, wie Sera aus dem oberen Stockwerk etwas ruft und dann die Treppe hinunter hastet.

»Lass mich öffnen! Nur zur Sicherheit. Wenn es ein Nachbar aus dem Dorf ist, wird er in Ohnmacht fallen, wenn er dich erblickt«, ruft Ruberián rasch zurück und macht sich humpelnd auf dem Weg zur Tür. Sera steht auf der untersten Treppenstufe und späht nervös in Richtung Haustür. Er lächelt ihr angespannt zu und wendet sich wieder zur Tür. Mit langsamen Schritten und wild schlagendem Herzen geht er darauf zu.

Wartet seine Tochter dahinter auf ihn? Wird sie ihn erkennen? Wird sie erfreut oder enttäuscht sein? All diese Fragen schwirren Ruberián bei den letzten Schritten durch den Kopf. Dann liegt seine Hand auf dem Türknauf. Langsam dreht er den Knauf und zieht die Tür schwungvoll auf. Bei dem Anblick des düsteren Gesichtes, das über ihm aufragt, taumelt er jedoch erschrocken zurück. Schwarze Augen blicken voller Hohn auf ihn herab und durchzucken ihn wie Nadelstiche.

»Was willst *du* hier?«, presst Ruberián entgeistert hervor. Mit ihm hätte er wahrlich als Letzten gerechnet.

»Riáz, ich grüße dich. Lange nicht gesehen«, erwidert der unerwünschte Besucher mit vorgetäuschter Freundlichkeit.

Ruberián schnauft verächtlich. »Wie hast du mich gefunden?«, will er argwöhnisch wissen.

»Ich wusste immer, wo du steckst, seit ich dich aus dem Wald der Weisen *verabschiedet* habe«, gibt er leichthin zurück.

Ruberián zieht die Augenbrauen hoch. »Verbannt meinst du wohl. Und was willst du nun hier, Goran?«, spuckt er ihm missbilligend entgegen.

Goran winkt ab. »Haarspalterei«, meint er lässig und zwinkert Ruberián spöttisch zu. Dann wird sein Gesichtsausdruck wieder ernst. »Und du fragst mich ernsthaft, weshalb ich hergekommen bin? Hast du etwa nicht damit gerechnet, dass ich komme, um zurückzuholen, was mir gehört?«, zischt er warnend.

Ruberián verschränkt die Arme vor der Brust und reckt das Kinn empor. »Hier in diesem Haus wirst du rein gar nichts finden, was dir gehört. Und nun verschwinde!«, donnert Ruberián aufgebracht und wirft die Tür zu.

Doch Goran ist schneller und schiebt seinen Fuß davor. Mit einem Tritt lässt er die Tür so heftig auffliegen, dass sie lautstark gegen die Wand schlägt. Ruberián muss rasch zurückweichen, damit er nicht von ihr getroffen wird.

Goran stürmt herein, schubst Ruberián gegen eine Anrichte, die in der Diele steht und packt ihn am Kragen. Bedrohlich beugt er sich zu ihm herab und bringt sein Gesicht ganz nah an Ruberiáns heran. »Ich weiß genau, dass sie hier ist«, zischt er.

»Wer?«, bringt Ruberián mühsam hervor. Er kann nur hoffen, dass Sera sich sicher versteckt hält. Keinesfalls wird er zulassen, dass Goran sie wieder in seine Finger bekommt.

Gorans wütende Gesichtszüge glätten sich und ein hämisches Grinsen breitet sich auf seinem Gesicht aus. »*Meine Seelengefährtin*«, flüstert er und betont dabei jede einzelne Silbe, um die Wirkung seiner Worte voll auszukosten.

Ruberián sackt in seinem Griff zusammen. Es ist ihm, als würde der Boden unter ihm nachgeben. Entgeistert starrt er den Weisen an. Dann schüttelt er langsam den Kopf. »Das ist nicht wahr. Was … wer …?«, bringt er stockend hervor. Die Gedanken kreisen durch seinen Kopf, doch keiner davon ergibt Sinn.

»Lass von ihm ab, Goran«, ertönt Seras leise Stimme vom Ende der Diele her. Langsam tritt sie aus dem Schatten und kommt auf die beiden Kontrahenten zu.

Goran löst seinen Griff um Ruberiáns Kragen und wirft Sera ein entschuldigendes Lächeln zu. »Gewiss doch, meine Seele«, säuselt er sanft und lässt Ruberián bei diesen Worten nicht aus den Augen.

Ruberiáns Hände ballen sich zu Fäusten.

»Du musst wissen, meine Liebste, das ich nicht gerade erfreut war, zu hören, dass meine Gefährtin und ihre Tochter während meiner Abwesenheit aus der Stätte verschwunden sind. Also verstehst du sicher, dass ich etwas ungehalten bin«, zischt er mit aalglatter

Stimme.

»Sie ist nicht *deine* Gefährtin«, presst Ruberián wütend hervor. Am liebsten würde er Goran das falsche Lächeln aus dem Gesicht schlagen, doch er weiß nur allzu genau, dass ihm das selbst zu seinen besten Zeiten nur schwer gelungen wäre. Dennoch tritt er zornig auf den verabscheuungswürdigen Halbxarenaren zu.

»Doch, das bin ich«, verkündet Sera mit fester Stimme und hält ihn am Arm zurück.

Ruberián schließt die Augen. Das darf nicht wahr sein. Dies ist es also, was sie vor ihm geheimgehalten hat, womit Goran sie all die Zeit erpresst hat und wofür sie sich in ihren Briefen bei ihm entschuldigt hat. Sanft legt sie ihm eine Hand auf die Schulter, doch er schüttelt sie ab, um auf Goran zuzutreten und ihm das Hemd von der linken Brust zu zerren. Dort prangt es, in feinen, grünen Linien: Seras Sirani. Dasselbe Zeichen, das auch *seine* linke Brust ziert, allerdings in schwarzen Linien, in die Haut gestochen mit Tinte.

Goran setzt sich nicht zur Wehr und hält ihm gefällig die Brust hin. Er genießt Ruberiáns Bestürzung ungeniert. »Du hast doch nicht geglaubt, dass eure *Vereinigung* irgendeinen Bestand hätte? Sera war zu der Zeit verwirrt, ihre Rolle als letzte Tiare und der Verlust ihres Seelenverwandten hat ihr schwer zugesetzt und du warst für sie da. Ein Moment der Schwäche und sie glaubte, eure Seelen gehörten zusammen. Doch sie erkannte ihren Fehler schließlich und begriff, dass *ich* es bin, den sie begehrt und dessen Seele zu der ihren gehört«, führt er weiter aus.

Ruberián kneift die Augen zusammen und lässt sich keuchend gegen die Wand fallen. Sein Herz schlägt so heftig in der Brust, dass es schmerzt, und das Atmen fällt ihm zusehends schwerer.

Sera eilt erschrocken an seine Seite und legt ihm eine Hand an die Wange. »Riáz«, haucht sie. »Lass es mich dir erklären, bitte«, fleht sie ihn an.

Doch Ruberián kann keine weiteren Erklärungen mehr ertragen. Er hat genug gehört und winkt barsch ab.

»Du musst einsehen, Riáz, dass es die richtige Wahl war. Sieh dich doch an, du bist alt und gebrechlich. Du hättest ihr kein guter Gefährte sein können, nicht über die Zeit hinweg. Du bist ein Mensch, keiner von uns. Auch für deine Tochter war ich das bessere Vorbild, der bessere *Vater*«, flüstert Goran gehässig und lacht.

Ruberián stößt einen wütenden Schrei aus und macht einen Satz auf ihn zu, doch Sera hält ihn zurück.

Goran lacht nun umso lauter.

»Wenn du so ein guter Vater warst, Goran, wieso ist Ria dann geflohen, um *mich* zu suchen? Ihren *richtigen* Vater!«, schreit Ruberián außer sich.

Goran hält abrupt inne und starrt ihn entgeistert an. »Das ist nicht wahr«, flüstert er und sein Blick schwirrt unsicher zu Sera herüber.

Sera schaut zu Boden, doch sie nickt.

Da brüllt Goran wütend auf wie ein wildgewordener Bär und schlägt mit der Faust gegen die hölzerne Wand der schmalen Diele. Das Holz erzittert unter seiner Wucht und eine tiefe Kuhle bleibt dort zurück, wo seine Hand aufgetroffen ist.

»Wo ist sie?«, fragt Goran hitzig.

Sera hält ihren Blick weiterhin gesenkt und sagt kein Wort.

Goran baut sich zu voller Größe auf und blickt finster auf sie und Ruberián herab. »WO IST RIA?«, brüllt er vollkommen außer sich.

»Sie ist nicht hier«, haucht Sera.

Goran sieht aus, als würde er Sera jeden Augenblick durch den schmalen Raum schleudern, deshalb drängt Ruberián sich rasch zwischen die beiden. Doch statt eines Gewaltausbruches, stößt Goran lediglich einen tiefen Seufzer aus. Er überlegt, während er sich mit einer Hand durch das Gesicht fährt. »Sie ist also alleine aus der Stätte geflohen?«, fragt er beherrscht.

Sera nickt stumm.

»Und du bist mit Xeron losgezogen, um sie zu suchen?«, fragt er weiter in angestrengt ruhigem Ton.

Sera nickt abermals.

»Und du hast gedacht, sie wäre hier?«, will er skeptisch wissen.

»Ich habe es gehofft, doch wir haben weder im Dämmerwald noch hier eine Spur von ihr gefunden. Xeron und einige andere suchen nach ihr. Sie sind vor zwei Tagen aufgebrochen«, berichtet sie ihm leise.

Goran ergreift ihren Arm. »Du wirst hierbleiben, hast du mich verstanden? Ich werde sie suchen! Ich werde alle verfügbaren Truppen nach ihr aussenden«, verkündet er ihr mit tiefer Stimme.

Ehe Ruberián eingreifen kann, hat Sera sich aus Gorans Griff gewunden. »Ich werde hier warten«, bestätigt sie leise und wendet sich von ihm ab, um im Haus zu verschwinden. Goran ergreift noch einmal ihren Arm und neigt sein Gesicht nah an ihres. »Ich werde sie finden!«, raunt er ihr zu. Flüchtig streifen seine Lippen ihre Wange, dann lässt er sie frei.

Sera hält noch einen kurzen Moment inne, ehe sie rasch ins Innere des Hauses flüchtet.

Goran schaut ihr hinterher und seufzt. Dann dreht er sich zu Ruberián, der ihn wutentbrannt anfunkelt. »Ich mache mich sofort auf den Weg. Ich werde Ria finden! Ich setze darauf, dass du auf Sera achtgibst! Lass sie keinesfalls von hier fort!«, sagt er herrisch, dann dreht er sich um und tritt von der Türschwelle weg. »Ich weiß, dass ich ihrer nicht würdig bin – das war ich nie –, aber du bist es auch nicht«, knurrt er ohne sich umzudrehen, ehe er wie ein Schatten mit der Dunkelheit verschmilzt. Ein kräftiges Flügelschlagen erklingt, dessen Luftschwung die Tür gegen die Wand schlagen lässt. Dann ist Goran verschwunden.

Anhang

Übersicht über die fearanischen Urgattungen

Urgattung	Kristallfarbe*	Besonderheiten
Fineren	rot	Auffällig schönes Antlitz. Leidenschaftliches und feuriges Temperament. Tanz- und feierwütig.
Maharen	orange	Beständiges und besonnenes Gemüt. Zuständig für die Durchführung der fearanischen Zeremonien und Rituale.
Sirawenen	gelb	Freundliche, warme, heitere Art. Häufig in der Rolle der Friedenswahrer und Streitschlichter.
Siliaren	hellgrün	Stille liebende Gattung. Vermögen sich zwischen Bäumen zu tarnen. Verehren die Naturgeister.
Tiaren	dunkelgrün	Anmutiges Antlitz. Meist von einem sturen und eigensinnigen Charakter. Verbunden mit einem Seelenverwandten.
Lignaren	hellblau	Zumeist von einem offenen und wohlgesonnenen Charakter. Handwerklich begabt und mit der Holzverarbeitung betraut.

*entspricht auch Gefieder-, Haar- und Siranifarbe

Urgattung	Kristallfarbe*	Besonderheiten
Ratiaren	dunkelblau	Kühle und zurückhaltende Art, aber von einer besonderen Klugheit. Vermögen es abstrakt und komplex zu denken.
Kaliaren	violett	Besonders scheue Gattung. Verfügen angeblich über eine Form der Magie, die es ihnen ermöglicht, sich zu verbergen.
Hilaren	weiß	Von einem reinen, gutmütigen, bescheidenen und hilfsbereiten Charakter. Beherrschen die Heil- und Pflanzenkunde.
Emorien	grau	Weise und tiefgründig. Einige unter ihnen besitzen die Gabe der Vorausschauung.
Xarenaren	schwarz	Zurückhaltendes und kühles Wesen. Von der Statur her meist größer, muskulöser und widerstandsfähiger als andere Gattungen. Geborene Krieger und Anführer.
Siranen	vielfarbig	Individuelle Persönlichkeiten, die die Vielfalt lieben. Offenes und anpassungsfähiges Gemüt. Sie vermögen es, die Siranis aufzutragen.

*entspricht auch Gefieder-, Haar- und Siranifarbe

Du möchtest mehr über das Schicksal der Fearane erfahren?

Bei

Geschichtenrausch.de/schicksal-der-fearane

findest du alles Wissenswerte und die aktuellsten Informationen rund um die Fantasytrilogie von

Steffi Frei

Danksagung

Ich danke all den lieben Menschen, die mein Debüt *Die letzte Tiare* erworben und gelesen haben sowie all jenen, die mich auf unterschiedlichste Weise unterstützt haben. Jede Rückmeldung zu meinem Buch, jede Empfehlung und Rezension hat mich unheimlich gefreut. Der Weg zur Veröffentlichung eines Buches ist schwer, doch auch die Zeit danach ist von Zweifeln und Rückschlägen geprägt. Ein Buch findet nicht allein seinen Weg zu den Leser*innen, es bedarf einiges an Arbeit, um Mensch und Buch zusammenzuführen. Auf das zusammenkommt, was zusammengehört ;-) Umso mehr freut es mich, dass mein zweiter Band *Feder und Metall* seinen Weg zu Dir gefunden hat.

Ein besonderer Dank gilt natürlich wieder meinem Seelengefährten. Du lebst nun schon genauso lange mit dieser Geschichte, wie ich selbst. Von der ersten Idee an, wirst Du täglich mit neuen und bereits bekannten Informationen aus der Welt der Fearane gefüttert und doch ist Dein Interesse daran ungebrochen. Ich danke Dir dafür, dass Du mit mir gemeinsam dieses Abenteuer bestreitest, mit mir um verlorene Begleiter trauerst und mir die emotionalen Tiefpunkte verzeihst, sowohl die in meinen Büchern als auch die im echten Leben.

Zudem danke ich Regina dafür, dass Du auch meinen zweiten Band mit Interesse gelesen und mit deinen Korrekturen einen wertvollen Beitrag dazu geleistet hast. Das bedeutet mit wirklich viel!

Dann möchte ich auch einen großen Dank an die Liebe Lena äußern. Du bist eine tolle Buchbloggerin und eine hervorragende Testleserin. Dank Deiner konstruktiven Rückmeldungen und Vorschläge wurden nicht nur Fehler und Ungereimtheiten aus meiner Geschichte beseitigt, sondern auch ein paar kleine Highlights eingebaut, die ich im Nachhinein nicht mehr missen möchte.

Außerdem danke ich dem ganzen #TeamFearane. Ich bin unheimlich froh, so tolle Blogger*innen gefunden zu haben, die mich so tatkräftig unterstützen. Ich danke euch für jeden Post, eure wunderbaren Rezensionen und euer Interesse für mein Buch. Ihr seid großartig! Das #Team-Fearane besteht aus acht engagierten Buchbloggern, die ihr bei Instagram unter den folgenden Accounts finden könnt: @antarktica.venom @booksaura @buecherseelen_gl, @janada.love.book @jeny.eil.official @lisa_liebt_lesen98 @my.books.and.coffee @seiten_der_welt

Zuletzt richte ich mich noch einmal an Dich persönlich liebe*r Leser*in. Da Du dieses Buch in den Händen hältst und es sogar bis zur Danksagung geschafft hast, gehe ich davon aus, dass du beide Bände gelesen hast.* Dafür danke ich dir vom Herzen. Ich hoffe, ich konnte dich mit meiner Geschichte soweit überzeugen, dass du auch den dritten und abschließenden Band mit Freuden lesen wirst. Außerdem würde ich mich wahnsinnig freuen, wenn du deine Meinung zu meiner Geschichte laut in die Welt hinausschreist. Aber eine Rezension im Internet genügt notfalls auch. Danke!

Steffi Frei

*Vielleicht ist Dir dieses Buch aber auch nur zufällig in die Hände gefallen und Du bist beim Rumblättern auf die Danksagung gestoßen. In diesem Fall rate ich Dir: Fang lieber ganz vorne an, auf Seite 1 des ersten Bandes ;-)

Wie alles begann:

Über die Autorin

Steffi Frei lebt mit ihrem Seelengefährten und ihren drei Seelenhunden in dem kleinen, beschaulichen Hagen in Nordrhein-Westfalen. Von klein auf hegt sie eine große Leidenschaft für Geschichten und schmückt die Realität mit ihrer Fantasie aus. Bereits im Alter von zehn Jahren schrieb sie ihre erste Geschichte über die Meersau Emma, die auf Reisen geht. Mit ihrem Debüt *Schicksal der Fearane – Die letzte Tiare* hat sie sich einen lang gehegten Herzenstraum erfüllt und den Grundstein für eine hoffentlich lange Reihe an Buchveröffentlichungen gelegt.

Seit 2019 betreibt Steffi Frei die Seite *Geschichtenrausch.de*, um dort ihre Schreib- und Leseleidenschaft zu teilen. Neben Buchrezensionen und diversen anderen buchigen Themen finden sich dort auch viele Infos über die Fearane-Trilogie und ihre Schreiberfahrungen.

Wenn Steffi Frei eine fiktive Welt bereisen könnte, wäre das Mittelerde, denn dort ist schon seit langer Zeit ein Teil ihres Herzens zuhause. In der realen Welt streift sie gerne mit ihren Hunden durch die Natur, schaut Serien oder grübelt über die kleinen und großen Fragen des Lebens nach.

Mehr über die Autorin:

⊙ @geschichtenrausch.de | **f** @geschichtenrausch | 🐦 @frei_steffi